Ursula Wölfel
Ein Haus für alle

Dieser Band ist auf 100% Recyclingpapier gedruckt. Bei der Herstellung des Papiers wird keine Chlorbleiche verwendet.

Die Autorin:

Ursula Wölfel wurde 1922 in Duisburg-Hamborn geboren. Sie studierte Literatur und Pädagogik. Heute wohnt sie in Neunkirchen in der Nähe von Darmstadt. Sie hat viele sehr erfolgreiche Jugendbücher geschrieben, die mehrfach mit Preisen bedacht und in viele Sprachen übersetzt wurden. Nach dem Erscheinen von ›Ein Haus für alle‹ erhielt Ursula Wölfel den Sonderpreis des Deutschen Jugendliteraturpreises für ihr Gesamtwerk. Der Roman selbst wurde mit dem Buxtehuder Bullen als bestes Jugendbuch des Jahres 1993 ausgezeichnet.
Weitere Titel von Ursula Wölfel bei dtv junior: siehe Seite 4.

Ursula Wölfel

Ein Haus für alle

Deutscher
Taschenbuch
Verlag

dtv

Alle Namen, die mit Euthanasie in Zusammenhang stehen, wurden geändert.

Von Ursula Wölfel sind außerdem bei dtv junior lieferbar:
Jakob, Leinewebersohn, geboren 1821, Band 70174
und in der Reihe dtv junior Lesebär (große Druckschrift):
Geschichten-Sammelsurium, Band 7576
25 winzige Geschichten, Band 7586
Hannas Reise, Band 7595

Ungekürzte Ausgabe
Januar 1996
Deutscher Taschenbuch Verlag GmbH & Co. KG,
München

ISBN 3-85264-388-0
Umschlaggestaltung: Klaus Meyer
Umschlagbild: Bernhard Förth
Gesetzt aus der Garamond Monotype 10½/11½' (Diacos, Misomex 540)
Papier: ›Recycling Book-Paper‹,
Steinbeis Temming Papier GmbH, Glückstadt
Gesamtherstellung: Ebner Ulm
Printed in Germany · ISBN 3-423-78077-0

IM HOCHTAL
1904 – 1921

Seite 7

EIN HAUS FÜR ALLE
1921 – 1938

Seite 61

KRIEGSJAHRE
1939 – 1945

Seite 267

IM HOCHTAL
1904 – 1921

Frühmorgens an einem Donnerstag im Oktober 1921 ging Dana ohne Abschied fort von ihrem Vater Laszlo, von ihrem Bruder Leo und vom kleinen Haus mit dem Birnbaum vor der Tür. Sie ging ohne Abschied aus dem Dienst bei ihrem Bruder Stephan, seiner sanften Frau Mathilde und ihren Kindern. Sie ging fort von Otto, dem alten Knecht, von den vertrauten Wegen und Bäumen und vom Einödhof über dem Dorf am Hohlweg, den man »Im Hochtal« nannte. Sie war siebzehn Jahre alt.

Danas Vater war vor mehr als vierzig Jahren als Hüterjunge aus Ungarn auf den Hof am Hohlweg gekommen. Er sollte in den Schulferien Deutsch lernen. Sein Vater war Lehrer in einem Dorf bei Debrecen, weit im Osten, wo die Karpatenhöhen dunkel hinter den Dächern stehen.

Zehn Jahre später hatte Laszlo in großer Liebe die Hoferbin Anna geheiratet und war der Bauer auf dem Hof im Hochtal geworden. In die Ehe brachte er nichts mit als eine schwarzbraune Baßgeige, die hatte er gespielt, seit er ihren Hals hinauf in die Saiten greifen konnte und solange er mit dem Vater und den Brüdern zu Hochzeiten und Kirtagen Musik machte.

Als Dana zur Welt kommen sollte, hatten Anna und Laszlo schon vier Kinder: Stephan, Martha, Rosa und

Leo. Alle waren auf dem Hof geboren, aber diesmal fühlte Anna sich nicht so wohl wie sonst. Deshalb wollte Laszlo sie nach Linz ins Spital bringen.

Er hob sie mit ihrem schönen runden Bauch in den Kutschwagen und packte sie in zwei warme Decken, obwohl doch gerade erst der August anfing.

Märtel stellte einen Korb mit Brot, Butter, Käse, Kaffee und Wein vor Annas Füße. Das Roserl hob den Koffer in den Wagenkasten, Stephan verstaute den Futtersack unterm Kutschbock, und Leo trug auf beiden Armen den kleinen Wäschekorb zum Wagen. Die Kissen und Decken, die Jäckchen und Hemdchen, die Windeln und Häubchen für das Kind lagen darin.

Zuletzt kam noch Otto, der Knecht, atemlos den Hohlweg vom Dorf herauf. Er gab Anna ein buntes Bildchen vom heiligen Vitalis von Salzburg, das hatte er von der Pfarrgundel erbettelt, weil er seiner Bäuerin so gern etwas recht Schönes und Heiliges ins Spital mitgeben wollte.

»Nimm den Vitalis«, hatte die Gundel gesagt. »Der ist für beide gut, für die Mutter und das Kind«, und Otto hatte ihr dafür einen Korb von den guten Birnen versprochen, wenn sie reif wären im Herbst. Der Bauer hätte bestimmt nichts dagegen.

Stephan war damals siebzehn Jahre alt, Märtel war vierzehn, das Roserl zwölf, und Leo war fast sechs Jahre alt. Die Eltern wollten in spätestens zwei Wochen mit dem neuen Kindchen zurückkommen. Inzwischen könnten Stephan und Otto allein mit der Feldarbeit fertig werden, und die Mädchen sollten wie immer beim Melken und Füttern helfen. Leo konnte die Hühner, Gänse und Enten versorgen.

Im Schritt fuhr der Wagen den Hohlweg hinunter.

Otto und die Kinder am Hoftor winkten, Vater Laszlo lupfte den Hut, und Anna schälte sich aus den Decken und lachte und schwenkte eins von den weißen Windeltüchern.

Der Vater kam schon am vierten Tag abends zurück, allein, und neben ihm auf dem Kutschbock stand der kleine Wäschekorb, den hatte er auf der ganzen Fahrt von Linz bis hinauf zum Hof mit der rechten Hand festgehalten, und nur mit der linken hatte er den Zügel geführt.

Er rief Otto, der sollte die Geschwister aus dem Stall und vom Hühnerhof holen.

Laszlo trug den Korb in die große Stube und stellte ihn auf den Eßtisch. Die Kinder schauten auf ihre Füße und ihre Hände. Keines sagte ein Wort. Sie wußten, was geschehen war. Sie wollten es nicht wissen.

Otto kam herein, er hatte das Pferd versorgt. Er stellte sich mit dem Rücken zum Tisch ans Fenster, und sie sahen, daß er weinte.

Laszlo legte die Tücher im Korb auseinander.

»Es ist ein Mädchen«, sagte er. »Vorgestern in der Nacht ist es zur Welt gekommen. Anna Donata heißt es. Die frommen Schwestern im Spital haben es so genannt, weil es am Donatustag zur Welt gekommen ist.«

Er weinte und nahm das Kind aus den Kissen.

Endlich konnten auch die Geschwister weinen. Einer nach dem anderen nahm das Bündelchen in den Arm, auch Otto. Der gab es dem kleinen Leo.

Laszlo fragte: »Meint ihr, wir können es allein versorgen? Oder soll ich die Großmutter holen oder eine von den Tanten?«

»Wir sind doch da«, sagte Märtel. »Du und das Roserl und ich und Otto und die Buben.«

»Solch ein schönes Waisenkindchen!« flüsterte das Roserl und weinte von neuem.

Leo streichelte mit dem Zeigefinger das Köpfchen mit den schwarzen Haaren und sagte: »Kleine Dana, kleine Dana.«

Seitdem hieß sie Dana bei ihnen allen.

Keiner sorgte besser für sie als Leo. Er fuhr sie im kleinen Handwagen spazieren, er brachte ihr Kastanien und Holzklötze zum Spielen, und hundertmal hob er geduldig auf, was Dana aus dem Bettchen warf. Er tröstete sie, wenn sie traurig oder trotzig war, und wenn sie abends nicht einschlafen konnte, erzählte er ihr Flüstergeschichten und sang ihr die Lieder, die früher die Mutter Anna für ihn gesungen hatte. Von Leo lernte Dana sprechen und laufen, und noch ehe sie in die Schule kam, brachte er ihr das Lesen bei.

Der Vater Laszlo hatte das Singen verlernt, auch alle seine alten Späße. Ohne seine Bäuerin mochte er nicht mehr Bauer sein, und als Stephan zweiundzwanzig Jahre alt war, überschrieb der Vater ihm und seiner Braut Mathilde am Tag ihrer Hochzeit den Hof mit allem Land und Vieh und dem Wald und dem Forellenbach.

Für sich selbst und die beiden jüngsten Kinder behielt er nur das kleine Haus, das »Stübl« auf der anderen Seite vom Bach im Hochtal. Man hatte es vor mehr als hundert Jahren für die alten Leute vom Hof gebaut. Dort wohnte der Vater nun mit Leo und Dana. Märtel heiratete in dieser Zeit ihren Max, den Eisenbahner aus Freistadt, und das Roserl ging in eine Schneiderlehre nach Budapest. Die Kosten für die Lehre bezahlte der Großvater vom Karpatendorf. Er hätte lieber dem Stephan ein Studium bezahlt und grollte Laszlo, weil er den Jungen so früh zum Bauern machte.

Laszlo hielt das kleine Haus in guter Ordnung, die Stube mit dem Fenster zum weiten Hochtal, daneben die rauchschwarze Küche mit dem offenen Herdfeuer und die drei winzigen Schlafkammern. Er bestellte auch den Garten, denn er war ein guter Koch und wollte das Gemüse und die Kräuter für seine Küche selbst gezogen haben nach den geheimen Gartenweisheiten seiner Mutter.

All das war Mathilde gar nicht recht. »Die Leute müssen denken, ich würde nicht gut für dich sorgen«, sagte sie. »Laß mich doch bitte die Fenster putzen.«

Es könnte sonst sein, daß der Jäger oder der Feldschütz oder die Frauen beim Beerensammeln vorbeikämen und Laszlo beim Fensterputzen sähen. »Und die menschliche Natur«, sagte Mathilde, »verlangt nun einmal, daß es Männerarbeit und Frauenarbeit gibt. Man soll sich dagegen nicht versündigen.«

Leo wurde in der Schule gefragt: »Ist es wahr, daß dein Vater kochen und backen und Strümpfe stricken kann?«

»Ja«, sagte Leo und wurde rot dabei. »Der Konrad kann ja auch backen und kochen, und er ist Bürgermeister. Aber Strümpfe hat unser Vater noch nie gestrickt.«

Wozu auch? Leo und Dana liefen im Sommer immer barfuß. Und immer waren sie irgendwohin unterwegs, immer hatten sie es eilig: schnell den Hohlweg hinunter ins Dorf zu rennen, weil es etwas zu besorgen gab – hoffentlich beim Greißler, und hoffentlich griff der in das bunte Bonbonglas neben der Klingelkasse! –, oder zu sehen, was für ein Auto beim Wirt im Hof stand, oder ob bei den Sommergästen auch Kinder waren, Mädchen in Rüschenkleidern und Jungen mit Schleifen an den Matrosenkragen und Bändern an den Strohhüten.

Manchmal rannten sie nur zum Spaß vom höchsten Punkt im Hochtal quer über die Hänge zum kleinen Haus hinunter, sie schrien vor Freude an ihrer eigenen Kraft und Geschicklichkeit, sprangen über Gräben und Steine, wichen in kurzem Bogen dem Morast am Weidetor aus und schwangen sich über den Zaun, stürmten mit langen Schritten, weiten Sprüngen immer schneller, noch schneller als gestern auf das Häusel zu.

Sie kannten jeden Fuchsbau und jede Brombeerhecke im Hochtal, sie wußten im Wald die Plätze, an denen die besten Schwämme wuchsen, und von den Hähern ließen sie sich zeigen, wo es die ersten reifen Nüsse gab.

Am meisten liebten sie die Spiele am Wasser. Alle kleinen Quellen an den Hängen kannten sie, achtundzwanzig waren es im Frühjahr, im Sommer nur noch siebzehn, die fadendünnen mitgezählt, und alle speisten den Bach, Leos und Danas Bach.

Alle hundert Schritt weit bauten sie Brücken: Baumstämme, über die man balancieren mußte, Steine, auf denen man von Ufer zu Ufer springen konnte, Bretter und alte Türen, über die man bequem hinüber und herüber spazierte.

Sie hatten Häfen für Rindenschiffe und eine seichte Bucht, in der sie Forellen mit der Hand fingen. Aber jedesmal, wenn sie eine erwischten, sagte Leo: »Die ist noch zu klein, die muß erst wachsen.« Noch nie hatte er einen Fisch töten können, und wenn Otto in der großen Falle eine Ratte gefangen hatte, ließ Leo sie heimlich wieder laufen.

Im Herbst zimmerte er wochenlang an einer kleinen Hammermühle, die zerschlug ihnen mit Wasserkraft die Haselnüsse, wenn ihre Schalen noch nicht zu hart waren.

»Leo sollte lieber etwas Vernünftiges tun«, sagte Stephan zum Vater.

»Gönn ihm noch den letzten Monat«, sagte Laszlo.

Denn vier Wochen später, im Oktober, wurde Leo zwölf Jahre alt, und von diesem Tag an ging er nach der Schule nicht ins kleine Haus zum Vater und zu Dana, sondern zu Stephan und Mathilde auf den Hof. Man hatte ihm das Mittagessen auf die Herdecke gestellt, und für die Jause standen schon ein Becher mit Milch und ein Butterbrot für ihn bereit. Er war nun der Kleinknecht bei Stephan und Mathilde, damit er sich von nun an sein Essen mit Arbeit verdiente. In der Schulzeit war er von Mittag bis zum Abend auf dem Hof, in den Ferien den ganzen Tag. Sie gaben ihm außer dem Essen noch dreißig Heller Taschengeld in der Woche. Auch das war vom Notar so aufgeschrieben, als Stephan vom Vater den Hof bekam: Dem Vater gaben sie nichts mehr für Leo, kein Ei, keine Kartoffel, keine Tasse Milch.

Leo sollte jetzt erwachsen sein, nicht mehr Danas Spielkamerad, kein Geschichtenerzähler mehr. Nun war er wirklich nur noch ein müder kleiner Knecht mit schmutzigen Füßen und Häcksel im Haar, und einmal schlug er Dana, weil sie so ungeduldig und vorwurfsvoll um Spiele und Geschichten bettelte, und sie wollte nicht einsehen, daß er jetzt für sein Essen und dreißig Heller in der Woche arbeiten mußte.

Als Leo sie geschlagen hatte, ging Dana zum Bach und ließ von hoch oben einen schweren Steinbrocken auf das Hammerwerkchen fallen. Es knickte zusammen, man hörte beinahe nichts davon, kein Krachen, kein Splittern, es fiel einfach in sich zusammen. Der Bach trug die kleinen Pfosten und Bretter und hölzernen Zahnrädchen fort.

Zwei Jahre später war Leo ein großer magerer Junge und ein starker, zäher Arbeiter. Er verdiente jetzt fünfzig Heller in der Woche, und weil er in allen Arbeiten immer geschickter und schneller wurde, hatte er nun manchmal am Abend oder am Sonntag wieder Zeit für Dana. Zum Spielen und Geschichtenerfinden war er dann meist zu müde, aber sie hatten ein neues Vergnügen entdeckt: die Zeitungsstapel im Schuppen. Viele Stunden saßen sie im Sommer am warmen Wiesenhang oder im Winter mit dem Vater am Tisch in der großen Stube bei der Petroleumlampe und blätterten und lasen, was da berichtet wurde aus einer wunderbaren fernen Welt und von den großen Städten Wien und Budapest, Prag und Rom, Paris und London, München und Berlin.

Da gab es Theater und Konzerte in Sälen mit ungezählten Lichtern, und schön gekleidete Leute saßen auf rotsamtenen Stühlen.

Andere reisten übers Meer in Schiffen, die wie weiße Schlösser waren, und sie kamen in die heißen Länder und wohnten unter Palmen am Rand der großen Wüsten.

»Wenn es nicht so weit weg wäre«, sagte Leo.

»Gehst du dorthin?« fragte Dana. »Nimmst du mich mit?«

Er schüttelte den Kopf. »Ich könnte nicht so weit weggehen. Wir bleiben hier.«

»Immer?« fragte Dana. »Immer und immer?«

»Vielleicht. Vielleicht auch nicht«, sagte Leo.

Die Zeitungen machten ihn unruhig. Wo war das wirkliche Leben? Bei den Klugen, den Reichen, den Mutigen? In den großen Städten? Oder hier bei Dana und dem Vater, hier im Hochtal, wo alle Jahre und Jahreszeiten dasselbe von neuem geschah auf den Feldern, im Stall, in Wald, Haus und Garten? War es nicht so, als zögen immer wieder dieselben Wolken über den Himmel? Wie würde Leos Leben sein, Leos eigenes, besonderes Leben? Er sehnte sich danach, und er fürchtete sich davor.

Im Sommer erzwang Laszlo für Leo drei freie Tage. Er sagte zu Mathilde und Stephan: »Ich will mit den Kindern nach Wien fahren zu meinem Bruder Istvan und zur Schwägerin Janka. Wenn ihr Leo dafür bestraft, gehe ich zur Ernte mit den Schnittern aus dem Dorf zu den großen Gütern, und ihr könnt sehen, wie ihr die Frucht hereinbringt.«

Noch nie hatte einer auf dem Hof den weichmütigen Laszlo so reden hören. Also fuhren sie nach Wien. Stephan brachte sie nach Gmünd zum Zug, und es war der einzige Schatten auf diesen drei Tagen, daß er nicht mitfahren konnte und dem Zug so traurig nachschaute mit dem Hut in der Hand.

»Er ist kein Bauer«, sagte Laszlo. »Er wollte so gern die Maschinen studieren.«

»Aber warum –«, fragte Leo und schwieg dann.

»Ich weiß«, sagte Laszlo. »Eines Tages werdet ihr mich alle fragen, warum ich den Hof so früh aufgegeben habe, und noch nicht einmal Stephan war erwachsen, und ich hab ihm den Hof aufgeladen, und du und Dana, ihr müßt dienen, und jetzt, glaub mir, jetzt –«, und auch er redete nicht weiter.

Sie wohnten bei Onkel Istvan und Tante Janka in einem winzigen rosafarbenen Haus am Rand der großen Stadt. Dana schlief bei den Töchtern Selma und Nora, die konnten singen und Klavier spielen, und ihr Schlafzimmer hatte eine Tapete mit Rosen und Veilchen.

Dana und Leo sahen zum erstenmal eine große

Stadt: Die Hofburg mit den weiten Innenhöfen, die breiten Straßen mit Häusern, die hatten Säulen an den Haustoren, und steinerne Menschenfiguren trugen die Balkone.

Sie saßen mitten in der Stadt unter Bäumen an zierlichen Tischen und tranken Schokolade und aßen Kuchen, als wäre hier immer Kirtag oder Hochzeit. Automobile, Fuhrwerke und vornehme Kutschwagen zogen an ihnen vorüber, und so viele Menschen wohnten hier!

Sie sahen in den Läden hundert Dinge, von denen sie nicht einmal den Namen wußten, aber das Wunderbarste war für Leo ein Buchladen: Er sah hinter der Fensterscheibe die Leute an den Regalen und Tischen stehen, wie sie in Büchern blätterten und miteinander redeten, und dann trugen sie die Bücher zur Kasse und gingen mit ihren Päckchen fort, als hätten sie Mehl oder Schuhnägel gekauft.

Sie kamen durch einen Park, da gingen Damen mit rauschenden Röcken und großen Federhüten. Sehr feine Herren führten sie am Arm, und andere Herren ritten auf edlen Pferden und grüßten von oben. Sie sahen alle so aus, als hätten sie schon einmal mit dem Kaiser zu Tisch gesessen.

Sie besuchten Onkel Istvan bei der Arbeit. Er spielte Klavier in einem Kaffeehaus, und sein Freund Marco spielte dazu auf der Geige. Die Leute an den Tischen redeten leise miteinander, oder sie lasen Zeitungen, und die Kellner im schönen Frack liefen mit Tabletts durch die Tischreihen.

Am Abend ließ der Onkel den Freund mit der Geige allein spielen und kam früher als sonst nach Hause. Sie saßen im kleinen Hof zwischen Haus und Gartenmauer. Die Erwachsenen tranken Wein, und das Windlicht spiegelte sich in ihren Gläsern. Sie sprachen von

Musik, vom Theater, von den neuen Büchern, von Schauspielern und Malern und Dichtern, die Istvan im Kaffeehaus kennengelernt hatte, und wie er mit Marco in Deutschland war, im Ruhrgebiet, das wie ein neues Amerika war, und sie hatten dort in einem Jahr mehr verdient als hier in dreien.

Istvan rief: »Bruder, komm her mit deinem Kontrabaß! Wer spielt die Baßgeige besser als du? Wir schreiben einen Vertrag auf ihren dicken Bauch, wir gründen mit Marco ein berühmtes Orchester, und Janka muß die Geige wieder stimmen, die kommt ans zweite Pult, und ein Cello und ein paar Bläser werden wir schon finden. Wäre gar nicht so schlecht, wenn noch zwei oder drei Frauen dazukämen, das mögen die Leute, das wird jetzt modern. Man könnte ja erst einmal klein anfangen, aber ihr werdet sehen: Die Zeitungen schreiben über uns, man macht uns Angebote, mehr, als wir annehmen können, und dann spielen wir ein großes Konzert!«

»Und bis dahin?« fragte Laszlo. »Wo werden wir denn wohnen, bis wir die erste Krone verdient haben? Was werden meine Kinder essen? Vielleicht, wenn meine Anna noch lebte, die hätte mir den Mut gegeben – aber dann hätten wir ja noch den Hof.« Er schwieg und schaute verwirrt von einem zum anderen.

»Ich versteh dich, Schwager«, sagte Janka. »Wir beide sind ja auch nicht mehr so jung, wie Istvan möchte. Und ich hab's doch im Rücken. Mit der Geige kann ich mein Brot nicht mehr verdienen. Aber vielleicht könnte ich euch die Triangel oder die Pauke schlagen?« Sie lachte, aber keiner lachte mit.

Laut und rauh sagte Laszlo: »Keinen schöneren Traum könnt' ich träumen, Istvan. Aber wir müssen bleiben, wo wir sind.« Dann, nach einer Pause: »Und was wir sind.«

Unterm Tisch faßte Dana nach Leos Hand. »Immer?« fragte sie leise.

»Wir müssen warten«, flüsterte Leo.

Tante Janka blies die Kerze im Windlicht aus und rief: »Wir wollen sehen, ob eine Sternschnuppe fällt, und jeder darf sich im stillen alles wünschen, was er will!«

Keine Sternschnuppe fiel. Aber sie suchten und zeigten einander die Sternbilder und merkten nicht, daß sie nur noch flüsterten. So schön war die Nacht.

Am Tag darauf gingen sie früh in die Stadt und kauften für Stephan ein Buch über die Motoren in den Automobilen und für Mathilde eine Kaffeemühle, die man an die Wand schrauben konnte, für Otto einen Grazer Lodenhut und für die vier Kinder eine Laterna magica mit zwölf Glasbildern.

Danach mußte ihnen Istvan noch eine Krone leihen, damit sie die Fahrkarten für die Heimfahrt bezahlen konnten.

»Das waren die schönsten Tage in meinem Leben«, sagte Leo, als sie im Zug saßen. Und Dana fragte: »Können wir vielleicht im nächsten Jahr wieder nach Wien fahren?«

Denn Wien, das war die Stadt des Kaisers, die Stadt der Bücherläden, und man sprach dort nicht über Getreidepreise, Kälberzucht, Einmachtöpfe oder die Kartoffelernte, sondern über Gedichte, Musik und die Zukunft und die Sterne.

»Ja«, sagte Laszlo. »Jedes Jahr einmal wollen wir nach Wien fahren.« Er ließ das Fenster herunter, holte tief Luft und sagte: »Nein, zweimal. Jedes Jahr zweimal!«

Leo und Dana staunten ihn an. Das war ein unglaublich großes Versprechen! Und er würde es halten, der Vater.

Im Oktober kamen zum erstenmal die deutschen Wandervögel ins Hochtal: Hendrike, die sie Rike nannten, Herta, Paul, Jan und Mischa, der eigentlich Emil hieß.

Sie hatten oben am Waldrand bei der Rinderweide, wo der Bach ins Hochtal hinaustrat, weit weg vom Hof, zwei weiße Zelte aufgeschlagen. An die Bäume gelehnt, standen fünf staubige Fahrräder. Von weit her kamen sie, aus Deutschland, aus dem Ruhrgebiet. Stephan erzählte davon.

»Verrückte!« sagte er.

»Jungen und Mädchen ohne Erwachsene!« rief Mathilde.

Stephan sagte: »Eine ist schon beinahe Lehrerin, und einer ist Student. Der will Doktor werden. Sonst hätte ich ihnen den Platz nicht gegeben.«

»Aber sie sind nicht verheiratet«, sagte Mathilde.

»Onkel Istvan und sein Freund waren einmal ein ganzes Jahr in diesem Ruhrgebiet«, sagte Dana. »Da haben sie Musik gemacht und viel Geld verdient.«

»So?« fragte Mathilde. »Aber sie haben bestimmt nicht im Zelt gelebt wie die da oben.«

Der Vater Laszlo hatte in der Zeitung von den Wandervögeln gelesen.

»In Deutschland gibt es viele davon«, sagte er. »Meist ehrliche junge Leute. Sie wollen die Welt verbessern.« Er lachte. »Wissen nur nicht, wie! Ich weiß es auch nicht. Es gibt auch in Österreich einen Wandervogel-Verein. Die faseln etwas vom Kampf gegen die slawische Flut. Das bin wohl ich, oder sie meinen den russischen Großvater mit der polnischen Großmutter? Slawische Flut! Warum machen sie nur immer alle so große Worte.«

In der Dämmerung gingen Leo und Dana über den

oberen Hangweg zur Rinderweide. Erst versteckten sie sich im Unterholz, dann kamen sie wie zufällig den Weg herunter, und von nun an saßen sie jeden Abend bei den Wandervögeln.

Sie sahen ihnen zu, wie sie dicke Suppe aus Haferflocken und Gemüse kochten, sie brieten mit ihnen Kartoffeln in der heißen Asche und hörten, wie sie miteinander redeten, über das Rechnen und Denken der Alten und über das Fühlen und Ahnen der Jungen, über die Industrie und die Arbeit an Maschinen, über Reichtum und Armut, von Selbstbestimmung und Verantwortung, und wie sie, die Jungen, eines Tages eine neue, gerechtere, glücklichere Welt bauen wollten.

Sie redeten von einer neuen Jugend, neuem Leben und neuem Wohnen, neuer Kleidung, neuem Essen, überhaupt von neuen Menschen, und ihre liebsten Worte hießen: »Freiheit«, »Lebendigkeit«, »Menschheit«, »Wahrheit«, »Schönheit«, »Reinheit«, »Kunst«, »Natur«.

Dana und Leo saßen dabei wie in der Kirche und hörten, wie sie alle soviel wußten und daß jeder eine eigene Meinung hatte, und Leo fühlte sich dumm und kindisch und beneidete die anderen, die nicht für jeden Bissen Brot arbeiten mußten, die in die Schule gehen durften, solange sie wollten, die soviel gelernt und studiert hatten, daß sie nun solche Gedanken denken und darüber reden konnten, die mittags im Schatten lagen und Bücher lasen, die morgen oder übermorgen, wie es ihnen Spaß machte, weiterwandern oder noch einen Tag hierbleiben würden, und niemand konnte ihnen dreinreden, aber ihm, Leo, durften der Vater, Stephan, Mathilde und Otto befehlen, was er heute oder morgen tun sollte, über jeden Schritt, den er tat, bestimmten sie.

Die Wanderfreunde erzählten, daß sie jetzt von weit

her aus der Gegend von Kassel kamen, von einem Berg, der »Hoher Meißner« hieß. Dort hatten sich Wandergruppen von überallher getroffen und einen Freundschaftsbund gegründet, und sie hatten nächtelang an den Feuern über die Zukunft geredet.

»Kann man denn von der Zukunft etwas wissen?« fragte Leo und wurde rot, weil er gewagt hatte, den Mund aufzumachen. Bestimmt war dies die dümmste Frage, die man überhaupt stellen konnte.

Mischa sagte: »Daß vieles in unserer Welt falsch und verlogen ist, das weißt du doch, Leo? Und was tust du dagegen? Wehrst du dich gegen die Erwachsenen? Wehrst du dich gegen ihre Herrschaft?«

»Warum?« fragte Leo, und er kam sich noch dümmer vor.

Jan rief: »Weil es falsch ist, daß in unserer Welt die Erwachsenen alle Macht haben. Aber wir haben die Zukunft, wir müssen in der Zukunft leben. Und wir wollen, daß alle, wirklich alle Menschen so leben können, wie sie wollen, daß es keine armen und reichen, keine gebildeten und ungebildeten Menschen mehr gibt.«

»Wie kann man das ändern?« fragte Leo.

Herta rief: »Zuerst einmal müssen junge Menschen dieselben Rechte haben wie die Erwachsenen. Punkt. Dann machen wir alles besser, dann schaffen wir zum Beispiel die Geldwirtschaft ab. Wir kehren zurück zur Tauschwirtschaft. Dann gilt alles soviel, wie es jedem einzelnen wert ist. Verstehst du?«

»Ich weiß nicht«, sagte Leo. »Ich bin doch schon Knecht, seit ich zwölf Jahre alt war. Ich war abends immer zu müde zum Lernen.«

»Ich weiß«, sagte Rike. »Eine Schande ist das. Kinder sollten soviel lernen dürfen, wie sie wollen. Auch das werden wir ändern.«

»Wirklich? Könnt ihr das?« fragte Leo.

Paul schrieb ihm zwei Sätze auf einen Zettel. Er sagte dazu: »Was ich hier für dich aufgeschrieben habe, das sagt alles, was wir Jungen denken und wollen. Diese Botschaft haben wir aller Welt vom Hohen Meißner verkündet. Wir haben sie in die Zeitungen schreiben lassen, damit die Leute wissen, wer wir sind und was wir wollen, wir Jungen.«

Laut und feierlich las er vor: »Die Freideutsche Jugend will aus eigener Bestimmung, vor eigener Verantwortung, mit innerer Wahrhaftigkeit ihr Leben gestalten. Für diese innere Freiheit tritt sie unter allen Umständen geschlossen ein.«

Leo fragte: »Seid ihr das? Die Freideutsche Jugend? Braucht ihr nicht zu arbeiten, damit ihr etwas zu essen bekommt?«

»Ich schon«, sagte Mischa, »ich bin vom Herbst an Lehrhauer bei der Zeche Neumühl, und meinen Lohn gebe ich fast ganz zu Hause ab, weil mein Vater Bergmann ist, und ich habe noch drei kleine Geschwister, und die Großeltern wohnen bei uns. Da muß jeder mitverdienen, sobald er kann. Paul wohnt noch bei seinen Eltern, Rike auch, aber die ist ja bald Lehrerin, Herta ist Lernschwester im Krankenhaus, und Jan studiert in Bonn.«

»Kostet das bei euch kein Geld?« fragte Dana. »Leo und ich, wir würden so gern studieren, aber unser Vater kann uns kein Zimmer und kein Essen in der Stadt bezahlen und das Schulgeld auch nicht.«

Leo sagte: »Nur wer viel Geld hat, kann lernen, was er will.«

»Recht hast du«, sagte Herta. Die anderen schwiegen.

»Es geht noch zwei Sätze weiter«, sagte Paul zu Leo

und zeigte auf den Zettel, »über das Rauchen und den Alkohol. Beides lehnen wir natürlich ab. Aber den Anfang mußt du auswendig und inwendig lernen, wenn du einmal einer von uns werden willst.«

»Ich?« fragte Leo. »Ich bin doch ein Knecht.«

Aber das hörte keiner, oder sie wollten nichts dazu sagen. Rike stimmte die Gitarre, und Jan warf soviel Reisig ins Feuer, daß es knisternd hochflammte.

Wenn die Wandervögel nicht redeten, sangen sie, und Leo und Dana gingen nun jeden Abend zu den Freunden hinauf und lernten ihre Lieder und sangen mit und fühlten sich so lange wenigstens so, als gehörten sie zu diesen anderen, freien und glücklichen Menschen.

Einmal sagte Rike zu Leo: »Du hast eine schöne Stimme. Du solltest Gesangsstunden nehmen.«

Gesangsstunden? Er, Leo? Er schüttelte den Kopf. »Ich hab ja noch nicht einmal Zeit, vom Vater ein bißchen den Kontrabaß zu lernen.«

»Träumst du denn nie von einem anderen Leben?«

»Doch«, sagte Leo. »Viele Bücher möchte ich lesen und alles lernen, was die Menschen jemals gedacht und aufgeschrieben haben. Aber wozu? Fürs Pflügen und Säen und die Schweinemast weiß ich genug. – Jetzt ist mein Schwesterchen eingeschlafen. Ich muß um fünf Uhr früh mit der Arbeit anfangen. Vom Träumen werden Leute wie wir nur unzufrieden. Gute Nacht.« Er nahm Dana auf beide Arme und trug sie den Hang hinunter, quer über die Weiden zum kleinen Haus, so stark war er geworden bei der schweren Arbeit.

»Das ist nicht wahr!« rief Rike ihm nach. »Man kann alles ändern!«

Leo konnte an diesem Abend nicht einschlafen. Er stand am Fenster und wollte sehen, ob wohl bei denen dort oben das Feuer noch brannte. Worüber sie jetzt wohl redeten? »Aus eigener Bestimmung, vor eigener Verantwortung, mit innerer Wahrhaftigkeit das Leben gestalten«? Wie denn, wenn man Leo war und eine kleine Schwester hatte wie Dana und einen Vater wie Laszlo? Der wollte kein eigenes Leben mehr anfangen. Und Leo? Nein, er hatte nicht mehr Mut als Laszlo.

Am nächsten Tag fuhren die Freunde weiter.

Leo kam aus dem Stall, als sie sich verabschieden wollten. In den schweren, kotigen Holzschuhen stand er da und schämte sich vor denen mit den weißen Leinenhosen und den schwarzen Baskenmützen und schämte sich vor ihrer Fröhlichkeit, weil ihm so neidisch und hoffnungslos zumute war. Nein, er wollte ihnen nicht die Hand geben. Ihnen würden hinterher die Finger stinken. Er hatte bei den Schweinen ausgemistet.

Rike stand noch bei ihm, als die anderen schon im Hohlweg waren.

Sie fragte: »Möchtest du, daß wir im nächsten Jahr wieder hierherkommen?«

»Wenn ihr wollt«, sagte Leo.

»Wir kämen gern.«

»Ja, dann kommt doch. Kommt, bitte!« sagte Leo. Und jetzt war er plötzlich den Mißmut los. »Wann kommt ihr? Im Frühling?«

»Vielleicht«, sagte Rike und hielt ihm so lange die Hand hin, bis er sie nahm. Sie fuhr den anderen nach und winkte.

Sie kamen im April 1914, als im Hochtal noch die Kartoffeln gelegt wurden, und Gerste und Hafer waren zu säen, der Winterweizen zu eggen, und auf das Futterrübenfeld mußte Dung gefahren werden.

Am ersten Abend war Leo so müde, daß er nicht zu den Zelten hinaufgehen wollte. Er dachte: Ich werde nur dummes Zeug reden oder einschlafen, und dann lachen sie über mich, und ihren Spruch habe ich auch noch nicht auswendig gelernt.

Aber Dana war schon allein hinaufgelaufen.

»Geh ihr nach, bitte«, sagte Laszlo. »Wie soll das Kind das Wahre und das Falsche in ihren wirren Reden unterscheiden?«

»Da ist nichts Wirres«, sagte Leo. »Ich kann nur nicht alles verstehen, was sie sagen. Sie kommen aus einer anderen Welt.«

»Es ist doch die Welt, in der du leben möchtest«, sagte Laszlo hinter der Zeitung.

Als Leo zu den Zelten kam, saß Dana schon bei den Freunden am Feuer, und Paul saß neben ihr, glättete den Boden und malte mit einem dürren Zweig ein Haus.

Er sagte: »So soll mein Haus einmal aussehen, wie euer Hof im Viereck gebaut und mit einem breiten, tiefen Dach, aber ohne Ställe und Scheune und Misthaufen. Ringsum sollen nur Zimmer sein, und in der Mitte ein Garten.«

»Mit einem Springbrunnen, wie in Wien!« rief Dana.

»Würde dir das gefallen, das Haus?« fragte Paul.

»Hör auf damit«, sagte Herta. »Dana ist noch nicht ganz zehn Jahre alt. Willst du dich vor dem Kind dicktun mit deinem reichen Vater?«

»Sie wird einmal eine schöne Frau sein«, sagte Paul, »blond mit schwarzbraunen Augen. Das gibt es nicht oft. Und eines Tages kommt ein Prinz und baut ihr ein schönes Haus.«

Dana sagte: »In jedem Zimmer muß ein Klavier stehen, wie bei Onkel Istvan!«

»Wenn du willst«, sagte Paul. »Dann mußt du aber auch Klavierspielen lernen.«

»Wenn du willst«, sagte Dana und hob das Gesicht und lächelte und schaute ihm in die Augen.

Leo stand hinter ihr. Verwirrt und erschrocken sah er Herta an, dann Rike, Jan und Mischa und wieder Rike. Sie nickte, lächelte auch und zuckte die Achseln.

Leo setzte sich zwischen Dana und Paul. Er mußte sie beide beiseite drängen, aber gerade danach war ihm jetzt zumute.

Er sagte laut: »In zwei Jahren, wenn Dana zwölf ist, wird sie Magd bei unserem Bruder und verdient ihr Essen, wie ich mit zwölf Jahren als Knecht mein Essen verdienen mußte. Und Magd wird sie bleiben, wenn nicht ein Bauer so gutmütig ist und ein Mädchen ohne Besitz heiratet. Eine Dirn ohne Geld kann sich ihren Mann nicht aussuchen. Die ist eines Tages die liebe alte Tante auf dem Hof und hütet die Kleinen und strickt für alle die Strümpfe. Ich bin dann der alte Onkel Leo und schnitze die Heurechen und mach den Stiel an der Axt fest und geh in den Wald zum Schwammerlsuchen und sonntags nach der Messe zum Wirt für einen Viertelschoppen. Im übernächsten Jahr bin ich achtzehn, dann verdiene ich soviel wie ein Tagelöhner. Mir ziehen sie natürlich drei Viertel vom Lohn fürs Essen und alles andere ab. Aber auch vom vollen Lohn kann ein Tagelöhner nur leben, wenn er ein eigenes Dach überm Kopf hat. Frau und Kinder ernähren und einen Mietzins bezahlen, das kann kein Tagelöhner.«

»Aber euer Leben!« rief Jan. »Ihr habt doch ein Recht auf ein eigenes Leben!«

»Das denk ich oft«, sagte Leo. »Aber dann lese ich in der Zeitung, wieviel Arme und Hungrige es gibt. Wir werden immer das Nötigste haben.«

»Das Nötigste!« rief Herta. »Sind denn Essen und Trinken das Nötigste?«

»Ja«, sagte Mischa. »Wenn man arm ist, ja.«

»Nein!« rief Paul. »Es gibt höhere Werte!«

Jan sagte: »Gott erhalte dir deine höheren Werte und den reichen Vater. Wenn einer Bauchschmerzen hat vor Hunger, und er sieht seine Kinder am Hunger und an der Schwindsucht sterben, dann sind ihm Brot und Butter und ein Stück Fleisch die höchsten Werte.«

»Also, was schlagt ihr Leo und Dana vor?« fragte Rike. »Er will noch viel lernen, und Dana will sogar studieren. In Hamborn soll es bald eine Abendschule geben. Warum kommen die beiden nicht zu uns? Arbeit gibt es bei uns für alle. Die Löhne sind nicht gerade fürstlich, aber sie reichen für eine Familie, wenn die Frau mitarbeitet. Also?«

»Ins Ruhrgebiet? Nach Hamborn? Das ist so weit weg, so fremd«, sagte Leo.

»Fremd ist keiner bei uns«, sagte Herta. »Jans Eltern sind Ostpreußen, Mischas Eltern sind Polen, meine Großeltern sind aus Tirol, Rike kommt aus Westfalen, und Paul hat einen bayerischen Vater und eine französische Mutter.«

»Im Frühjahr müßt ihr kommen«, sagte Paul. »Dann sind die Rheinwiesen gelb von Schlüsselblumen, und in den Hecken blüht der Schlehdorn weiß wie Brautschleier. Dahinter stehen schwarz und gewaltig die Fördertürme, die Hochöfen, die Kokerei und das Walzwerk: die königlichen Burgen der Arbeit.«

Herta lachte und rief: »Seht euch seine Hände an! Die haben noch keine Kohle aus der Erde geholt. Er vergißt den schwarzen Dreck, mit dem seine königlichen Schornsteine unsere Gardinen und Brautschleier grau färben.«

»Kommt ihr?« fragte Rike.

»Ja!« rief Dana. »Wir kommen bestimmt! Wann sollen wir kommen?«

Leo rieb sich die Stirn. »Ich muß doch die Baumstümpfe aus dem neuen Feld roden, und im Wald hat es diesen Winter soviel Bruch gegeben, davon wollen wir einen Wagenschuppen bauen. Den Plan hat Stephan schon gezeichnet.«

»Verstehst du denn nicht, was wir meinen?« rief Herta. »Deine Zukunft, dein Leben! Deine Freiheit meinen wir!«

»Ich muß nachdenken«, meinte Leo.

Die Freunde wollten nur diese eine Nacht hierbleiben und morgen in der Frühe weiterfahren nach Griechenland; nur Mischa mußte zurück ins Bergwerk.

»Nach Griechenland?« fragte Leo. »Da sind die Leute arm, und es ist heiß und trocken. Warum wollt ihr dorthin?«

Jan wollte es ihm erklären, aber Leo verstand nicht, was Jan meinte, wenn er sagte: »uralte Kultur« oder »Wiege des Abendlandes«. Mitten in Jans Rede stand er auf.

»Also, bis morgen«, sagte er. »Braucht ihr noch Brot oder Käse? Nein? Gut. Ihr könnt ja ausschlafen, euer Griechenland läuft euch nicht weg. Wir verstehen ja doch nichts davon, wir dummen Bauernkinder, wir werden nie was verstehen von solchen Sachen« – und stotterte und redete viel zu laut. »Gute Nacht!« Er packte Dana hart am Arm und zog sie fort.

Am Morgen lag auf der Bank unterm Birnbaum ein Reisebuch über Griechenland. Ein Zettel lag darin: »Für Leo von Rike. Auf Wiedersehen im nächsten Jahr!«

Aber vier Monate später war Krieg.

Ende Juni, an einem Sonntagabend, kam Ivo, der Schmied, zur Melkzeit den Hohlweg herauf, riß die Stalltür auf, rief: »Die Serben haben den Franz Ferdinand und die Sophie ermordet!«, rannte zur Milchkammer: »Unsern Erzherzog haben sie totgeschossen, in Sarajewo, heute!«, klopfte ans Küchenfenster: »Bäuerin? Bete für den Kaiser. Sie haben auf den Thronfolger geschossen, in Sarajewo, irgendein Verrückter war das. Sie haben ihn schon.«

»Was ist geschehen?«

Ivo wollte ihr nicht vom Tod reden. Sie erwartete ihr fünftes Kind.

»Frag Stephan. Ich lauf zu Laszlo, der soll uns alles aus der Zeitung erklären«, und war mit zwei Sprüngen am Tor.

Laszlo saß am offnen Fenster und las die Zeitungen der letzten Woche.

»Laszlo! Die Serben, die Serben! Sie haben den Franz Ferdinand und die Sophie umgebracht! Erst hat einer eine Bombe geworfen, die hat aber nur die Leute an der Straße erwischt, manche sollen verletzt sein, aber den Erzherzog und seine Sophie hat einer erschossen!«

»O Gott!« sagte Laszlo. »Aber man hat es kommen sehen.«

»Und was wird daraus werden?«

»Krieg«, sagte Laszlo.

»Ich hab Angst«, sagte Ivo. »Ich bin zweiundzwanzig Jahre alt, und sie werden mich holen, weil sie Hufschmiede für die Kavallerie und die Artillerie brauchen. Und ich wollte im Herbst heiraten.«

»Dann tu das bald. Jetzt ist ja noch Frieden, und warte, bis dein Jahrgang einberufen wird. Vielleicht ist bis dahin alles vorbei.«

»Ich glaub's nicht«, sagte Ivo.

»Ich auch nicht«, sagte Laszlo. »Aber ich sag: Man muß immer alles Gute hoffen, damit es kommen kann.« Das sagte er oft.

Dana zupfte an Ivos Jacke: »Eine Bombe, was ist das? Sind die Leute davon gestorben? Und den Herrn Franz Ferdinand und die Frau Gräfin Sophie, die hat einer erschossen? Wann war das? Heute? Und wir haben vielleicht grad die guten Buchteln gegessen, und in Serbien haben sie geschrien und geblutet. Haben sie viel geblutet, der Mann und die Frau? Warum sind sie denn überhaupt nach Serbien gefahren, wenn die Serben sie umbringen wollten?«

»Ich erklär dir das heute abend«, sagte Laszlo.

»Was hat er denn gesagt, der Herr Franz Ferdinand, wie der Mann auf ihn geschossen hat? Und die Frau, was hat die gesagt?«

»Ich war nicht dabei«, sagte Ivo. »Und ich möcht nie und nie in meinem Leben dabeisein, wenn Menschen totgeschossen werden. Laß mich in Ruh, Dana.«

Sie fragte Laszlo, ob sie ins Dorf hinunterdürfte, zu ihrer Freundin Josi, und fragen, ob auch die schon wußte, was da in Serbien geschehen war, und ob es vielleicht noch mehr Neuigkeiten über die schreckliche Sache gäbe?

»Lauf«, sagte Laszlo. »Aber sei zurück, ehe es dunkel wird.«

Sie lief zum Hohlweg mit langen Sprüngen und kurzen Hüpfern dazwischen.

»Sie springt, als ob sie sich freute«, sagte Laszlo. »Als hätte sie Spaß an solchen Geschichten. Ich glaube, für das Kind ist Blut nur eine Sache von schöner roter Farbe, und Tod, das ist ein Wort aus dem Kasperltheater, der Name für ein klapperndes Gerippe, das man auslachen kann.«

Ivo reckte die Arme und rief: »Nein, es gibt keinen Krieg! Ich will das jetzt vergessen. Man macht doch nicht Krieg und tausend Leute sterben, weil ein Serbe auf zwei Österreicher geschossen hat?«

»Es wäre besser, du bliebst bei deiner Angst«, sagte Laszlo.

Jetzt kamen Leo, Stephan und Mathilde vom Hof herüber.

»Ach, unser lieber alter Kaiser!« rief Mathilde. »Der muß jetzt so traurig sein, weil sein lieber Neffe tot ist. Warum tun Menschen so etwas?«

Laszlo sagte: »Weil sie meinen, dadurch würde irgend etwas besser. Es ist zum Lachen und zum Weinen: So einer meint, er täte etwas Gutes.«

»Aber was heute geschehen ist, das müssen sie bezahlen, die Serben, mit Blut und Tränen müssen sie das bezahlen!« rief Stephan.

Ivo fragte: »Hast du denn gar keine Angst vor dem Krieg?«

»Wovor sollen wir uns fürchten? Ein riesiges Land sind wir, neun Sprachen werden in unserem Österreich gesprochen! Ein Land, das einen Freundschaftsvertrag mit dem preußischen Wilhelm hat und mit den preußischen Soldaten und Kriegsschiffen und Flugzeugen!«

Leo mochte ihnen nicht mehr zuhören und ging ins Dorf hinunter. Er wollte Dana nach Hause holen, als könnte sie nur dort in Sicherheit sein vor dem Krieg.

Er kam am Gasthaus vorbei, da saßen viele Leute im Biergarten und redeten laut und stießen nach jedem Satz die Krüge auf den Tisch.

Einer rief über den Zaun: »Leo! Was sagt dein Vater? Der kluge Laszlo weiß doch alles. Wann feiern wir den Sieg?«

»Weiß ich nicht«, sagte Leo. »Ist denn schon Krieg?«

»Den brauchen wir gar nicht abzuwarten. Wir zeigen's den Serben, das ist sicher. Hoffentlich geht es bald los! Was meint der Laszlo denn, was steht in den Zeitungen?«

Leo sagte: »Was soll denn in den Zeitungen von gestern stehen?«

Am 7. August, als Dana zehn Jahre alt wurde, hatten Österreich-Ungarn und Deutschland Krieg mit Rußland, Belgien, Frankreich und England. Vom Geburts- und Namenstag war nicht viel die Rede, nur Laszlo und Leo gratulierten Dana. Der Vater schenkte ihr einen neuen Schulranzen, den hatte er selbst mit der Schusterahle aus Rindsleder genäht. Er hatte noch Blasen davon an den Händen. Nun konnten Danas Bücher und Hefte nicht mehr im Bücherriemen naß werden auf dem weiten Schulweg.

Leo schenkte ihr ein weißes Sommerkopftuch mit blauen Sternchen. Das hatte ihn den Lohn von zwei Monaten gekostet. Dana wollte gleich damit ins Dorf zu ihren Freundinnen laufen, aber dafür war heute keine Zeit.

Mathilde war schon frühmorgens herübergekommen: Laszlo möchte bitte ins Dorf gehen und für alle vom Hof die Selbstversorger-Lebensmittelkarten abholen, und von Ivo sollte er ein Paket lange Nägel und zwölf Mauerhaken mitbringen.

Man müßte nun vorsorgen, meinte sie. Krieg, das bedeute doch, daß kein Bauer mehr frei verfügen konnte über die Frucht auf seinen Feldern oder das Vieh in seinem Stall. Jetzt würde gezählt und gewogen, was jeder für sich und für seine Familie behalten durfte, und das würde nicht zuviel sein. Weil aber alles, was sie auf den Tisch brachten, mit ihrer eigenen Kraft und Arbeit erworben war, hätten sie ein Recht, selbst zu bestimmen, wieviel sie brauchten. Man würde im Keller und auf dem Fruchtboden heimliche Verschläge bauen, und dahinter könnte man Kartoffeln, geselchtes und eingekochtes Fleisch und allerlei Gemüse, vor allem aber etliche Sack Getreide und Erbsen aufbewahren.

Laszlo fragte: »Und wenn es eine Hungersnot gibt? Wenn alle Vorräte beschlagnahmt werden?«

Da antwortete Mathilde, die Fromme, die Sanfte: »Für euch alle zu kochen und euch das Brot zu backen und euch ordentlich und sauber zu kleiden, das ist mein Beruf. Keiner in meinem Haus soll hungern, jedem soll der Teller mit gutem Essen gefüllt sein, da lasse ich mir nicht dreinreden, nicht vom Heiligen Vater in Rom und auch nicht von unserem lieben Kaiser, Gott schütze ihn!«

»Gut«, sagte Laszlo. »Ich helf dir, wenn du mich brauchst.«

Dana und die vier Hofkinder – das Sannerl, das Reserl, der kleine Konrad und der dreijährige Toni – trugen junge Kartoffeln und die ersten Kohlköpfe und jungen Karotten in großen und kleinen Körben in den Geheimkeller. Mathilde versorgte alles in Sandmieten und Kisten und stellte lange Reihen von Einkochgläsern mit Fleisch, Wurst, Schmalz, Obst und Gemüse in ein Regal, genug für zwei Winter.

Stephan und Leo zimmerten einen Verschlag aus alten Brettern davor und häuften soviel Gerümpel vor den Eingang, daß bestimmt niemand außer ihnen beiden den Weg zu den guten Vorräten finden konnte.

Inzwischen hatten Laszlo und Otto unterm Dach ein Stück vom Schüttboden für den heimlichen Getreidevorrat abgeteilt und alles, was noch von der letzten Ernte übrig war, dort in Säcken gestapelt, auch die kaum getrockneten Erbsen von diesem Jahr. Linsen und Bohnen kämen dann später hinzu.

Mathilde brachte eine Schürze voll Ringbrote. Dreimal stieg sie keuchend und lachend mit der prall gefüllten Schürze die steile Stiege hinauf und fädelte mit den Männern die Brote auf eine Schnur, die spannten sie hoch im Giebel auf, wo keine Maus sie erreichen konnte, und spannten weiße Tücher darüber. Mochten die Brote hart und trocken werden. Man würde sie nach Jahren noch in Stücke brechen und essen können.

Vom Dachboden bis zum Keller war das Haus voll Bewegung und Gelächter, als hätten sie mit ihrer List schon den ganzen Krieg besiegt, und Mathilde ging in die Küche und ließ das Stiegenhaus bis unters Dach nach Kaiserschmarrn duften.

Sie saßen um den Tisch in der Stube, und in der Mitte stand die Riesenschüssel mit dem Schmarrn, der war flaumig zart und dottergelb und so freigebig mit saftigen Rosinen durchsetzt und von Zucker überschneit, wie eben nur Mathilde einen Schmarrn zustande brachte. Sie gabelten die süßen, fetten Brocken aus der Schüssel wie eine vergnügte Festgesellschaft.

Dann sahen sie Konrad über den Hof kommen, den Bürgermeister, mit einem blauen Aktenstück unterm Arm, und im Gehen zog er ein Papier aus der Mappe.

Mathilde stand auf und lief ohne Gruß an Konrad vorbei in den Stall, weil sie wußte: Er brachte den Einberufungsbefehl für Stephan, und zum Weinen wollte sie allein sein.

Erst redete Konrad nur davon, daß nun das Vieh gezählt werden müsse, Milchvieh und Schlachtvieh, Schweine, Ziegen, Schafe und Geflügel, und vor allem natürlich die Pferde.

Tja, und da wäre ein Bescheid, daß der Hof im

Hochtal zwei Pferde abgeben müßte, auch wenn sie nur drei hatten. Und was den Bauern betraf, den Stephan, den ältesten Sohn seines lieben Freundes Laszlo, der müßte am fünfzehnten August in Linz in der Kaserne sein, in einer Woche also, erst einmal nur zur Ausbildung, denn er mußte ja das Soldatenhandwerk noch lernen. Erst danach, vielleicht im Winter, käme er an die Front. Aber bis dahin sei der Krieg bestimmt schon ganz vorbei, oder wenigstens fast ganz.

Mathilde war wieder hereingekommen, blaß und gerade stand sie neben der Tür an der Wand.

»Verlaß dich drauf«, sagte Konrad zu ihr: »Wenn dein Kind kommt, kriegt er Sonderurlaub.«

Keiner mochte mehr vom Schmarrn essen, nur Stephan. Er allein aß die Schüssel leer. Er lachte über die anderen und ihre bleichen Gesichter. »Ihr Sauertöpfe!« sagte er. »Wir müssen doch endlich der Welt zeigen, wer wir sind. Oder sollen wir uns die kaiserliche Familie so einfach umbringen lassen?«

Das Kind kam im Oktober zur Welt. Es wurde Gottfried getauft, Mathilde wollte das, und sie nannte den Kleinen vom ersten Tag an Frieder. Tatsächlich hatte Stephan drei Tage Urlaub bekommen.

Es kam ihnen aber allen so vor, als ginge er gern wieder zurück in die Kaserne. Er hatte sich zu den Kraftfahrern gemeldet und sollte in der kommenden Woche den ersten Fahrunterricht bekommen. Darauf freute er sich schon, und das verstanden sie alle.

Aber er sagte auch: »Ich wollte, ich dürfte bald hinaus und den Feinden aufs Haupt hauen. Hoffentlich sind unsere Leute nicht schon fertig mit denen, ehe wir ausrücken dürfen.«

Und er sagte zu Mathilde: »Es ist nicht recht, daß wir

Lebensmittel versteckt halten, wenn das Vaterland im Krieg steht. Es ist auch ein Mißtrauen dabei, als ob wir nicht an unseren Sieg glaubten. Also, hol das Zeug wieder heraus. Morgen tust du das!«

Mathilde war so erschrocken, daß sie kein Wort sagen konnte. Später, als Stephan im Stall war, schickte sie Sannerl zu Laszlo in die Küche. Er half beim Kochen und bei der Stallarbeit, solange Mathilde in den Wochen war. Sannerl richtete ihm aus, er möchte bitte zur Mutter kommen.

»Ich weiß schon, was dich bedrückt«, sagte Laszlo zu Mathilde. »Mir hat er's auch gesagt. Du sollst deine schönen Vorräte wieder auspacken.«

»Muß ich das tun?« fragte Mathilde.

»Wenn du in dieser Sache mit dem Heiligen Vater in Rom und mit dem Kaiser in Wien im reinen bist, dann darfst du tun, was dir richtig vorkommt. Außerdem hat ja noch keiner danach gefragt.«

»Danke, Vater«, sagte Mathilde. Und ihre geheimen Speisekammern blieben verschlossen.

Ein halbes Jahr später schrieb Stephan aus Ostpreußen: »Es ist nicht so mit dem Soldatsein, wie man es gemeint hat. Es ist ein sehr hartes Leben. Aber man muß immer seine Pflicht tun. Hier gibt es große Höfe und gutes Land. Wir müssen alles kaputtschießen, und mit den schweren Geschützen und den gepanzerten Wagen fahren wir die guten Äcker zuschanden. Ich habe große Sehnsucht nach der Heimat. Aber wir marschieren jetzt nach Rußland hinein. Gott schütze Euch alle und halte den Krieg fern von unserem Land.«

Als der kleine Frieder ein halbes Jahr alt war, bekam Stephan zwei Wochen Urlaub. Sie waren fast fertig mit der Frühjahrsarbeit, und er war enttäuscht deshalb, er hätte so gern wieder ein Feld geeggt oder Weizen gesät.

Erzählen mochte er nichts, er sagte nur: »Ich red nicht gern davon.«

Er wollte auch den Kleinen nicht auf den Schoß nehmen, keins von den Kindern ließ er nah an sich heran. »Es geht nicht«, sagte er, wenn sie ihm einen Kuß geben wollten oder wie früher von ihm auf den Schultern getragen werden wollten.

Einmal stieß er den kleinen Toni so heftig zurück, daß er hinfiel und weinend ins Haus lief.

Leo sah das. »Hast du deine Kinder denn nicht mehr lieb?« fragte er.

»Zu sehr«, sagte Stephan. »Aber du weißt ja noch nicht, was man im Krieg tun muß und was der Krieg mit dir tut. Du siehst zu viele Tote. Manchmal sind auch Kinder dabei, wenn du zum Beispiel eine Handgranate in ein Haus geworfen hast, und es sind Kinder darin, und nachher siehst du sie tot in der Stube liegen.«

»Hast du die Granate geworfen?« fragte Leo. »Du?« Und ging einen Schritt von ihm weg.

»Aus dem Haus war geschossen worden. Ich hatte den Befehl. Da muß man doch gehorchen? Ich war Soldat, ich hatte den Befehl, ich mußte die Granate werfen. Und verdammt, warum haben die Leute ihre Kinder nicht vorher in Sicherheit gebracht? Aber vielleicht hatten sie keine Zeit mehr dazu. Das tut der Krieg mit dir.«

»Im Herbst muß ich zur Musterung«, sagte Leo.

»Lauf weg, Junge, lauf weg!«

»Und wohin?«

»Das weiß ich nicht«, sagte Stephan. »Wohin du jetzt läufst, rennst du in den Krieg. Er ist überall. Es heißt, wir kämen jetzt nach Italien.«

Leo wurde bei der Musterung zurückgestellt, seine

Augen waren zu schlecht. Mit einer dicken Brille kam er aus der Stadt zurück.

Laszlo umarmte ihn und ließ ihn nicht wieder los, bis Dana sich dazwischen drängte.

»Laßt mich los«, sagte Leo. »Es ist mir gar nicht recht so. Und trotzdem bin ich froh, und dann schäm ich mich wieder, weil ich froh bin.«

Im August 1916 wurde Dana zwölf Jahre alt, und nun mußte sie wie Leo für ihr Essen arbeiten. Sie hatte Ferien an ihrem Geburtstag. Der Vater schenkte ihr einen Sonnenschirm, weil Dana von nun an oft ganze Tage zum Hüten hinausmußte, und Leo schenkte ihr ein dikkes neues Schulheft und einen grünen Bleistift, weil sie sich ein Tagebuch gewünscht hatte.

Früh am Morgen ging Leo mit Dana hinüber zum Hof.

Mathilde saß in der Küche am Tisch, und viele Papiere lagen vor ihr. Sie hatte Geldsorgen, das wußte Leo, und große Sorgen um Stephan. Seine Briefe wurden immer seltener, immer kürzer und klangen dabei immer mutloser. Er war in Italien, am Fluß Isonzo, nicht weit von der österreichischen Grenze. Jetzt hatten sie dort in einem Jahr fünf große Schlachten erlebt.

Leo legte beide Hände auf Danas Schultern, schob sie zum Tisch und sagte: »Sei gut zu ihr, wie du zu mir immer gut gewesen bist.«

Dana ging zu Mathilde, ihrer Schwägerin, und machte einen Knicks vor ihr. Von nun an sagte sie zu Mathilde nur noch: »Bäuerin«.

»Du kannst den Suppentopf abwaschen«, sagte Mathilde. »Mir ist in der Früh die Milch angebrannt. Dann scheuerst du den Tisch und die Melkeimer mit weißem

Sand, und später bringst du mit Otto die Kühe zur Weide am mittleren Hang. Konrad und Sannerl bringen dir mittags eine Suppe und Brot. Nachmittags soll Otto hüten, dann kommst du herunter. Die Arbeitshosen von Leo und Otto müssen am Bach mit schwarzer Seife gebürstet werden. Ich will sehen, ob du das ordentlich machst. Wir werden immer gut miteinander auskommen, was meinst du?«

»Ja, Bäuerin«, sagte Dana und schöpfte schon heißes Wasser in den Suppentopf.

Das war jetzt Danas Leben: Geschirr waschen und Fußböden scheuern, Petroleumlampen putzen und Melkeimer blankreiben, den Garten jäten und Kühe hüten, beim Stallmisten helfen, am kalten Bach die Wäsche waschen und sonntags Kinderstrümpfe stopfen. Am Abend durfte sie erst zum Schlafen in das kleine Haus gehen, wenn die Küche aufgeräumt war und die Hofkinder schliefen.

Auch das war vom Notar so aufgeschrieben, und von einem Taschengeld für das Mädchen stand nichts im Vertrag. Der Vater gab Dana aber an jedem Sonntag zehn Heller, und eine ganze Krone schenkte er ihr zu den großen Festen und zu ihrem Namens- und Geburtstag.

»Schreibst du auch alles in dein Tagebuch?« fragte Leo.

»Ich hab alles von Wien aufgeschrieben«, sagte Dana. »Mehr nicht. Am Abend bin ich immer zu müde. Was soll ich auch schreiben? Daß ich Rüben gehackt habe?«

Weil nun Laszlo, Otto und Leo alle Arbeit allein tun mußten, und Otto war fast sechzig Jahre alt, wurde Dana von der Schule beurlaubt. Sie tat alle Feldarbeit mit Leo zusammen. Im Stall und im Garten hatten

Laszlo und Otto genug zu tun, und Mathilde kochte und wusch für sie alle und für ihre fünf Kinder.

Im späten Herbst starb der gute alte Kaiser Franz Josef, und sein Großneffe Karl wurde Kaiser und König von Österreich-Ungarn.

Mathilde und Dana räumten den Garten ab, und Laszlo grub die Beete um.

»Wenn man's bedenkt, wie jung der noch ist, der Karl«, sagte Mathilde. »Neunundzwanzig Jahre, grad so alt wie mein Stephan.«

Dana sagte: »Bestimmt macht der Kaiser Karl jetzt alles neu, alles anders.«

»Wie kommst du darauf?«

»Weil er so jung ist.«

Mathilde pflückte die letzten reifen Bohnenschoten von den Ranken, und Dana riß die dürren Pflanzen aus und lud sie auf den Schubkarren.

»Nichts wird anders«, sagte Mathilde. »Das wäre ja schlimm, wenn auf einmal alles anders würde.«

»Soll denn alles immer und immer so weitergehen?« fragte Dana.

»Das ist doch gut so«, sagte Mathilde.

»Nein«, sagte Dana und packte den Karren, als wäre er ein feindliches Ding, und schob ihn zum Kompostplatz.

»Eine Unruhe steckt in dem Kind!« sagte Mathilde. »Das kann einem angst machen.«

»Ja«, sagte Laszlo. Mehr nicht.

Dana kippte den Karren aus und murmelte: »Etwas muß geschehen, oder ich lauf weg.«

Aber es geschah nichts. Das Jahr ging zu Ende wie alle Jahre auf dem Hof, und das neue fing an und war kaum anders als alle anderen Jahre im Hochtal.

Ostern 1917 kam der erste Brief von Rike. Leo las ihn vor. Rike erzählte von allen Wanderfreunden. Sie schrieb:

»Jan ist 1914 in Flandern schwer verwundet worden. Er hat das linke Bein vom Knie abwärts verloren. Jetzt arbeitet er aber schon wieder als Sanitäter in einem Lazarett in der Eifel. Manchmal kommt er sonntags nach Hamborn, dann treffen wir uns mit Herta, und wir sprechen oft von Euch und von den schönen Tagen im Hochtal.

Mischa war im letzten Jahr gerade neunzehn geworden, da haben sie ihn schon in den Osten geschickt. Zwei Wochen vorher hatten Herta und Mischa geheiratet. So jung! Einmal bekam er noch Urlaub, und nun gibt es seit sieben Wochen keine Nachricht mehr von ihm. Vielleicht ist er in Gefangenschaft, oder er liegt irgendwo im Lazarett? Natürlich kann auch Post verlorengegangen sein. Mischa ist nicht so gern Soldat wie Jan und Paul. Er kann den Kommandoton nicht ertragen, und es quält ihn, daß er auf andere Menschen schießen soll. Wir alle machen uns große Sorgen um ihn.

Herta hat ihre Ausbildung als Krankenschwester abgebrochen, weil es ihren Eltern nicht gutgeht. Der Vater war schon lange krank, jetzt kann auch die Mutter nicht mehr arbeiten gehen, und es sind noch zwei Brüder zu Hause, fünfzehn und sechzehn Jahre alt, beide gehen ins Gymnasium. Die Eltern haben Mühe, das Schulgeld zu bezahlen, und diese beiden Kindsköpfe wollen so schnell wie möglich achtzehn werden, damit sie in den Krieg dürfen. Herta hat bis zum 1. März halbe Tage in der Kiesgrube gearbeitet und für einen Stundenlohn von 18 Pfennigen die schweren Loren auf rostigen Schienen zum Verladeplatz geschoben, nur damit sie auf dem schwarzen Markt etwas Mehl und Milch für die Eltern kaufen konnte und wenigstens alle Woche einmal ein Viertelpfund Schmalz und ein bißchen Zucker für die Jungen. Aber jetzt darf sie keine schwere Arbeit mehr tun. Sie wird ein Kind bekommen. Schlimm, daß es für sie keine bessere Ernährung gibt, denn jetzt kann man im Ruhrgebiet beinahe nichts mehr im Laden kaufen, nur auf dem Schwarzmarkt gibt es noch Fleisch und Fett. Statt Kartoffeln kochen wir Steckrüben, statt Brot essen wir Steckrüben, und statt Butter, Käse, Wurst und Marmelade gibt es Steckrübenmus. Viele Menschen werden vor Hunger auf der Straße ohnmächtig. Die Bergleute haben schon gestreikt, weil sie zu hungrig sind für ihre schwere Arbeit, und meine Schulkinder werden viel öfter krank als früher, weil sie so ausgehungert sind. Ich weiß schon gar nicht mehr, wie man sich fühlt, wenn man satt ist.

Paul ist seit einem halben Jahr an der Front. Er hat mir geschrieben, daß er jetzt zu einem Offizierslehrgang soll. Paßt auf, er wird Leutnant und macht aus der ganzen Kompanie eine Wandervogelgruppe! Ach, unser guter Paul, von Tod und Zerstörung schreibt er kein Wort, aber viel von Sonnenuntergängen und dem ersten Grün am Grabenrand und von einem freundlichen alten Mann, der ihm einen verhutzelten Apfel geschenkt hat. Vor allem Schlimmen macht er die Augen fest zu. Er will nicht wissen, daß es auch Böses auf der Welt gibt. Das ist gefährlich.

Bitte schreibt mir bald, wie es Euch allen geht und ob Ihr nach dem Krieg zu uns ins Ruhrgebiet kommt? Ach, wäre es schon soweit! – Bleibt gesund!

Eure Freundin Rike«

Leo ging mit dem Brief zu Mathilde und bat sie um

Haferflocken, Mehl, Rauchfleisch und ein bißchen Fett und Zucker für Rike.

Sie gab ihm genug für einen Esser, aber nicht mehr.

»Nur dieses eine Mal«, sagte sie. »Man weiß nicht, wie lange der Krieg noch dauert.«

Mit viel Mühe packte Leo alles in eine Schachtel, schrieb einen langen Brief dazu und brachte das Paket zur Post. Auf dem Heimweg pfiff er vergnügt vor sich hin, und pfeifend kam er ins Haus.

»Ich war im Dorf«, sagte er und zog den Arbeitskittel wieder an.

Laszlo sagte: »Sie wird sich freuen.« Leo hatte ihm Rikes Brief vorgelesen, aber vom Paket hatte niemand dem Vater erzählt.

Bald danach kam eine Feldpostkarte von Paul:

»Lieber Leo, es ist sehr traurig, daß man Dich zurückgestellt hat. Denn Du bist doch einer der Unseren, und wo könnten wir besser als im gemeinsamen Dienst am Vaterland unseren Geist ins Volk tragen? Dies ist unsere Stunde! Seite an Seite im Schützengraben können wir Wandervögel und Freideutschen unseren Auftrag als Volkserzieher endlich erfüllen. Wir verteidigen die Urkultur des deutschen Volkes, die einmal weltweit die Kultur aller Völker werden soll! – Bitte grüße Deine lieben Verwandten und vor allem Deine schöne Schwester tausendmal von Eurem Paul«

Dana ließ sich die Karte von Leo schenken.

»Ist er schon Leutnant?« fragte Laszlo.

»Ich weiß nicht«, sagte Dana. »Ist ein Leutnant etwas Hohes?«

»War unser Vater auch, im sechsundsechziger Krieg gegen die Preußen. Soll sich keiner was drauf einbilden«, sagte Laszlo.

Otto hatte Milch gebracht, er hörte, was Dana fragte, nickte viele Male und rief: »Oh, die Leutnants! Sie reiten auf schönen Pferden und haben einen Burschen, der muß ihnen die Schuhe putzen und das Pferd striegeln und den Rock ausbürsten! Die Leutnants sind feine Herren!«

»Im Frieden«, sagte Laszlo.

Aber Dana stellte sich nun vor, daß Paul bald ein Leutnant sein würde: auf einem schönen Pferd, mit blanken Stiefeln und sauber gebürstetem Rock. So würde er eines Tages vor das kleine Haus reiten, und er würde den feinen Herren im Park von Wien gleichen.

Stephan kam anders aus dem Krieg zurück: in zerknitterter Uniform und ausgetretenen Stiefeln, mit faltigem Hals im viel zu weiten Kragen, gelbgesichtig, großäugig, das Eiserne Kreuz und zwei Verwundetenabzeichen auf der Brust, so kam er im Spätherbst 1917 aus Italien, vorzeitig aus dem Heeresdienst entlassen. Er war malariakrank und würde es immer bleiben.

Jetzt hatte er nicht mehr die Kraft, die der Hof brauchte, und er plante Neues: Nach dem Krieg wollte er die meisten Felder und Weiden verpachten und zusammen mit Ivo einen Handel mit den neuen amerikanischen Landmaschinen anfangen. Mähmaschinen, Motorpflüge, Traktoren wollten sie verkaufen. Er lieh sich Bücher in Linz, über denen saß er den ganzen Tag. Wenn man ihn nach seiner Soldatenzeit fragte, schüttelte er nur den Kopf und sagte: »Erst im Osten, dann dritte bis zwölfte Schlacht am Isonzo.«

»Wie war das denn bei den Schlachten?« fragte Dana ihn einmal.

Er wollte ihr endlich solche Fragen abgewöhnen.

»Todesschreie, blutige Menschengesichter, hinter dir brüllen die Kanonen, knattern die Maschinengewehre, sie kommen immer näher, du stolperst durch Gräben, in denen die toten Kameraden von gestern liegen, vor dir ist der Fluß, Pferdeleichen treiben vorbei, Flugzeuge stoßen wie Raubvögel vom Himmel, und auch aus den Flugzeugen wird geschossen. Du wirfst dich mit dem Gesicht in den Sand und schreist und schreist.«

»Und du?« fragte Dana. »Hast du auch geschrien?«

»Zu Gott und zum Heiland, zur Heiligen Jungfrau und zum heiligen Stephanus habe ich geschrien, sie sollen es aufhören lassen, das Schießen. Und zu unserer Mutter Anna habe ich geschrien, sie soll mich beschützen. Aber keiner von denen hat mich gehört, und zum zweitenmal im selben Jahr hat mich ein Granatsplitter erwischt. Hier am Ohr, das ist nur noch halb, und am Kopf hat's mir Haut und Haare weggerissen und ein Stück vom Knochen. Darum bin ich halb taub und hab noch Glück gehabt, daß mir das Ding nicht in den Schädel gefahren ist. Dann läg' ich jetzt irgendwo auf dem Soldatenfriedhof, oder ich wär' in Hartheim in der Irrenanstalt. Hast du jetzt genug vom Krieg gehört, Schwesterchen?«

Dana nickte und lief in den Stall. Sie tauchte die Hand in den Eimer mit dem lauwarmen Kälbertrank und ließ die starken jungen Tiere eins nach dem anderen an ihren Fingern saugen und dabei saufen und schmatzen und kraulte ihre wolligen Köpfe. »Krieg ist gräßlich«, sagte sie.

Stephan war zu Laszlo gegangen. Er fragte ihn: »Warum will Dana immer vom Krieg erzählt haben?«

»Sie will von allem hören, was geschieht. Sie wird

bald vierzehn Jahre alt und ist so hungrig auf Leben«, sagte Laszlo.

»Aber warum will sie soviel von Krieg und Tod erfahren?«

»Darum«, sagte Laszlo. »Sie meint das Leben.«

Und dann, im November 1918, läuteten alle Glocken im Tal, und man hörte, daß die Regierungen einen Waffenstillstand geschlossen hatten.

Mathilde, Stephan, Leo und Otto saßen am hellen Tag in der großen Stube, und Stephan holte seinen besten Wein aus dem Keller und schenkte jedem ein. Sie tranken still ihre Gläser aus und redeten nicht viel und gingen wieder an die Arbeit.

Einige Tage später hörten sie, daß der Kaiser Karl abgedankt hatte. Leo lief ins Dorf und wollte vom Bürgermeister mehr erfahren.

Konrad saß mit einem Hofrat aus Wien in der Gaststube und ließ sich erklären, wie eine Republik verwaltet wird, weil doch der Kaiser Karl nicht mehr regieren wollte.

Viele Männer aus dem Dorf saßen dabei und tranken Wein oder Bier und hörten dem Hofrat zu. Leo setzte sich neben Ivo, der war seit zwei Tagen wieder zu Hause.

Sie sollten jetzt also selbst die Männer wählen, von denen sie regiert sein wollten? Wie machte man das? Woher sollte man wissen, wer gescheit genug war?

Das würden sie schon lernen, sagte der Hofrat. Genaueres würde in der Zeitung stehen.

Aber wenn man den Falschen wählte, war man am Ende selber schuld, wenn das ein Dummkopf oder ein Bösewicht war? Die Kaiser und Könige, die kamen von Gottes Gnaden und waren da, und man mußte sie gehorsam hinnehmen. Das war wie mit dem Wetter, dagegen oder dafür konnte man nichts tun, und man hatte eingesehen, daß der Mensch nicht die Weisheit hatte, das Wetter zu machen. Und jetzt sollte jedermann die Weisheit haben, eine Regierung zu wählen?

Und Ungarn sollte jetzt nicht mehr zu Österreich gehören? Auch die Tschechen und Slowaken und die Südtiroler und die Balkanvölker nicht mehr?

Der Hofrat schraffierte auf einer Landkarte das kleine Stück Österreich, das jetzt noch Österreich war. Er nahm einen Bleistift dazu. Damit man die Striche wieder ausradieren könnte, sagte er.

Leo fragte ihn: »Kann man das denn wieder rückgängig machen? Oder müßte es dann einen neuen Krieg geben? Das will doch keiner.«

»Woher willst du das wissen, du Drückeberger!« rief einer. »Du hast wohl Angst?«

Und ein anderer rief: »Das kann doch jeder, bei der Musterung so tun, als wäre er halb blind!«

»Aber Leo doch nicht! Der doch nicht!« rief Ivo.

»Laß nur«, sagte Leo und schob sich aus der Bank und ging nach Hause. Unterwegs im Hohlweg versteckte er sich hinter einem Baum, als jemand den Weg herunterkam, ein Holzarbeiter auf dem Heimweg, ein freundlicher Mann, den er gut kannte. Aber von nun an ging er den ganzen Winter über nicht mehr ins Dorf, und wenn außer Ivo und Konrad irgendein anderer zum Hof heraufkam, suchte er sich Arbeit im Schuppen oder im Wald. Laszlo merkte bald, daß Leo unglücklich war, aber er wußte nicht, weshalb, bis Konrad ihm von den bösen Bemerkungen im Gasthaus erzählte.

Er sagte: »Das waren zwei von denen, die überall

Händel suchen. Für die war der Krieg nur eine riesige Rauferei. Solche Kerle tun sich noch dick damit, wie viele Feinde sie umgebracht haben. Und jetzt spielen sie die Helden und Retter des Vaterlandes. Daß wir den Krieg verloren haben, das haben sie wahrscheinlich bis heute noch nicht begriffen.«

Dana war glücklich und voller Erwartung. »Jetzt wird alles anders!« sagte sie beim Kartoffelschälen. »Jetzt bestimmt!«

»Aber doch nicht für uns Frauen«, sagte Mathilde.

Im Jahr darauf kamen die Freunde wieder, ohne Mischa. Er war vermißt, und keiner außer Herta glaubte daran, daß er wiederkäme. Ihre Kinder – Zwillinge hatte sie – waren jetzt zwei Jahre alt. Herta hatte sie erst »Papa« und dann »Mama« sagen lassen. Für eine Woche wollte Hertas Mutter sie versorgen.

Die Freunde schoben ihre Räder in den Hof und liefen in den Stall, die Scheune und den Schuppen und umarmten jeden, den sie trafen: Stephan und Mathilde, Leo und Otto, Laszlo und Dana und alle fünf Kinder, die ihnen nachliefen und vor ihnen herliefen und darum bettelten, daß sie einmal mit den Rädern fahren dürften.

Dana konnte den Abend nicht erwarten und lief heimlich schon nachmittags hinauf und sammelte Holz mit Jan und putzte Gemüse mit Herta und Rike und half Jan, die Zeltschnüre zu spannen, und bei all dem sollte Paul sehen, wie geschickt sie war. Er saß am Hang und putzte die Räder, eins nach dem anderen, bedächtig und mit viel Zeit, und schaute zwischendurch oft und lange in Danas Augen.

Aber Mathilde hatte Sannerl losgeschickt, nach den Pfosten an der Rinderweide zu sehen.

»Das hab ich schon getan«, sagte Dana, als das Sannerl ernsthaft von Pfosten zu Pfosten ging und an jedem ein bißchen rüttelte. »Komm, wir gehen heim, ich hab noch im Keller zu tun«, und nickte den Freunden zu, nahm Sannerl an die Hand und ging mit ihr fort.

Der Abend war anders als alle anderen Abende mit den Freunden. Es wurde wenig gesungen, viel geredet, und diesmal entzündeten sich ihre Gespräche an anderen Worten.

Die hießen bei Herta: »Partei«, »Gewerkschaft«, »Überschichten«, »Betriebsräte« und »Streik«. Weil Mischa nicht da war, vertrat sie seine politische Meinung mit doppelter Leidenschaft, als riefe sie ihn damit an ihre Seite.

Bei Paul hießen sie: »Volksgemeinschaft«, »Nordische Rasse«, »Deutsche Sendung«, »Reichsidee«, »Führer« und »Mannentreue«, und bei Rike und Jan: »Freiheit«, »Menschenrechte«, »Vernunft«, »Völkerbund« und »Weltfrieden«.

Leo und Dana hörten ihnen zu und sagten nichts.

»Warum redet ihr nicht mit?« fragte Jan.

»Weil wir von all dem nichts verstehen«, sagte Leo. »Und wenn zwei von euch dieselben Worte sagen, dann denkt sich doch jeder etwas anderes dabei.«

Sie lachten und sangen: »Die Gedanken sind frei!« und waren froh, daß für Augenblicke der Streit ruhte. Aber sie waren nicht mehr so fröhlich und einig wie damals vor dem Krieg. Sie nahmen sich mit jedem Satz in acht voreinander, sie gingen höflich und vorsichtig miteinander um, weil jedes Wort mißverstanden werden konnte. Jeder sprach eine andere Sprache. Aber nun war doch Friede. Warum waren sie gerade jetzt nicht mehr einig?

Schon morgen wollten sie weiterfahren, ins Burgenland und zum Plattensee. Herta hatte nur noch vier Tage Zeit. Sie würden mit der Bahn zurückfahren.

Könnte ihnen nicht der Vater Laszlo von Ungarn erzählen?

Im Mondlicht gingen sie das Tal hinunter und saßen dann im kleinen Haus bei der Petroleumlampe, und Laszlo zeigte ihnen auf der Karte die besten Wege und die schönsten Dörfer. Dann holte er die Baßgeige aus dem Kasten, und solange er sie stimmte, gingen Leo und Jan in die Küche und rösteten für alle Kastanien auf dem Herd.

»Was habt ihr vor?« fragte Jan. »Kommt ihr nach Hamborn?«

»Ich denke immer noch über alles nach«, sagte Leo. Sie wußten beide nicht, daß es für Dana längst kein Nachdenken mehr gab.

Laszlo stand vor dem bauchigen Stubenofen und hatte die Baßgeige im Arm und sang:

»Du mein stolzes Leibpferd,
schweigend bei dir steh ich.
Hinterm Weidenbaume
die Sonne sinken seh ich.
Wie die Sonne auslöscht,
welke und vergeh ich.
Ach! In Tränen bei dem jungen Rosse steh ich.«

Dabei schaute er wie gedankenverloren zur Lampe und ließ doch Dana nicht aus den Augen. Sie saß zu dicht neben Paul.

Als die Gäste fort waren und Dana in ihrer Kammer schlief, fragte Laszlo: »Leo? Magst du diesen Paul? Gib acht auf Dana.«

»Kluger Vater!« sagte Leo.

Wenn Dana jetzt an Hamborn dachte, sah sie sich mit Paul zwischen blühenden Schlehdornhecken gehen,

Hand in Hand, oder sie ritten beide auf schönen Pferden.

Wenn Leo an Hamborn dachte, sah er sich mit einem Notenheft zur Musikschule gehen, oder er ging am Abend mit der Büchermappe zur hell erleuchteten Schule, und immer stand Rike an der Tür und erwartete ihn.

Sie redeten in den Arbeitspausen oft über die Freunde und über eine andere Zukunft: Eines Tages würden sie beide dort arbeiten und sparen und sparen. Erst müßten sie beide noch zur Schule gehen, dann könnte Leo studieren, und Dana würde Lehrerin und käme hierher zurück, oder sie würde mit dem Vater nach Wien ziehen. (Das sagte sie laut. Im stillen dachte sie: Ich werde Pauls Frau. Dann soll der Vater bei uns wohnen.)

Je mehr Zeit verging, um so mehr waren diese Gespräche für Leo wie ein Spiel, wie eine Geschichte, die sie miteinander erfanden. Aber für Dana wuchs alles immer mehr zu einem klar aufgezeichneten Plan. Wie auf einer Landkarte sah sie die Wege ihrer Zukunft.

Zu Weihnachten kam ein langer Brief von Rike. Sie erzählte viel von Hunger, vom Schlangestehen um Lebensmittel, von steigenden Preisen, hungrigen Schulkindern und daß Herta immer noch auf Mischa wartete. Jan sollte ein besseres Holzbein bekommen. Er studierte noch in Bonn, aber im nächsten Jahr wollte er in Heidelberg sein. Von Paul schrieb sie nichts und auch nichts davon, daß Dana und Leo nach Hamborn kommen sollten.

Aber von Paul kam im Frühjahr eine Postkarte aus München. Er hätte wichtige Männer kennengelernt, schrieb er, deutsch-österreichische Persönlichkeiten, das sollten Leo und Dana wissen, und Deutschland und

Österreich würden eines Tages ein einziges Land werden, ein großes Deutschland, stark und schön wie Dana!

»Deutschland, erwache!« schrieb er zum Schluß. »Euer Paul«.

Auch im dritten Jahr nach dem Krieg änderte sich nichts am mühsamen Alltag auf dem Hof. Es wurde wieder Sommer, und Dana und Leo warteten auf die Freunde.

Sie kamen nicht im August oder September wie sonst, und sie schrieben auch nicht.

»Warte bis zum Frühling. Es muß jetzt schlimm sein mit den Unruhen im Ruhrgebiet. Die Regierung hat Reichswehrsoldaten geschickt, und die Franzosen wollen das Ruhrgebiet besetzen, weil die Deutschen ihre Kriegsschulden nicht pünktlich bezahlen.«

Dana weinte in der Nacht. Aber morgens, als die Sonne schien, wußte sie, was sie wollte. Noch drei Tage würde sie warten, länger nicht.

Darum ging Dana jetzt fort, frühmorgens an einem Donnerstag im Oktober 1921. Auf dem Hof war die Ernte eingebracht, die Kartoffeln lagen im Keller, ausgelesen und nach der Größe sortiert. Sauerkraut und Bohnen gärten in den Fässern, in langen Reihen standen die Gläser mit schwarzer Brombeermarmelade und rubinrotem Ribiselgelee auf den Regalen. Für all das hatte Dana gesorgt. Mathilde und ihr Sannerl mußten nur noch die Apfelernte einlagern, Birnen trocknen und den Powidl kochen, dann konnte es Winter werden. Aber dann wäre Dana längst weit weg in ihrem neuen Leben, in Hamborn.

Sie hatte ihr Sonntagskleid angezogen und die Haare aufgesteckt. Der neue Arbeitskittel von Weihnachten,

Wäsche und Strümpfe waren schon seit vorgestern in das schwarze Wintertuch mit der Blumenborte gebunden. Dana schob Mutter Annas Gebetbuch zwischen die weiße und die blaue Küchenschürze und legte Rikes letzten Brief und die Postkarte von Paul dazu, auch ihr letztes Schulzeugnis und den Reisepaß, den Konrad ihr gestern gegeben hatte, weil sie angeblich Verwandte in Deutschland besuchen wollte. Er würde dem Vater davon erzählen, aber dann wäre Dana ja längst in Hamborn. Ihre Schuhe band sie außen an das Kleiderbündel. Solange kein Frost war, ging sie immer barfuß.

In das weiße Sommertuch mit den blauen Sternen knüpfte Dana einen halben Laib Brot, ein Achtel von einem kleinen runden Käse, ein Säckchen mit Dörrobst, einen zerbeulten Blechbecher und ein kurzes scharfes Messer.

Sie schob ein Scheit Holz in die schwache Glut auf dem Herd in der Küche und streute einen Schöpflöffel Asche darüber. In einer Stunde würden der Vater und Leo aufstehen. Sie sollten es warm haben.

Auf Zehenspitzen ging Dana in die Stube. Sie legte einen Brief auf den Tisch und beschwerte ihn mit dem blauen Emailkästchen, das der Vater ihr zum Andenken an die Mutter geschenkt hatte. Seit vier Jahren hatte sie jeden ersparten Heller für diesen Tag ins blaue Kästchen gelegt. Aber würde ihr Geld reichen für die weite Bahnfahrt? Alles war doch teurer geworden? Sie zog die Tischlade heraus. Dort bewahrte der Vater seinen Tabak auf, und neben Schreibzeug und Papier stand das alte irdene Buttertöpfchen mit dem Geld, das sie beim Greißler für Kerzen, Petroleum, Nähgarn, Zucker und Salz, Seife und Tabak brauchten. Ohne es zu zählen, kippte Dana alles Geld in ihre Kleidertasche. Nur zwei Kronentaler legte sie wieder zurück. Viel konnte man dafür nicht kaufen, aber vielleicht doch ein bißchen Tabak für den Vater.

Plötzlich hatte sie Angst, Leo oder der Vater könnten vorzeitig wach werden. Sie blies die Kerze aus, nahm vom Haken an der Haustür das graue Regentuch und lief aus dem Haus, vorbei an der Bank unterm Birnbaum, hastete mit ihren Bündeln den steilen Pfad zum mittleren Hangweg hinauf – in wie vielen Sommern hatte sie hier das Vieh gehütet? –, dann am Bach entlang, schon atemlos – hier hatte Leo ihr die Hammermühle gebaut, und dort hatten sie Forellen gefangen. Erst bei der Rinderweide, wo der Bach aus dem Wald kam, wo damals die weißen Zelte standen, blieb sie stehen.

Es war noch schwarze Nacht, ein trüber Tag würde kommen, vielleicht auch Regen. Nur im Osten lag ein gelber Himmelsstreif hinter dem Hof, dem dunklen Viereck von Haus, Stall, Scheune und Wagenschuppen.

Jetzt konnte sie auch den Hohlweg erkennen, und daneben das Schindeldach vom kleinen Haus. Dort schliefen sie noch, der Vater und Leo, und sie wußten noch nicht, daß Dana fortgegangen war.

Sie warf sich die Bündel über die Schulter und folgte dem Bach bis zum oberen Hangweg. Dann ging sie durch den Wald bergauf und weiter nach Westen.

Eine Stunde später stand Leo in Danas Kammer. Die Federkissen aus ihrem Bett lagen aufgeschüttelt auf dem Stuhl, das Leinenzeug hatte sie sauber gefaltet auf die Kommode gelegt. War sie schon auf dem Hof bei der Arbeit? Aber drüben war alles dunkel, auch in Ottos Kammer über dem Kuhstall sah er noch kein Licht.

In der Küche fand Leo einen halben Brotlaib auf der Bank, er sah in der Stube das schöne Kästchen und den

Brief. »An meinen Vater Laszlo und meinen Bruder Leo.«

Er holte einen großen Becher und die Kaffeekanne, die immer in der Herdecke stehen mußte. Dann weckte er den Vater, gab ihm den Becher mit lauwarmem Kaffee und legte Danas Brief vor ihn auf die Decke.

»Lies vor!« sagte Laszlo, und Leo las:

»Lieber Vater!

Verzeih mir, daß ich fortgehe. Du warst immer der beste, liebste Vater, und später will ich Dir vergelten, was Du mir Gutes getan hast. Leo kann Dir alles erklären.

Und grüße bitte Märtel, den Schwager Max und Roserl.

Stephan und Mathilde sollen mir bitte verzeihen, daß ich ihnen aus dem Dienst weglaufe. Sie waren gut zu mir.

Gott schütze Dich, lieber Vater.

Deine getreue und dankbare Tochter Anna Donata

Lieber Bruder Leo!

Jetzt gehe ich fort, weil ich nicht mehr länger warten will. Es ist gut, daß Du bei unserem Vater bleibst. Wenn ich in Hamborn angekommen bin, schreibe ich Euch einen Brief. Macht Euch keine Sorgen. Du bist mein liebster Bruder.

Deine Dich liebende Schwester Anna Donata«

Der Vater stellte den Kaffeebecher auf die Fensterbank neben seinem Bett und sah den Nebeln zu, die das Hochtal hinaufzogen. »Anna Donata« hatte sie geschrieben, ihren vollen Taufnamen, so feierlich und ernst mußte ihr zumute gewesen sein.

»Hast du gewußt, was sie vorhat?« fragte er.

»Ja«, sagte Leo. »Aber ich hab es nicht ernst genommen. Es war wie ein Spiel, bei dem man sich etwas ausdenkt. Man erzählt sich selbst eine Geschichte, aber man glaubt sie nicht.«

»Du mußt sie finden und zurückbringen. Es ist unruhig im Ruhrgebiet. Sie haben nichts zu essen, immer wieder wird gestreikt.«

Leo nickte. Leise sagte er: »Sie weiß es. Sie ist eigensinnig und ungeduldig.«

»Das hat auch seine guten Seiten. Sie ist wie eure Mutter, wie Anna«, sagte Laszlo. Und jetzt sollte Leo seinen Rucksack packen, den großen, und im Kleiderkasten, in der Innentasche vom Feiertagsrock, da steckte ein Briefumschlag mit Geld, das sollte er mitnehmen und den Paß nicht vergessen. Der Vater wollte jetzt alle Tage auf dem Hof arbeiten, vielleicht könnte auch Ivo helfen? Leo sollte im Vorbeigehen mit ihm sprechen.

»Und wenn Dana nicht zurückkommen will?«

»Dann bleib bei ihr«, sagte Laszlo. »Laß sie nicht allein.«

Eine halbe Stunde später lief Leo in großen Sprüngen den Hohlweg zum Dorf hinunter, und der Vater stand vor dem Haus und horchte, bis er die Schritte nicht mehr hörte, keinen kollernden Stein, nur noch den Bach, das springende, gluckernde, eilige Wasser neben dem Weg.

Im Dorf lief Leo zur Schmiede. Ivo wollte gern auf dem Hof aushelfen, und er gab Leo sein Fahrrad und fragte nicht, weshalb der Freund heute so eilig nach Freistadt wollte.

Lange vor dem Mittagläuten war Leo dort. Er bat den Schwager Max, den Eisenbahner, das Fahrrad zurückzubringen, ließ sich von Märtel Brot, Schinken und Äpfel in alle Taschen stopfen und fuhr mit dem Mittagszug nach Linz.

Beim Bahnhofswirt trank er eine Tasse Kaffee, aß von Märtels Brot und Fleisch dazu und tastete alle Viertelstunde nach dem Briefumschlag in seiner Tasche: fünftausend Kronen hatte der Vater ihm mitgegeben. Bekam er jetzt soviel Lohn für die Arbeit als Schnitter und beim Holzmachen? Und ihm, Leo, gaben Stephan und Mathilde nicht mehr als vor fünf Jahren, als er achtzehn Jahre alt wurde: das Essen und drei Kronen in der Woche, als wären bei der Teuerung nicht alle Löhne gestiegen!

Er wollte am Schalter fragen, was wohl die Reise ins Ruhrgebiet kosten würde. Da saß Dana in der Vorhalle ganz am Ende einer langen Bank, müde an ihre beiden Bündel gelehnt.

»Dana!« rief er. »Dana!«

Sie sprang auf und griff nach den Bündeln, als wollte sie weglaufen.

Am Arm hielt er sie fest, aber sie riß sich los.

»Ich komm nicht zurück!« rief sie. »Ich kann auch zu Fuß gehen, und es finden sich schon genug freundliche Leute, die mich in ihrem Wagen mitnehmen. Daß auch die Eisenbahn jetzt so teuer ist, das hab ich nicht gewußt. Aber von Freistadt hierher bin ich sogar in einem Automobil gefahren. Sollst du mich heimholen? Ich komm nicht zurück!«

»Ich zwing dich nicht«, sagte Leo. »Unser Vater auch nicht.«

Er ging zum Schalter und fragte, was für sie beide die Fahrt ins Ruhrgebiet kosten könnte. Der Beamte rechnete lange hin und her und schob ihm dann einen Zettel zu. Für zwei Fahrkarten müßten sie etwas weniger als viertausend Kronen bezahlen. Dann bliebe ihnen nicht mehr viel für den neuen Anfang in der Fremde und bestimmt nichts für die Rückfahrt.

Dana stand hinter Leo, sie sah, wie er dem Mann viertausend Kronen gab. Der Beamte schrieb zwei Karten aus.

»Woher hast du soviel Geld?« fragte Dana.

»Vom Vater.«

»Ich will allein reisen.«

»Willst du nicht, daß ich mit dir fahre?«

Dana nahm eine der Karten und ging zur Bahnsteigsperre.

Leo nahm die andere Karte, wartete eine Minute und ließ andere Reisende durch die Sperre vorausgehen.

Dana sah ihn sofort, als er auf den Bahnsteig kam. Hastig nahm sie ihre Bündel auf und ging weiter. Ein Zipfel vom Regentuch schleifte hinter dem Kleiderbündel über den Bahnsteig.

Leo sah es und rührte sich nicht. Sie wollte also allein fahren. Sie hatte dieses Abenteuer so mutig angefangen, und nun wollte sie es allein zu Ende bringen. Sie war jetzt erwachsen. Aber wie konnte er ohne Dana zum Vater zurückkommen? Und Rike, was würde sie von ihm denken, wenn Dana allein käme?

Sollte er heimlich in den letzten Wagen steigen und Dana unterwegs zur Heimkehr überreden? Sie würde nur noch widerspenstiger werden. Wie sollte er sie beschützen?

Aber wie könnte er sie festhalten? Und mit welchem Recht? Sollte sie ihr Leben lang Magd bleiben? Und er selbst immer ein Knecht, und würde er jemals Rike vergessen können?

Leo tastete nach der Fahrkarte in seiner Jackentasche. Er könnte sie zurückgeben. Da war auch das Geld. Hatte Dana genug Geld für die erste Zeit in der fremden Stadt? Und wenn sie die Freunde nicht fände? Und wenn die gerade unterwegs wären in einem fernen

Land? Wurde sie überhaupt erwartet? All das konnte er sie nicht fragen.

Der Zug fuhr ein, endlos lang zogen die Wagen an ihm vorüber mit fremden Gesichtern hinter den Fensterscheiben, Menschen, die nichts von Leo und Dana wissen konnten. Endlich, mit einem langen Ächzen und einem Ruck von Wagen zu Wagen, stand der Zug. Dampf zischte über den Bahnsteig.

Leo schloß die Augen und wandte sich um, ging drei Schritte auf die Sperre zu und blieb wieder stehen. Er sah wie auf einem Bild sich selbst in den letzten Wagen steigen, dann sah er sich durch die Sperre fortgehen, er sah sich auf einem anderen Bahnhof ankommen, und Rike stand da und erwartete ihn, er sah sich die Hand heben und dem Zug nachwinken, er sah sich den Hohlweg hinaufgehen, und der Vater stand vor dem kleinen Haus, er sah Rike, wie sie an einem Fenster stand und lachte und winkte, weil er vor ihrer Tür stand, er sah sie das Fenster schließen, weil er nicht gekommen war.

Leo senkte den Kopf, traurig und mutlos. So oft wußte er nicht, was er tun sollte.

»Leo, Leo!« rief Dana. »Wo bleibst du? Steig ein, der Zug fährt ab, o bitte, schnell, steig ein, Leo!«

Erst am nächsten Tag waren sie abends in Hamborn. Müde und sehr hungrig standen sie vor dem Bahnhof. Es wurde schon dunkel.

»Zieh deine Schuhe an«, sagte Leo. »Hier geht keine Frau barfuß.«

»Aber ich. Schuhe tun mir weh.« Dana nahm Rikes Brief aus dem Bündel.

»Preußenstraße«, sagte sie.

Leo fragte einen Mann, der erklärte ihnen den Weg. Weit war es nicht.

Sie fanden das Haus und lasen neben der oberen von zwei Türklingeln Rikes Namen: Hendrike Optenberg.

»Ob sie sich freut, wenn wir kommen?« fragte Leo. »Vielleicht paßt es ihr heute gar nicht? Sollten wir nicht in ein Gasthaus gehen?«

Da hatte Dana schon auf den Klingelknopf gedrückt.

Später, viel später, fragte Nora, Danas Tochter: »Hast du dich gefreut, damals, als unsere Ma und Onkel Leo vor deiner Tür standen?«

Aber das war viele Jahre später: 1933.

EIN HAUS FÜR ALLE
1921 – 1938

Kaum zwei Jahre nach Danas und Leos Aufbruch aus dem Hochtal hatten Dana und Paul geheiratet. Sechs Wochen vor dem Fest wohnte Dana bei Pauls Eltern. Es wunderte sie, und Leo gefiel es besonders gut, daß diese wohlhabenden Schwiegereltern mehr Geld für Bücher und Reisen ausgaben als für Teppiche, Schmuck und Kleider. Dana lernte von der Schwiegermutter, wie sie sich kleiden sollte und wie man Gäste einlud und bewirtete, und vom Schwiegervater lernte sie, was sie über den Umgang mit Geld wissen mußte, und noch mehr über den Umgang mit Menschen. Das Lieblingsbuch der beiden war »Der Nachsommer« von Adalbert Stifter. Dana sollte es bitte in diesen Wochen vor der Hochzeit lesen. Die geruhsame, altväterliche Sprache machte Dana anfangs Mühe, aber sie erkannte bald in der geschilderten Landschaft ihre Heimat, und am Schluß gab es eine wunderbar glückversprechende Hochzeit. Würden Paul und Dana so glücklich werden wie Natalie und Heinrich?

Paul hatte nichts vergessen: Am Hochzeits-Nachmittag, als die Gäste sich in kleinen Gruppen etwas müde unterhielten, fuhr er mit Dana hinaus zu den Rheinwiesen. Sie gingen auf dem Deich und zwischen Weidenzäunen und Hecken auf die Fördertürme, Hochöfen und Schlote zu. Seitdem war auch Hamborn Danas Heimat und blieb es.

Zehn Jahre nach der Hochzeit, 1933, hatten sie drei Kinder: Nora war neun Jahre alt, Georg war beinahe sieben, und Robert war vier Jahre alt.

Sie wohnten in der Bayernstraße und sahen vom Wohnzimmer auf einen Park, den hatten die Hamborner einmal zu Ehren der silbernen Hochzeit ihres Kaisers angelegt, darum nannten sie ihn »Jubiläumshain«. Rike erzählte, daß sie zehn Jahre alt war, als der Park eingeweiht wurde. In einem weißen Kleid mit Spitzen und rosa Bändern und mit Brennscheren-Locken bis auf die Schultern war sie im Festzug gegangen und hatte ein schwarz-weiß-rotes Papierfähnchen geschwenkt.

»Das war neunzehnhundertundsechs, vor siebenundzwanzig Jahren«, sagte sie.

»So alt bist du schon?« fragte Nora. »Siebenundzwanzig Jahre?«

»Siebenunddreißig«, sagte Rike.

Nora nahm sich vor, von nun an »Tante« zu Rike zu sagen. Aber das vergaß sie sofort wieder. »Ich hab auch ein Fähnchen gehabt beim Festzug am ersten Mai«, sagte sie. »Aber nicht aus Papier. Das war eine richtige Fahne aus Stoff. Die anderen Kinder hatten Papierfähnchen, ich nicht.«

»Ich weiß«, sagte Rike. »Vergiß das, es ist vorbei.«

»Aber es war ungerecht«, sagte Nora. »Das kann ich nicht vergessen.«

Sie hatte einmal auf dem Dachboden in der Bayernstraße eine kleine schwarz-rot-goldene Fahne gefunden, die hatte eine weißlackierte Stange mit einem vergoldeten Knauf, spitz wie ein Kirchtürmchen. Die Familie, die vorher hier wohnte, hatte das Fähnchen wohl vergessen, und Nora und Georg benutzten es als Signalfahne beim Eisenbahnspielen.

Nora freute sich, daß sie mit ihrer Schulklasse den Festzug zum Ersten Mai ansehen durfte, und es war auch von Fähnchen für die Kinder die Rede. Also nahm sie ihr schwarz-rot-goldenes mit und reckte es hoch in den Maimorgenwind.

Da zogen die Zimmerleute vorbei mit den schönen großen Hüten und den weiten Hosen, die Köche schwenkten lange Löffel und blanke Töpfe, die Metzger kamen in gestreiften Jacken, die Gärtner mit grünen Schürzen, und dann die Bergmannskapelle, die Knappen mit Troddeln an den hohen Mützen, und wie ihre Instrumente in der Sonne blitzten! Dahinter marschierte ein Sportverein in roten Turnhosen und weißen Hemden, und vor ihnen her ging ein Fahnenschwenker. Dann kam eine Gruppe von Frauen in langen Röcken, engen Miedern und weißen Blusen mit bauschigen Ärmeln, das waren Landfrauen, sie trugen Ährensträuße im Arm. Jetzt kamen Hitlerjungen, die sangen, daß ihnen die Hälse schwollen, weil hinter ihnen eine Kapelle ein anderes Lied für die SA-Männer spielte, für die Braunhemden mit den Lederriemen unterm Kinn und Lederriemen quer über der Brust, und man sah schon: hinter denen kamen endlich die Schornsteinfeger mit Leitern und Besen und lustig geschwärzten Gesichtern. Auf die Schornsteinfeger hatte Nora sich besonders gefreut.

Aber noch ehe sie richtig herangekommen waren, sprang ein SA-Mann aus der Reihe, riß Nora das Fähnchen aus der Hand und rief etwas Wütendes, das verstand sie aber nicht, und dann trat er mit den schwarzen Stiefeln auf die Fahnenstange, daß sie splitterte, und niemand, niemand hielt den Mann fest, niemand sagte, daß es doch Noras Fähnchen war, und er trat auf das schwarzrotgoldene Tuch und schleuderte es mit der

Stiefelspitze in den Rinnstein. Dann lief er der Marschkolonne nach und marschierte mit den anderen braunen Männern weiter, und Nora schrie: »Meine Fahne! Meine Fahne!« und weinte laut, und sie sah gar nicht, daß fast alle Schornsteinfeger den Kopf zu ihr drehten, nur die Schornsteinfeger, denn die Leute am Straßenrand taten so, als ginge sie Noras Zorn und Traurigkeit nichts an.

Zerbrochen war die dünne weiße Fahnenstange, abgesprungen und fortgerollt der goldene Knauf, zerrissen und schmutzig lag das Fahnentuch im Rinnstein. Und niemand sagte ein Wort, niemand tröstete Nora.

Später erzählte sie Dana und Rike, was sie erlebt hatte, weil sie nicht verstehen konnte, warum dieser Mann aus dem Festzug ihre schöne Fahne zertreten durfte.

»Man darf nur Hakenkreuzfahnen haben«, sagte Dana, »oder eine schwarz-weiß-rote, aber nicht mehr lange. Deine Fahne war eine verbotene Fahne.«

Rike wollte ihr eine kleine rot-weiß-rote österreichische Fahne geben.

»Leo schenkt sie dir«, sagte Rike.

»Ich will keine andere Fahne«, sagte Nora.

Paul hatte Dana zu Weihnachten einen Fotoapparat geschenkt, mit dem war sie fast jeden Tag in der Stadt unterwegs. Nur den kleinen Robert nahm sie im Sportwagen mit. Sie meinte, viel frische Luft müßte ihm guttun, weil er doch mit vier Jahren noch kaum laufen und sprechen konnte und viel kleiner war als andere Vierjährige.

Dana entdeckte nun erst diese Stadt, nach der sie sich so sehr gesehnt hatte, und liebte sie nun erst wirklich, die graue, die wilde, die schwermütige Stadt unter den Fördertürmen, den hohen Schornsteinen, dem rauchigen Himmel.

Sie stand mit dem Kinderwägelchen bei Schichtwechsel an den Zechentoren und sah, wie die Kumpel zur Arbeit gingen, und versuchte sich vorzustellen, wie das war, nicht am Jubiläumshain zu wohnen, sondern in Bruckhausen neben der Hütte und dem Walzwerk, wo alle frisch gewaschenen Gardinen nach einer Woche wieder grau waren, und wie das sein mußte, immer nur unter Tag zu arbeiten, sechshundert, achthundert Meter unter dem Tag und der Sonne, wo es keine anderen Farben gab als das schimmernde Schwarz der Kohlen, das stumpfe Schwarz des Staubes, das Grau der Gesteine, das gelbe Licht in den Grubenlampen, das stumpfe Rot der rostigen Streben und Hunte, und kein Hälmchen Grün.

Sie war einmal mit ihrem Schwiegervater eingefahren und hatte die Kumpel vor der Kohle gesehen: bohren, hacken, hauen, schaufeln, schleppen, mit nassen Kleidern durch enge Erdröhren kriechen und dabei Kohlenstaub und Steinstaub atmen. Sie hatte am tiefsten Ort der Grube den Sumpfsee gesehen, wo die schwarzen Wasser sich sammelten.

Seitdem prüfte sie überall die Farben dieser Arbeitswelt: das Grau und Schwarz und Weiß, und machte in ihrer Vorstellung Bilder daraus. Sie stand mit Roberts Wägelchen auf der Straßenbrücke über den Gleisen der Werksbahn und fotografierte das Silbergrau der Schienen, das Blaugrau der Stahlrohre, das Rotgrau der Eisenblöcke, das Braungrau der Trossen auf riesigen Trommeln und daneben immer und überall das allertiefste Schwarz der Kohlen. Und sogar auf diesen Bildern, die nur schwarze und weiße Töne kannten, fand sie alle Stufen des sanften und harten Grau. Nichts anderes mehr, dachte sie, wollte sie fotografieren als diese ganz und gar von Menschen geschaffene Welt.

Dann kam sie an diesem Tag auf dem Heimweg zur Pollmannecke und sah vor dem Schuhhaus Grünewald zwei SA-Männer, die bewachten ein Schild: »Deutsche, kauft nicht bei Juden!«, und das Schild versperrte den Eingang, aber die Tür dahinter stand offen, und sie sah zwei Frauen still und ernst vor den Regalen mit weißen Schuhkartons stehen, neben den Fußbänken und Stühlen, auf denen kein Kunde saß, neben der Kasse, die heute nicht klingelte, neben dem Schaukelpferd mit der bunt gestickten Satteldecke. Die Leute gingen vorbei und drehten den Kopf zur Straße und hatten es eilig, schnell hier weiterzukommen, und lugten nur aus den Augenwinkeln nach den Frauen drinnen und den SA-Männern draußen.

»Ich bin Österreicherin«, sagte Dana und rückte das Schild beiseite und schob Robbi mit dem Wägelchen in den Laden, ließ ihn auf dem Schaukelpferd reiten und kaufte für ihn drei Paar Schuhe und zwei Paar für sich selbst und versprach, morgen mit Nora und Georg wiederzukommen. Ehe sie wegging, fotografierte sie das Schild und die Männer. Die wandten beide die Köpfe weg, so weit weg, daß man sie auf dem Bild nicht erkennen könnte.

Dies war das einzige Bild, das Dana zu Hause zeigte. Von allen anderen sagte sie: »Ich hab sie verbrannt, sie sind noch nicht gut genug.«

Sie zeigte das Bild auch Paul, und er schwieg und wandte den Kopf weg wie die Männer vor der Ladentür.

»Warum willst du das nicht sehen?« fragte Dana, tonlos, heiser vor Zorn. »Hast du das nicht mit angezettelt? Du und dein sogenannter Führer?« Und dann schrie sie: »Schau hin, Paul Heuken! Sieh dir deine Kameraden an, deine Spießgesellen, diese rassereinen Jammergestalten! Ach, was sag ich? Die armen Hunde haben sich dorthin kommandieren lassen, und nun schämen sie sich vor der ganzen Stadt und wollen nicht einmal ihre dummen Gesichter zeigen!«

»Hör auf«, sagte Paul. »Du keifst.«

Und Dana, wieder leise und eiskalt: »Kann sein. Die beiden blassen Frauen im Schuhhaus Grünewald hatten mehr Haltung als ich. Also schreie ich für sie mit, denn über große Unmenschlichkeit muß geschrien werden, und als ich das Bild zum erstenmal in der Hand hatte, hab ich für die beiden mitgeweint. Kein Mann war ihr Held und hat sie beschützt. Aber was hätte wohl dein Vater getan, Paul Heuken?« Sie lief hinaus.

Als sie heirateten, war Paul noch Lehrer für Biologie, Physik und Chemie an der Berufsschule in Hamborn, und das blieb er sieben glückliche Jahre lang, dann bekam er eine Stelle in München, und was er dort eigentlich tat, das hatte er weder Dana noch Leo, noch Rike jemals richtig erklärt. Er sagte, er müsse Vorträge halten »im Auftrag des Führers«, zur Volksaufklärung über Rassenkunde und Erbgesundheit, und man könnte dafür sorgen, daß kein Kind mehr mit ererbten Krankheiten geboren würde. Die Deutschen sollten bald ein Volk von schönen und gesunden Menschen sein, und alle anderen Völker würden von ihnen lernen, wie man leben und denken und arbeiten soll. Ein starkes soldatisches Volk wollte der Führer schaffen, ein Volk, das sich neuen Lebensraum erobern könnte.

»Warum und wie und wo?« hatte Leo gefragt, und Dana: »Soll es Krieg geben?«

Aber von Paul kam keine klare Antwort. Seit Robert zwei Jahre alt war und man wußte, daß er sich langsamer entwickelte als andere Kinder, kam Paul immer seltener und meist nur für zwei oder drei Tage nach Hause.

Dann, eines Tages, als Dana mit Robert unterwegs war, stand ganz unerwartet das schöne schwarze Auto mit dem Lederverdeck vor der Haustür.

Georg sah es vom Erkerfenster. Er wartete dort oft ganze Stunden und länger auf Dana, wenn sie mit Robert unterwegs war.

»Der Pa ist gekommen«, rief er, und Nora rannte mit ihm zur Haustür. Da stand Paul in schwarzer Uniform mit dem Hakenkreuz auf der Armbinde und dem Lederriemen quer über der Brust und in blanken Stiefeln. Er legte die Hand an die Mütze und rief: »SS-Obersturmführer Heuken, Schulungsleiter für Rassenkunde und Erbgesundheit, hauptamtlich!«

»Pa?« fragte Nora. Und dann sagte sie: »Nein.«

Er hörte es nicht. Georg hing ihm schon am Hals mit schrillen, glücklichen Begrüßungsschreien und wollte sofort wissen, was die Sterne auf seinem Kragen zu bedeuten hatten und wozu eine geflochtene Schnur an seiner Tasche hing.

Gerade kam Dana mit dem Kinderwagen die Straße herauf. Nora rannte ihr entgegen und zeigte auf das Auto, den Vater und Georg und rief dabei: »Ich bring den Robbi zu Rike, darf ich, darf ich sofort den Robbi zu Rike bringen?«

Und hatte schon den Sportwagen gewendet und schob ihn im Laufschritt um die Ecke. Robert mochte das, er mochte fast alles, was man mit ihm tat, aber so schnell mit dem Sportwägelchen zu fahren, daß die Räder ratterten und der Wagen schwankte, jetzt nach links und um die Ecke und wieder geradeaus und schon wieder nach links um die nächste Ecke und wieder geradeaus, so schnell und noch schneller – das war so herrlich, daß Robert vor Freude quietschen mußte.

Jetzt nahm Nora ihn aus dem Wagen, hob ihn hoch, führte seine kurze, breite Hand zur Klingel, nahm seinen Zeigefinger und drückte ihn auf den Knopf.

»Horch, horch!« sagte Nora, und Robert legte den Kopf schief und sah Nora an und lachte, weil auch Nora den Kopf schief legte. Nora sagte: »Gleich kommt Rike. Sag mal: Rike, Robbi, bitte, sag Rike!«

Robert drehte den Kopf zur Seite. »Sag mal!«, das mochte er nicht hören. Und alle, alle: Dana und Nora und Georg, Rike und Leo, Herta und ihre Kinder, alle wollten sie immer, daß er etwas sagen sollte.

Denn Robert war vier Jahre alt, aber sprechen konnte er noch kaum, nur »Ma-ma-ma« und »Pa-pa-pa« konnte er sagen, und »omm!«, das hieß »komm!«, und »hm-a«, das hieß »Hunger« und »essen«, aber auch »Durst« und »trinken«.

Er war vier Jahre alt, aber er sah noch so aus wie sonst ein Kind von eineinhalb oder zwei Jahren.

Er war vier Jahre alt, aber er konnte noch nicht richtig laufen. Wenn man ihn auf die Füße stellte, fiel er nach dem ersten oder zweiten Schritt hin. Dann weinte er nicht, sondern blieb einfach sitzen, wo er gerade saß, und wenn der Schreck vorbei war, rutschte er auf dem Hosenboden weiter, und wenn er schneller vorwärts kommen wollte, ließ er sich auf die Seite fallen und rollte durch die ganze Wohnung, rollte auch über die Straße und rollte mit Freudequietschen am liebsten über Wiesen oder dicke Teppiche.

Er war fast immer fröhlich und zufrieden, auch wenn er nicht bekam, was er wollte, und weinte und schrie nicht wie andere Kinder. Alle in der Familie hatten ihn sehr lieb, und nannten ihn Robbi. Nur Paul sagte Robert.

Jetzt durfte er noch einmal und noch und noch einmal auf den Klingelknopf drücken und horchen, wie es im Haus läutete, dann war Rike da und nahm ihn auf den Arm und trug ihn nach oben.

»Ist Paul gekommen? Überraschend?« fragte sie.

»In einer Hakenkreuz-Uniform mit Sternen auf dem Kragen«, sagte Nora. »Er hat auch gesagt, was das bedeutet, ich hab aber keine Lust gehabt zuzuhören.«

Rike wollte sie nach Hause schicken. Es würde den Vater doch kränken, wenn sie ihn gar nicht begrüßte.

»Der ist nur froh, daß der Robbi nicht da ist«, sagte Nora, und jetzt wollte sie erst einmal hierbleiben. »Vielleicht zieht er sich um«, sagte sie.

»Ach so«, sagte Rike. »Aber dein Vater und der Kerl, der dein Fähnchen kaputtgemacht hat, das sind zwei ganz verschiedene Menschen.«

»Meinst du?« fragte Nora. »Er tut ja keine schlimmen Sachen, das stimmt. Aber er sagt sehr schlimme Sachen.«

Rike setzte sich zu Robbi auf den Teppich und rollte ihm einen Ball zu, und Robbi rollte ihn zurück, und Rike rollte ihn wieder zu Robbi.

Nora fragte: »Rike? Darf ich dich mal was fragen?«

»Frag mich«, sagte Rike und hielt den Ball fest.

»Hast du dich eigentlich gefreut, damals, als unsere Mutter und Onkel Leo plötzlich vor deiner Tür standen?«

Rike beugte sich vor und rollte den Ball in die Ecke. »Nein«, sagte sie.

»Hm-a!« rief Robbi.

Rike holte ihm einen Zwieback aus der Küche und setzte sich wieder auf den Teppich und erzählte von dem Tag, an dem Dana und Leo nach Hamborn gekommen waren.

»Ich hatte Besuch«, sagte sie. »Und es war in der Zeit,

in der es so wenig zu essen gab, und alles war so teuer. Ich wußte nicht, was ich den beiden vorsetzen sollte.«

Ihr Besuch, das war Jan, mit dem sie damals verlobt war, und sie hatte für ihn auf dem schwarzen Markt einen kleinen, geräucherten Rheinsalm, ein weißes Brot und eine Flasche Rotwein gekauft. Es sollte ein Abschiedsessen werden, denn Jan wollte am nächsten Morgen mit dem Fahrrad nach Heidelberg fahren. Er studierte noch, und er würde mindestens ein halbes Jahr fortbleiben.

»Ich wußte auch nicht, wo die beiden schlafen sollten«, sagte sie, »und wie ich sie in der nächsten Zeit ernähren könnte. Ich hatte nicht viel Geld. Sie müßten beide arbeiten, aber was und wo? Arbeitslose gab es hier schon genug. Wie sollten sie schnell eine Stelle finden? Aber ich selbst hatte sie eingeladen, und jetzt waren sie da.«

»Darum hast du dich dann gefreut«, sagte Nora.

»Nein, wirklich nicht. Jedenfalls nicht an diesem Abend.«

Denn die beiden waren hungrig und aßen zu zweit den ganzen Fisch und mehr als das halbe Brot und fragten auch noch nach Milch und Butter. Sie kamen vom Hof und ahnten nicht, wie hungrig man in der Stadt lebte. Sie mußten Brombeerblättertee trinken, weil Jan den Wein versteckt hatte, ehe sie in die Küche kamen.

»Und dann?« fragte Nora.

»Ich habe ihnen ein Matratzenlager in meinem Arbeitszimmer gerichtet.«

Und als sie schliefen, hatten Rike und Jan den Rest vom trockenen Brot gegessen und den Wein dazu getrunken.

»Hast du dich dann endlich gefreut?« fragte Nora.

»Nein, warum sollte ich mich dann freuen. Ich hatte noch viel zu viele Sorgen.«

Denn Jan war ärgerlich, weil Rike die beiden aufgenommen hatte. Sie seien ohne Anmeldung gekommen, nun sollten sie sehen, wie sie wieder nach Hause kämen oder hier ein Quartier fänden.

Vielleicht war Jan auch schon eifersüchtig auf Leo? Es war ein schlimmer, trauriger Abschied am nächsten Morgen. Sie wußten, daß sie sich ein halbes Jahr nicht sehen würden, und trennten sich im Streit, und Rike sorgte sich um Jan, weil er im Herbstnebel und mit seinem Holzbein und nun auch noch im Zorn so weit wegfahren mußte.

Rike erzählte weiter: »Ich habe am nächsten Tag mit der Familie Schmidt gesprochen, mit den Schmidts, denen das Haus gehört, und sie haben mir zwei Dachkammern für die beiden vermietet, die beiden kleinen Zimmer, in denen Leo immer noch wohnt.«

Zwei Tage später hatte Leo eine Stelle als Fahrradbote bei einer Druckerei bekommen, und Dana durfte für ein halbes Jahr das Dienstmädchen bei Familie Brand vertreten. In der Zeit hatte sie sich mit Paul verlobt und bald danach geheiratet. Manches war besser geworden, aber mit Jan wurde es nie wieder gut, und das tat viele Jahre weh. Er hatte gleich nach dem Examen eine andere Frau geheiratet und war jetzt Arzt irgendwo in Süddeutschland. Rike hatte ihn bis heute nicht mehr gesehen.

»So war das«, sagte Rike. »Und weshalb willst du unbedingt wissen, ob ich mich gefreut habe, als die beiden kamen?«

»Weil die Ma das gesagt hat, und der Pa hat gesagt: Nein, die Rike hat sich überhaupt nicht gefreut, weil der

Jan sie nicht heiraten wollte, weil Leo und Dana gekommen waren. Der Pa sagt immer so böse Sachen.«

»Sie hatten beide recht«, sagte Rike. »Erst hab ich mich gar nicht gefreut, aber später hab ich mich sehr gefreut, daß Dana und Paul geheiratet haben und daß Leo hier ist und daß ihr drei gekommen seid.«

»Hast du dich richtig gefreut, weil wir Kinder gekommen sind?«

»Das merkst du doch.«

Nach einer langen Pause sagte Nora: »Dann frag ich dich das Allerwichtigste. Der Pa hat gesagt: Robert muß in ein Heim. Die Ma hat gesagt, nein, das will ich nicht. Der Pa ist wütend geworden und hat geschrien: Immer zanken wir uns wegen der Kinder. Das halt ich nicht mehr aus.«

»Das hat er doch nur in der Wut so gesagt. Er hat es bestimmt nicht so gemeint. Oder du hast etwas falsch verstanden.«

»Das habe ich genau gehört, und Georg hat es auch gehört. Müssen wir weg? Müssen wir alle ins Heim? Wir haben doch gar nichts getan! Nimmst du uns, wenn der Pa uns wegbringen will?«

»Aber das tut er doch nicht!« rief Rike. »Er hat euch doch lieb, und Dana gibt euch niemals weg, und ich auch nicht. So, und jetzt gehen wir in die Küche und backen Sonntagskuchen. Einen großen für euch und einen kleinen für Leo und mich.«

Nora atmete tief aus und lief zu Robbi. Der war auf dem Teppich eingeschlafen. Sie flüsterte ihm etwas ins Ohr. Dann sagte sie zu Rike:

»Ich hab es ihm gesagt, vielleicht hat er ja gehört, was der Pa gesagt hat? Er versteht alles.«

An diesem Nachmittag sprachen sie nur noch über die Schule und ein neues Sonntagskleid für Nora und über Robbi. Den setzten sie auf ein hohes Stühlchen und ließen ihn beim Kuchenbacken zusehen und im Kochbuch blättern. Denn Robbi hatte eine große Liebe zu Büchern. Wo er eins fand, blätterte er es auf, von vorn nach hinten und von hinten nach vorn, und steckte die Nase tief zwischen die Seiten und schnupperte. Bücher rochen so gut für ihn, daß er manchmal sogar am Einband leckte.

Darum hatte Leo zu Weihnachten ein richtiges Buch für Robbi gedruckt. Auf jeder Seite stand ein riesiger Buchstabe, nur ein einziger. Das Robbibuch hatte auch einen besonders festen Einband, der war aus Holz, aus rohem Holz, damit Robbi lange daran knabbern konnte.

Aber Robbi betrachtete am liebsten die großen Buchstaben. Er lag auf dem Bauch vor seinem Buch und sagte zum A ganz richtig »A«, und zum E sagte er wirklich »E«, und zum O sagte er »O«.

»Die anderen lernt er dann auch noch«, sagte Leo, und er war sehr stolz auf sein Buch und auf Robbi.

Denn Leo war Schriftsetzer und Buchbinder geworden, weil beide Berufe ihm so gut gefielen, daß er sich für keinen entscheiden konnte, und er hatte in beiden schon die Meisterprüfung gemacht. Bald wollte er eine eigene Werkstatt haben.

»Eine Bücherwerkstatt«, sagte er zu Rike. »So etwas gibt es noch gar nicht. Ich mache den Schriftsatz, ich drucke das Buch und binde es auch selbst. Jedes einzelne Buch wird ein handwerkliches Kunstwerk.«

»Dann mußt du diese Bücher aber auch sehr teuer verkaufen, wenn du davon leben willst«, sagte Rike. »Wie viele könntest du dann im Monat herstellen?« Sie hatten miteinander Einkäufe gemacht und standen noch auf der Treppe.

»Für mich allein brauche ich doch nicht viel Geld«, sagte Leo. »Solange ich nur für mich allein arbeite, genügt es, wenn ich zehn oder zwanzig solche Bücher im Monat verkaufe. Und wenn ich einmal nicht mehr für mich allein arbeite, dann –« Er sprach nicht weiter und wurde rot und packte die Waren in seiner Einkaufstasche hin und her.

»Was – dann?« fragte Rike und ging einen Schritt auf ihn zu.

»Das wird man sehen«, sagte Leo, und Rike ging schnell in ihre Wohnung und hörte nicht, wie Leo seufzte. Aber sie stand hinter der Tür und wartete, ob er nicht doch noch anklopfen würde. Nein, er ging die Treppe hinauf.

Er liebte seine winzige Dachwohnung, vor allem, weil sie über Rikes Wohnung lag. So konnte er sie jeden Tag sehen und sprechen. Und Danas Wohnung in der Bayernstraße war nur durch Gärten mit schönen Bäumen von dem Haus in der Preußenstraße getrennt. Dana konnte von ihrem Küchenbalkon Leos Dachfenster sehen, und wenn sie sich einsam fühlte, rief sie ihn mit einem Pfiff; auch wenn sie sich um Robbi sorgte, oder wenn sie wieder einen neuen Plan für ihre Zukunft hatte. Meist waren es alle drei Gründe auf einmal.

Dann kam Leo immer zu ihr herüber, sobald er konnte.

Er buk ihr einen Kaiserschmarrn, der war mindestens so gut wie der von Mathilde, und er sprach mit ihr über Robbi, solange sie wollte.

Robbi hörte zu, als verstünde er alles. Es gefiel ihm, wenn gesprochen wurde. Er krabbelte näher und streichelte Leos Schuhe. Leo verstand dann schon, was Robbi wollte, und zog die Schuhe aus. Er stellte Robbis Füße auf seine großen Männerfüße, hielt den Jungen an beiden Händen fest und spazierte mit Robbi-kleinen Schritten durch die Wohnung. Robbi gluckste vor Vergnügen.

Leo meinte, dadurch bekäme Robbi ein Gefühl für das Laufen, und eines Tages würde er das dann selbst probieren.

Nora und Georg sahen bei diesem Spiel jedesmal mit ernsten Augen zu. Ob wohl auch sie nachher auf Leos großen Füßen stehen dürften? Immer durften sie das. Aber vielleicht hatte Leo diesmal keine Zeit für sie beide, nur Zeit für Robbi?

Doch dann nahmen Leos große Füße auch Georgs Füße mit, und sie nahmen Noras Füße mit, und Leo machte Riesenschritte für Georg und noch größere für Nora und schwenkte sie um die Türpfosten, bis sie die schön prickelige Angst bekamen und quietschten und lachten und sich an seine Beine klammerten.

Einmal sah Rike dabei zu. »Leo, warum bist du nicht Lehrer geworden!« rief sie.

»Eine Lehrerin in der Familie genügt doch«, sagte er und wurde wieder rot, weil sie das womöglich so verstand, wie er es meinte? Darum sagte er schnell hinterher: »Ich hab Dana gemeint, weil sie doch früher immer Lehrerin werden wollte.«

Aber jetzt wollte Dana Fotografin werden und in fremden Ländern die Menschen, ihre Häuser und die fernen, seltsamen Landschaften fotografieren, am liebsten wollte sie die ganze Welt so genau kennenlernen, wie sie jetzt die Stadt Hamborn kannte und früher das Hochtal. (Sie hatte sich schon im Kaufhaus Brand einen Lederkoffer für ihre erste Reise ausgesucht.)

»Ein schöner Plan«, hatte Leo gesagt. »Ich drucke dann die Bücher mit deinen Fotos. Alle meine Handwerkskunst werde ich an diesen Büchern beweisen.

Dann sagen die Leute: Ah – Frau Müller, haben Sie schon das neue Fotobuch von Dana Heuken gesehen? Herrliche Fotos! Und wie wunderbar es gedruckt und gebunden ist! Dann wollen alle Leute dein Buch kaufen.«

»Wann, wann?« fragte Dana. Und flüsterte: »Es ist wie ein Hunger. Man kann es fast nicht mehr aushalten.«

»Langsam, Dana, langsam. Erst kommt deine Ausbildung, dann können wir weiterplanen. Rike und ich, wir werden dir immer helfen.«

»Drei Jahre Lehrzeit im Fotolabor«, sagte Dana.

»Ja, und? Ich war fünf Jahre Lehrling. Wollten wir nicht beide lernen und lernen?«

»Meinst du, Paul hätte etwas dagegen?«

Nein, eher würde Paul froh sein, wenn Dana ihr Leben recht selbständig einrichtete. Das würde ihm Verantwortung abnehmen.

Leo hatte recht. Paul sagte: »Sie kann tun, was sie will. Ich weiß ja, daß sie noch etwas lernen möchte. Aber die Kinder?«

»Wir sind ja da, Rike und ich«, sagte Leo.

Dana und Leo redeten schon seit vielen Wochen über Danas Plan, sie überlegten mit dem Atlas auf dem Küchentisch, in welche Länder Dana zuerst reisen sollte, und weil Dana einmal in der Zeitung von Neuseeland gelesen hatte, brachte Leo ihr ein Reisebuch über Neuseeland mit, und für die nächste Woche hatte er ihr eine Landkarte von Ägypten und dem Niltal versprochen.

Hier in der Küche, in Hamborn, wo Robbi zwischen ihren Füßen sein Kippauto hin und her schob, wo sie Nora im Wohnzimmer Klavier üben hörten und Georg spielte auf dem Flur mit sich allein Fußball, auf dem

Herd brodelte ein Suppentopf, und die Balkonblumen hingen welk und müßten eigentlich sofort gegossen werden – hier träumte Dana wieder von der Ferne und der Zukunft, wie damals, als die Welt aus den Zeitungen zu ihr und zu Leo kam.

Leo dachte: Was sag ich ihr, wenn sie mich fragt, wer die Kinder versorgt, wenn sie acht, neun Stunden oder mehr im Labor ist? Oder wenn sie weit weg in fremde Länder reist? Ich weiß nicht, was ich dann antworten soll.

Dana dachte: Hoffentlich sagt er jetzt nicht: Warte, bis die Kinder groß sind. Ich kann so lang nicht mehr warten, ich will es nicht.

Aber Leo sagte nichts, und Dana fragte nicht. Sie dachte lieber an den schönen Koffer im Kaufhaus Brand. Sollte sie ihn sofort kaufen?

Aber dann würde Paul ihn vielleicht auf seine Reisen mitnehmen. Nein, dafür würde sie ihn nicht kaufen. Oder doch? Sie könnte ihn unter Robbis Bett schieben.

Dort würde Paul ihn bestimmt nicht finden. Seit fast einem ganzen Jahr hatte er Robbi nicht mehr »Gute Nacht« gesagt.

»Paul kommt am Wochenende«, sagte Dana.

»Nora kann Robbi am Freitag nach der Schule in die Preußenstraße bringen.«

Denn jetzt wurde Robbi immer zu Rike und Leo oder zu Herta gebracht, wenn Paul sich zum Wochenende anmeldete. Wenn keiner ihn aufnehmen konnte, mußte die Tür zu Robbis Zimmer geschlossen bleiben, solange Paul zu Hause war. Er verlangte das.

Einmal hatte Nora nicht daran gedacht, und Robbi rutschte in Pauls Arbeitszimmer, saß plötzlich vor dem Schreibtisch und rief: »Pa-pa-pa! Omm, omm!«

Paul sprang auf und lief hinaus, an Robbi vorbei, und

stellte sich im Flur in die Ecke neben dem großen Schrank. Wenn man die Tür zum Arbeitszimmer weit aufschlug, konnte man nicht sehen, wer dort stand. Aber Robbi rutschte und rollte dem Vater nach, er kannte dieses Versteck: Nora und Georg hatten sich dort schon oft von ihm finden lassen. Mit einem Juchzer zog er die Tür weg, und wieder rief er: »Pa-pa-pa!«

Paul lief an ihm vorbei und schloß sich im Badezimmer ein.

Robbi rollte hinterher und patschte mit beiden Händen an die Tür. Leise fragte er: »Pa?«, und noch einmal, noch leiser: »Pa?« Dann blieb er dort sitzen, ganz still, mit offenem Mund, und wartete auf den Vater, und die Spucke tropfte ihm auf den Kittel.

Der Vater schlug von innen mit der Faust an die Tür: »Dana, Dana! Hilf mir! Tu den Jungen weg!«

Nora stand an der Küchentür und schämte sich, weil es doch ihre Schuld war, daß Robbi entwischen konnte, und weil sie nicht verstand, was Paul so aufregte.

Robbi erschrak vor Pauls wütendem Schreien, und nun weinte er, laut und anklagend. Das geschah selten.

Nora lief zu ihm und nahm ihn auf den Arm und wollte ihn in sein Zimmer tragen, da kam Dana vom Balkon, und Paul kam aus dem Badezimmer.

Er rief: »Stell ihn hin, Nora! Er ist vier Jahre alt, er kann laufen! Er ist kein Tier, das auf allen vieren kriecht! Stell ihn auf die Füße, sofort!«

Langsam, sehr langsam ließ Nora das Brüderchen von ihrem Arm gleiten, bis Robbi vor ihr stand, und dabei hielt sie ihn an den Hosenträgern fest und bog ihre Knie vor und stützte ihn, daß er nicht fallen konnte. Robbi spürte ihre Nähe, die Hand in seinem Rücken, die ihn hielt, und er schluchzte nur noch leise.

»Aha«, sagte Paul. »Man muß ihn also nur ein bißchen fest anfassen. Es wird Zeit, daß er in stramme Zucht kommt. Ich werde dafür sorgen, es gibt genug gute Anstalten. Kopf hoch, Robert! Sieh mich an!«

Man wußte nie, wieviel Robbi verstand von dem, was man sagte. Er senkte den Kopf und schmiegte sich fest an Noras Knie.

»Robert! Du sollst mich ansehen!« rief Paul.

Nora legte ihre freie Hand unter Robbis Kinn und hob seinen Kopf.

Nun sah Robbi den Vater an. Er lächelte nicht wie sonst, wenn er anderen Menschen ins Gesicht sah. Er blickte fest und ernst in Pauls Augen, und Robbis Augen waren noch dunkler und größer als sonst. Er sagte laut: »Bös!«

Zum erstenmal sagte er dieses Wort. Natürlich kannte er es, wie er viele Wörter kannte und richtig verstand, aber noch nicht aussprechen konnte. »Bös!«, das war ein Wort für Schlimmes. »Bös«, das hieß: »Halt!«, wenn er auf die Fensterbank klettern wollte, das hieß: »Hör sofort auf!«, wenn er am Feuertürchen vom Küchenherd spielte. »Bös«, das hieß auch: »Du bist nicht lieb!«

Er hatte das Wort in seinem Kopf gesucht und gefunden, es war das richtige Wort, er hatte es gesagt, und von heute an gehörte es ihm. Es machte ihn stärker. Er brauchte nicht mehr zu weinen.

Er drehte sich zu Nora um, lächelte und hob die Arme, weil sie ihn tragen sollte, und sagte: »Lieb!«

Auch dieses Wort hatte er noch nie gesprochen, aber er hatte es nicht suchen müssen. Es lag in ihm bereit, nahe bei dem anderen Wort, und er konnte es ohne Mühe sagen, und es war wieder das richtige. Er spürte das, es machte ihn glücklich.

Nora nahm ihn auf den Arm. Robbi drückte seinen

feuchten Mund an ihren Hals und flüsterte: »Lieb, lieb, lieb.«

Paul fuhr am Abend zurück nach München. Er war traurig und zornig zugleich, aber beim Abschied versprach er Dana, daß Robbi noch wenigstens ein Jahr bei ihr bleiben dürfte.

Sie ging zu Rike und Leo, als die Kinder schliefen, sie erzählte, was geschehen war, und fragte Rike: »In einem ganzen Jahr kann sich doch vieles ändern?« Sie meinte, dann könnte Robbi manches aufgeholt haben und so sein wie andere Kinder? Oder doch fast so wie andere Kinder?

»Warum willst du das?« fragte Rike. »Robbi ist Robbi. Und so wird er immer bleiben. Er wird nie ganz erwachsen werden. Das weißt du.«

»Und das ist wunderbar«, sagte Leo. Hatte denn einer von ihnen je ein Kind gekannt, das so freundlich, so dankbar, so liebevoll und geduldig war wie Robbi? Und immer wieder überraschte er sie alle, weil er plötzlich etwas Neues wußte oder konnte, und immer verstand er mehr, als man ahnte. Nur im äußeren Leben brauchte er ein bißchen Hilfe. Dana sollte stolz auf ihn sein.

Sie ging getröstet nach Hause.

Im Oktober hatte Leo Geburtstag, den wollte er in diesem Jahr mit den alten Freunden in seinem Schrebergarten feiern.

Paul hatte geschrieben, er wollte am Freitag kommen, und Jan war gerade zu Besuch bei seinen Eltern in Düsseldorf.

Leo hatte den Garten seit vier Jahren gepachtet, und die Erde auf seinen Beeten war jetzt genauso krümelig und duftend wie die Erde auf den Beeten in Laszlos

Garten. Der Hamborner Schrebergarten war auch ähnlich eingeteilt wie der Garten im Hochtal, und vieles, was hier auf den Beeten wuchs, war aus Samen gezogen, die Vater Laszlo geschickt hatte: Salat und Karotten, Lauch und Kräuter, die Astern und Ringelblumen links und rechts vom Kiesweg und die hohen Stockrosen neben dem Gartenhäuschen. Und weit weg im Hochtal-Garten wuchsen jetzt Buschbohnen und Rübstiel, Pastinaken, Löwenmaul, Glockenblumen und Kapuzinerkresse.

Leo und Dana konnten in den ersten Jahren nicht oft nach Hause fahren, weil die Reise zu teuer war, und seit Robbi da war, mußte Dana das ganze Jahr in Hamborn bleiben. Nur Leo fuhr jeden Sommer in seinem Urlaub nach Österreich, und Laszlo und Leo schrieben sich viele Briefe. Das Wichtigste war immer: Wie geht es Dana und den Kindern? Was gibt es Neues in deinem Garten? Blühen die Schneeglöckchen schon? Läßt du wie ich den Lauch im Winter draußen? Meinst du, man könnte jetzt noch Feldsalat säen?

Leos Geburtstag fiel auf einen Sonntag, und Leo fuhr schon bald nach dem Mittagessen mit dem Fahrrad zum Garten. Er wollte noch Lampions aufhängen und im Gartenhäuschen auf der Eckbank ein Nachtlager für Nora und Georg richten, damit die beiden schlafen könnten, wenn die Erwachsenen Lust hätten, bis in die Nacht hinein zu reden.

Leo freute sich auf die Freunde. Zum erstenmal könnte er Paul seinen schönen, herbstbunten Garten zeigen, und Jan hatte er seit zwölf Jahren nicht mehr gesehen.

Mischa würde ihm fehlen, der verständige Mischa, der so früh ein erwachsener Mann war, und dann hatte der Krieg ihn gefressen. Wer außer Herta dachte wohl noch oft an ihn? Die schwierigen Jahre nach dem Krieg hatten so vieles ausgelöscht. Herta würde vielleicht ihren Jungen mitbringen, der sähe Mischa ähnlich, hatte sie gesagt, und jetzt mußte er fünfzehn oder sechzehn Jahre alt sein, so alt wie Mischa damals, als sie ins Hochtal kamen. (So jung hatte Mischa geheiratet? Ach ja, weil Krieg war. Und er, Leo, wurde heute fünfunddreißig und hatte keine Frau und kein Kind.)

Marek hieß Mischas Sohn, wie der polnische Großvater, aber jetzt nannten sie ihn Werner – das war sein zweiter Vorname –, weil es ja in allen Dingen nur noch ganz deutsch zugehen durfte, seit dieser Hitler deutscher Reichskanzler war und alle Gesetze allein machen durfte.

Vor dem Tor zum Schrebergartengelände stieg Leo vom Rad. Ein Bettler stand da und sprach ihn gleich an. Die Leute nannten ihn den Bahnhofsbettler, weil er abwechselnd in Duisburg und Hamborn, manchmal auch in Oberhausen, vor den Bahnhöfen bettelte. Leo hatte ihn schon oft gesehen und ihm auch immer etwas gegeben, aber er mochte ihn nicht, er war ihm zu aufdringlich und zu schmutzig.

»Haben Sie hier einen Garten?« fragte der Mann und kam ihm so nahe, daß Leo ihn riechen konnte.

»Ja«, sagte er, ging einen Schritt zurück und tastete in der Jackentasche nach seiner Geldbörse. Der Mann folgte ihm.

»Lassen Sie mal«, sagte er. »Geld hab ich für heute genug. Aber Sie könnten mir die Hütte für eine Nacht vermieten.«

»Ich weiß nicht, was Sie meinen«, sagte Leo. »Hier, das ist für Sie.« Er hielt ihm ein Markstück hin.

»Ich hab doch gesagt: Ich will kein Geld. Nur mal wieder eine Nacht unter Dach schlafen, wegen dem

Husten, verstehen Sie? Und einbrechen, das liegt mir nicht.«

»Gehen Sie ins Asyl. Was kostet das? Ich geb Ihnen das Geld.« Wenn der Kerl ihn doch endlich in Ruhe ließe! Leo wollte an die Geburtstagsfeier denken und sich freuen. Aber der Mann nahm das Geld nicht und sagte auch nichts, er sah Leo nur an, fast mitleidig, und schüttelte den Kopf.

Leo sagte wieder: »Ich geb Ihnen das Geld fürs Asyl, ich geb's Ihnen gern.«

»Sie wissen wohl gar nichts vom Leben, junger Mann?« fragte der Bettler. Hatte Leo denn noch nichts davon gehört, daß die Leute aus den Asylen von der Polizei abgeholt wurden? Und daß man sie nach Bayern ins Lager brachte? Keiner, der nicht mit Papieren auf Reisen war, ging noch ins Asyl, alle Wohnungslosen blieben lieber draußen im Park oder unter der Ruhrorter Brücke oder im Hof vom Kaufhaus zwischen den Pappkartons. Wer Glück hatte, wurde dort nicht bei der Razzia gefunden. Er sagte: »Die machen dort richtig Jagd auf uns, jede Nacht. Und jetzt im Herbst, wenn morgens die Nebel kommen, werden einem die Kleider bis zum Abend nicht mehr trocken. Zum Wechseln hat man ja nichts.«

»Was für ein Lager soll das sein?«

»Eins vom Hitler. Wer bettelt oder mal ein Gläschen trinkt, kommt nach Dachau. Die Städte sollen gesäubert werden von solchen Dreckskerlen, wie ich einer bin, verstanden? Volks- und rassefremd sollen wir sein. Im Lager kriegt man dann Arbeit und Kartoffelsuppe ohne alles, und die Schwindsucht kriegt man gratis und einen Armensarg mit Rabatt. Bitte, der Herr! Ich brauch nur mal für eine Nacht ein trockenes Mauseloch, auf Ehre, nur für eine Nacht. Ich schlaf auch auf dem Fußboden, und ich rühr nix an, auf Ehre! Nur für diese eine Nacht. Ich hab Fieber.«

Leo schüttelte den Kopf. »Nein«, sagte er. Aber er würde ihm soviel Geld geben, daß er auch in einem Gasthaus übernachten könnte. Wieviel wollte er haben?

»Aber ich stink doch«, sagte der Mann. »Die schmeißen mich sofort wieder raus.«

Und morgen wollte er sowieso nach Dinslaken gehen, da kannte er einen Bauern, der ließ ihn manchmal im Winter in der Scheune schlafen. Heute war es ihm zu weit dorthin mit dem Fieber und dem Husten.

Leo sagte: »Dachau ist doch eine Stadt und kein Lager«, weil er hoffte, daß der Mann im Unrecht war und log. Er gab ihm zehn Mark. Endlich nahm er das Geld.

»Also gut«, sagte er, »ich geh ins Asyl, und wenn sie mich schnappen, und ich krepier im Lager, soll's mir egal sein.«

Im Laufschritt schob Leo sein Rad durch den breiten Mittelweg zu seinem Gartentor und rannte zum Häuschen, weil er sofort sehen mußte, daß es noch so sauber und ordentlich wie gestern zwischen den Blumenbeeten und dem Kaninchenstall stand.

Er gab den Tieren Heu, Wasser und Rüben, stellte die Weinflaschen in den Schatten und die Bierflaschen in den Brunnen und füllte Petroleum in den Ofen (der Kerl hätte doch nicht mit diesem Ofen umgehen können, die Hütte hätte er in Brand gesteckt), er putzte den Spirituskocher blank, pflückte einen Blumenstrauß für den Tisch, schüttelte die Kissen auf der Eckbank und polsterte sie mit zusammengelegten Decken (dort würden die Kinder schlafen, kein verdreckter Stadtstreicher! Aber im Hof vom Kaufhaus zwischen den Pappkartons oder unter der Brücke, das mußte schlimm sein. Ob noch viele von denen dort schliefen, oder war der Mann in der Nacht allein?)

Danach gab es wirklich nichts mehr zu tun. Alles war vorbereitet, nichts fehlte.

Leo ging ans Tor und sah den Mittelweg entlang zum Eingangstor.

Eigentlich, dachte er, müßte das auch tagsüber abgeschlossen werden, das große Tor. Hier konnte doch jeder hereinkommen und so tun, als gehörte ihm ein Garten, und dann bis zum Abend warten und in irgendeine Hütte einsteigen (»Ein Mauseloch für eine Nacht, auf Ehre, nur für eine Nacht!«) Vielleicht war der Mann zurückgekommen und wartete hier im Gelände auf die Dunkelheit?

In den Nachbargärten links und rechts war es heute still. Leo hörte die Kaninchen an ihren Rüben knabbern, irgendwo klirrte ein Spaten, und weit in der Ferne rief ein Kind: »Stand anne Wand! Wer macht mit? Stand anne Wand!« Was für ein Spiel mochte das sein?

Leo lief wieder ans Tor und sah sie alle kommen, auch Jan war dabei, auch Herta. Er rannte zurück zur Hütte und schwenkte zum Willkommen ein Küchenhandtuch – und seine Gäste rüttelten mit großem Gelächter draußen am verschlossenen Tor!

Auch Leo lachte und stotterte seine Entschuldigung. Ganz in Gedanken hätte er das Tor wieder abgeschlossen, ganz in Gedanken!

Jan sah sich um, sagte: »Recht nett, solch ein Gärtchen. Wie in alten Zeiten: Schnittlauch und Petersilie, Lauch und Zwiebel, Spinat und Möhren, und Astern, Phlox und Kapuzinerkresse! Wirklich nett. Darf man?« und streckte sich im Liegestuhl aus.

Paul nahm sich Zeit, den Garten anzusehen. Zwischen allen Beeten balancierte er auf den schmalen Pfa-

den, und Leo durfte ihm erklären, was da wuchs und was er plante.

»Wo ist dein Birnbaum?« fragte Paul. Er hatte also den Garten vom Hochtal hier wiedererkannt.

Ein winziges Bäumchen zeigte Leo ihm und nahm sich vor, vieles zu vergessen, was ihn an Paul ärgerte.

Zuletzt besuchten sie auch die Kaninchen, und Paul wollte ihre Namen wissen. Georg kannte sie alle und zeigte dem Vater, wie er die Tiere am Nackenfell pakken und aufheben konnte.

Inzwischen hatten die Frauen den Tisch gedeckt und Berge von belegten Brötchen ausgepackt und Salat- und Puddingschüsseln bereitgestellt. Nora durfte den großen Geburtstagskuchen holen und eine Kerze anzünden. Alle gratulierten Leo, beschenkten ihn, umarmten ihn und ließen ihn fühlen, wie lieb er ihnen allen war. Rike fand ihn stiller und ernster als sonst.

Beim Essen fragte Jan: »Wo ist dein Jüngster, Paul? Ich hab einen im gleichen Alter. Olaf heißt er, und deiner?«

»Robert«, sagte Paul.

»Robbi ist bei Tante Hertas Annchen, weil er noch so klein und so dumm ist«, sagte Nora.

»Mit vier Jahren waren wir alle klein und dumm«, sagte Paul.

»Aber so klein und so dumm wie unser Robbi war ich nie!« rief Georg.

Darüber lachten sie alle, und Paul lachte am lautesten.

Jan fragte Herta nach ihrem großen Sohn. Wollte sie den nicht mitbringen?

»Der hat Dienst«, sagte Herta. »Mein Werner ist Jungscharführer bei den Pimpfen und braun bis auf die Knochen. Zum Heulen ist das und zum Kotzen. Aber was kann eine Mutter dagegen tun? Nur abwarten, daß er zur Vernunft kommt.«

»Oho!« rief Jan und zog die Augenbrauen hoch.

»Wundert dich das, wenn ich so rede?« fragte Herta. Sie hätten sich politisch doch immer gut verstanden? Mischa und Herta, beide Gewerkschaftler und Sozis, Rike und Jan bei den studierten Linken ein bißchen mehr zur Mitte hin, weil ihnen die Erfahrung vom Leben der Armen fehlte. Und Paul, nun ja: Der hatte eigentlich nicht viel anders gedacht als sie alle und die meisten in der Jugendbewegung, nur eben mit mehr Gefühl und »Deutschland über alles« und seinem Drall zu Gesundheit und Rassenquatsch. Solche hatte es ja in vielen Jugendbünden gegeben.

»Wie bitte?« rief Paul. »Mit den Sozis hatte ich nie was im Sinn. Nie! Und das mit dem Rassenquatsch verbitte ich mir!«

»Aber ein Jugendbewegter warst du. Und wir auch. Wir kommen aus demselben Stall«, sagte Herta.

»Weißt du überhaupt, was ich jetzt tue?« fragte Paul.

»Du hältst Vorträge über Erbgesundheit und Rassenkunde.«

»Ich bin SS-Obersturmführer.«

»Das weiß ich«, sagte Herta mit ihrem geduldigsten Nachtschwesternlächeln. »Aber ich nehm's dir nicht übel. Für mich bist und bleibst du immer unser Paul.«

Paul wußte keine Antwort oder nur eine, die ihm selbst nicht gefiel, eine gekränkte. Er stellte sich zu den Kindern und sah ihnen beim »Mensch-ärgere-dich-nicht« zu.

Jan sagte: »Seit wir alle auf dem Hohen Meißner waren, ist viel Zeit vergangen, Herta. Ich habe meine politische Meinung geändert.« Und Herta möchte bitte nirgendwo von seiner früheren Beziehung zu den Sozialdemokraten sprechen. Wenn das bekannt würde, könnte es ihm beruflich schaden. Er sprach von seiner »Position«.

»In Ordnung«, sagte Herta, und: »Schade«, sagte sie. »Aber du kannst dich auf mich verlassen.«

»Du auch.«

Leo sagte: »Jetzt habt ihr beide Angst vor den Hakenkreuzlern, die linke Herta und der rechte Jan. Wie kommt das? Weiß das einer von euch?«

»Nein«, sagte Rike und stellte die Puddingschüssel auf den Tisch. »Aber wißt ihr noch, wie wir in Frankreich waren, und der Jan hat Grießbrei gekocht?«

»Mit dem konnte man Fensterscheiben einschmeißen!« rief Paul.

»Habt ihr das wirklich getan?« fragte Georg.

»Natürlich nicht. Aber am nächsten Tag wollte Rike ihm zeigen, wie locker ein richtiger Grießbrei sein muß, und ihrer wurde noch steifer, mit dem hätte man Betonplatten löchern können!«

Jetzt waren sie wieder Wandervogel-Kameraden. Jeder dritte Satz fing an mit: »Wißt ihr noch? – wie wir in Dänemark waren, in Griechenland, in Österreich und Ungarn?«

Als es fast ganz dunkel war, lief jemand am Zaun entlang, zögerte, blieb kurz vor dem Tor stehen und ging dann eilig weiter. Leo sprang auf und lief hinterher. »Sie!« rief er. »Halt! Wohin wollen Sie?«

Erschrocken drehte eine Frau sich um. »Meine Güte!« rief sie. »Haben Sie mich aber erschreckt, Herr Hörgy!«

Die Nachbarin aus dem Garten rechts neben Leos Garten! Ihr war eingefallen, daß sie vergessen hatte, die Hütte abzuschließen, deshalb war sie noch einmal hierhergelaufen und hatte im Dunkeln die Gartentore nicht unterscheiden können. Rosenbögen hatten sie ja fast alle. Leo entschuldigte sich viele Male und kam zurück zu den anderen.

»Du bist doch sonst nicht so ängstlich«, sagte Dana.

»Aber heute«, sagte Leo und erzählte von seiner Begegnung mit dem Bahnhofsbettler. Er sagte: »Und jetzt muß ich mir vorstellen, wie solch ein armer Kerl zwischen den Pappkartons oder unter der Brücke friert. Und wenn er eine Lungenentzündung kriegt? Oder er wird tatsächlich abgeholt, wie er sagt? Aber ich glaub nicht an dieses Lager.«

Jan sagte: »Etwas Besseres als das Lager gibt es doch gar nicht für den.« Wußte Leo denn nicht, daß die Reichsregierung solche Leute aus den Städten holte und in Arbeitslager brachte, damit sie lernten, ein geregeltes Leben zu führen, diese Arbeitsscheuen und Trinker und Bettler? Er sagte: »Wir sollen ein gesundes Volk werden, ein starkes Volk, ein soldatisches Volk, das fähig ist, neues Land zu erobern. Hitler weiß, was er tut.« (Schon wieder sagte einer »soldatisch«. Rike sah ihn aufmerksam an.)

»Unser Führer Adolf Hitler«, sagte Paul.

Jan sagte: »Natürlich: Unser Führer weiß, was er tut.«

Leo hatte nur halb zugehört. Gab es also wirklich ein Lager in Dachau? Dann hätte der Mann ja recht gehabt mit seiner Angst? Er fragte Jan und Paul.

»Natürlich gibt es das Lager Dachau, als Arbeits- und Erziehungslager für asoziale Elemente«, sagte Paul.

Jan sagte: »Da stirbt keiner an der Schwindsucht. Im Gegenteil: Manche werden dort erst richtig gesund. Aber die lügen ja alle.«

»Kann sein, daß er gelogen hat«, sagte Leo, und nach einer langen Pause: »Oder auch nicht. Und ich hab ihn abgewiesen, weil ich ihn nicht mag.«

»Und weil du an uns gedacht hast«, sagte Rike. »An diesen Abend, auf den wir alle uns gefreut haben. An einem anderen Tag hättest du ihn hier schlafen lassen.«

Leo schüttelte den Kopf. »Den nicht«, sagte er.

Herta fragte ihn: »Warum willst du unbedingt alle Menschen mögen?«

Und sie fragte Jan: »Warum soll einer nicht von Beruf Bettler sein dürfen, wenn er seine Mitmenschen nichts kostet als ein paar Groschen?«

»Der uns nichts kostet?« rief Paul. »Die Asyle kosten die Volksgemeinschaft einen Haufen Geld!«

»Und die Fürsorgeanstalten, die Heime für Verwahrloste und Gefährdete«, sagte Jan, »die Heime für körperlich und geistig Behinderte –«

»Hört auf«, sagte Dana. »Streitet nicht. Die Kinder schlafen schon.«

»– und die Geisteskranken und halb und ganz Schwachsinnigen, die nichts für die Volksgemeinschaft leisten und noch nicht einmal für sich selbst ein lebenswertes Leben haben!« rief Jan.

»Ich dachte, du wärst Arzt?« fragte Herta.

»Bitte, hört auf«, flüsterte Dana.

»Man muß die Dinge nüchtern sehen, wie sie sind«, sagte Jan.

Rike reckte ihm ihren langen Zeigefinger entgegen: »Woher willst du wissen, wie lebenswert für einen anderen sein eigenes Leben ist?«

»Ihr sollt bitte still sein!« rief Dana.

»Glühwein?« fragte Leo. »Diese Volksgemeinschaftler reden doch alle dasselbe. Ich bin froh, daß ich Österreicher bin.«

»Wie unser Führer Adolf Hitler!« rief jemand hinter der Hütte.

»Werner!« rief Herta. »Dich heimlich anzuschleichen! Schämst du dich nicht?«

»Das tut ein deutscher Pimpf nie!« rief Annchen.

»Nachtübung beendet«, sagte Werner. Sie kamen aus den Büschen hinter dem Kaninchenstall. Nun standen sie unter den Lampions, und Jan staunte Werner an.

»Mischa«, flüsterte er. »Mischas Sohn!«

»Und Mischas Tochter, bitte«, sagte Annchen. Sie war sechzehn Jahre alt, und Nora fand sie so schön, daß sie sich immer wünschte, wie Annchen auszusehen, wie Annchen zu sprechen, zu lachen und ganz und gar wie Annchen zu sein.

»Aber ihr solltet doch bei Robbi bleiben«, sagte Herta.

»Unser Kukuckskind schläft wie ein alter Bär«, sagte Werner. »Und die Oma will noch Radio hören.«

Paul – vielleicht, um seine Rührung abzuwehren, weil auch ihn die Erinnerung an Mischa bewegte – rief: »He, Jungscharführer, ohne Uniform? Dienst schon beendet?«

»Zu Befehl, jawoll, Obersturmführer!«, und Werner stand stramm, den Kopf zurückgeworfen.

Der kam sich wohl schön vor? Nora war wach geworden vom Rufen und Begrüßen. Nun stand sie an der Hüttentür. Dieser eingebildete Kerl. Wie hatte der Lehrer in der alten Schule die Klasse in der Turnstunde kommandiert?

»Links-um-kehrt! Im-Gleich-schritt-marsch! Und links und links und links zwei, drei vier! Das Gan-ze halt! Still-gestandn! Rührt euch! Wegtreten!« rief sie. Und mußte schnaufen vor Spaß, weil dieser Hampelmann da unten tat, was sie befahl. Er saß schon zwischen den halb leergegessenen Salat- und Puddingschüsseln am Tisch, und Dana brachte ihm einen Teller. Verfressen war er also auch, und eitel.

Annchen winkte Nora zu und sagte: »Du kleines Prachtstück, komm doch herunter.«

»Nö«, sagte Nora. »Vor Jungscharführern hab ich Angst.«

Sie lachten alle, und Herta fragte Leo, ob es jetzt eine Fahrstraße vom Dorf zum Hof im Hochtal gäbe, nur, um von etwas anderem zu reden. Nein, es gab nur den alten Hohlweg. Stephans Landmaschinenhandel war ins Dorf verlegt, aber er wohnte noch immer mit seiner Familie auf dem Hof.

Laszlo war jetzt dreiundsiebzig Jahre, und Otto war achtzig geworden, aber die beiden versorgten immer noch eine mittelgroße Herde Vieh und mehr als die Hälfte der alten Äcker, zusammen mit Stephans Jüngstem, dem Frieder. Der war aber nur am Wochenende und in den Ferien zu Hause, weil er in Wien Fremdsprachen studierte. Er wollte erst einen Beruf haben, viel ins Ausland reisen und dort die moderne Landwirtschaft kennenlernen, dann Geld sparen und später den Hof übernehmen und modernisieren. Die vier älteren Geschwister waren verheiratet und weggezogen.

»Du machst mir Heimweh nach deiner Heimat«, sagte Herta. »Könnten wir nicht noch einmal dorthin fahren, wie in ganz alten Zeiten, ehe Frieder alles so modernisiert hat, daß der Mist von seinen Kühen nach Kölnischwasser riecht?«

»Mit Fahrrädern und Zelten!« rief Paul.

»Das kommt mir alles so bekannt vor«, sagte Werner. »Seid ihr wirklich so richtig auf Fahrt gegangen, mit Abkochen und Fahnenappell und Nachtmärschen und so?«

»Nur mit Abkochen und Wandern und Singen«, sagte Leo. »Und natürlich mit viel, viel Reden und Lesen und Ausschlafen.«

»Altherren-Ausflug«, sagte Werner. »Es zittern die morschen Knochen, wie? Einschließlich Hühneraugen?«

»Hatte nur der Obersturmführer«, sagte Rike. »Deshalb sind wir damals drei Tage im Hochtal geblieben.«

»Und wegen Dana!« rief Paul.

»Im nächsten Jahr?« fragte Jan. »Abgemacht?«

Ja, im nächsten Jahr.

Sie dachten alle an ihre Berufe und ihre Familien, aber keiner sprach davon. Es war so schön, wieder einmal eine Fahrt zu planen. »Also, bis zum nächsten Jahr im Hochtal« – so sagten sie beim Abschied, und jeder wußte: es wird unmöglich sein.

Als sie spät in der Nacht nach Hause gingen, und Leo den schlafenden Georg wie ein kleines Kind auf beiden Armen trug, sprach er leise mit Rike über Danas Berufspläne und daß Paul davon noch nichts wüßte. Zum zehnten Mal sprachen sie darüber. Mit Paul war wohl überhaupt nicht mehr zu rechnen?

»Wir müßten noch näher beieinander wohnen«, sagte Rike. »Wir brauchen drei Wohnungen im selben Haus. Die müßten wir finden, dann kann immer einer von uns zu Hause sein und Robbi hüten.«

Ehe Leo antworten konnte, war plötzlich Paul neben ihnen.

»Bitte, versteht mich«, flüsterte er. »Jan darf nichts von Robert wissen. Er ist schon mit Hermann Göring auf der Jagd gewesen, Jan ist ein ziemlich hohes Tier als Arzt, und wenn die in meiner Abteilung in Berlin von Jan erfahren, daß ich ein Kind wie Robert habe, bin ich als Schulungsleiter in meinem Fach erledigt. Dann witzeln sie und fragen mich, ob der Junge das von meiner Familie hätte. Und sie machen sich bestimmt nicht nur lustig über mich. Sie drängen mich aus meiner Stellung.«

»Aber man weiß doch gar nicht, weshalb solche Kinder wie Robbi geboren werden«, sagte Rike. Da war Paul schon wieder bei den andern.

»Er tut mir leid«, sagte Leo. »Er möchte so gern ein Held sein, dieser verängstigte Herr Schulungsleiter, aber seinen Robbi verleugnet er.«

»Gut, daß er sich dafür wenigstens schämt«, sagte Rike. »Aber Jan, der kluge, kritische Jan, sogar der hat Angst. Vor Paul hat er mehr Angst als vor Herta. Hast du das gemerkt? Ach, Leo, was geschieht hier? Daß jeder vor jedem Angst hat?«

Sie waren schon in der Bayernstraße, Dana wartete an der Tür auf Georg, der schlief auf ihrem Arm weiter, und Leo und Rike kehrten gleich wieder um.

An der Ecke zur Preußenstraße sagte Leo, als wäre nicht eine gute halbe Stunde vergangen, seit Rike von den drei Wohnungen gesprochen hatte: »Oder ein Haus für uns alle.«

»Ja«, sagte Rike.

Es müßte so groß sein, sagte Leo, daß jedes Kind und jeder Erwachsene ein eigenes Zimmer hätte. Dazu brauchte Dana eine Dunkelkammer, Rike ein Arbeitszimmer und er, Leo, einen trockenen Schuppen oder Keller für die Bücherwerkstatt. Außerdem müßte man drei Bäder und zwei Küchen haben, und natürlich sollte ein Garten dazugehören.

»Drei Bäder und zwei Küchen?« fragte Rike.

Leo blieb stehen. Dana sollte doch ihren eigenen Haushalt haben, fand Rike das nicht richtig? Also ein Bad und eine Küche für Dana und die Kinder. Dann ein Bad bei seiner Werkstatt, das war notwendig, wenn man soviel mit Druckerschwärze und Leim zu tun hatte, außerdem könnten die Kinder dieses Bad benutzen.

»Und ein Bad und eine Küche für unseren Haushalt«, sagte Leo und wurde plötzlich laut und stotterte, wie immer, wenn er sehr aufgeregt war: weil es doch so, wie es jetzt war, mit einer Küche unten, einer Küche oben, recht unpraktisch wäre. Er sagte: »Ich meine, wenn wir verheiratet wären –«

»Wären wir das?« fragte Rike.

»Ich weiß doch nicht, ob du willst«, sagte Leo. »Wenn du nicht willst –«

»Aber ich will doch!« rief Rike.

Sie fuhren zu Weihnachten ins Hochtal und kamen verheiratet zurück. Laszlo und der alte Otto waren ihre Trauzeugen.

Das war 1933. Ein halbes Jahr später, 1934, fanden sie ein altes Haus am Rand der Neumühler Zechensiedlung. Es war hundert Jahre vor den Zechenhäusern gebaut, ein Kotten, der hatte früher einmal zur Moriansmühle an der Emscher gehört. Beinahe schwarz gedunkelt waren die roten Backsteinmauern.

Wohnhaus, Stall, Schuppen und Scheune lagen unter einem einzigen langen Dach. Der Garten hinter der hohen Buchenhecke war klein, aber Leo hatte ja noch seinen Schrebergarten.

Von den Dachfenstern aus sah man im Süden den Gasometer, diese massige Tonne aus Stahl, und die Kokerei mit den Koksöfen, umschlungen von gewaltigen Rohren, so verknäuelt im Her und Hin, daß man sie kaum mit den Augen entwirren konnte, und die zischenden, dampfenden Kühltürme.

Aber vom Nordgiebel sah man hinter der neuen Emscher weit hinaus die Felder und Höfe von Obermarxloh, und man sah Wiesen mit schwarzbunten Kühen und braunen Pferden zwischen den Hecken.

Im Osten lag die Zeche Neumühl mit den Fördertürmen der alten Schächte eins und drei und vom neuen Schacht vier, wo es sechs Sohlen tief in die Kohle ging, und die Hochöfen sah man und die gefächerten Gleise der Zechenbahn. Die Züge zogen so langsam dahin wie Schiffe und verloren kaum einmal eine Handvoll Kohlen. Dann waren auch gleich schon Kinder da oder alte Männer, die sie auflasen, obwohl es verboten war, über das Bahngelände zu laufen.

Auch im Westen war die Zeche Neumühl: wieder Fördertürme und Bahngeleise und daneben die gezirkelten Straßen der Zechensiedlung, Dach hinter Dach und Dach neben Dach die Häuser mit Ställen und Schuppen und Taubenschlägen im dichten Grün der Gärten. Herta wohnte dort mit ihren Eltern, und Rike war dort geboren, in der Hiberniastraße am Bergmannsplatz, und sie hatte dort gewohnt, solange sie zur Schule ging.

»Darum würde ich gern hier leben«, sagte Leo, »weil hier deine Heimat ist und weil man in der Luft den Rauch und den Kohlenstaub schmeckt. Und trotzdem gibt es ringsum soviel Grün, und es ist ein menschliches Land.«

»Ja, hier ist das Ruhrgebiet«, sagte Rike.

Sie kauften das Haus. Laszlo, Stefan und Danas Schwiegereltern gaben Geld dazu, und auch Schulden blieben ihnen noch genug, und die würden lange bleiben: die Löhne sanken, und die Preise stiegen wieder einmal.

Sie hatten monatelang zu tun: Wände einzureißen und andere Wände aufzumauern, zu verputzen, zu streichen, Türen zu brechen, andere zuzumauern, Fenster dicht zu machen, eine neue Wasserleitung zu legen und das Dach zu reparieren.

Dana, Paul und die Kinder sollten im alten Wohnhaus leben. Danas Dunkelkammer und Leos Werkstatt sollten dort sein, wo einmal die Ställe waren, und aus Schuppen und Scheune wurde eine große Wohnküchen-Diele mit der Treppe nach oben. Denn der lange Dachboden über Stall und Schuppen sollte zu Rikes und Leos Wohnung werden.

Handwerker halfen ihnen, aber sie alle waren jeden Tag für ein paar Stunden Bauleute, auch Nora und Georg, sogar Robbi. Georg oder Nora schoben ihn im Sportwagen auf den Platz vor dem neuen Haus. Da gab es genug zu sehen, solange gebaut wurde, und die Handwerker sprachen mit ihm, als wäre er wie alle Kinder.

Einmal in dieser Zeit kam Georg ins Haus und rief ängstlich nach Dana. »Der Robbi rennt da draußen herum und gehorcht mir überhaupt nicht.«

Dana stand auf der Leiter und strich eine Zimmerdecke. Die Arme taten ihr weh, die Farbe tropfte ihr ins Gesicht, und alle Augenblicke mußte sie mit Eimer und Quast hinuntersteigen und die Leiter ein Stück weiterrücken. Georg sollte sie nicht stören. Was hatte er gesagt? Wollte Robbi nicht im Wagen sitzen bleiben?

Sie lief hinaus und rief Rike und Leo. Die waren in ihrer Giebelwohnung und dichteten das Dach mit einem festen Teig aus Lehm und Häcksel. Laszlo hatte ihnen das im Brief geraten. – Was war mit Robbi?

Er konnte laufen. Er fiel nicht mehr nach jedem zweiten Schritt hin, vielleicht nach jedem zwanzigsten oder dreißigsten, weil er zu schnell laufen wollte, weil ihm das Laufen, das schnelle Laufen, plötzlich gelang.

»He, Robbi!« rief der Zimmermann. »Den Hammer brauch ich und die langen Nägel. Hörst du? Die langen mit dem breiten Kopf. Aber schnell!«

Und der Klempner sagte: »Wenn du den Schreihals bedient hast, such mir mal die Rohrzange. Und die Eisensäge, die kleine, mal sehen, ob du die schon kennst.«

»R-ohr-zange«, sagte Robbi und suchte und fand sie.

Dann stand er lange auf einem Fleck und bohrte in der Nase und fragte schließlich: »Säge?«

»Kleine Eisensäge«, sagte der Mann. »Im Werkzeugkasten.«

»Gut«, sagte Robbi und ging zum Werkzeugkasten und brachte dem Mann die kleine Säge.

Dana, Rike und Leo standen an der Haustür und hörten und sahen das. Jetzt erst merkten sie, daß Robbi die Namen fast aller Werkzeuge und für vieles Baumaterial kannte.

»Robbi!« sagte Leo. »Du bist ein riesengroßes Stück gewachsen!«

Dana hätte das alles so gern nach Berlin berichtet, aber Paul hatte ihr doch verboten, in ihren Briefen von Robbi zu erzählen. Seine Sekretärin sei so neugierig. Er kam in dieser ganzen Zeit nur einmal, das war Weihnachten, und Robbi blieb solange bei Rike und Leo in der Preußenstraße.

»Aber im nächsten Jahr, wenn wir in unserem Haus sind, bleibt Robbi Weihnachten bei uns«, sagte Dana, »auch wenn Paul kommt.«

Am 29. Juni zogen sie um. Sie schliefen zum erstenmal in den neuen Zimmern, die noch so gut nach Farbe rochen, sie lagen auf Matratzen zwischen Kisten und Koffern und waren glücklich und stolz.

Weil die Fenster noch keine Läden und Vorhänge hatten, wurden sie alle viele Male wach in dieser Nacht, sooft der Feuerschein von den Hochöfen und der Kokerei den Himmel rot überflammte, und Wellen von rotem Licht färbten für Augenblicke die Wände, die Möbel, die weißen Laken und ihre Gesichter, und danach war die Dunkelheit noch schwärzer.

Robbi kroch zu Georg unter die Decke.

Nora sagte: »Morgen male ich ein Bild davon.«

Dana stand lange am Fenster. Sie würde diese Nächte fotografieren, sie würde lernen, dieses Aufglühen, Leuchten und Erlöschen in ein Bild zu bringen, sobald man besser als heute Farben fotografieren könnte.

Schon am 1. August sollte ihre Lehre anfangen, sie würde fleißig sein, sie würde gehorsam wie ein Kind alles tun, was der Lehrherr wollte, und alles, was er konnte, wollte sie von ihm lernen. Sie würde können, was er jetzt konnte, und noch ein bißchen mehr, denn sie würde ihre Bilder hinzutun, die in ihr schon da waren, so deutlich wie jetzt das Bild der flammenden Nacht.

Alles würde ihr gelingen, und eines Tages würde sie mit dem neuen Koffer in die fernen Länder fahren. Sie würde zurückkommen mit Hunderten wunderbaren und seltsamen Bildern, die würde sie vor den anderen ausbreiten, und Leo sollte anfangen, das Buch zu drukken, das erste.

»Ein Feuerwerk!« sagte Rike zu Leo. »Zu unserer Begrüßung im neuen Haus. Werden wir hier glücklich sein?«

»Soweit es an uns liegt, bestimmt«, sagte Leo.

Rike war froh, daß sie in dieser Nacht so oft geweckt wurde, weil sie sich dann immer wieder von neuem freuen konnte.

Am nächsten Tag fingen sie an, ihr Haus einzurichten. Immer waren sie alle unterwegs: Was hatte Rike oben schon fertig? Ihr Arbeitszimmer? Nein, das war das Wohnzimmer für beide. Wollte sie nicht sehen, wie praktisch Dana ihre Dunkelkammer eingerichtet hatte? Wo steckte Leo? Er lag in Robbis Zimmer auf dem Fußboden und leimte ihm einen Tunnel für seine Holzeisenbahn, und Georg und Nora halfen dabei.

Oh, Leo! Und die Bretter in der Speisekammer? Und der große Spiegel im Bad? Und die Regale für den Keller?

Sofort, in ein paar Minuten, alles würde er tun, wenn nur erst dieser Tunnel fertig wäre, dann würde auch das Haus fertig. Kleinigkeit!

Todmüde und glücklich saßen sie am Abend in Rikes großer Dielenküche. Georg sah zuerst, daß ein Mann durch das Heckentor kam und über Pfützen und leere Papiersäcke, zwischen einem Holzstapel und einem Haufen zerbrochener Steine einen Weg zum Haus suchte. Er ging tief gebückt an der Hecke entlang, klein wie ein Kind machte er sich.

Er klopfte an die Tür und kam schon herein: Paul.

»Der Pa!« rief Georg und rannte zu ihm und kletterte an ihm hoch.

»Pst« machte Paul, setzte ihn ab, duckte sich schon wieder und stellte sich hinter den Mauerpfeiler zwischen den Fenstern. »Gibt es hier keine Fensterläden?« fragte er. »Jeder kann hereinsehen.«

»Die Läden sind frisch gestrichen, man kann sie noch nicht einhängen«, sagte Leo.

»Vorhänge?« fragte Paul.

Die gab es bis jetzt nur in den Schlafzimmern.

Dann sollte Dana ihn dorthin führen, und bitte schnell. Er wollte hier nicht gesehen werden. Das Auto stand drüben am anderen Emscherufer.

Dana ging mit ihm durch die Werkstatt und die Dunkelkammer ins Wohnhaus. Nein, er wollte jetzt nichts sehen, auch nicht Danas Dunkelkammer, auch nicht ihre neue Küche, auch das schöne Wohnzimmer nicht, er wollte ins Schlafzimmer, weil man dort von draußen nicht gesehen werden konnte.

Nora und Georg wollten den Eltern nachlaufen, aber Leo hielt sie fest. Später könnten sie zum Vater gehen. Vielleicht war er krank, weil er sich gleich hinlegen wollte?

Nur Robbi hatte in aller Ruhe weitergegessen und den Grießbrei auf seinem Teller mit dem Himbeersaft verrührt.

»S-peis!« sagte er, denn das gehörte zu seinen neuen Wörtern. »S-peis mit R-ot.« Auch die Namen aller Farben hatte er gelernt. Rike fütterte ihn jetzt, damit er schneller fertig würde.

Georg legte den Löffel hin. »So. Jetzt geh ich zu ihm«, sagte er.

Und als Leo ihn wieder festhalten wollte, wehrte er sich wütend und rief. »Ich will zu meinem Pa! Du bist bloß mein Onkel!«

Gerade kam Dana zurück. »Paul hat Kopfschmerzen«, sagte sie. »Seid leise, geht schlafen, und laßt ihn in Ruhe. Auch morgen will er nicht gestört werden, vielleicht bleibt er auch übermorgen noch liegen, und niemand außer mir soll zu ihm hereinkommen. Das hab ich ihm versprechen müssen. Er will niemanden sehen. Und wenn Leute kommen, dürfen sie nicht erfahren, daß Paul hier ist. Ihr sollt sagen, er sei in München oder in Berlin.«

»Aber das ist doch gelogen«, sagte Nora. »Und Robbi kann nicht lügen.«

»Wir dürfen ihn nicht allein lassen«, sagte Dana.

»Ist der Pa schlimm krank?« fragte Georg.

»Nein.«

»Warum sollen wir dann die Leute belügen?« fragte Nora.

»Weil er es so will, basta«, sagte Dana.

Rike und Leo räumten die Küche auf.

»Bist du traurig?« fragte Rike.

»Nein«, sagte Leo. »Er hat doch recht. Und er war müde. Den ganzen Tag hat er so tapfer mitgearbeitet.« Leo hatte sofort verstanden, daß Rike von Georg sprach. Sie fingen fast alle ihre Gespräche in der Mitte an. Vorreden und Einleitungen brauchten sie nicht.

»Und was denkst du über Paul?« Jetzt flüsterte Rike.

»Vielleicht ist ihm ein Licht aufgegangen?«

»Hoffentlich.«

»Oder er ist wirklich krank.«

»Nein, er hat Angst«, sagte Rike. »Er ist krank vor Angst, und er versteckt sich hier. Warum steht sein Auto in Obermarxloh? Warum will er nicht gesehen werden, und wir sollen ihn verleugnen?«

Dana kam dazu. Sie war ratlos. Am Freitag hatte Paul in Augsburg einen Vortrag gehalten und war noch am Abend zu seiner Münchner Wohnung gefahren. Dort lag ein Brief im Kasten, im Umschlag nur ein Zettel:

»Sofort nach Berlin weiterfahren. In München bei keiner Dienststelle melden. Herbert.« Ein SS-Kamerad hatte das geschrieben.

Noch in der Nacht war Paul nach Berlin gefahren, und weil er in der Gegend von Würzburg zu müde wurde, hatte er in einem kleinen Gasthaus drei oder vier Stunden geschlafen. In Berlin lag wieder ein Brief mit einem Zettel im Briefkasten: »Sofort in der Kadettenanstalt Lichterfelde melden! Gustav.« Auch der war ein SS-Kamerad.

Also fuhr Paul nach Lichterfelde und wunderte sich nur über die vielen Polizisten an allen Straßenecken.

»Und in Lichterfelde?« fragte Leo.

»Er hat gesagt, du sollst kommen. Mit dir könnte er vielleicht darüber sprechen.«

Als Leo kam, lag Paul im Dunkeln auf seinem Bett.

Er fragte: »Kannst du schießen?«

»Mit dem Luftgewehr in die Luft«, sagte Leo. »Ich war doch nicht im Krieg, und auch noch nie auf der Jagd, und bei den Schießbuden hab ich noch nicht die winzigste Papierblume gewonnen. Mit meinen dicken Brillengläsern könnte kein Mensch richtig zielen.«

»Dann weißt du auch nicht, wie das ist. Ich meine, wie das mit dem Rückstoß ist. Wenn du eine Platzpatrone abschießt, dann ist der Rückstoß geringer als bei einer Kugel.«

Leo hatte schon davon gehört.

»Hundertprozentig kann man das nicht unterscheiden«, sagte Paul.

»Aber jeder weiß doch selbst, wie er sein Gewehr oder seine Pistole geladen hat«, sagte Leo.

»Nicht immer. Zum Beispiel, sagen wir mal, bei Hinrichtungen, also bei Todesstrafen zum Beispiel. Da gibt es Erschießungskommandos. Und da weiß keiner, ob er mit einer richtigen Kugel schießt oder ob er nur eine Platzpatrone verknallt. Wenn zum Beispiel solch ein Erschießungskommando aus acht Leuten besteht, dann werden vorher die acht Gewehre verteilt, die sehen alle gleich aus, aber nur vier sind mit einer Kugel geladen, die anderen vier nur mit Platzpatronen.«

Er hatte dreimal »zum Beispiel« gesagt.

Leo ging ans Fenster. Er stand mit dem Rücken zum Zimmer und sagte: »Das machen die wohl so, damit jeder denken kann, er sei es nicht gewesen, der den armen Mann erschossen hat, weil er ja vielleicht nur eine Platzpatrone im Gewehr hatte.«

»Ja«, sagte Paul. »So ist es.«

Leo fragte, immer noch am Fenster und mit dem Rücken zum Zimmer: »Und du? Kannst du am Rückstoß merken, ob dein Gewehr mit einer Kugel geladen ist oder nicht?«

»Eben nicht!« rief Paul. »Eben nicht! Das hab ich doch gesagt! Genau weiß man das nie!«

»Kannst du mir sagen, warum du mich das alles fragst?«

»Nein«, sagte Paul. »Es ist zu spät heute abend. Es ist überhaupt für alles zu spät. Aber würdest du mir bitte morgen eine Zeitung besorgen? Irgendeine? Vielleicht gibt es in Duisburg am Bahnhof eine Abendzeitung aus Berlin, München oder Hamburg? Es ist sehr wichtig, sonst würde ich dich nicht darum bitten.«

Leo wollte morgen wegen der Zeitung nach Duisburg fahren. Und er würde Dana einen Schlaftee für Paul geben, einen aus Ungarn, nach dem Rezept der Großmutter.

»Hast du mit ihm gesprochen?« fragte Dana.

»Ja. Er hat etwas Schlimmes erlebt, aber darüber sprechen kann er noch nicht. Laß ihn schlafen. Morgen wissen wir mehr.« Und sie sollte ihm den Tee aus der grünen Tüte kochen, oben links in der Hausapotheke stand sie. »Trink auch du eine Tasse davon«, sagte er.

»Hast du mit ihm gesprochen?« fragte auch Rike.

»Ja«, sagte Leo und erzählte Rike, was Paul gesagt hatte und wie er das gesagt hatte, so stockend, so atemlos und immer: »zum Beispiel«. Er, Leo, müßte jetzt immer denken: »Richtet nicht« – und das drehte sich und drehte sich in seinem Kopf. Er meinte es aber noch mehr für sich als für den armen Paul.

»Oh, Leo!« sagte Rike. »Hoffentlich ist das alles nicht wahr.«

Leo fuhr früh am Sonntagmorgen nach Duisburg. Am Bahnhof war keine Zeitung mehr zu bekommen. »Alle ausverkauft«, sagte der Mann am Kiosk, und als Leo wissen wollte, weshalb, fragte er: »Haben Sie denn kein Radio?«

»Wir sind vorgestern umgezogen«, sagte Leo. »Das Radio ist noch verpackt.«

Dann wüßte er ja noch nicht, was in München und Berlin geschehen war! Gestern, am Samstag, hatte Hitler viele hohe SA-Führer in Berlin und in Bayern von der SS verhaften lassen. Sie seien Verräter, hieß es, und sie hätten einen Aufstand geplant, und Hitler sollte abgesetzt werden. Auch der Herr von Schleicher und der Gregor Strasser seien dabeigewesen, und der Ernst Röhm hätte das alles geplant, hieß es. Die alle hatte Hitler erschießen lassen. »Und Röhm war mal sein bester Freund«, sagte der Mann. »So ist das.«

»Ja, so ist das«, sagte Leo und bedankte sich für die Auskünfte.

Es wurde Mittag, ehe er wieder in Hamborn war. Am Sonntag fuhren weniger Bahnen und Busse.

Paul kam ihm am Heckentor entgegen. »Hast du Zeitungen?«

»Ausverkauft. Bei dem, was geschehen ist, war das ja zu erwarten.«

»Was weißt du davon?«

»Nur, was ein Zeitungsverkäufer erzählen kann. Weißt du mehr?«

»Sag den Frauen nicht alles, was du weißt. Die Radio-Nachrichten waren sehr kurz. Und ich weiß wirklich nur wenig. Oder zuviel.«

Er wollte jetzt sofort nach Berlin fahren. Morgen war Montag, und er dürfte jetzt keinen Dienst versäumen. Sein Reichsführer Heinrich Himmler nahm es genau damit. Und weil Adolf Hitler von der SA so schrecklich enttäuscht worden sei, müßte jetzt jeder SS-Mann und erst recht ein SS-Offizier wie er seine Pflicht sorgfältig erfüllen. »Alles für Deutschland!« sagte Paul. »Damit ist es mir sehr ernst, und es ist schwer, Leo, sehr schwer.«

Er lief ins Haus. Das schwarze Auto stand schon vor der Tür.

Leo wollte eigentlich gleich zu Rike hinaufgehen, da hörte er einen wilden Lärm in Robbis Zimmer.

Sie hatten ihn eingeschlossen, weil Dana für Paul noch in aller Eile Wäsche trockenbügeln und seinen Koffer packen mußte, und Rike wollte ihm Brote für die Fahrt fertigmachen, und Paul hatte Nora und Georg hinausgeschickt, sie sollten draußen spielen und ihn nicht stören, weil er schnell noch einen Brief an den Münchner Freund schreiben mußte. Die Kinder waren zu Herta gegangen, weil es dort am Sonntag immer so gute Nudelsuppe gab. Darum hörte keiner Robbi rufen.

Leo schloß die Tür zu Robbis Zimmer auf.

Decken, Kissen und Bettlaken, Spielzeuge, Kleider, Buntstifte, Bilderbücher, alles, was sie gestern so schön ordentlich eingeräumt hatten, lag wild durcheinandergeworfen auf dem Fußboden, auf der Fensterbank, unterm Bett, im offenen Schrank.

Mitten in dieser Verwüstung stand Robbi, blaß, verweint, zitternd und schielend vor Wut und Verzweiflung. Leo trug ihn auf sein Bett und setzte sich dazu. An der Tür standen Dana, Paul und Rike.

»Nein, so was!« rief Dana. »Der Kater! Der Kater von Schmidts! Der ist uns doch tatsächlich wieder nachgelaufen, wie vorgestern! Wo ist das schreckliche Tier?«

»Draußen«, sagte Leo, »ich hab ihn durchs Fenster

gejagt, so schnell ist der noch nie gerannt. Er muß schon am Rathaus sein«, und nickte Dana zu.

»Der Kater?« fragte Paul. »Der Kater? Ihr denkt wohl, ich wäre so idiotisch wie dieser Knabe da? Und ich würde auf eure Lügenmärchen hereinfallen? Das habt ihr wohl so verabredet? Er kriegt also neuerdings Tobsuchtsanfälle, der kleine Bastard? In eine Anstalt gehört er!«

»Nein«, sagte Dana. »Zu uns allen gehört er, zu mir, zu Nora und Georg und zu Rike und Leo. Und er bleibt bei uns allen.«

»Ich bin der Vater!« schrie Paul.

»Darüber kann ich nur lachen«, sagte Dana. »Draußen steht dein Koffer.«

Nun ging Paul, und Rike ging mit ihm. Leo war ihr dankbar. Er hätte das jetzt nicht gekonnt, immer brachte Paul ihn so weit, daß er Lust bekam, ihn zu schlagen. Aber es war gut, daß Rike ihn nicht allein weggehen ließ.

Georg und Nora kamen ihnen entgegen.

»Pa!« rief Georg, als er den Koffer sah. »Bleib doch noch, bitte, bleib doch noch!«

Paul schüttelte den Kopf.

»Wann kommst du wieder?«

Paul sah Rike an und zuckte die Achseln.

Rike sagte: »Er kommt wieder, wenn er Zeit hat.«

»Danke«, sagte Paul und stieg ins Auto. »Ich schreib dir einen Brief«, sagte Georg.

»Tschüßkes, Pa«, sagte Nora und drehte den Kopf weg, als er ihr einen Kuß geben wollte. Dann winkte sie so vergnügt, daß Georg fragte:

»Freust du dich denn, wenn er wegfährt?«

»Ja«, sagte Nora. »Bist du denn gern zu Hause, wenn er bei uns ist? Ich nicht.«

Dana lag auf ihrem Bett und weinte.

Rike sagte: »Das fängt ja gut an mit uns in diesem schönen neuen Haus.«

»Dann mache ich jetzt einen riesigen Kaiserschmarrn«, sagte Leo, »weil ihr ja bestimmt noch nichts gekocht habt. Es gibt kein besseres Mittel gegen Danas Traurigkeit.«

»Hoffentlich wirkt es heute«, sagte Rike.

»Wir haben Radio gehört«, sagte Dana. »Paul hat es ausgepackt, und du brauchst uns gar nicht mehr viel zu erzählen.«

Sie stand auf und schminkte sich die Lippen, und als sie vor dem Spiegel stand, sagte sie: »Er ist immer noch mein Mann. Trotz allem. Irgendeiner muß ja zu ihm halten. Aber Robbi bleibt bei uns, und ich werde mich von heute an jeden Tag schminken, weil eine deutsche Frau das nicht tun soll. Ich bin eine österreichische Frau.«

»Die erste Pfanne ist fertig!« rief Leo aus der Küche.

Sie suchten Robbi. Er lag auf seinem zerwühlten Bett und lächelte im Schlaf.

Für Dana, die Kinder, Leo und Rike waren die nächsten Jahre so glücklich und friedlich, daß sie später jeden mißmutigen Tag bereuten.

Dana konnte endlich ihre Ausbildung anfangen und abschließen. Drei Jahre lang war sie jeden Tag zehn Stunden und länger im Fotolabor oder in der Dunkelkammer, und keine Arbeit dort wurde ihr zuviel. Sie durfte Paßbilder und Babies fotografieren, einmal auch eine große Handwerks- und Industrieausstellung, aber nur ein einziges Mal eine Hochzeit. Das war ihr recht so. Hochzeiten machten sie traurig und neidisch.

Nach drei Jahren war sie Fotogehilfin und bekam sofort eine Stelle in Ruhrort.

Leo sorgte am Vormittag für Robbi und den Haushalt, Rike half ihm beim Kochen, wenn sie früh genug aus der Schule kam. Die beiden wunderten sich von Jahr zu Jahr mehr, wie gut und immer besser sie sich verstanden.

»Als wären wir Zwillinge«, sagte Leo.

»Warte nur«, sagte Rike. »Wenn wir sieben Jahre verheiratet sind, dann zanken wir uns, daß die Bilder von den Wänden fallen. Fünf Jahre sind schon herum!«

Leo war am Nachmittag und oft bis spät in die Nacht in seiner Werkstatt. Aus den Bücher-Kunstwerken war bis jetzt nichts geworden, er hatte zu viele Aufträge als Buchbinder. Es hatte sich nämlich in Hamborn und Duisburg und sogar bis Dortmund und Wuppertal herumgesprochen, daß man ihm auch Bücher zum Binden bringen konnte, denen man den Inhalt nicht von außen ansehen sollte.

Das waren die Bücher, die vor fünf Jahren auf den Plätzen und Schulhöfen verbrannt worden waren, Bücher von jüdischen Schriftstellern oder von anderen, die der NS-Partei nicht paßten, verbotene Bücher. Aber die Besitzer hatten sie versteckt, und Leo machte ihnen wunderschöne neue Einbände, und er druckte auch neue Titelblätter. Da stand dann statt: »Heinrich Heine, Buch der Lieder« – »Friedhelm Schmitz-Oberhausen, Verse der Einsamkeit«, oder statt »Sigmund Freud, Die Traumdeutung« druckte er aufs Titelblatt: »Professor Ludolf Untermüller, Die Midgardschlange. Untersuchungen zur Entschlüsselung der Urformen germanischer Traumerfahrungen anhand der Edda-Dichtung und ihrer Beziehung zu ausgewählten Hinweisen bei Tacitus«.

»Ist das nicht gut?« fragte er. »Das schreckt doch jeden Gestapomann ab, das Buch nur aufzuschlagen.«

»Du kannst dafür bestraft werden«, sagte Rike.

»Dann tue ich so, als wäre ich zu dumm, um zu wissen, welche Bücher man lesen darf und welche nicht. – Aber eigentlich ist es doch verrückt, das Lesen zu verbieten.«

»Sie verbieten doch auch den Malern das Malen, wenn ihre Bilder ihnen nicht passen, und den Schauspielern verbieten sie das Spielen und den Musikern das Musizieren und den Schriftstellern das Schreiben – wenn sie Juden sind oder ihre Meinungen ihnen nicht passen.«

Leo hatte Lust, für Schriftsteller mit Schreibverbot heimlich ihre Bücher zu drucken. Aber wem würde das helfen? Die Buchhändler könnten sie nur heimlich verkaufen, und es gab nicht viele Leute, die sich für ein Buch in Gefahr bringen wollten.

»Und denk an die Kordahs, bitte«, sagte Rike.

»Sie sind Helden!« rief Leo.

Die Kordahs, das war August Kordahs aus der Hamborner Holtkampstraße mit seiner Großbäckerei und seinen Brotfahrern. Die brachten mit ihren Lieferwagen Brot und Gebäck in viele Orte am Niederrhein – und verteilten sozialdemokratische Schriften. Zwei Jahre lang ging das gut, dann wurden sie festgenommen, und man machte ihnen den Prozeß wegen »Vorbereitung zum Hochverrat«.

»Oh, Leo, bitte sei kein Held!« rief Rike. Und es sei doch besser, in dieser Zeit sein Leben noch aufzusparen, damit man es vielleicht eines Tages für lebendige Menschen einsetzen könnte.

»Du hast recht für dich, aber nicht für die Bücher und andere wichtige Botschaften«, sagte Leo. »Komm mit, ich zeig dir etwas.«

In seiner Werkstatt lag ein kleiner Stapel von schön

gedruckten Blättern, und auf jedem stand ein Gedicht, nur eins, und wer es geschrieben hatte, das erfuhr man nicht.

»Dies ist von Tucholsky«, sagte Rike. »Und dies muß von Heinrich Heine sein, und dies ist von Erich Kästner, stimmt's? Aber dies hier? Das kenne ich nicht.«

»Von Franz Werfel«, sagte Leo, »und dies hier ist von Stefan Zweig, und das nächste ist von Bert Brecht, und hier ist eins von Gertrud Kolmar und dort eins von Else Lasker-Schüler. Alle verboten.« Die wollte er nun, immer nur einzeln, in der Stadt verteilen, auch in den Nachbarstädten, damit die Leute doch wenigstens die schönen Gedichte kennenlernten. Wer sie geschrieben hatte, das war dann nicht so wichtig.

Rike sagte: »Wenn ich dich nicht schon liebte, täte ich es von heute an.«

In der nächsten Zeit fand man in Hamborn an den seltsamsten Plätzen Zettel mit schön gedruckten Gedichten: Abendgedichte und Sommergedichte, Freudenverse und Trauerlieder, und alle waren von verbotenen Schriftstellern geschrieben. Nun lagen ihre Gedichte in der Straßenbahn und auf dem Schreibpult in der Hauptpost, Gedichtblätter fand man im Rathaus, im Amtsgericht, im Polizeipräsidium, im Finanzamt. Sie lagen wie vergessen auf den Wartebänken in den langen Fluren – aber immer nur eins –, auch am Fahrkartenschalter im Bahnhof, zwischen den Packpapieren im Gemüseladen, auch in den Wartezimmern der Ärzte und Rechtsanwälte oder auf Parkbänken, und einmal steckte sogar eins im Aushang mit den Heiratsaufgeboten am Rathaus: das war ein Liebesgedicht von Stefan Zweig.

Gerade hatten ein paar junge Leute angefangen, diese Blätter zu sammeln und Wetten abzuschließen, welches Gedicht wohl von wem stammen könnte? Rike erfuhr davon in der Schule, und Leo freute sich, als sie ihm das erzählte.

Da kam Jan zu Besuch. Das war 1938. Robbi war fast neun Jahre alt, Georg zwölf und Nora vierzehn.

Robbi war nicht viel gewachsen in diesen Jahren, und auch beim Laufen wurde er immer noch schnell müde.

Er sprach jetzt wie ein Vierjähriger, und es machte ihm immer noch Mühe, das richtige Wort zu finden und es richtig auszusprechen. Dabei war er so verständig und neugierig wie ein Fünfjähriger, auch so zutraulich und freundlich und oft auch so eigensinnig.

Nora und Georg wurden manchmal gefragt: »Er ist wohl krank, euer Kleiner?«

»Wieso?« fragte Nora dann. »Er ist ein bißchen langsamer als andere Kinder. Alle Menschen sind verschieden.«

Und Georg sagte: »Der Robbi? Der tut doch nur so, als ob er nicht bis drei zählen könnte. Der will nur seine Ruhe haben. Das ist nämlich ein ganz Raffinierter.«

Manchmal fragte auch einer: »Was macht euer kleiner Idiot?« Oder: »Habt ihr noch mehr Schwachsinnige in der Familie?«

Rike hatte ihnen gesagt: »Wer so fragt, der ist gefährlich. Gebt keine Antwort, geht weg, tut so, als wärt ihr beleidigt.«

Das mochten sie nicht. Sie hatten sich etwas anderes ausgedacht: Wenn sie so unfreundlich gefragt wurden, dann sahen sie die Frager einfach nur an, sahen ihnen stumm in die Augen, so lange, bis die anderen nervös wurden und sich vielleicht sogar entschuldigten.

Georg sagte zu Nora: »Wenn ich die Leute so an starre, dann fühle ich mich ganz stark. Mindestens so stark wie Max Schmeling. Und das merken die anderen. Glaubst du mir das?«

»Natürlich glaub ich dir das.«

»Ehrlich gesagt: Es macht mir sogar Spaß.«

»Mir auch!« sagte Nora.

An diesem Tag hatte Nora sich über Georg geärgert. Bis vier Uhr nachmittags sollte sie auf Robbi achtgeben, dann sollte Georg ihn noch ein bißchen spazierenfahren, und Nora sollte Rike in der Waschküche helfen, weil Dana ja bis zum Abend im Fotolabor war, und Rike hatte noch Hefte nachzusehen.

Nora war mit Robbi an der linken Hand und dem kleinen Handwagen an der rechten eine ganze Stunde lang durch den botanischen Garten gewandert.

Sie war stehengeblieben, wo Robbi stehenblieb, sie hatte mit ihm Bänke, Papierkörbe und eine leere Eckstein-Zigarettenpackung betrachtet, sie hatten kleine rote und große weiße Kieselsteine gesammelt, zwei Käfer vorsichtig mit einem Stöckchen geärgert, mit einem verlorenen rosa Schnuller Fußball gespielt und einen Maulwurfhaufen mit den Händen aufgegraben.

Als Robbi müde wurde, hatte Nora ihn in den Wagen gesetzt und ihm die Schilder an den Blumenbeeten und Bäumen vorgelesen, die lateinischen und die deutschen Namen, und auch, was sonst noch da stand: »Fagus Sylvatica, Rotbuche. Wichtiger Waldbaum, wächst in ganz Europa.«

»Ja«, sagte Robbi. »Und was steht da?«

Nora las: »Rosa canina, Hundsrose, wächst an Waldrändern und in Hecken überall in Europa.«

»Ose«, sagte Robbi. »Noch mal lesen, bitte.«

»Sag erst Rrrose!«

»R-ose«, sagte Robbi. Immer noch fiel ihm das R so schwer, und wenn er müde war, ließ er es einfach weg.

»R-rose, noch mal, bitte.«

Und noch einmal las Nora, was da stand, und noch einmal. Dann wußte sie, welches Wort ihm so gut gefiel: »Europa«. Das übten sie jetzt, bis Robbi es mit dem »R« richtig aussprechen konnte. Dann lenkten ihn die Enten auf dem Teich ab.

»Ente!« rief er.

»Das sind En-ten«, sagte Nora. »Die sind hier nur zu Besuch. Sie kommen aus dem Zoo oder vom Rhein.«

»Ja«, sagte Robbi. »Ja, ja. En-ten. Fahren, bitte.«

Er langweilte sich. Fast jeden Nachmittag war er hier, aber in der ersten halben Stunde war ihm jedesmal alles wieder wie neu, so kam es Nora vor, und in der zweiten halben Stunde mußte man ihn unterhalten, aber danach schlief er oft ein.

Jetzt zog Nora das Wägelchen zum Rathaus. Eine Viertelstunde sah Robbi den Autos, Straßenbahnen, Hunden und Leuten zu, dann schlief er fest, und Nora brachte ihn nach Hause zur Zechensiedlung. Sie stellte den Wagen neben die Hecke in den Schatten und setzte sich mit dem Erdkundebuch auf die Türstufe.

Robbi schlief immer noch fest.

Erst um fünf Uhr kam Georg und rief schon von weitem: »Nora! Ich kann unmöglich kommen! Wir haben ganz großen Krach mit denen von der Wittfelder Straße. Dafür nehm ich den Robbi dann morgen den ganzen Nachmittag, ja?«

»Nein!« schrie Nora zurück. »Ich muß in die Waschküche!«

»Ich kann aber den Robbi heute nicht brauchen!« rief Georg.

Aber morgen, das wußte Nora, morgen würden sie bestimmt mit denen von der Wittfelder Straße auf dem

Brachfeld ein großes Versöhnungsfest mit Lakritzbier und Brötchen von gestern feiern.

»Nimm ihn doch mit zum Brachfeld!« rief sie.

Das Brachfeld war so groß wie zwei Schulhöfe. Es lag vor der Mauer zur Kokerei. Nur hartes, graugrünes Gras wuchs dort, und kropfiges Leimkraut, Knöterich und Hirtentäschel, auch Nachtkerzen und dazwischen manchmal der Acker-Gauchheil mit seinen winzigen, roten Blütchen. (»Wo der Gauchheil wächst, da war früher ein fruchtbares Feld«, hatte Leo gesagt.) Und auf allem lag wie ein dunkler Rauhreif die schwarzbraune Asche, die vom Walzwerk herüberwehte, von Bruckhausen, und die schwarzgraue Asche von der Kokerei.

An manchen Stellen war Unrat ausgekippt: alte Matratzen, vom Rost zerfressene Blecheimer, zerbröselter Bauschutt, dazwischen auch Lumpen und Körbe ohne Boden, Kinderwagen ohne Räder und einmal ein Hut, von dem nur noch die Krempe übrig war. Georg hatte sie gefunden, er stülpte sie sich auf den Kopf, ob Dana und Rike auch schimpften, der Hut ohne Kopf war sein liebstes Kleidungsstück.

Schräg über die Brache hinweg zog eine Drahtseilbahn, die brachte und holte in endloser Kette sacht schaukelnde Stahlkörbe mit Kohle von der Zeche zur Kokerei und brachte den Koks zurück zu den Neumühler Hochöfen. Die Körbe surrten Tag und Nacht, und manchmal ruckten und scharrten sie mit dem Bügel über die Stützen, als stolperten sie und könnten abstürzen.

Dieses Feld gehörte allen Kindern zwischen Altmarkt und Wittfelder Straße. Hier hatten sie ihre Wohngruben mit Tischen und Bänken aus festgestampfter Erde, sie höhlten Schränke für verbeulte

Töpfe und Tassen ohne Henkel in den Lehm, und Laufgräben führten von Grube zu Grube.

Robbi war gern dort. Georg und Nora hatten eine Stelle mit feinem weißen Sand aufgegraben, da konnte er Sandkuchen backen oder sein Kippauto hin und her fahren lassen. Er konnte auch einfach nur dasitzen und den Kokskörben zusehen, wie sie kamen und gingen und kamen und gingen, oder er sah den Kindern zu. Manchmal durfte er auch mitspielen. Dann war er der Opa, der immer in der Küche saß und gute Suppe aus Wasser und Sand bekam, und er konnte sogar so tun, als ob er Suppe schlürfte, und er schmatzte laut und strich sich den Bauch, und sie sagten: »Ja, ja, dat Öpiken! Dem schmeckt unser Mutter seine Suppe!« und klopften ihm den Rücken.

Darum rief Nora jetzt noch einmal: »Nimm ihn doch mit, und setz ihn an sein Sandplätzchen, dann stört er euch nicht! Er ist jetzt wach, er sitzt im Wagen hier vor dem Haus. Hol ihn ab!«

Sie ging ins Haus und sah sich nicht mehr um. Der Kleine würde die Arme nach ihr ausstrecken und das Gesicht so jämmerlich verziehen und lautlos weinen – das wollte sie nicht sehen. Darum sah sie aber auch nicht, daß Georg schon wieder fortgelaufen war, ohne das Wägelchen, ohne Robbi.

Im ganzen Haus roch es nach Holzfeuer und Waschlauge, wie immer am Dienstag. Man kam nur von außen über eine Treppe in den Keller und die Waschküche, darum hatte Nora immer Angst, wenn sie abends Bier oder Kartoffeln oder Eingemachtes holen sollte. Sie stellte sich vor, daß unten am dunklen Fuß der Treppe vor der Kellertür oder dahinter jemand lauern könnte, oder auch im Kellergang hinter den drei vorspringenden Kaminmauern, zwischen den Gartengeräten oder sogar in dem riesigen Schließkorb mit Schmutzwäsche vor der Tür zur Waschküche. Sie hatte diese Angst, seit sie hier im Haus wohnten, aber sie hatte noch nie mit Dana oder Rike darüber gesprochen, nur mit Georg, und er hatte sie nicht ausgelacht. Vielleicht hatte auch er manchmal Angst?

Die Waschküche war nebelig vom Laugendampf. Es brodelte noch im Kessel, als Nora kam. Sie setzte sich auf die Kiste mit den Holzabfällen und sah Rike zu, wie sie, ohne einmal aufzublicken, nacheinander fünf triefende Bettlaken mit dem Waschprügel aus dem Kessel hob. Einen Augenblick ließ sie die Lauge abtropfen. Dann schleuderte sie mit breitem Schwung das Tuch in den Waschmaschinenbottich. Mit einer Blechkanne schöpfte sie heiße Lauge aus dem Kessel dazu, schloß den Deckel mit den vier Rührzapfen und verriegelte ihn.

Zweimal, dreimal stemmte sie sich mit ihrem ganzen Gewicht gegen die Kurbel, drückte sie nach rechts, nach links und wieder nach rechts, bis die Laken im Bottich sich zwischen den Zapfen zurechtgelegt hatten. Nun ließ die Kurbel sich leichter bewegen.

»Du kannst weitermachen«, sagte sie zu Nora.

»Wie oft?«

»Fünfzig«, sagte Rike, »mindestens. Robbi hat im Bett mit Wasserfarben gemalt. Bitte, sag du doch Dana, daß sie ihm das nicht erlauben soll.«

»Warum willst du ihr das nicht sagen?«

»Hab ich schon oft genug getan. Ich glaube, sie merkt so etwas gar nicht. Ihre Gedanken sind immer unterwegs irgendwohin, weit weg zu einem anderen Ende der Welt.«

Nora nahm die Kurbel und warf sie wie Rike nach links, nach rechts, nach links, nach rechts und horchte auf das Platschen und Schlürfen in der Maschine. Sie merkte zu spät, daß sich einer der Faßreifen am Bottich gelockert hatte. Heiße Lauge tropfte ihr auf den Rock und die Schuhe.

»Hat wieder trocken gestanden, die Maschine«, sagte sie.

»Was sagst du?« rief Rike durch den Laugendunst.

Sie fischte jetzt Tischdecken, Handtücher und Schürzen aus dem Kochkessel, warf sie in die Zinkwanne und stellte das Waschbrett dazu.

Nora rief: »Der Bottich von der Maschine ist undicht, weil wieder mal kein Wasser drin war.«

»Ich kann nicht immer an alles denken«, sagte Rike. »Im Sommer verdunstet es eben schneller. Und ich hab Besseres zu tun, als hier die Waschfrau zu spielen.«

In der letzten Zeit war sie manchmal ungeduldig und gereizt, nicht oft, aber keiner im Haus hatte sie bisher so gekannt.

Sie zog ein Handtuch aufs Waschbrett und rubbelte es so schnell und mit soviel Kraft, daß Nora ihren Zorn spürte.

Rike sagte: »Allmählich, meine Gute, allmählich wird mir nämlich alles ein bißchen zuviel. Schule, einkaufen, waschen, bügeln, kochen, aufräumen, flicken, und die Verantwortung für Robbi.«

Sie wischte sich mit dem Ellenbogen eine nasse Strähne aus der Stirn, rieb das nächste Handtuch über das Rubbelbrett, wand es aus und warf es ins Spülbekken.

»Entschuldige«, sagte sie. »Bitte vergiß, was ich gesagt habe. Ihr helft mir alle so viel, mehr darf ich gar nicht verlangen, auch von Leo nicht. Und Dana darfst du erst recht nichts sagen. Sie hat so viel vom Leben erwartet, und jetzt –? Sie will doch nicht immer nur die Familienfotos von anderen Leuten entwickeln und abziehen.«

»Achtundvierzig, neunundvierzig, fünfzig«, sagte Nora.

»Komm ein bißchen näher, ich will jetzt nicht so laut sprechen.«

Rike zog eine Schürze aus der Brühe und hob sie gegen das Licht. Sie sagte: »Heute hat's Ärger gegeben in der Schule«, und dann erzählte sie: In der großen Pause hatte der Rektor sie ins Amtszimmer bestellt. Dort saß die Mutter einer Schülerin, eine von der Frauenschaft. Sie hatte von ihrer Tochter erfahren, daß Rike beim Stundenbeginn immer zu leise und nachlässig »Heil Hitler!« sagte. Und wenn man das auch hundertmal am Tag sagte, meinte die Frau, man müßte dabei jedesmal mit guten Wünschen an den Führer denken, jedesmal! Die Kinder hätten aber davon bei Rike noch nicht viel gemerkt.

Rike hatte das alles hinuntergeschluckt und gesagt: »Selbstverständlich, Frau X-Ypsilon! Aber ich äußere meine Gefühle nicht gern vor den Kindern. Das verstehen Sie gewiß?«

Nein, Frau X-Ypsilon verstand das nicht. Sie meinte, gerade die Liebe zum Führer und zum Volk sollte eine Lehrerin ohne Scheu den Kindern zeigen. Rike versprach also, sie wolle sich darum bemühen.

»Wer war das?« fragte Nora.

Das wollte Rike nicht sagen. Außerdem hatte sie das jetzt nur erzählt, weil sie Nora um etwas bitten mußte. Sie brauchten nicht nur das Geld, das Leo verdiente, sondern auch Danas und Rikes Gehalt. Wenn Rike aus dem Schuldienst entlassen würde, müßte man das Haus wieder verkaufen, denn Dana brauchte ja fast ihr ganzes Geld für Fotomaterial und einen neuen Apparat, und das war notwendig für sie.

»Ja, und?« fragte Nora. »Meinst du, die würden dich wirklich entlassen?«

»Nein, nein«, sagte Rike. Aber sie war doch nicht in der Partei, nur in der NSV, das zählte nicht viel, und alle jüdischen Lehrer und alle ehemaligen Kommunisten und Sozialdemokraten waren längst entlassen. Sie sagte: »Man muß sich gleichschalten, verstehst du? Wie eine Maschine. Meinung? Gewissen? Gibt es nicht.« Dann, etwas ruhiger: Außerdem hatte der Rektor in der dritten Pause noch einmal mit ihr gesprochen und sie gewarnt, weil diese Frau sehr viel Einfluß hätte.

Es wäre also gut, wenn Nora bald in den BDM ginge, vielleicht noch zu den Jungmädeln, das meinte auch der Rektor.

»Ich überleg mir das«, sagte Nora.

Rike erzählte Nora nicht, daß der Rektor sie gebeten hatte, sich selbst und die Kinder etwas fernzuhalten von Herta Pjetrinski. Angeblich hatte sogar ihr eigener Sohn etwas Kritisches über ihre politische Einstellung gesagt. Und Rike erzählte nicht, daß sie danach ihren freundlichen Rektor angeschrien hatte, weil man noch nicht einmal Respekt hatte vor Mischa, der im Weltkrieg gefallen war, und vor Herta, die ihre beiden Kinder so tapfer durchbrachte und eine vorbildliche Krankenschwester war. Und sie würde ihre alte Freundschaft zu Herta nicht aufgeben. Nein, das brauchte Nora nicht zu wissen, wie unklug Rike war.

Sie sagte: »Schluß mit der idiotischen Wascherei« und warf die Wäsche aus der Maschine ins Spülbecken. Noch einunddreißig Aufsätze mußte sie durchsehen, und sie würde so gern jetzt eine Tasse Kaffee trinken und in der Zeitung blättern oder einmal wieder am

Abend im Garten sitzen, mit Dana, Leo und Herta, ja, mit Herta!, und ein Glas Wein trinken, oder einmal am Nachmittag im Liegestuhl liegen, etwas Gescheites lesen und ihren Kopf anstrengen, nicht immer nur die Hände und Füße.

Nora tippte ihr auf die Schultern.

»Darf ich dich noch etwas fragen?«

»Immer, aber beeil dich.« Rike streifte den Seifenschaum von Armen und Händen und band die Gummischürze ab.

Frau Stuckmann und Frau Behringhoff aus dem Haus an der Ecke hatten heute absichtlich laut über Robbi gesprochen, gerade als Nora mit dem Wägelchen und Robbi vorbeiging. So einer wie Robbi wäre eine Gefahr für alle Kinder in der Straße, hatten sie gesagt, und er müßte in eine Anstalt, und solche Schwachsinnigen gehörten nicht zu den Normalen und Gesunden.

»Unsinn! Er bleibt bei uns«, sagte Rike. »Komm, wir holen ihn herein, es wird kühl. Kümmere dich nicht um solches Weibergeschwätz.«

Der Handwagen stand nicht mehr an der Hecke. Georg hockte dort, den Kopf auf den Knien. Er sah auf und flüsterte: »Er ist weg, sie haben ihn geklaut. Ich bin jetzt dreimal um den Block gerannt: Gottliebstraße, Wittfelder Straße, Beecker Straße, Schlieffenstraße, Wittfelder Straße, Gottliebstraße, Wittfelderstraße –«

»Hör auf!« Rike schüttelte ihn und zog ihn hoch.

»Sie haben meinen kleinen Bruder geklaut«, flüsterte Georg. »Und ich hab gedacht, die Nora hätte ihn ins Haus mitgenommen. Aber dann hab ich gemerkt, daß er weg ist, und ich bin losgerannt, dreimal um den Block: Wittfelder –«

»Hör auf!« rief Rike wieder und schickte ihn zum Brachfeld. Alle Kinder dort sollte er nach Robbi fragen.

Robbi hatte lange mit ausgestreckten Armen im Wagen gesessen, die Augen schlitzschmal, den Mund offen.

Die Tür war hinter Nora zugefallen. Robbi sah die Tür an. Sie bewegte sich nicht. Nora war fort, sie kam nicht zurück.

Robbi zog die Hände in die Ärmel. Die Jacke war zu groß, von Georg geerbt, die Ärmel zu lang. Aber sie war hellblau, und sie war von Georg, darum war Robbi stolz, wenn er sie anziehen durfte. Er zog die Hände noch höher hinauf und ruderte mit den Armen und ließ die Ärmelenden flattern.

Er lachte und ließ den linken Ärmel flattern und hielt still und schickte das Flattern in den rechten Ärmel und ließ wieder den rechten Ärmel flattern und holte das Flattern zurück in die Mitte, es ruhte sich dort aus, das Flattern, und dann sprang es auf beide Ärmel, und beide Ärmel flatterten. Es war ein hellblaues Flattern, ein fröhliches, ein hellblaues Lach-Flattern.

Für Robbi hatte alles Farben, seit er ihre Namen kannte.

Er war jetzt ein Vogel mit viel zu kurzen Flügeln, die flatterten und flatterten, aber sie hoben Robbi nicht auf. Er wollte ja gar nicht wegfliegen, er lachte und hörte sein eigenes Lachen und lachte noch mehr.

Fremde Kinder kamen, blieben an der Heckeneinfahrt stehen und lachten mit großen Mündern. Robbi kannte sie nicht.

»Ge-ock!« rief Robbi. »No-ra!« und lachte nicht mehr, und das Flattern fiel aus der Luft herunter. Sein Herz klopfte, als säße das Flattern jetzt in ihm selbst, in seinem Bauch, denn sie kamen näher, die Gesichter, und es dröhnte aus den großen Mündern, schwarzes Lachen kam aus den Mündern, und es dröhnte schrecklich in Robbis Ohren.

Er legte die Arme über den Kopf und duckte sich. Er machte sich blind und versteckte sich im Dunkeln.

Aber es war ein Kreischen draußen, der Wagen schaukelte, und Robbi blinzelte hinaus: Die Mülltonne rückte zur Seite, und weg war die Mülltonne, und weg war die Hecke, der Wagen ruckte und schwankte, und Robbi mußte links und rechts die Stäbe packen, sie waren wie Hände beim Spazierengehen, wenn zwei Große ihn an die Hand nahmen, wie Hände waren die Stäbe und hielten ihn. Das war gut. Er konnte wieder herauskommen aus dem Versteck.

Er sah die Kinder vor dem Wagen, bunte Kinder, und ihre Beine sah er, die rannten, und der Wagen rannte hinterher, und Fenster und Türen und Mauern und Bäume und Sträucher und Zäune rannten neben dem Wagen her. Jetzt waren sie auf der Brücke, über dem schwarzen, öligen, schlimmen Wasser, aber schon war die Brücke zu Ende, er sah wieder grüne Zweige und Häuser und Zäune, sie standen wieder still, die Fenster und die Sträucher mit den roten Beeren. Alles stand still. Etwas trappelte und kicherte hinter dem Wagen und war schon weg, weit weg, und noch weiter weg, noch weiter weg, noch weiter und ganz weg.

Dann kamen Schritte, große Schritte, und: »Hike!« rief Robbi, und: »No-ra!« rief er.

Sie nahmen Robbi in den Arm und streichelten ihn, und Rike trug ihn nach Hause. Nora zog den Wagen hinterher.

Vor der Tür saß Georg und sah ihnen mit ängstlichen Augen entgegen.

Warum trug Rike den Kleinen? War er gefallen, hatte er ein Bein gebrochen, weil Georg nicht auf ihn achtgeben wollte?

»Ge-ock!« rief Robbi und wedelte mit den Flatterärmeln.

»Alles in Ordnung, Jockel!« rief Rike.

Aber nichts war in Ordnung.

Georg sagte: »Ein Herr ist gekommen, ein Doktor.«

Georg kannte ihn, aber seinen Namen hatte er vergessen. Ein großer Mann, aber nicht so groß wie Leo. Und sehr fein angezogen, und ein Doktor.

»Jan«, sagte Rike, und sie dachte: Wie seh ich aus? Wirre Haare, nasses Kleid, Gummischuhe wie Elefantenfüße, und in beiden Wohnungen quillt die Unordnung aus allen Schränken über Tische und Stühle.

Warum kann Dana immer noch nicht aufräumen? Also diesmal sag ich's ihr! Und dem Leo auch! Überall aufgeschlagene Bücher, Zettel, stumpfe Bleistifte, Druckvorlagen, Werkzeug. Wozu hat er seine Werkstatt? Bin ich denn der einzige Mensch in dieser Familie, der aufräumt? Immer nur ich? Vormittags all der Ärger in der Schule, dann für die Kinder gekocht – Leo war unterwegs, mußte in Bochum neu gebundene Schulbücher abliefern, hoffentlich kam er bald! –, dann die Wäsche, seit Sonntag eingeweicht, zwei Tage, das ist zu lang, fing schon an zu stinken, nach Soda und Mensch, man mußte sie einfach heute kochen, schleudern, waschen, spülen, und nun riechen ihre Hände nach Schmierseife, wenigstens die Nägel sind sauber, aber was geb ich dem Kerl zu essen, dem Herrn Doktor, wenn er zum Abendessen hierbleibt? Wie bring ich die Kinder zur Ruhe, die Jungen, beide so aufgeregt, und Nora, die Arme, immer muß sie die Tüchtige sein.

»Nora? Bitte schaff du Robbi ins Bett, ungewaschen, und gib ihm ein Butterbrot. Zum Doktor van Stinne sagst du, ich müßte mich erst umziehen, wegen

Wäsche und so weiter.« Inzwischen kamen wohl Dana und Leo – hoffentlich, heiliger Antonius, hoffentlich!

»Der Mann sitzt in deiner Wohnung«, sagte Georg. »Ich hab ihm die Tür gezeigt, weil er zu dir wollte, und bei uns ist doch nichts aufgeräumt.«

Da aber stand Jan schon an der Tür und streckte beide Hände aus, fand Rike wunderhübsch – mit den Löckchen vom Waschküchendunst sähe sie ja wie ein junges Mädchen aus!, und seinetwegen brauche sie sich wirklich nicht umzuziehen, aber er könnte sich auch inzwischen gern mit diesen reizenden Kindern unterhalten, wie lange hatte er sie nicht gesehen? Die junge Dame, das war ja wohl Nora, Pauls Älteste, was für ein schönes, großes Mädchen, und hier war nun ja auch der kleine Robert, der Ausreißer, um den der große Bruder sich soviel Sorgen gemacht hatte! Paul hätte ihm nämlich von ihnen allen erzählt, und Rike möchte seinetwegen bitte keine Umstände machen.

»Schon gut«, sagte Rike. »Ich werde so tun, als wäre ich hier zu Hause.«

Hoffentlich spürte er nicht, wie gereizt sie war, wie wenig sie sich freute.

Nora lief Rike ins Badezimmer nach. Sie flüsterte: »Die reizenden Kinder! Die junge Dame! Bitte keine Umstände, gnädige Frau! Das ist ja ein richtig fieser Kerl. War der immer so?«

»Pst«, machte Rike. Nein, früher war Jan anders, ganz anders. Aber was hatte er jetzt vor? Warum kam er so überraschend? War das Zufall oder Absicht? Wenn Paul ihm alles von seiner Familie erzählt hatte, ging es dann vielleicht um Robbi?

Nora stand vor dem Spiegel und kämmte sich in großer Ruhe.

Sie sollte mit dem Doktor nach oben ins Wohnzimmer gehen und dann sofort Robbi ins Bett bringen, ihn nicht mit dem Doktor allein lassen.

»Weg mit dem Kamm, Nora, entschuldige, später erklär ich dir alles.«

Aber Jan war schon mit Georg und Robbi nach oben gegangen, er hatte den Kleinen zwischen seine Knie gestellt und sah ihn aufmerksam an. Georg sah ebenso aufmerksam diesen fremden Doktor an. Was wollte er von Robbi?

Der stand mit fest geschlossenen Augen, die Lippen eingezogen, starr und blaß vor dem fremden Mann. Er wollte ihn nicht sehen, und er wollte nicht so nah bei ihm sein. Der Mann war für Robbi so dunkelgrau wie sein Anzug.

»He, Robert! Sieh mich doch an, Junge!«

Georg fragte: »Was wollen Sie von Robbi? Warum klemmen Sie ihn ein?«

»Ich möchte ihn nur kennenlernen. Aber er sieht mich nicht an.«

»Muß er ja nicht, wenn er nicht will. Er hat Angst vor Ihnen, lassen Sie ihn doch endlich los! Gerade haben fremde Kinder ihn weggeschleppt, und jetzt kommen Sie.«

»Macht er immer die Augen zu, wenn ihm etwas nicht paßt?«

»Das hab ich früher auch getan. Dann meint man, die anderen könnten einen nicht sehen.«

»Aber das ist doch dumm?«

»Finde ich nicht. Wenn Sie mich festhalten und so anstarren wollten, dann würde ich bestimmt die Augen zukneifen wie Robbi. Sehen Sie mich doch mal an.«

Jan lachte und sah Georg an. »Kann der Kleine überhaupt schon sprechen?« fragte er.

Georg gab ihm keine Antwort. Er stand breitbeinig

vor Jan und rollte in den Schuhen die Zehen ein. Das tat er immer, wenn er sich gegen irgend etwas wehren mußte. Dabei packten seine Augen Jans Augen und ließen sie nicht mehr los.

Jan blinzelte, Georg nicht.

Nora stand jetzt hinter Robbi. Sie beugte sich vor, streckte langsam, langsam einen Arm aus, legte die Hand auf Robbis Schulter und zog ihn zu sich heran. »Komm, Jüngsken, du mußt schlafen gehen. Rike hat's gesagt.«

Jan schüttelte sich, wie einer, der gerade aufwacht. »Ah, die kleine Schöne ist gekommen«, sagte er.

»Der Mann!« flüsterte Robbi und hob den Kopf zu Nora, die Augen dunkel vor Angst. »Soll weggehen. Sag das.«

Nora fühlte, wie er zitterte, und legte beide Arme um seine Schultern.

Jan sagte: »Aber ich tu dir doch nichts, Robert. Ich wollte dich nur kennenlernen und deine Geschwister auch. Wie heißt dein Bruder?«

Robbi krallte eine Hand in Noras Arm.

Sie sagte: »Robbi? Du kannst es doch sagen. Bitte, sag's.«

Und Robbi flüsterte: »Geo-r-g und Jok-kel.«

»Wie heißt er? Georg? Oder Jockel?«

Nora sagte: »Mutter nennt ihn manchmal Jockel. Lassen Sie den Jungen doch in Ruhe.«

»Ja!« sagte Georg. »Bitte!«

Jan sagte: »Es interessiert mich beruflich, was er sagt. Also, Kleiner, wie heißt dein Bruder?«

Robbi sagte: »Geo-r-g heißt Jockel. Jockel heißt Georg!« Er lachte.

Jan zeigte auf Nora: »Und wie heißt dieser Bruder?«

Nora biß sich auf die Lippen und sah Georg an. Immer noch hielt sie Robbi fest. Er zitterte jetzt nicht mehr.

Er sagte: »Nein, nein. Das ist No-ra.«

»Aha! Dein anderer Bruder heißt Nora?«

»Nein!« rief Robbi. »No-ra ist ein Mäd-chen.«

»Ist Nora kein Bruder? Was ist Nora?«

Robbi wußte jetzt, was der Mann wollte. Er sollte das Wort »Schwester« sagen, und das konnte er nicht. »Schwester« oder »schreiben« oder »Schleife«, das konnte er nicht sagen. Er sagte: »Sss-weschter« oder »sss-r-eiben« oder »Sss-lei-fe«. Besser ging es einfach nicht. Also sagte er lieber gar nichts und machte die Augen wieder zu.

»Hallo!« rief Jan. »Schläfst du schon wieder?«

Robbi nickte. »Nacht«, murmelte er.

»Gute Nacht, Herr Doktor«, sagte Nora, nahm Robbis Hand und rief von der Tür her besonders laut: »Komm doch mit, Jockel! Robbi kann dir etwas Neues vorlesen.«

»Kann er denn überhaupt lesen?« fragte Jan.

»Natürlich«, sagte Georg. »Aber das Wort Schwester kann er nicht gut aussprechen, und vor Ihnen wollte er sich nicht blamieren. Der ist nicht so dumm, wie Sie denken. Er hat gemerkt, daß Sie ihn ärgern wollten.«

Schon war er draußen und rief im Flur: »Mau-mau-mau-mau! Olee!«

»Olee!« rief Robbi aus dem Badezimmer.

Rike kam jetzt herein.

Jan fragte: »Kann der Kleine wirklich lesen?«

»So gut wie ein Schulkind am Ende des ersten Schuljahrs.«

»Ich möchte das hören.«

Was wußte er denn davon, wie gut ein Kind im ersten Schuljahr lesen konnte? Und wie da jedes von dreißig einen anderen Stand erreichte? Sie könnte das beurteilen, nicht er. Und schließlich sei er doch nicht gekommen, um Robbi zu prüfen?

Vielleicht doch. Paul wollte, daß Jan sich den Jungen ansähe, weil Jan gewissermaßen doch ein Experte, ein Kenner in bezug auf private Pflegeheime sei. Dazu gehörten übrigens auch die kirchlichen, das wüßte sie doch wohl?

»Rede nur weiter«, sagte Rike.

Nun gut. Er sollte in Pauls Auftrag ein geeignetes Heim für Robbi finden. Der Junge gehörte jetzt in die Schule und in eine Gemeinschaftserziehung.

»Aha«, sagte Rike. Dann log sie: Natürlich hätte man sich bemüht, Robbi in der Hilfsschule einzuschulen. Aber man hätte ihn nicht genommen, weil er noch unsicher im Laufen sei. Man hatte ihr aber erlaubt, ihn zu Hause zu unterrichten.

»Bescheinigung?« fragte Jan.

Sie lächelte böse – das konnte Rike –, nahm einen amtlichen Brief aus ihrem Schreibtisch und warf den Bogen auf den Tisch. »Das war Danas Wunsch«, sagte sie.

»Aber Paul ist der Vater. Nur im Heim und bei geregeltem Unterricht kann der Junge richtig gefördert werden.«

»Dana ist die Mutter. Ist das tatsächlich unwichtig für Nationalsozialisten?«

»Du weißt ja wohl, daß es unerwünscht ist, wenn solche Kinder in den Familien leben. Das einzelne Kind beansprucht dabei zuviel wertvolle Arbeitskraft. Es belastet die ganze Familie. Georg war ja geradezu verstört, weil er nicht gut genug auf den Bruder achtgegeben hatte.«

»Schadet ihm das, wenn er Verantwortung lernt?«

»Durchaus nicht. Aber er ist doch in der HJ, beim Jungvolk? Da lernt er das unter gesunden Kindern.«

»Georg ist gerade erst elf Jahre alt geworden. Darf er nicht mehr spielen?«

»Aber bei den Pimpfen angemeldet?«

»Noch nicht.«

»Aha. Und Nora? Jungmädelführerin? Oder beim BDM?«

Rike schüttelte den Kopf. Sie sagte etwas von Belastung durch die Schule, Klavierunterricht, und daß sie gerade heute nachmittag mit Nora über dieses Thema gesprochen hätte, und dann merkte sie, wie sie anfing, sich aufgeregt vor Jan zu verteidigen. »Und außerdem«, sagte sie, »Nora hilft uns wirklich sehr viel bei der Betreuung von Robbi. Sie hat ihn lieb, und sie lernt etwas sehr Wichtiges: Respekt zu haben vor einem Menschen, der mit einer Schwäche leben muß. Wie strengt Robbi sich an, richtig zu sprechen! Dir und mir war das Sprechenlernen ein Spiel. Für Robbi ist das eine schwere Arbeit. Du bist doch Arzt? Verachtest du deine Patienten, weil sie sich die Schwäche erlauben, krank zu sein? Ist das eines deutschen Volksgenossen nicht würdig? Unproduktiv? Zu teuer?«

»Hör auf«, sagte Jan. »Deine spitze Zunge kenne ich noch aus alten Zeiten. Mich interessiert in solchen Fällen vor allem das Medizinische. Zum Beispiel wüßte ich gern, ob das Gehirn eines solchen Kindes anders aussieht als das Gehirn eines gleichaltrigen normalen Kindes. Schade, daß man das nicht so leicht feststellen kann.«

Rike schwieg. Sie hatte Lust wegzulaufen. Sie fror.

»Nun ja«, sagte Jan. »Man wird dafür sorgen, daß es in Zukunft weniger solche – solche Existenzen gibt.«

»Aber wie?« fragte Rike. »Parasiten, Ungeziefer. Ihr würdet sie am liebsten alle umbringen.«

»Du bist unvorsichtig«, sagte Jan. »Hat dir Paul etwas erzählt?«

»Was sollte er mir erzählt haben?«

»Nichts. Er sollte dir nichts erzählt haben.«

Rike sah ihn erschrocken an und schwieg. Was meinte er? Was für eine Sprache redete dieser Jan? Sie hatte Angst vor ihm. Bestimmt hatte sie lauter Falsches gesagt, Gefährliches, Verbotenes, hatte Dana, den Kindern, vielleicht auch Leo mit ihrem Geschwätz geschadet. Was hatte sie gesagt? Es fiel ihr nicht mehr ein, kein einziger Satz wollte ihr einfallen. Vielleicht würde sie sich später erinnern, wenn sie in Ruhe nachdenken könnte.

Und dann, ganz plötzlich, schlug ihr Zorn wie eine Welle über ihrem Verstand zusammen. Sie sagte: »Man sollte euch bewundern, weil für euch Nazis alles so fabelhaft einfach ist. Früher sagtest du: Die Satten und die Hungrigen sollen miteinander teilen. Gleiche Rechte für alle, also für jeden. Auch für die Schwachen, die Kranken, die Gestörten, die Trinker und Landstreicher, egal, warum einer anders geboren oder geworden ist als die meisten. Und jetzt? Weg mit den Robbis! Die machen zuviel Mühe, die brauchen zuviel Platz im Leben der Gesunden, die kosten auch zuviel Geld. Ab in die Anstalt! Bist du noch derselbe Jan?«

Rike rannte hinaus, die Treppe hinunter und auf die Straße, und lief dort auf und ab, frierend und ungeduldig, und wartete auf Leo, auf Leo, auf Leo.

Georg kam aus dem Haus. »Der Doktor Soundso sucht dich überall.«

Als sie in die Dielenküche kam, saß Jan dort und blätterte in einer Handvoll von Leos Gedicht-Flugblättern.

»Donnerwetter«, sagte er. »Heine, Werfel, Zweig, Kästner, Brecht? Die anderen kenne ich nicht.«

»Deutsche Literatur«, sagte Rike. »Gedichte, in unserer Sprache geschrieben. Jeder sollte sie kennen. Ich habe Leo gebeten, sie für mich zu drucken.«

Sie ging zum Spülbecken und trank einen Schluck Wasser aus der hohlen Hand.

Hinter ihrem Rücken sagte Jan: »Ich habe noch nie einen Menschen denunziert. Glaubst du mir das?«

»Ja«, sagte Rike. »Danke, Jan.«

Sie hatte Lust zu weinen. Leo würde nichts geschehen, aber er müßte aufhören mit diesem gefährlichen Spiel. Jan gab ihr die Blätter, Rike brachte sie zurück in die Werkstatt.

Draußen rief Georg: »Die Ma und Leo kommen! Ich hab sie schon gesehen!«

Jan lief hinaus. Rike hörte, wie er Dana und Leo begrüßte:

»Die neuen Geschwister des Reiches!« rief er. »Ich gratuliere euch Ostmärkern, daß ihr nun Deutsche seid!«

»Danke«, sagte Dana. »Euch muß man gratulieren. Ihr habt unser schönes Österreich billig bekommen.«

»Was heißt billig?« rief Leo. »Umsonst und mit Jubel und Blumen dazu hat Hitler Österreich bekommen. So gut wie keine Kosten! Ein bißchen Erpressung, das zählt doch nicht.«

Sie lachten und meinten alles bitter ernst.

»Freut ihr euch denn nicht?« fragte Jan. Jetzt war er ehrlich erstaunt.

»Wir sind jetzt hier zu Hause«, sagte Leo.

Solange die anderen sich begrüßten, fütterte Rike Robbi mit Keksen und erzählte, daß der Onkel Jan ein rotes Auto hatte, das stand auf der Straße, und morgen würden sie beide hinausgehen und es von allen Seiten betrachten.

Dann stand sie in der Dielenküche zwischen den Bergen von schmutzigem Geschirr von gestern und richtete ein Tablett fürs Abendessen, wärmte die Suppe auf und hörte durch das offene Treppenhaus, was oben gesprochen wurde. Dana erzählte von ihrer Ausbildung und ihren Plänen. Mit der schriftlichen Arbeit für die Meisterprüfung war sie jetzt beinahe fertig, dann das Examen und vielleicht ein wirklich guter Fotoapparat? Und Reisen, Reisen!

Jan sagte: »Du bist eine großartige Frau, Dana. Die Meisterprüfung neben all der Belastung durch das kranke Kind. Großartig!« Und fragte sie, ob sie nicht auch Lust hätte zu filmen? Paul habe gute Freunde in Berlin und in München, die ihr helfen würden.

(Jetzt fängt er sie ein, dachte Rike.)

»Filmen? Filmen!« rief Dana. War das möglich? Ach, wußte Leo noch, wie sie in Wien die Laterna magica für Stephans Kinder gekauft hatten? Ein Wunderding für Dana, damals. Und hier, in Hamborn, waren sie zum erstenmal ins Kino gegangen.

»Wann waren wir mit Vater in Wien, Leo?«

»Neunzehnhundertdreizehn, als die Freunde zum erstenmal ins Hochtal kamen. Vor fünfundzwanzig Jahren.«

Rike in der Küche dachte: Und wir kamen vom Hohen Meißner, und Kopf und Herz waren uns übervoll mit großen Gedanken und Gefühlen. »Aus eigener Bestimmung, vor eigener Verantwortung, mit innerer Wahrhaftigkeit« wollten wir unser Leben gestalten. Damals fing es an mit Jan und mir, in diesem Sommer. Aber es fing auch an mit Leo. Im Jahr darauf waren sie nach Griechenland gefahren, und die Stimmung im

Hochtal war anders als beim ersten Besuch, gespannt und gereizt, als spürten sie alle schon den Krieg kommen, und wer war seitdem noch frei, sein Leben selbst zu bestimmen? Dana, die soviel Freiheit gewagt hatte, Dana am wenigsten von ihnen allen. Es war ihr nur nicht bewußt. Oder doch? Würde sie für ihre Freiheit Robbi gefangennehmen lassen?

»So wird es wohl am besten sein«, sagte Dana oben im Wohnzimmer. »Aber nur probeweise.«

Leo kam in die Küche. Er zog Rike in seine Werkstatt und sagte: »Wir reden über Robbi. Jan hat Dana überredet. Er selbst wird ihn wegbringen.«

»Weißt du schon, wohin?«

»Es sind Franziskanerinnen, ein gutes Haus in Escheren, nicht groß. Die Kinder hätten es dort besonders gut.«

»So«, sagte Rike.

»Nur, bis Dana das Examen hat. Sie ist ehrgeizig und will eine gute Prüfung machen. Ich kann das verstehen.«

»Kann auch Robbi das verstehen? Nein, so leicht geb ich ihn nicht her.«

»Du wirst nicht gefragt. Ich auch nicht.«

Leo trug das Tablett nach oben und deckte den Tisch, Rike brachte die Suppe.

Jan sagte zu ihr: »Dana ist eine vernünftige Frau. Robert kommt zunächst einmal für ein halbes Jahr ins Heim. Danach können wir weitersehen.«

»Ja«, sagte Rike. Sie wollte noch so viel sagen, aber Jan hatte ihr ja versprochen, Leo nicht wegen der Gedichte anzuzeigen. Nun war sie Jans Gefangene.

Sie trug das Tablett mit den Tellern hinunter – nein, Leo sollte bitte oben bleiben – und ging in Danas Wohnung hinüber. Sie wollte Robbi schlafen sehen und wie Nora und Georg noch bei den Schulaufgaben saßen, und daß dies ein ganz normaler Abend war. Das wollte sie sehen, weil dort drüben etwas ganz und gar Falsches und Grausames beschlossen wurde. Den Kindern sagte sie nichts davon.

»Bleibt er noch lange?« fragte Nora.

»Bestimmt«, sagte Georg. »Das ist einer, der nie merkt, wenn man ihn rausschmeißen möchte.«

»Früher war er ganz anders«, sagte Rike. »Bestimmt.«

Sie ging wieder zu den anderen und redete den ganzen Abend keine hundert Wörter.

Am Tag darauf kam Jan mit Schokolade und einer Plüschkatze, als Rike und die Kinder in der Schule waren. Dana gab ihm den Koffer mit Robbis Kleidern, seinem Teddy und seinen Bilderbüchern.

Robbi freute sich, daß er in einem schönen Auto wegfahren durfte. Als er einsteigen sollte, nahm er Danas Hand, sagte: »Komm!« und zog sie zum Auto.

Sie sagte zu Jan: »Es geht nicht, ich kann's nicht, laß ihn hier.«

»Der Vater bestimmt über seine Kinder. So ist es nun einmal.«

»Warum kommt er dann nicht her? Er selbst hätte das alles mit mir besprechen müssen. Was steckt dahinter, Jan?«

»Es hat etwas mit seinem Beruf zu tun.«

»Irgendwann kann er sich doch auch zwei, drei Tage Zeit für uns nehmen? Wir sind doch noch verheiratet, da genügt es nicht, daß er uns nur Geld schickt. Und Urlaub gibt es doch in jedem Beruf?«

Dana hob Robbi ins Auto und kam zurück zu Jan.

»Weil er Robbi nicht sehen will? Weil er sich für ihn schämt?«

»So kann man es sehen.«

»Jan!« rief Dana. »Du sagst mir nicht, was du weißt!«
»Nein«, sagte er.

»Laß Robbi hier, bis ich mit Paul gesprochen habe. Ich fahre nach München.«

»Er ist jetzt in Berlin. Und es ist zwecklos, mit ihm zu sprechen. Du zerschlägst dir selbst alles, was du bis jetzt aufgebaut hast. Paul will dir kein Geld mehr für deine Ausbildung geben, wenn du das Kind hierbehältst. Er hat recht: Wozu eine Ausbildung, wenn du dein Leben lang Krankenpflegerin bleiben willst? Gestern abend warst du klüger!«

»Für mich war ich klug, nicht für Robbi. Laß ihn hier. Sprich du bei Paul für Robbi und mich.«

»Er wird im Heim erwartet, ich habe schon mit den Schwestern telefoniert. Die Kosten für das Heim will Paul übernehmen. Sei vernünftig, Dana, und denk an deine eigene Zukunft. Robbi wird es gut haben.«

Dana lief zum Wagen und gab Robbi viele Küsse, und sie weinte.

»Komm bald wieder, Robbilein, komm bald wieder!« flüsterte sie und wußte, wie unsinnig das war.

»Ja, sofort!« sagte Robbi, als wäre dies eine Spazierfahrt um den Block. Dana stand am Bordstein und winkte, als Jan mit Robbi wegfuhr zu einem Ort, zu einem Haus und zu Menschen, die sie nicht kannte.

Rike redete drei Tage lang nur das Nötigste mit Dana.

Am Samstag putzte Leo sein und Rikes Fahrrad. Als Georg das sah, holte er alle anderen Fahrräder aus dem Keller und putzte sie alle sehr gründlich.

Sie unterhielten sich über Fahrradöl, Fahrradlampen und die Vorzüge verschiedener Gepäckträger.

Endlich sagte Georg: »Wollt ihr einen Sonntagsausflug machen?«

»Etwas Ähnliches«, sagte Leo.

»Ich kann mir schon denken, wohin ihr fahrt.«

»Das habe ich mir gedacht, daß du dir das denken würdest«, sagte Leo.

»Nora hat dasselbe gedacht.«

»Wollt ihr mitkommen?«

»Und unsere Mutter? Die würde bestimmt gern mitkommen. Aber Rike knurrt sie an, und jetzt hat sie Angst vor Rike.«

»Wenn Dana mitkommen will, knurrt Rike bestimmt nicht mehr.«

»Der freut sich aber, wenn wir alle kommen!« rief Georg.

Sie waren beinahe drei Stunden unterwegs, ehe sie vom Waldrand aus das Heim sahen.

Es lag am Rand der kleinen Stadt zwischen Gärten und hohen Bäumen. Ein altes Haus war es, vier Stockwerke hoch, aus dunklem Backstein mit schmalen, hohen Fenstern. Als sie näher kamen, standen sie vor einer Mauer, so dunkelrot wie das Haus und so hoch, daß vom Garten und den Bäumen fast nichts zu sehen war. Auf der Mauerkrone blinkten Glasscherben.

Am Tor gab es einen Klopfer mit einer goldschimmernden Messingkugel. Dreimal, viermal, fünfmal warf Georg den Ring gegen die Bohlen.

Eine Schwester riß das Tor auf. »Marjandjosf!« rief sie. »Bin ich gerannt! So klopft sonst nur die Feuerwehr oder unser Herr Präses, wenn wir die Koksrechnung nicht bezahlt haben. – Ich bin Schwester Bernharda, kommt schnell herein!« und lächelte so lieb unter der weißen Haube, daß sie alle zurücklächeln mußten.

»Ich bin die Mutter von Robert Heuken«, sagte Dana.

Die Schwester nickte. »Aus Hamborn? Wir haben

nämlich nur einen Robert, der ist aber erst seit einer halben Woche hier.«

Sie standen dicht vor dem Haus. »Vergittert!« rief Georg. »Die Fenster sind alle vergittert wie am Gefängnis!«

»Damit kein Kind vor Schreck aus dem Fenster fällt, wenn einer wie du ans Tor klopft«, sagte die Schwester und ging ihnen voraus in die Torstube. Wollten sie lieber Saft oder Kaffee oder Tee? Denn sie müßten doch durstig und müde sein nach der weiten Fahrt mit den Rädern. Ob sie auch eine Kleinigkeit essen würden?

»Wir möchten nur Robbi besuchen«, sagte Dana.

»Haben Sie alle Platz am Tisch?« fragte die Schwester und wies auf die gepolsterte Eckbank und die Stühle, als hätte sie nicht gehört, was Dana sagte. »Ruhen Sie sich aus nach der weiten Fahrt.«

Gehorsam setzten sie sich. Nur Leo stand am Fenster und betrachtete die Topfblumen.

Ein junges Mädchen kam an die Tür. Was sollte sie bringen? Kaffee, Tee, Saft oder Milch? fragte die Schwester.

»Eigentlich –«, sagte Dana.

»Wir wollten gern erst den Jungen sehen, ehrwürdige Schwester«, sagte Rike. »Nachher trinken wir gern einen Schluck Saft oder Kaffee.«

»Ja, ja, der Robert!« sagte Schwester Bernharda und rieb sich die Stirn, als hätte sie Kopfschmerzen. Ein Herr Doktor hatte ihn gebracht, hier stand es im Torbuch, Dr. van Stinne. Ein lieber Junge, der Robert. Er wollte unbedingt zu den Hühnern, sie hatten doch Zwerghühner gleich neben dem Haus, und Schwester Brigitta war mit ihm zu den Hühnern gegangen. Was hatte der Herr Doktor doch für ein schönes Auto! Sie hätte nämlich eine Schwäche fürs Autofahren, schlimm, schlimm, daß es bei ihnen nur für den Gärtner einen uralten Hanomag gab, ein Dreirad, und die Ladefläche voll Erde, Torf und Blätterzeug.

Da kam das Mädchen schon mit einem Tablett und stellte Gläser, Tassen, Kaffeekannen und Saftflaschen auf den Tisch.

Rike schenkte Kaffee und Saft ein.

»Wir haben einen weiten Heimweg und möchten Sie nicht aufhalten«, sagte Leo. »Ich habe dem Jungen etwas mitgebracht, ein Bilderbuch und ein Buchstabenspiel. Das haben wir uns für ihn ausgedacht, und er hat recht gut damit lesen gelernt. Ich bin sein Onkel.«

»Ach, wirklich?« fragte die Schwester. »Ich dachte, sie wären der Vater? Sie können das Päckchen auf meinen Schreibtisch legen. Ich gebe es der Schwester Brigitta, die betreut ihn. Sie ist sehr lieb, und sie kann so herzlich lachen! Alle Kinder haben es gut bei ihr.«

»Aber wir wollten es doch Robbi geben! Wo ist er denn jetzt?« rief Nora.

»Wir möchten ihn nur ganz kurz besuchen«, sagte Leo, aber dann sah er, wie Schwester Berharda sich wieder die Stirn rieb, als hätte sie Kopfschmerzen. »Ist etwas?« fragte er.

»Sie können ihn nicht besuchen, nicht heute schon«, sagte sie. »Er muß sich doch erst eingewöhnen. Wenn Sie kommen, wird er glücklich sein, aber dann müssen Sie fortgehen, und er ist unglücklich, er weint, er bekommt Heimweh. Das ist ansteckend, und dann weinen sie alle in der Nacht.«

Alle Neuen, sagte sie leise, dürften erst nach vier Wochen zum erstenmal Besuch bekommen, und danach nur alle vierzehn Tage einmal.

Dana sagte: »Wir sind drei Stunden mit den Rädern

hierher gefahren. Und ich kann keine Nacht mehr schlafen, seit er weg ist!«

»Ja, das versteh ich«, sagte die Schwester. »Aber die Bestimmung ist richtig.«

»Sie ist richtig«, sagte Rike. »Aber schrecklich. Wie müssen die Kinder sich fühlen? Ausgesetzt und verlassen. Sie können ihren Eltern nicht mehr vertrauen.«

»So ist es«, sagte die Schwester. »Ich war selbst ein Heimkind. Mit der Zeit vergißt man, daß es etwas anderes als das Heim gibt. Dann meint man, alle Kinder wären Heimkinder. Man freut sich, wenn Besuch kommt, und wenn der Besuch fortgeht, ist man zufrieden, weil alles wieder seine alte Ordnung hat.« Sie stand auf. »Also dann in vier Wochen.« Sie lächelte, sie sah lieb aus, sogar als sie das sagte und schon für die Gäste die Tür weit öffnete.

»In drei Wochen«, sagte Georg. »Eine ist übermorgen schon rum!«

Stumm und enttäuscht schoben sie ihre Fahrräder auf die Straße.

»Die Schwester Bernharda ist eigentlich nett«, sagte Georg. »Wenn sie uns auch weggeschickt hat.«

Zum Trost, zum Ausruhen und weil sie hungrig waren, lud Leo alle zum Mittagessen in eine Gartenwirtschaft ein. Das gab es selten bei ihnen: ein Essen, das man sich aussuchen durfte, dabei unter Bäumen im Schatten zu sitzen und die anderen Gäste und den Kellner zu beobachten. Die Suppe fanden sie würziger als jede Suppe zu Hause, und alle Speisen schmeckten wunderbar anders. Zum Nachtisch sollten sie sich Torte und Eis bestellen. »Soviel ihr wollt«, sagte Leo.

Keiner sprach von Robbi, aber jeder dachte an ihn.

Dana dachte: Was tut er jetzt wohl? Wenn er hier wäre, würde er vom Stuhl rutschen und zu den anderen

Leuten laufen, und ich müßte mich entschuldigen, weil manche ein Kind wie ihn nicht sehen möchten, und auch bei Rike und Leo müßte ich mich für seine Zappelei entschuldigen. Ich muß mich von all dem ein bißchen ausruhen, sonst falle ich bei der Prüfung durch. Es soll nur eine kurze Zeit sein. Ich muß nach Berlin fahren und mit Paul sprechen. Vielleicht kommt er ja auch zu uns, vielleicht bleibt er sogar immer bei uns, wenn Robbi nicht da ist? Aber das kann doch nicht der Preis sein?

Leo dachte: Wann bin ich eigentlich zum letztenmal mit Rike zum Essen ausgegangen? Und sie tut das doch so gern. Jetzt legt sie den Kopf zurück und schaut in die Bäume, sie fühlt sich wohl. Wenn wir mit Robbi unterwegs sind, hat sie immer Angst, er könnte sich weh tun oder verlorengehen. Wir müssen uns alle einmal von Robbi erholen. Armer lieber Junge!

Rike dachte: Im Heim haben sie bestimmt schon längst zu Mittag gegessen, und jetzt sollen die Kinder schlafen. Die Schwestern und Pflegerinnen brauchen bestimmt eine Mittagspause. Schwester Bernharda gefällt mir. Ich glaube, man darf ohne Sorge an Robbi denken. Und es ist so schön, hier einfach faul und satt unter den Bäumen zu sitzen. – Bin ich etwa froh darüber, daß Robbi im Heim ist? Erleichtert? Nein. Es sind ganz unklare Gefühle. Müde bin ich. Und Leo sieht mich so lieb an. Ich bin froh, daß er jetzt keine Gedichte mehr verteilt.

Georg dachte: Heute nachmittag kann ich stundenlang mit Gerhard Fußball spielen, und kein Robbi stolpert mir dazwischen. Hoffentlich meint die Ma das nicht so ernst mit den Pimpfen. Aber vielleicht macht es ja auch Spaß.

Nora sagte laut: »Im Heim gibt es heute bestimmt

Sonntagskuchen. Dann freut sich der Robbi. Und wißt ihr was? Ich freu mich, weil ich heute den ganzen langen Nachmittag lesen kann oder Hille besuchen oder mit Gunhild vierhändig Klavier spielen, oder sonst irgend etwas, und Robbi kann mich nicht stören, aber es geht ihm gut, und er kriegt Kuchen.«

»Danke, Nora«, sagte Leo. »Willst du noch ein Stück Torte?«

»Wieso? Ich bin satt.«

»Weil du das gesagt hast!«

Damals verstand sie aber nicht, wie er das meinte. Sie sagte: »Da liegt etwas unter deinem Teller, etwas Gedrucktes.«

»O Leo!« rief Rike. »Hört das denn nie auf?«

»Das ist für die Kinder, für jeden ein Blatt. Kennt ihr das Lied: Bei einem Wirte wundermild? Das singen wir nachher unterwegs, damit wir nicht müde werden.«

»Von Uhland«, sagte Rike. »Ungefährlich, nicht verboten. Danke, Leo.«

Herta kam am Abend darauf, als sie nach dem Essen in der Dielenküche saßen. Sie kam oft um diese Zeit auf dem Heimweg vom Krankenhaus und ruhte sich eine halbe Stunde bei ihnen aus. Bei Herta zu Hause war es unruhig: Annchen, der Schwiegersohn Kurt und ihre kleine Irene, Hertas erstes Enkelkind, wohnten unterm Dach, im ersten Stock Hertas Mutter und Kurts Eltern, im Erdgeschoß Herta und Werner. Er war jetzt im Arbeitsdienst und wollte vielleicht als Führer dabei bleiben, man hatte ihn vorgeschlagen. Viel zu selten kam er nach Hause.

Herta hatte bei Rike und Leo ihren festen Platz in einem schweren, knarrenden Schaukelstuhl neben dem gemauerten Küchenherd. Keinen anderen Herd hätte Leo zugelassen. Aber dieser hatte einen Rauchabzug, einen ordentlichen Kamin, denn eine rauchschwarze Küche wie bei Laszlo im Hochtal wollte Rike nicht. In der dunkelsten Ecke unter der breiten Treppe zur Wohnung im Dach gab es auch einen Gasherd, aber auf dem hatte Leo noch nie gekocht. Sogar Rike benutzte ihn nur selten.

»Ist das schön!« sagte Herta. »Wär ich doch schon fünfundsechzig und dürfte den ganzen Tag hier sitzen und die ganze Woche und das ganze Jahr, und ihr würdet mir manchmal etwas zu essen geben, damit ich auch schön rund würde, eine gemütliche Dicke.«

Aber viel Zeit hatte sie heute nicht. Annchen und Kurt wollten mit ihr ins Kino gehen, ins »Moderne Theater«, da lief ein Film mit Zarah Leander: ›Zu neuen Ufern‹ hieß er. Kurts Vater hatte eine Versammlung bei den Taubenzüchtern, und die beiden Großmütter würden sich hoffentlich heute abend einmal gut vertragen. Sie wußten leider beide zu gut – und jede wußte es anders –, wie man ein Baby wickelt, bettet und füttert.

Rike fing an, den Tisch abzudecken.

Herta fragte: »Reichsarbeitsdienst-Führer, ist das ein richtiger Beruf? Ein Beruf fürs Leben? Was meint ihr?«

»Ich weiß es nicht«, sagte Leo. »Man müßte Paul fragen.«

»Warum seid ihr alle so still?« fragte Herta. »Habt ihr Sorgen?«

»Robbi ist weg«, sagte Rike.

»Was sagst du? Wo ist er? Weg – wieso?«

»In Escheren bei den Franziskanerinnen«, sagte Rike.

»Ja, seid ihr denn alle des Teufels?« rief Herta. »Habt ihr denn gar keine Ahnung, was das bedeutet?«

Gerade war Dana von der Arbeit gekommen. Sie stand an der Tür und sagte laut und ärgerlich: »Es ist ein sehr gutes Haus, und die Schwestern sind lieb und gescheit. Paul wollte es so, damit Robbi auch Schulunterricht bekommt. Jan war in Pauls Auftrag hier. Er hat ihn dorthin gebracht. Gestern wollten wir Robbi besuchen, aber sie erlauben erst nach vier Wochen den ersten Familienbesuch. – Hast du noch etwas zu essen für mich, Rike? Warum deckst du schon den Tisch ab?«

»Der feine, kühle Herr Doktor!« rief Herta. »Wer von euch ist mitgefahren?«

»Keiner«, sagte Dana. »Ich bin ohnehin damals zwei Stunden zu spät ins Labor gekommen, weil ich doch für ihn packen mußte.«

»Natürlich«, sagte Herta.

»Und ich hatte eine Kiste voll Schulbücher auszubessern und zu binden, das war ein wichtiger Auftrag vom Gymnasium«, sagte Leo. »Tag- und Nachtarbeit für eine ganze Woche. Hätte ich mitfahren sollen? Mit ansehen, mit verantworten, was wir alle nicht wollten?«

»Dann hättet ihr euch besser wehren müssen.«

»Damit du klarsiehst«, sagte Dana: »Ich habe mich nicht gewehrt.«

»Und wir anderen waren in der Schule«, sagte Georg.

»Natürlich, natürlich!« rief Herta. Sie schaukelte so wild, daß der Stuhl mit den Kufen den Putz von der Kaminwand schabte. Leo sah es und schwieg.

Georg rief: »Wenn ich hiergewesen wäre, ich hätte ihn einfach versteckt! Dann hätte dieser fiese Jan allein ins Heim fahren können.«

»Und am nächsten Tag wäre der Pa gekommen«, sagte Nora. »Der Pa wollte doch, daß Robbi ins Heim kommt, Rike und Leo doch nicht. Und die Ma konnte auch nichts dagegen tun.«

Herta hörte auf zu schaukeln. »Du hast recht«, sagte sie. »Ihr konntet nichts dagegen tun. Jedenfalls jetzt noch nicht. Man soll sich nicht aufregen, ehe es ernst wird. Seid mir nicht böse. Ich bin einfach zu müde. Gute Nacht zusammen, bis morgen. Übrigens kommt Werner in diesen Tagen, mit drei Wochen Urlaub. Darf er dich besuchen, Leo, und mit dir über seine Berufspläne sprechen, falls es da überhaupt etwas zu besprechen gibt, wenn einer unbedingt dem herrlichen Führer dienen will? Ihr seht, ich hab auch meine Sorgen.« Und schon war sie fort.

»Habt ihr verstanden, was sie gemeint hat?« fragte Leo. »Wir könnten jetzt noch nichts tun? Man soll sich nicht aufregen, ehe es ernst wird?«

»Sie ist überarbeitet«, sagte Dana. »Anstrengender Dienst im Krankenhaus, und zu Hause kein Friede.«

»Ich lauf ihr nach«, sagte Leo. »Ich muß wissen, was sie gemeint hat«, und war schon draußen und rannte mit langen Beinen quer durch den Vorgarten. Noch vor der Gartenstraße hatte er Herta eingeholt.

»Was müssen wir fürchten – wenn es ernst wird?« fragte er.

Sie zögerte mit der Antwort und erzählte dann, daß man in Hessen die Pfleglinge, Erwachsene und Kinder, aus den privaten und kirchlichen Heimen in staatliche Heime und Anstalten verlegte. Die wären billiger als die anderen Häuser, wurde behauptet. Das stimmte aber nicht. Alle staatlichen Heime in Hessen waren jetzt überfüllt. Angeblich breiteten sich dadurch schon Krankheiten aus. Aber das konnte ein Gerücht sein. Hier könnte es ebenso kommen wie in Hessen.

»Aber Jan hat doch für Robbi dieses Haus ausgesucht, weil er es gut findet. Und Paul bezahlt den Unterhalt. Dann können sie ihn doch nicht einfach in ein anderes Heim bringen? Ein Kind ist doch kein Gegenstand, den man einfach hin und her schickt? Dazu haben sie doch kein Recht. Nicht einmal mit einem Hund dürften sie das tun, nicht einmal mit einem Hund!«

»In welcher Welt lebst du, Leo? Sie haben es in Hessen doch schon getan. Nein, sie haben kein Recht dazu, aber sie haben die Macht. Das Recht ist schwach vor der Macht. Jedenfalls zuerst einmal. Man muß versuchen, die Zeiten der Macht zu überleben.«

Leo dachte: Sie ist wirklich überarbeitet. Dana hat recht. Er sagte: »Warum sollten sie denn die Hilflosen und Schwachen aus guter Pflege in überfüllte Heime bringen? Das hat doch keinen Sinn. Nein, das können sie nicht tun.«

»O doch. Hast du denn immer noch nicht begriffen, daß sie alles können? Einfach alles? Und wenn sie übermorgen Krieg machen, brauchen sie Lazarettplätze. Die Heime sind dafür sehr gut geeignet. Verstehst du?«

»Nein«, sagte Leo. »Weshalb sollten sie denn jetzt noch Krieg machen? Sie haben ganz Österreich, und seit ein paar Tagen haben sie auch das Sudetenland besetzt. Was wollen sie denn noch?«

»Ganz Europa, dazu alles fruchtbare Land in Rußland und die Bodenschätze dort und von Rumänien das Öl und so weiter. – Du, da kommen Annchen und Kurt, die wollen mich bestimmt holen.«

»Ich kann das alles nicht glauben«, sagte Leo.

»Dann bleib noch ein bißchen auf dem Mond. Weißt du, weshalb ich so gern ins Kino gehe? Damit ich einmal zwei Stunden lang nicht daran denken muß, in welche Welt meine Enkel hineinwachsen und was vielleicht meinen Werner erwartet. Tschüs, alter Freund. Bei Zarah Leander kann man so schön im Dunkeln heulen.«

»Grüß Annchen und Kurt«, sagte Leo. »Ich muß das alles erst schlucken.« Er lief schon weg, müde und vornübergebeugt.

»Sprich mit Dana und Rike!« rief Herta ihm nach.

Bis lange nach Mitternacht saßen Rike und Leo in Danas Dunkelkammer und sahen ihr zu, wie sie Filme entwickelte, fixierte, trocknete, Abzüge und Vergrößerungen machte.

Was Leo von seinem Gespräch mit Herta erzählte, wollte auch Dana nicht glauben.

»Nein«, sagte sie. »Das glaube ich erst, wenn ich es erlebe.«

Rike sagte: »Dann ist es zu spät.«

Das sagte sie auch zu sich selbst hundertmal in den nächsten Wochen, aber wie sollte man ein Unheil abwehren, ehe es sich zeigte? Robbi jetzt sofort wieder aus dem Heim holen? Mit Leo, Dana, und den Kindern fortziehen in ein fernes, fernes friedliches Land? Gab es überhaupt noch Träume, aus denen Pläne werden konnten?

Wenigstens wollte sie es genießen, daß jetzt viel weniger Wäsche zu waschen, zu bügeln und zu flicken war, weniger Fußboden zu wischen und keine Fingerspuren aus Butter und Marmelade von den Fensterscheiben zu putzen.

Sie ging jetzt oft in die Stadt, fuhr auch nach Duisburg und Essen und bummelte durch die Geschäftsstraßen. Sie kaufte sich zwei enge und tief ausgeschnittene Kleider, ein paar hochhackige Schuhe und einen kirschroten Lippenstift. Sie ging auch zum Friseur und kam mit einem sehr kurz geschnittenen Lockenkopf nach Hause.

»Du gefällst mir!« sagte Leo. »Ich hatte schon Angst, du würdest dir jetzt nach der neuesten deutschen Landfrauenmode einen falschen Zopf um die Stirn winden.«

Rings um das Haus hatte er einen Staudengarten angelegt, der sollte sich im nächsten Jahr wie ein bunter

Kranz um die alten Mauern legen. An der Südseite sollte blühen, was aus dem Mittelmeergebiet und den Tropen stammte, an die Westseite wollte er alles pflanzen, was Wind, Regen und Salz vertrug, im Norden sollten Heide- und Moorgewächse stehen und im Osten, zur Morgensonne hin, alles, was aus dem Wald stammte.

Rike sah ihm eine Weile zu, wie er jede Pflanze sorglich und liebevoll in die Hand nahm, ehe er sie in die Erde setzte.

Sie dachte: Leo ist ein väterlicher Mann. Wie schlimm, daß man Robbi von ihm getrennt hat.

»Natürlich ist das hier eine müßige Spielerei. Ich habe diesen Garten zu den vier Himmeln aber schon lange geplant, und jetzt haben wir ja alle zuviel Zeit, nicht wahr? Verdammte Warterei. Weißt du, was ich gerade gedacht habe? Ich werde nie mit ihm über solch einen verspielten Gartenplan reden können, und über kein Buch, nicht einmal über das, was ihn bedroht – nicht einmal darüber kann ich mit ihm sprechen. Solange er hier war, habe ich das gar nicht gemerkt. Ich habe einfach mit ihm gesprochen, als könnte er alles verstehen.«

»Wissen wir denn, ob er das nicht kann? Er kann doch auch verstehen, was wir gar nicht sagen. Wenn wir traurig sind oder Sorgen haben, dann lächelt er uns an oder streichelt unser Gesicht, oder er legt seinen Kopf auf unsere Hand. Und wenn wir fröhlich sind, dann juchzt er für uns, und wenn wir müde sind, ist er ganz leise und wartet, bis wir wieder Lust haben, mit ihm zu reden und zu spielen.«

»Und jetzt können wir gar nichts für ihn tun«, sagte Leo. »Jetzt haben wir ihn allein gelassen.«

Dana kam von der Arbeit zurück. Sie legte eine Zeichenmappe auf die Türstufe und fragte: »Wollt ihr sehen, was ich mitgebracht habe?«

Sie hatte im Winter an der Berufsschule einen Kurs in technischem Zeichnen besucht. Nun zeichnete sie alles, was sie fotografieren wollte, und fotografierte, was sie gezeichnet hatte. Das hatte sie schon lange vor, und jetzt hatte sie Zeit dazu.

Seit dem mißglückten Besuch im Heim hatte sie mit keinem Wort mehr von Robbi gesprochen.

Aber sooft irgend etwas sie an ihn erinnerte – und die ganze Stadt erinnerte sie an ihn, jede Straße, jede Trinkbude, an der sie für ihn gestreifte Zuckerstangen oder grüne Limonade gekauft hatte, jede Bank, auf der sie mit ihm gesessen hatte –, immer kam ihr derselbe Gedanke: Wenn sie das Fotografieren und das Zeichnen und diese Wege durch die Stadt und sogar die Meisterprüfung wegen Robbi aufgeben müßte, könnte sie ihn nicht mehr so lieb haben wie jetzt.

Leo sagte: »Zeig her, mach deine Mappe auf, laß uns sehen, was du heute mitbringst«, und sie saßen zu dritt auf der Türstufe und blätterten die Mappe durch.

»Du wirst immer besser«, sagte Rike.

Später sagte sie zu Leo: »Hast du auf allen ihren Zeichnungen den kleinen Jungen gesehen, der in jedes Bild hineingehört, auch wenn er nur im Hintergrund steht?«

»Natürlich«, sagte Leo. »Es ist immer derselbe Robbi.«

»Niemals Nora, niemals Georg«, sagte Rike. »Als wären die beiden für sie schon erwachsen.«

»Beinahe sind sie es ja auch«, sagte Leo.

Georg war mit seiner Schulklasse ins Theater gegangen. ›Kalif Storch‹ hieß das Stück, die Geschichte von einem reichen Fürsten, der in einen Storch verwandelt wird. Nicht das Märchen, sondern das Spiel auf der Bühne begeisterte Georg. Er sagte zu Dana: »Was die da auf der Bühne tun, das tun sie doch wirklich. Das ist gespielt, und doch ist es nicht nur gespielt. Es ist ein wirkliches Spiel. Ach, verflixt, sag mir doch, was ich meine! Ich kann das nicht ausdrücken.«

»Du hast es schon gesagt«, sagte Dana. »Ich könnte es nicht besser.«

Noch zweimal kaufte Georg sich vom Taschengeld Theaterkarten, und als er keinen Pfennig mehr hatte, lieh er sich bei Rike und Leo Bücher mit Theaterstükken. Rike gab ihm Schillers Werke, und er las in einer Woche alles, was Schiller für die Bühne geschrieben hatte.

In der zweiten Woche las er, was Leo ihm gab: Stücke von Bert Brecht, von Shakespeare und von Nestroy. »Ich hab noch mehr«, sagte Leo.

Aber Georg war jetzt ein Pimpf mit Braunhemd, Schiffchen und Schulterriemen. Es schauderte Nora, wenn sie ihn so sah. Immer kam er ihr wie ein kleiner SA-Mann vor. Zugleich hatte sie Mitleid mit ihm, weil er so oft Dienst hatte und kaum noch Zeit zu spielen, und war ihm dabei dankbar, weil er das ja für die Familie tat, und ärgerte sich auch, weil es ihm sogar Spaß machte, zweimal in der Woche Dienst zu haben. Heimabend und Sport, Marschübungen, Geländespiele, Straßensammlungen, und er redete schon davon, daß er selbst eines Tages Jungvolk-Führer werden wollte.

Trotzdem blieb er bei der Theaterbegeisterung: Er schrieb jetzt selbst ein Stück über einen Mann, der unschuldig ins Gefängnis kommt. Nur Nora erzählte er davon.

»Wie kommt er wieder heraus, wenn er doch unschuldig ist?« fragte sie.

»Das wird mir schon noch einfallen«, sagte Georg.

»Du mußt mir aber Nachricht geben, wenn er wieder frei ist«, sagte Nora. »Ich mach mir sonst zuviel Sorgen um den armen Mann.«

»Wenn du mich auslachst, erzähle ich dir gar nichts mehr. Oder ich erzähle alles nur dem Werner.«

Denn Werner hatte Urlaub und wollte in dieser Zeit gern etwas Französisch lernen – von Nora, weil sie in der Schule Französisch lernte und eine gute Schülerin war. Er war im Arbeitsdienst mit vielen jungen Männern zusammen, die später studieren wollten, und plötzlich wollte auch er studieren, und er hatte doch kein Abitur. Das wollte er nachholen und sich schon darauf vorbereiten.

»Hilfst du ihm bitte?« hatte Herta gefragt. »Ich bin so froh, daß er allmählich zur Vernunft kommt. Vielleicht darf er in eine Adolf-Hitler-Schule. Weißt du, inzwischen ist es mir schon egal, ob sie Hegel-Gymnasium oder Adolf-Hitler-Schule heißt.« Später, sagte sie, wollte Werner Geologie studieren, und Herta war froh, weil Steine und Berge, Flüsse und Meere doch wenigstens nichts mit Politik zu tun hätten. Und Werner wollte auch wieder Geige üben. Nora könnte ihn begleiten, wenn sie wollte.

Nora konnte Herta die Bitte nicht abschlagen, wenn sie auch noch nicht wußte, ob nicht der Arbeitsdienstler Werner ihr so zuwider sein würde wie früher der HJ-Führer?

Nun saßen also Nora und Werner manchmal bei Herta, manchmal in Noras Zimmer über Büchern und Heften, manchmal musizierten sie auch miteinander, aber meist gingen sie auf dem Emscherdeich spazieren – sie könnten unterwegs besonders gut Vokabeln pauken, sagten sie –, und gingen Hand in Hand, oder sie fuhren mit den Rädern in den Mattlerbusch oder nach Walsum an den Rhein, in die schwarze Heide oder ins Rotbachtal, und sie fuhren auch auf den Waldwegen und den stillen Landstraßen Hand in Hand und redeten unterwegs kein einziges Mal über Politik, fast immer aber über die Zukunft und wie sie sich ihr Leben vorstellten, Nora oder Werner, Nora und Werner, Nora mit Werner und Werner mit Nora.

Am Tag, ehe Werner ins Lager zurück mußte, weit weg nach Thüringen, fuhren sie nach Dinslaken und Voerde und weiter bis Götterswickerham. Sie lagen am Rheindeich in der Sonne und wußten zum erstenmal nicht, was sie sich sagen sollten.

»Denkst du dann manchmal an mich?« fragte Werner.

»Immer!« sagte Nora und fragte: »Wirst du mich nicht vergessen?«

»Nie!« sagte Werner und fragte: »Bleibt es dabei, daß wir zusammen in Wien studieren?«

»Ja«, sagte Nora.

»Ich will dir immer nur Gutes tun«, sagte Werner.

»Ich will, daß du immer glücklich bist«, sagte Nora.

Am Tag darauf wurde Werner frühmorgens von einem Kameraden mit dem Motorrad abgeholt, und Nora fuhr mit der Familie nach Escheren zu Robbi.

In diesen Wochen hatte sie ihn fast ganz vergessen.

Sie fuhren diesmal früher ab, aber zwei Reifenpannen hielten sie auf, und als sie zum Heim kamen, hatte wieder die Mittagsruhe schon angefangen, und wieder saßen sie in Schwester Bernhardas Torstube, und das freundliche, stille Mädchen brachte ihnen Suppe, Kartoffeln und Gemüse, aufgewärmte Reste vom Mittagessen. Schwester Bernharda entschuldigte sich, weil sie den Gästen keinen Braten anbieten konnte. Das Heim mußte sparen. Alles wurde genau berechnet.

»Für die Hälfte unserer Kinder zahlen die Familien«, sagte die Schwester. »Alle anderen sind unsere Gäste. Wir wollen keine Zuschüsse von den Gemeinden oder vom Staat.«

»Das ist gut«, sagte Leo. »Dann werden auch keine Kinder aus Ihrem Haus in staatliche Heime verlegt.«

»Ich weiß nicht, was Sie meinen«, sagte Schwester Bernharda. Über ihr offenes, fröhliches Gesicht fiel Mißtrauen wie ein Vorhang, und Rike sah ihren sekundenschnellen Seitenblick zu Dana.

Sie fragte: »Dieser Doktor hat Ihnen wohl erzählt, daß Robbis Vater ein Parteibeamter ist?«

»O ja. Ein hoher Parteibeamter, hat er gesagt.«

»Wir haben nichts damit zu tun«, sagte Leo. »Das wollten wir Ihnen sagen.«

Dana senkte den Kopf und spielte mit dem Tischdeckensaum, rollte ihn ein und wieder aus und wieder ein und wieder aus. Die Schwester sah ihr zu.

»Auch Robbis Mutter hat nichts damit zu tun«, sagte Rike.

»So?« sagte Schwester Bernharda. »Von der Partei verstehe ich ja nichts. Aber die Mutter hat doch gewollt, daß der Junge hierherkommt? Das sagte der Doktor. Mich wundert das immer bei diesen Kindern, die doch meist so wenig Schwierigkeiten machen.« Dabei sah sie Dana an.

Dana rollte immer noch den Tischdeckensaum ein und aus, und die Stille wurde immer dichter und lähmte ihnen das erste Wort, das doch irgendeiner jetzt sagen mußte. Endlich fing Leo an, mit dem Fuß zu wippen, und nun kam alles in Bewegung: Georg kratzte sich im Nacken, Nora drehte sich zur Fensterbank um und zupfte ein welkes Blatt von der Zimmerlinde, und Rike sagte: »Das wissen wir. Seit er auf der Welt ist, haben wir alle nur Freude an ihm.«

Dana hob den Kopf und sah sie ärgerlich an. Sie stand auf und sagte laut: »Ja. Ich selbst habe Robbi ins Auto gesetzt. Ich wollte, daß er hierherkommt und mindestens ein halbes Jahr hierbleibt. Ich muß meine Ausbildung abschließen. Bis dahin brauche ich das Geld, das mein Mann mir schickt. Danach bin ich frei und kann selbst entscheiden, ob ich bei ihm bleibe oder ob ich von ihm weggehe. Ich gehöre noch zu meinem Mann, aber ich hasse diese Partei und seinen Beruf. Wußten Sie, ehrwürdige Schwester, daß er Vorträge über Rassenkunde und Erbgesundheit hält? Nein? Darum hat der Doktor ihn gebracht. Robbi hat keinen Vater.«

»Danke«, sagte Schwester Bernharda. »Nein, das alles wußte ich nicht. Es ist gut, daß Sie mir das gesagt haben. Ich werde mit der Schwester Oberin sprechen. Und Gottes Segen für Ihre Zukunft.« – Sie sah auf die Uhr. »Jetzt können Sie sich draußen auf eine Bank setzen, dann sehen Sie die Kinder aus dem Haus kommen. Und bitte, lassen Sie dem Jungen Zeit, sich an den ersten Besuch zu gewöhnen und Sie alle wiederzuerkennen.«

»Meinen Sie, der würde uns nicht mehr kennen?« fragte Nora.

»Das kommt vor.«

»Aber der Robbi hat uns doch nicht vergessen!« rief Georg.

Sie saßen auf einer Gartenbank gegenüber der Tür, aus der die Kinder kommen würden. Es gab hier einen Kranz von Bänken rings um den Kiesplatz vor dem Haus, auf einigen saßen jetzt Besucher mit Taschen, Körben und Thermoskannen.

»Ich hab was für Robbi«, sagte Georg und rollte seinen Pullover hoch. Die Krempe steckte in seinem Hosenbund.

»Die willst du ihm schenken?« fragte Dana. »Ob das den Schwestern recht ist?«

»Er wollte sie schon immer haben.«

»Und du willst sie jetzt wirklich hergeben?« fragte Leo.

»Klar«, sagte Georg. »Er freut sich bestimmt.«

Dana und Leo hatten ein kleines Fotoalbum mit Bildern vom Haus und dem Handwagen und dem Garten und den Kaninchen geklebt, Rike brachte Robbi einen roten Ball mit, und Nora hatte ihm unterwegs an einer Trinkbude eine Wundertüte gekauft. »Ich hab zu spät an ihn gedacht«, sagte sie.

»Klar«, sagte Georg wieder und rief: »Sie kommen!«

Die große Tür stand jetzt offen, und eine Schwester führte zwei Kinder an der Hand nach draußen. Hinter ihr kamen noch zwanzig oder dreißig andere Kinder, immer zwei hielten sich an den Händen. Sie gingen langsam und drehten die Köpfe nach allen Seiten, und wer seine Familie entdeckt hatte, rief: »Schwester Brigitta! Darf ich?«, und sie nickte, und die Kinder liefen zu ihren Verwandten.

Am Ende des Kinderzuges kamen drei Helferinnen, zwei von ihnen schoben kleine Rollstühle, die dritte ging neben einem Jungen her, der sein Rollstühlchen selbst vor sich herschob. Er hielt sich daran fest und machte kleine, ängstliche Schritte.

»Ich seh ihn nicht! Seht ihr ihn?« fragte Georg.

Nur Schwester Brigitta stand noch auf dem Kiesplatz. Sie sah sich um: Waren alle Kinder bei ihren Familien? Sie winkte ihnen zu und drehte sich dabei so schnell um sich selbst, daß ihr Habit und die Schürze flatterten. Sie ging dem Jungen mit dem Rollstühlchen entgegen, sie sagte etwas zu ihm und deutete auf die Bank, auf der sie saßen: Dana, Rike, Leo, Nora und Georg.

»Robbi«, flüsterte Rike, »Robbi!«

»Robbi?« fragte Nora und faßte nach Georgs Hand. Dana stand auf und ging auf ihn zu.

»Robbilein«, sagte sie leise.

Er hob den Kopf, zog die Stirn kraus und fragte: »Ma-ma-ma?« Und noch einmal: »Ma-ma-ma?« Dann ließ er das Stühlchen los und hob die Arme wie früher, wenn er getragen werden wollte. Dana nahm ihn auf den Arm, den großen Jungen, wie ein kleines Kind.

»Das ist aber schön, daß er seine Mama noch kennt«, sagte die Helferin.

»Sonst spricht er ja nicht viel, und mit dem Laufen war es ganz schlimm. Aber mit dem Stühlchen geht es jetzt schon besser.«

Dana sagte: »Zu Hause konnte er richtig –« Sie schwieg. Wie Robbi zu Hause durch den Garten gerannt war, das würde ihr hier niemand glauben.

In zwei Stunden möge sie Robbi wieder an diese Tür bringen. Dana nickte und trug Robbi zu den anderen.

Da saßen sie alle vor ihm auf der Bank, und er schaute jeden mit ernsten, prüfenden Augen an und erkannte nur Rike.

»Hike«, sagte er.

»Und Leo und Nora und Georg«, sagte Dana. »Sagst du ihnen guten Tag?«

Robbi sagte nichts, er lächelte nicht, sein Blick blieb leer und müde. Hatte er sie wirklich nicht erkannt?

Leo stand auf und ging fort. Nora sah, wie er sich die Augen wischte, und lief ihm nach. »Mich hat er auch nicht erkannt«, sagte sie und nahm Leos Hand.

»Deshalb bin ich nicht traurig«, sagte er. »Aber daß er

wieder wie ein kleines Kind ist, Nora! Ist das nicht schrecklich? Sogar das Laufen hat er verlernt. Aber ich versteh ihn. Hier will er nicht leben. Das kann er nicht sagen, er muß es zeigen: Er redet nicht mit diesen fremden Leuten, er tut keinen Schritt in diese fremde Welt. Er ist wieder wie ein kleines Kind.«

»Hat er denn alles wieder vergessen? Verlernt?« fragte Nora.

»Ich glaub's nicht«, sagte Leo. »Nein, bestimmt nicht. Es muß so sein, als ob er schliefe, und er weigert sich, wach zu werden.«

»Wir nehmen ihn heute abend mit nach Hause«, sagte Nora.

Leo schüttelte den Kopf. Das Heim würde das nicht erlauben ohne Genehmigung des Vaters, so war das. Und Dana würde es vielleicht gar nicht wollen.

Sie gingen zurück zur Bank. Robbi saß auf Danas Schoß, lehnte den Kopf an ihre Schulter und spielte mit ihrer Halskette. So spielte ein zweijähriges Kind.

Georg sagte: »Robbi? Ich hab dir was mitgebracht.« Er hielt ihm die Krempe hin. Robbi griff nicht danach.

Georg schob ihm die Krempe auf die Stirn. »Deine Krempe«, sagte er.

»Robbis Krempe. Gut, was? Mau-mau-mau-mau, olé!«

War da die Spur von einem Lächeln? Robbi griff nach der Krempe und zog sie sich vom Kopf. »Nein«, sagte er und ließ sie auf den Kies fallen.

Rike zeigte ihm den Ball. Sie rollte ihn vor der Bank hin und her, sie nahm Robbis Hand und legte den Ball hinein. »Balla«, sagte er.

»Mann!« rief Georg. »Bist du vielleicht ein Säugling? Ball heißt das, ganz einfach Ball!«

»Balla«, sagte Robbi wieder. »Balla-Balla.«

Leo zog das kleine Fotoalbum aus der Tasche und gab es Robbi. »Buch!« sagte er, aber er blätterte es nicht auf. Er gab es Leo zurück. Seite für Seite schlug Leo auf. Robbi beugte sich ein wenig vor, fuhr mit dem Finger über die Bilder, sagte kein Wort und schaute schon weg, ehe Leo die letzte Seite aufgeschlagen hatte.

Nora gab ihm die Wundertüte, Dana riß das Papier auf. Ein kleiner, blecherner Frosch war darin. Er hatte eine Feder unterm Bauch, wenn man sie eindrückte und wieder losließ, sprang sie mit einem Knacken zurück.

»Ha!« sagte Robbi und griff nach dem Frosch und gab ihn Dana. »Mach!« sagte er und lehnte wieder den Kopf an Danas Schulter, und Dana ließ für ihn den Frosch knacken. Sobald sie aufhörte, sagte er wieder: »Mach!«, und Dana ließ den blechernen Frosch knakken und knacken, bis Leo sagte: »Das ist nicht mehr auszuhalten.«

»Danke, Leo«, sagte Rike. »Noch zwei Minuten, und ich hätte angefangen zu schreien.«

Dana wollte jetzt mit Robbi spazierengehen, sie allein. Sie setzte ihn ins Rollstühlchen und schob ihn in den Garten.

»Das ist gut«, sagte Rike. »Mit Dana allein wacht er vielleicht auf.«

Nora sagte: »Leo hat das auch gesagt: Es ist, als ob er schliefe.«

Rike sah Leo an. Natürlich hatte er dasselbe gedacht wie sie.

Georg sagte: »Da sind auch Bonbons in der Wundertüte. Genau vier, für jeden von uns eins.«

»Gib her!« rief Leo. »Die haben wir verdient.«

Sie lutschten die Bonbons und erzählten sich, was alles sie schon in Wundertüten gefunden hatten: winzig kleine Püppchen, Radiergummis, kleine Katzen aus Lakritz, Fingerringe mit hellblauen oder roten Steinen, sehr oft solche Knackfrösche und manchmal sogar kleine Blechautos, aber bei denen konnten sich die Räder nicht drehen.

Von Robbi sprachen sie erst, als sie Dana von ferne kommen sahen.

»Holen wir ihn hier raus?« fragte Georg.

»Bestimmt«, sagte Rike.

»Ehe er wieder zum Säugling wird«, sagte Leo.

»Und wie?« fragte Nora. »Ohne Erlaubnis von Pa und Ma?«

Keiner wußte eine Antwort.

Dana schob das Rollstühlchen sofort zur Tür. Sie sahen, daß Robbi schlief. Schwester Brigitta kam und redete lange mit Dana, schob dann das Stühlchen in den Flur und schloß die Tür.

Dana kam zur Bank.

»Also, dann können wir fahren«, sagte sie. »Er bleibt hier, jedenfalls noch einige Zeit.« Und als sie vor dem Mauertor mit dem goldschimmernden Klopfer auf die Räder stiegen: »Paul hat mit der Oberin telefoniert. Wir dürfen Robbi nur noch mit Pauls Erlaubnis besuchen. Aber wir lassen uns keine Vorschriften machen.«

Oben im Spielzimmer stand Robbi am Fenster, und sie sahen ihn nicht. Im großen leeren Spielzimmer stand er allein am Fenster, und er sah, wie sie auf die Räder stiegen.

Dana fuhr voraus, hinter ihr Georg, dann Rike, zuletzt Nora. Leo saß auf dem Rad und stützte sich mit dem Fuß auf die Bordsteinkante und sah zurück zum Heim und sah Robbi nicht, aber Robbi sah Leo, wie er Nora zunickte und sich vom Bordstein abstieß.

»Leo, Leo, Leo!« rief Robbi und rief »No-ra! Ge-ock,

Ma-ma-ma! Hi-ke! Hi-ke!« Aber da fuhren auch Nora und Leo fort und hörten ihn nicht. Grau und leer lag die Straße, als wäre dort keiner gewesen, keiner aufs Rad gestiegen, keiner abgefahren.

Robbi machte die Augen zu, da sah er sie alle wieder vor sich, wie sie auf die Räder gestiegen waren, wie sie wegfuhren, wie auf einem Bild sah er sie alle, und wie zuletzt Leo aus dem Bild fuhr. Als er die Augen aufmachte, waren da nur noch die Gitterstäbe und die leere graue Straße. Wieder machte Robbi die Augen zu, und wieder sah er sie alle und rief ihre Namen, rief nun lauter, schrie: »Ma-ma-ma! Hi-ke! Le-o! Ge-ock! Nora! Omm, omm!« Und rief mit großer Mühe: »K-omm! Alle komm, bitte!« und er weinte laut.

Dann war Schwester Brigitta bei ihm, und sie zog ihn so nah zu sich heran, daß ihr Rock und ihre Schürze sich mit tiefen dunklen Falten um ihn legten, und die Schwester wischte ihm mit der Schürze die Augen und die Nase, immer wieder, und Robbi rief noch einmal und noch einmal: »Alle komm, bitte, alle komm, bitte«, immer leiser.

Dana fuhr den andern voraus bis zum Waldrand, bis zu dem Platz, an dem man von oben in den Heimgarten und auf den Kiesplatz sehen konnte.

»Auf Pauls Erlaubnis werde ich nicht warten«, sagte Dana. »Ich besuche Robbi alle vierzehn Tage, und es wäre gut, wenn ihr immer mitkämt, damit er sich wieder an uns alle gewöhnt. Das wird er, meint die Schwester. Wir sollten von diesem ersten Besuch nicht enttäuscht sein. Ich mache so bald wie möglich meine Prüfung, ob sie gut oder schlecht ausgeht. Danach fahre ich nach Berlin. Ich will endlich wissen, was hinter all dem steckt.«

Schwester Brigitta setzte sich auf ein niedriges Kinderstühlchen und nahm Robbi auf den Schoß und wiegte ihn und sagte: »Sie kommen wieder, sie kommen bald wieder, das hat die Mama gesagt, alle kommen zu ihrem Robbi, alle kommen wieder, hörst du? Alle kommen bald, bald, bald«, und ließ ihn noch ein Weilchen weinen und wischte noch einmal und noch einmal sein Gesicht trocken, dann zog sie einen kleinen Kamm aus der Rocktasche, kämmte Robbis zerwühlte Haare und sagte: »So. Und jetzt muß ich die anderen Kinder hereinholen. Die Annemarie deckt schon den Tisch, dann wollen wir essen und schlafen.« Sie band die Schürze ab. »Schau dir das an! Soviel hast du geweint! Ganz naß ist die Schürze. Sollen wir eine frische holen?«

Robbi nickte und ging mit ihr zum Schürzenschrank. Da lagen Stapel von Schürzen, kleine, größere und große, und Schwester Brigitta tat so, als wüßte sie nicht, welche sie nehmen sollte. Das war ein Spiel, das sie fast jeden Tag einmal spielte: Sie nahm erst eine von den Kinderschürzen und wunderte sich, weil die zu klein war, und nahm dann eine von den allerkleinsten und wunderte sich wieder, weil die nun erst recht nicht vor ihren Bauch paßte, und noch einmal griff sie nach einer falschen, bis sie endlich die richtige Schürze fand. Jedesmal lachten die Kinder über das Clownsspiel, und es war ihnen immer von neuem spannend, weil man ja nicht wußte, wie oft sie noch versuchen würde, sich eine Kinderschürze umzubinden.

Robbi hatte schon viele Male dabei zugesehen, stumm und ernst. Heute lachte er zum erstenmal über das Schürzenspiel, nicht laut, ihm saß das Schluchzen noch im Hals, aber Schwester Brigitta hörte zum erstenmal Robbis tiefes, glucksendes Lachen.

Später, als alle Kinder in den Betten lagen, und auf

den Fensterbänken brannten schon die kleinen schwimmenden Nachtlichter, obwohl es draußen noch hell war, und die Helferin Annemarie saß im Zimmerchen vor dem Schlafsaal, traf Schwester Brigitta die Schwester Bernharda im langen Flur. Sie waren beide auf dem Weg zum Abendgebet, und Brigitta erzählte, daß der Robert aus Hamborn heute den Trübsinn und die Starre abgeschüttelt hatte, daß er wohl doch recht gut sprechen konnte, und vielleicht würde er dann auch bald besser laufen. Daß er gesehen hatte, wie die Familie abfuhr, das hatte einen großen Schmerz und ein gewaltiges Tauwetter in ihm geweckt. Der Vater mußte ja ein schlimmer Kerl sein, der wollte der Mutter vorschreiben, wann sie den Jungen besuchen dürfte. Kannte Bernharda ihn?

Nein, den Vater kannte Bernharda nicht, nur die Mutter und Robbis Geschwister und die Tante und den Onkel. Eine nette Familie, vielleicht ein bißchen unordentlich, jedesmal kamen sie zu unrechten Zeiten, aber sie fuhren ja den weiten Weg mit den Rädern. Immer hatten doch die falschen Leute die schönsten Autos, wie dieser Doktor van Stinne, der das Kind damals gebracht hatte!

»Ich glaub, du bist neidisch«, sagte Schwester Brigitta. »Dabei hast du doch letzte Woche dreimal mit dem Hanomag um die äußeren Gartenmauern fahren dürfen. Nur gut, daß da die Kinder und die Hühner schon schlafen gegangen waren.«

»Ja, woher weißt du das denn?« rief Schwester Bernharda und lachte.

»Pst«, machte Schwester Brigitta, denn sie waren schon nah bei der Kapelle, und eigentlich sollten sie auf dem Weg zum Abendgebet nicht soviel sprechen.

Robbi schlief nicht. Er lag zusammengerollt unter

der Decke und flüsterte alle wiedergefundenen Namen: »Ma-ma-ma, Hi-ke, Leo, Ge-ok, No-ra«, nein, er würde sie nicht wieder verlieren, er sagte noch einmal alle Namen, und die Menschen, denen sie gehörten, waren nah bei ihm, als könnte er sie mit ihren Namen zu sich holen. Einmal sagte er auch: »Pa-pa-pa?« und dann: »Geh weg.« Und flüsterte wieder die anderen Namen, bei denen keine Angst war, und zum Schluß sagte er »Amen, amen, amen« für Schwester Brigitta und die anderen Schwestern und schlief ein.

Auf dem Rückweg nach Hamborn fuhr Dana immer schneller vor den anderen her, und mit immer größerem Abstand blieben sie zurück.

»Sie will allein sein«, sagte Rike.

Auch beim schönen Garten-Gasthaus hatte Dana nicht gewartet, also fuhren sie alle weiter, müde, nachdenklich und schweigsam.

Zweimal wurden sie unterwegs angehalten: Straßenkontrollen für alle, die vom Land in die Stadt wollten. Hatten sie schwarz geschlachtetes Fleisch eingekauft? Waren Butter oder Schmalz in den Rucksäcken und Satteltaschen versteckt? Bitte die Taschen öffnen!

Die Polizisten waren höflich und freundlich. Weshalb waren sie dann alle, auch die Kinder, so eifrig, so beflissen zu zeigen, daß sie nichts eingekauft, nichts versteckt hatten und daß sie ganz gewiß keinen Schleichhandel trieben mit Lebensmitteln, die bewirtschaftet waren?

Georg sagte: »Das darf auch nicht sein, weil wir sonst vom Ausland abhängig werden.«

»Aha«, sagte ein Polizist. »Gut, daß du mir das sagst.«

Rike fragte ihn: »Sehen wir so aus, als hätten wir so viel Geld, daß wir uns Fleisch und Fett auf dem schwarzen Markt kaufen könnten? Wir sind doch froh, wenn wir bezahlen können, was wir für unseren Haushaltsausweis bekommen.«

»Das glaub ich gern«, sagte der Mann. »Überhaupt wär's am besten, wir bekämen wieder richtige Lebensmittelkarten wie im Krieg. Meinen Sie, das macht mir Spaß, die Leute zu kontrollieren, nur damit keiner ein halbes Pfund Butter oder drei Eier zuviel kriegt? Nur wegen dem Vierjahresplan?«

Nach der zweiten Kontrolle, das war an der Ruhrorter Brücke, sagte Nora: »Weshalb hab ich nur immer Angst vor den Polizisten? Ich brauch doch kein schlechtes Gewissen zu haben.«

Leo sagte: »Mir geht es auch so. Und dabei sehen die Männer genauso aus wie irgendwelche guten Nachbarn.«

»Nur die Helme müßten sie absetzen«, sagte Rike. »Die sind scheußlich.«

»Die Uniformen!« rief Nora. »Die Uniformen sind es!«

»Geh doch endlich in den BDM«, sagte Georg, »dann kriegst du selbst eine Uniform, und dann fühlt man sich ganz anders. Dann gehört man zu einer großen Gemeinschaft. Vielleicht werde ich einmal Jungenschaftsführer, dann freut sich Pa.« Mit wildem Klingeln fuhr er voraus.

»Ich freu mich dann aber nicht«, sagte Rike.

»Ich auch nicht!« rief Nora.

»Aber bitte, zeigt ihm das nicht«, sagte Leo, und als sie an einer Bahnschranke warten mußten: »Wir haben das alles doch angefangen, wir Wandervögel: Du bist nichts, die Gemeinschaft ist alles, und daß man Fahnen braucht, die man neben die Zelte oder das Lagerfeuer pflanzen kann, und wie gläubig sind wir unseren Führern gefolgt! Und die weißen oder schwarzen Baskenmützen und die Reformkleider, waren das keine Uniformen?«

Als sie ans Hamborner Haus kamen, duftete es nach Gebackenem aus Danas Küche. Sie stand am offenen Fenster und rief: »Siebzehn Pfannkuchen-Längen war ich euch voraus!«

Wie vergnügt sie war!

»Verstehst du das, Jockel?« fragte Nora. »Daß sie so lustig ist?«

»Die Ma? Die tut nur so«, sagte Georg.

»Woher willst du das wissen?«

»Ich kann das immer merken.«

Dana schlug mit dem Fleischklopfer auf einen Kochtopf: »Achtzehn sind fertig, für jeden drei! Essen kommen!«

»Hast du das gehört?« fragte Nora. »Sie hat Robbi mitgezählt. Wir sind doch nur fünf.«

»Siehst du?« sagte Georg. »Ich hab's richtig gemerkt.«

Beim Essen redeten sie heute nicht viel. Die Pfannkuchen waren zu gut, und sie alle waren zu müde, zu sehr bei anderen Gedanken. Schließlich sagte Leo: »Jetzt hab ich schon einen von Robbis Pfannkuchen gegessen. Zwei sind noch da. Wer mag die?«

Georg aß sie beide. Nach dem letzten Bissen flüsterte er Nora zu: »Der Leo, der hat's auch richtig gemerkt.«

Dana sagte: »Morgen gehe ich zum Innungsmeister und melde mich zur Prüfung an.«

»Und wann holen wir Robbi?« fragte Nora.

»Spätestens Weihnachten ist er wieder bei uns«, sagte Dana.

Die Erwachsenen sprachen dann über die Papiere, die Dana für die Prüfung brauchte. Gesundheitszeugnis, Lebenslauf, polizeiliches Führungszeugnis. Was noch?

Leise sagte Georg zu Nora: »So lange soll Robbi noch dort bleiben? Ganz allein?«

»Ich versteh das nicht«, sagte Nora.

»Nachher wird er noch richtig schwach im Kopf.«

»Am nächsten Samstag?« fragte Nora.

»Wir beide?«

»Nur wir beide.«

Am anderen Tischende sagte Rike zu Dana: »Du brauchst auch noch eine Geburtsurkunde und vielleicht sogar den Impfschein.«

Dana rief: »Und einen Ahnenpaß!« Das hätte sie beinahe vergessen. Konnte Leo wohl für sie nach Österreich fahren, den Vater besuchen und die Urkunden besorgen? Den Paß müßte dann ein Notar beglaubigen.

Georg flüsterte: »Aber am Samstag ist WHW-Sammlung. Und abends Nachtmarsch ohne Gepäck, Orientierung nach den Sternen. Dann Sonntag?« Nora nickte. Sie sahen sich an und gaben sich unter dem Tisch die Hand.

»Nach Österreich?« fragte Leo. Das gab es doch nicht mehr. Aber er müßte auch nach Ungarn, und dafür würde er eine Aus- und Einreiseerlaubnis brauchen. Das könnte viel Zeit kosten. Er stand auf und stellte die Teller zusammen.

Nora hatte zugehört, sie fragte: »Was ist das überhaupt, ein Ahnenpaß?«

»Das kommt davon«, sagte Georg, »daß du nicht im BDM bist. Wir haben das alles schon im Heimabend gelernt. Im Ahnenpaß stehen alle Namen von deinen Vorfahren, und wenn das Juden sind, dann darfst du nicht mehr auf deiner Schule bleiben und nicht studieren und kein Geschäft aufmachen und keine Wohnung mieten und kein PG werden, auch kein Pimpf, überhaupt gar nichts. Juden sind unerwünscht.«

»Hör auf mit dem Quatsch«, sagte Nora und fragte Rike: »Hast du schon mal Juden gesehen? Ich nicht.«

»Ich auch nicht«, sagte Georg. »Aber ich würde die sofort erkennen: riesige Hakennase, dicke Lippen, krumme Beine, Plattfüße, Hut auf dem Kopf. Die Frauen sind immer fürchterlich dick. Die Männer aber auch.«

»Und woher weißt du das?« fragte Nora.

»An der Marktecke ist doch ein Kasten mit einer Zeitung. Da kann man alles von den Juden lesen, mit Bildern von denen.«

»Ist das die Zeitung, die ›Der Stürmer‹ heißt?« fragte Dana.

»Soll ich die nicht ansehen? Manche Eltern verbieten es ihren Kindern. Aber du hast nie was davon gesagt, und es ist ja auch eine SS-Zeitung. Bestimmt liest der Pa den Stürmer.«

»Aber wir nicht«, sagte Dana.

Nora fragte wieder: »Kennt ihr Juden? Gibt es Juden in Hamborn?«

»Natürlich«, sagte Leo. »Du siehst doch auch die Schilder und die Schaufenster-Schmierereien an jüdischen Geschäften. Geh hinein und sieh dir die Menschen dort an.«

»Aber die sehen doch gar nicht anders aus.«

»Sie sind auch nicht anders«, sagte Rike. »Fragst du sonst danach, ob einer Pole ist oder Italiener? Oder katholisch oder evangelisch?« Sie war so erregt, daß ihre Stimme immer höher wurde. War denn irgendeiner in Hamborn ein Ausländer, fragte sie, ein Fremder, ein anderer als alle, wenn fast jeder aus einem anderen Land oder einer anderen Gegend kam? Wenn bei so vielen die Großeltern oder Eltern noch eine andere Sprache gesprochen hatten? Für die Hamborner waren alle Menschen wie alle Menschen: mal dumm, mal gescheit, mal freundlich und mal griesgrämig, mal ehrlich, mal verlogen, mal jung und mal alt, und so weiter. Sie rief: »Unsere Stadt ist wie die weite Welt! Jeder ist hier zu Hause, wenn er will.«

»Auch die dreckigen Juden?« fragte Georg.

Rike beugte sich weit über den Tisch zu ihm hin und sagte: »Ja! Und ja und ja!«

Leo schlug mit der Faust auf den Tisch. »Schade, daß ich nicht dein Vater bin«, sagte er. »Ich wollte immer gern einen Sohn haben wie dich – aber heute? Heute wüßte ich nicht, was ich täte.«

»Was denn?« fragte Georg.

»Laß den Jungen doch in Ruhe«, sagte Dana.

Leo sah auf seine Hände, die wie von selbst sich zu Fäusten schlossen und sich wieder öffneten und sich schlossen und sich öffneten. Er legte sie auf seine Knie und sagte leise: »Vielleicht würde ich weinen.«

»Weil ich was gegen die Juden habe?«

»Weil du sie verachtest, und du kennst keinen einzigen jüdischen Menschen.«

»Die Juden sind unser Unglück. Das haben wir im Heimabend gelernt. Sie sind Kriegshetzer. Sie haben keine Liebe zu Deutschland. Sie sind schuld, daß die Preise steigen. Sie nehmen Wucherzinsen. Das hat uns der Jungenschaftsführer aus einem Schulungsheft vorgelesen.«

»Hör auf damit«, sagte Dana.

»Die jüdische Rasse ist eine minderwertige Rasse«, sagte Georg. »Wir sind Arier. Ich bin stolz darauf, daß ich ein deutscher Junge bin.«

Leo stand auf und stellte die Teller zusammen.

»Vielleicht hat Vater einen Ahnenpaß? Den brauchten wir dann nur abzuschreiben«, sagte Dana.

Leo schüttelte den Kopf. »In Österreich gab es das bis jetzt nicht. Eine Hitler-Erfindung«, und stapelte die Teller neben dem Spülbecken zu einem ordentlichen Stoß. Er legte Messer und Gabeln daneben, ein Stück gerade neben das andere.

»Warum tust du das?« fragte Nora.

»Ich? Was? Ach, nur so.« Leo goß warmes Wasser ins Spülbecken.

»Ich helf dir nachher«, sagte Dana. »Aber sag doch erst, ob du fährst?« Ohne den Ahnenpaß würde sie womöglich nicht zur Prüfung zugelassen. Rike war seit vierzehn Jahren im Schuldienst, da hatte man noch keinen Ahnenpaß von ihr verlangt. Warum sagte Leo nicht endlich etwas dazu?

Er seufzte und sagte: »Bitte, hol Mutter Annas Gebetbuch.«

Was hatte das mit dem Ahnenpaß zu tun?

»Bitte, hol es.«

Dana schüttelte den Kopf und brachte das Buch – so oft aufgeschlagen, so oft in die Kirche getragen, so gespickt mit Bildern und Gedächtniszettelchen, daß von den goldgeprägten Kreuzen und Rankenmustern auf den Buchdeckeln fast alles Gold abgeblättert und das Leder stumpf und faserig geworden war.

»So eins hat meine westfälische Oma«, sagte Rike. »Ich durfte mir früher immer die Bildchen ansehen, aber nur mit frisch gewaschenen Händen.«

Leo wusch das Geschirr ab und ließ sich dabei viel Zeit.

Dana fragte: »Leo! Weshalb hab ich jetzt das Gebetbuch geholt?«

»Ich bin bald fertig«, sagte Leo.

Rike sah, wie gebeugt er am Wasserstein stand, nicht nur, weil er so groß war. Endlich trocknete er sich die Hände ab. Er setzte sich an den Tisch und nahm ein Bündelchen von Totenzetteln aus dem Gebetbuch. Einen legte er auf den Tisch:

Zum frommen Angedenken
an die hingeschiedene
Maria Sibylla Anna Hörgy
geb. Bindler
Ehefrau von Laszlo Hörgy

»Anna, unsere Mutter«, sagte Leo. »Hoffentlich kommt noch lange kein Zettelchen für den Vater dazu.«

Er legte vier Zettel in die zweite Reihe darunter. Sie baten um Gedenken und Gebet

für Ferenczy Hörgy,
für Stepan Bindler,

für Zofia Hörgy, geb. Lublin,
für Sibylla Bindler,
geb. Brunner.

»Das waren unsere Großeltern«, sagte Leo. »Ich hab sie noch gekannt. Großvater Ferenczy, der Dorflehrer, und Zofia und ihre vier Söhne sind alle Sonntage über Land gefahren, zweispännig im kleinen Kutschwagen, den hatte Zofia von ihren Eltern zur Hochzeit bekommen, und die Pferde natürlich auch. Sie fuhren zu den Kirtagen und Hochzeiten und spielten zum Tanz. Zofia hat dafür gesorgt, daß die fünf Männer genug zu essen und nicht zuviel zu trinken bekamen. Unser Vater hat die Baßgeige gespielt, die hat er dann als einziges Hochzeitsgut mitgebracht auf den Hof im Hochtal.«

Leo legte sieben Zettelchen dazu. Sie baten um christliches Gedenken

für Pal Hörgy,	für Katka Hörgy, geb. Festö
für Nicolas Lublin,	
für Anton Bindler	für Susanne Bindler, geb. Stinn,
für Josef Brunner	für Elisabeth Brunner, geb. Horn.

»Ein Zettel fehlt«, sagte Nora, »der für die Frau vom Nicolas Lublin. Wie heißt die?«

Leo sah Dana an. »Hast du sie vergessen?« fragte er.

»Nein«, sagte Dana. »Aber muß das sein?«

Leo nickte und sah zu Georg hinüber.

»Sie hieß Deborah«, sagte Dana. »Deborah Lublin, geborene Herzel, Tochter von Abraham und Susanna Herzel. Sie war Jüdin.«

Georg starrte sie an. »Ist das wahr?« fragte er.

»Ja«, sagte Leo. »Und eine großartige Frau war sie. Ihrem Nicolas zuliebe ist sie Christin geworden und hat sich eine Stunde vor der Trauung taufen lassen. Sie hat auch ihre Kinder christlich erzogen, die schöne, wilde Deborah. Zofia, unsere Großmutter, die Frau von Ferenczy Hörgy, war das dritte von ihren acht Kindern. Als Nicolas vor ihr gestorben war, ist Deborah wieder zu ihrem jüdischen Glauben zurückgekehrt. Das hat einen großen Wirbel im Dorf gegeben, weil sie schon fünf Patenkinder hatte, und die Eltern wollten neue Paten suchen. Aber die Patenkinder selbst haben protestiert, sie wollten Deborahs Patchen bleiben. Das hat sie so herzlich gefreut, daß sie jedem ein Pferd zur Hochzeit geschenkt hat. Ihr Vater Abraham Herzel hat zwar eigentlich mit Leinen gehandelt, aber er hatte eine große Liebe zu Pferden. Man sagt, Deborah hätte das Wiehern wie eine Sprache verstanden, und noch im Alter wäre sie geritten wie ein amerikanischer Cowboy, und das Reiten hätte ihr weniger Mühe gemacht als das Gehen.«

»Du hast uns einmal von ihr erzählt, als wir mit den Rädern im Hünxer Wald waren«, sagte Rike. »Das war vielleicht vor fünfzehn Jahren.«

»Muß das im Ahnenpaß stehen, daß die Ma eine jüdische Urgroßmutter hat?« fragte Nora.

»Nein, nein. Denen kommt es nur auf die Großeltern an«, sagte Leo. »Zofia war die Tochter von Nicolas Lublin und Deborah Lublin, geborene Herzel. Das genügt für den Ahnenpaß.« Im Lauf der Woche wollte er zu Laszlo fahren und die Urkunden besorgen.

»Und ich schreibe auch Abraham und Susanna Herzel in den Ahnenpaß«, sagte Dana. »Wenn denen meine Urgroßmutter nicht gefällt, mache ich keine Meisterprüfung. Meine Bilder werden davon nicht besser oder schlechter. – Aber wenn wir damals im Hüxner Wald von Deborah gesprochen haben, dann weiß Paul, daß meine Urgroßmutter Jüdin war?«

»Natürlich. Das wußte er lange, ehe ihr geheiratet habt«, sagte Leo. Dana stützte ihren Kopf in beide Hände und fragte mehr sich selbst als die anderen: »Hatte er das vergessen, oder wollte er's nicht wissen? Dann hätte er mich also wirklich geliebt?«

»Ja«, sagte Rike. »Das wissen wir alle.«

Nach einer langen Stille sagte Nora: »Die hätte ich gern gekannt, diese Deborah. Und wenn sie wirklich Pferdewiehern wie eine Sprache verstanden hat, warum hast du das nicht von ihr gelernt, Leo?«

»Ich war fünf Jahre alt, als sie starb. Stephan und Märtel könnten euch mehr von ihr erzählen. Und ich glaube, Zofia hatte etwas von dieser Gabe geerbt. Jedes Tier hat sich unter ihre Hand geschmiegt.«

Georg schrie Nora an: »Hast du eigentlich kapiert, daß die eine Jüdische war, die Deborah? Hast du das kapiert? Daß wir jüdisch versippt sind? Und der Großvater im Hochtal, weißt du, was der ist? Ein Vierteljude, ein Mischling!« Er rannte hinaus. Sie hörten ihn die Treppe hinaufpoltern. Leo wollte ihm nachlaufen, aber vor der Tür drehte er sich auf dem Absatz um und lief durch die andere Tür und durch Danas Dunkelkammer und seine Werkstatt in die Dielenküche. Rike hörte, wie die Türen knarrten und hinter ihm ins Schloß fielen.

»Komm, Nora«, sagte Dana. »Wir bringen Georg zur Vernunft.«

»Und ich will deinen Bruder trösten, wenn's geht«, sagte Rike. »Was für ein schlimmer Sonntag war das heute!«

Auf den letzten Stufen zur Dachwohnung saß Leo, als hätte er Rike erwartet. Sie setzte sich neben ihn.

»Woran liegt das nur?« fragte Leo. »Warum rege ich mich so auf? Was Georg da gesagt hat, das haben sie ihm eingetrichtert, das sind doch nicht seine Gedanken. Ich war ungerecht.«

»Wir sind unglücklich, weil wir in dieser Nein-Welt leben müssen: nein zu allem, was nicht urdeutsch ist, nein zu allem, was nicht ›normal‹ und kerngesund und ordentlich ist, nein zur Kunst, zur Religion, zu jedem Menschen, der eine eigene Meinung hat und nicht ihre, nein zu Phantasie und Spiel und Leichtigkeit – nein, nein und nein zu allem, was sie nicht verstehen.«

»Sie verderben unsere Kinder«, sagte Leo. »Sie geben ihnen die widerlichen Stürmerbilder, sie geben ihnen Uniformen und Kriegslieder und lehren sie das Marschieren in der Kolonne, und das Hassen sollen sie lernen. Was können wir tun?«

»Nichts«, sagte Rike.

Aber mitten in der Nacht wurde sie wach. Sie sagte laut: »Robbi muß wieder zu uns kommen.«

»Was ist?« fragte Leo und setzte sich auf. »Was ist mit Robbi?«

»Wir brauchen ihn«, sagte Rike.

»Ja«, sagte Leo. In Robbis Welt gab es keine Stürmer-Zeitung, keine Marschkolonnen und Kriegslieder und keinen Haß auf irgendeinen anderen Menschen. Sie alle brauchten Robbi. Morgen wollte er mit Dana darüber sprechen.

Am Freitag darauf fuhr Leo nach Österreich. Er wollte höchstens eine Woche fort sein. Vielleicht konnte auch Istvan ihm helfen, die ungarischen Urkunden schnell zu bekommen.

Nora und Georg packten schon heimlich Spielzeug in die Fahrradtaschen, auch Windjacken und Wollmützen. Nora bestand darauf, denn jetzt war November, und Georg bekam so leicht Schnupfen. »Eine Windjacke schändet den Pimpf nicht«, sagte sie.

»Du brauchst nicht immer davon zu reden«, sagte Georg.

»Dann laß du mich in Ruhe mit dem BDM«, sagte Nora.

Dann, am Samstagnachmittag, stand plötzlich Werner vor der Tür. »Sonderurlaub!« sagte er. Weshalb, das wußte er noch nicht. Die HJ hatte im Lager angerufen. Vielleicht wollten sie ihn wieder anwerben? Aber die wußten doch eigentlich, daß er beim Arbeitsdienst bleiben und später studieren wollte. Näheres sollte er am Sonntagvormittag erfahren. Eine kurze Besprechung, hatte man ihm gesagt, und den ganzen Nachmittag hätte er dann frei für Nora.

»Ich fahr allein zu Robbi«, sagte Georg.

Das wollte Nora nicht. Warum sollten sie nicht im Lauf der Woche fahren, an einem Nachmittag sofort nach der Schule? Sie konnte doch nicht nach Escheren fahren, wenn Werner hier war!

»Ich überleg mir das«, sagte Georg.

Und früh am Sonntagmorgen, als alle noch schliefen, legte er einen Zettel auf den Küchentisch: »Bin heute abend bestimmt wieder zu Hause.« Keine Tür knarrte, nirgendwo stieß sein Fahrrad an, als er es aus dem Keller trug.

In der Morgendämmerung durch die stillen Straßen zu fahren, allein unterwegs zu sein: noch nie hatte Georg das erlebt. Heute bestimmte er allein den Weg und die Zeit, er würde vielleicht auf dem Rückweg eine andere Strecke fahren als sonst. Und er würde rasten, wann und wo es ihm gefiel.

Er war Georg: er tat, was er sich vorgenommen hatte. Er war Georg: so stark und frei wie der Mann, der er einmal sein wollte. Dies war sein Tag, und die Sonne schien, und der Fahrtwind blähte seine Jacke, und er würde den kleinen Bruder besuchen, der würde ihn heute vielleicht erkennen, und er könnte gute Nachrichten nach Hause bringen. Alle würden sich freuen, weil er bei Robbi gewesen war.

Als er am schönen Garten-Gasthaus vorbeikam, hatte er plötzlich Hunger. Er las den Preisanschlag neben der Tür: »Frühstück, komplett mit Kaffee oder Tee, Aufschnitt, Käse und Ei, Preis 2 Mark.«

Zwei Mark hatte er aus der Spardose gefischt, aber er wollte sparsam sein und fragte die Wirtin an der Theke, ob er wohl bitte zwei trockene Brötchen und ein Glas Milch haben könnte?

Sie wollte wissen, woher und wohin er unterwegs war. Dann brachte sie ihm warme Milch, und die Brötchen waren dick mit Butter bestrichen. Wollte er Marmelade, Honig oder Wurst dazu?

»Ich hab nicht soviel Geld«, sagte Georg. Und er hätte doch trockene Brötchen bestellt?

»Trockene haben wir sonntags nicht«, sagte die Frau und lächelte freundlich. »Alles zusammen zwanzig Pfennig.«

Georg legte das Geld auf den Tisch. Die Wirtin steckte es ein und ging wieder in die Küche. Georg aß die Brötchen und trank den Becher leer, obwohl er warme Milch nicht mochte, und ehe er weiterfuhr, legte er ein Fünfzigpfennigstück auf den Teller. So. Jetzt hatte er sein Frühstück bezahlt, wie es sich gehörte.

»Auf Wiedersehen!« rief er durch die Küchentür. »Und vielen Dank!« und war schon draußen und fuhr laut pfeifend den Berg hinunter und pfiff noch im übernächsten Dorf.

Er kam an der Kirche vorbei, die Glocken läuteten. Georg stellte das Rad an einen Zaun, lief im Sturmschritt die Kirchentreppe hinauf und lehnte sich neben der Tür an die Wand. Die ersten Kirchgänger suchten gerade ihre Plätze. Daß sie sich aber alle nach dem fremden Jungen umsehen mußten! Georg machte die Augen zu, damit ihn das nicht länger ärgerte. Jetzt konnte er an Robbi denken. »Daß er mich erkennt und daß er nicht mehr so traurig ist, daß ich gut wieder nach Hause komme, daß alle sich freuen, weil ich bei ihm war, und nicht schimpfen, und daß er doch noch richtig gesund wird«, sagte er in Gedanken. »Und daß die Schwester Bernharda mich hineinläßt. Amen.«

Im Hinauslaufen hielt eine Frau ihn fest. »Hör mal, Otte, du Karnickelbauer, du meinst wohl, jetzt könnste sagen, du wärst am Sonntag in der Kirche gewesen?«

»Klar!« sagte er. »Ich heiß aber Georg!« und schob sich an der Frau vorbei nach draußen und fuhr weiter und pfiff, nur etwas leiser als vorher.

Als er dann in Escheren vor der Mauerpforte stand, ließ er den schönen Klopfer nur einmal und ganz sachte gegen das Holz fallen.

»Die Hamborner!« rief Schwester Bernharda. »Heute hast du aber sehr bescheiden angeklopft. Wo sind die anderen?«

»Ich bin allein gekommen«, sagte Georg. Sie gingen in die Torstube, und die Schwester schrieb Georgs Namen ins Torbuch, als wäre nicht erst in der nächsten Woche wieder Besuchstag für Schwester Brigittas Kinder. Kein Wort sagte sie davon.

Sie schickte das stille Mädchen mit einem Zettel zu Schwester Brigitta, und das Mädchen kam mit Robbi zurück.

Er stand drei Atemzüge lang stumm und wie erschrocken an der Tür. Dann sagte er leise, fragend: »Ge-ock?«

Schwester Bernharda hielt Georg an den Schultern fest. »Langsam, langsam«, flüsterte sie.

Da strahlte Robbi und lachte und rief: »Ge-ock! Ge-ock!« und rannte auf ihn zu.

Bis zum Mittagessen durfte Georg mit Robbi im Garten sein. Er hatte ihm den Tunnel und ein kleines Holzauto mitgebracht. Dafür bauten sie im Sandkasten eine Straße und ließen das Auto durch den Tunnel fahren. Aber Robbi wollte Georg noch soviel zeigen.

Er sagte: »Omm, k-omm! Da ist un-ser Wip-pe. Da ist unser Sch-schau-kel. Da ist un-ser R-r-utsch-bahn.«

Dann rannte er plötzlich vom Spielplatz und rief: »Ge-ock! Mit-komm! Mein P-eed! Sag mal P-p-pee-d! Sag mal, sag mal rich-tig, bitte.«

»Pferd?« fragte Georg. Denn es gab da wirklich mitten auf einem Rasenplatz ein hölzernes Pferd mit Steigbügeln und einem Ledersattel.

»P-feed!« rief Robbi. »Mein P-feed! P-feerrd!«

Und schon saß er im Sattel und streichelte den hölzernen Pferdehals.

Georg riß ein Büschel Gras aus und tat so, als wollte er das Pferd füttern.

Da lachte Robbi, er schüttelte sich vor Lachen und rief: »Holz! Holz!«

»Ich hab aber meine Spielpferde immer gefüttert«, sagte Georg.

»Holz!« rief Robbi. »Pfeed is Holz! Is Holz! Kann doch nicht G-gr-gras es-sen!«

Ein Mädchen kam und holte Robbi zum Mittagessen. Sie sagte: »Sie sollen bitte mitkommen.«

Hatte sie wirklich »Sie« zu Georg gesagt? Oder hatte er sich verhört?

Er saß im großen Saal am langen Tisch neben Robbi, und ihm gegenüber saß eine Helferin. Robbi nannte sie Annemie. Als Georg ihm beim Essen helfen wollte, sagte sie: »Nein, er kann sehr gut allein essen. Er kann sich jetzt auch ganz allein waschen und anziehen. Auch mit den Knöpfen kann er schon allein fertig werden. Gestern hat er sogar einem kleinen Kind die Schuhe gebunden. Alles geht jeden Tag besser. So ist das immer, wenn die ersten Wochen vorbei sind.«

Georg sah sich um. Warum waren alle diese Kinder im Heim? Einige saßen in Rollstühlen, andere trugen dunkle Brillen, einige wurden auch von Helferinnen oder Schwestern gefüttert. Manche schauten nur immer still vor sich hin, andere redeten laut miteinander und lachten und riefen der Schwester oben am Tisch etwas zu.

Annemarie sagte: »Unsere Kinder sind nicht alle krank, wir haben auch Waisenkinder, und von einigen sind die Eltern ausgewandert. Sie holen ihre Kinder dann später nach. Die Schwester Brigitta sagt immer: Unsere Kinder sind so verschieden wie die Blumen auf der Wiese. Was hast du denn auf dem Hemd? Ich hab arg schlechte Augen. Da hilft auch die dicke Brille nicht viel.«

»Wo? Ach so. Das ist mein HJ-Abzeichen.«

»Aha. Das sieht so spitz aus. Tut man sich nicht weh damit?«

»Nö«, sagte Georg. »Die Jungen hier sind doch auch bei den Pimpfen?«

»Du bist aber komisch«, sagte Annemarie. »Die wollen doch nichts von kranken Kindern wissen, und die anderen sind alle zu klein, oder es gibt andere Gründe, warum sie nicht in die HJ können.«

»Tut das denen leid?«

»Ich glaub schon«, sagte Annemarie. »Die rennen immer alle ans Fenster, wenn die Jungen aus der Stadt mit ihren Trommeln und Wimpeln vorbeimarschieren oder wenn sie so richtig laut singen. Unseren würde das auch Spaß machen. Aber es geht eben nicht alles, was man möchte. So ist das.«

»Ja, ja«, sagte Georg. Als alle aufstanden und die Stühle rückten, nahm er das Abzeichen vom Hemd und steckte es in die Hosentasche.

Schwester Brigitta kam. Robbi sollte jetzt schlafen. Nur zum Tor dürfte er noch mitgehen und winken, weil Georg jetzt nach Hause fahren müßte.

»Vielleicht weint er dann wieder?« flüsterte Georg.

»Wir wollen sehen«, sagte die Schwester.

Georg lief voraus und verabschiedete sich von Schwester Bernharda. Sie gab ihm ein Stück Kuchen für den Heimweg mit, es lag schon verpackt für ihn bereit. Und er sollte zu Hause schön von ihr grüßen.

Robbi, an Schwester Brigittas Hand, stand still und ernst am Tor.

»Ich komm bald wieder«, sagte Georg.

»Sofort?« fragte Robbi.

»Bald«, sagte Schwester Brigitta. »Am nächsten Sonntag. Das ist bald.«

Und Robbi sagte brav: »Ja, bald.«

»Er spricht immer besser«, sagte die Schwester. »An dem Abend, als ihr hier wart, hat er euch abfahren sehen, und dann hat er sehr, sehr geweint, und plötzlich fing er an zu sprechen. Seit drei Tagen geht er auch in die Schule.«

Georg stellte das Rad wieder an die Mauer. »In die Schule? Richtig in die Schule?«

»Er ist schon ein richtiger Schuljunge, nicht wahr, Robbi? Die Schule tut ihm sehr gut. Jeden Tag lernt er etwas dazu. Besonders das Stillsitzen muß er noch lernen. Alles, was ihm einfällt, will er sofort tun.«

Robbi hatte tief Luft geholt. »Sch-sch-ule ist schön!« sagte er.

»Das muß ich zu Hause erzählen!« rief Georg. »Die werden staunen!«

»Ja«, sagte Robbi. »Schüß.« Er gähnte.

»Gute Fahrt«, sagte Schwester Brigitta. »Paß gut auf, und mach deinem Schutzengel keine Mühe, hörst du?« Jetzt mußte auch sie gähnen.

»Vielen Dank für alles«, sagte Georg. »Dann fahr ich also jetzt?«

»Ja, du mußt jetzt fahren«, sagte Schwester Brigitta, weil sie merkte, wie schwer Georg das Abschiednehmen fiel.

Als er um die Straßenecke fuhr, standen die beiden immer noch am Mauertor und winkten. Schwester Brigitta hielt Robbi an der Hand, sie schwenkte ein weißes Taschentuch, das gab sie jetzt Robbi, und er winkte und lachte dabei.

Es wurde schon dunkel, als Georg endlich sein Fahrrad in den Keller trug, müde und durchfroren. Er war die letzten Kilometer im Regen gefahren.

Alle saßen in der Dielenküche: Dana, Rike, Herta und Nora mit Werner. Sie wußten von Nora, daß Georg nach Escheren fahren wollte. Hatten die Schwestern ihn wirklich hineingelassen? Durfte er Robbi sehen? Er sollte sich näher zum Herd setzen und erzählen. Nein, erst sollte er sich umziehen und die Haare trocknen und etwas essen. Aber könnte er nicht vorher ganz kurz etwas von Robbi erzählen?

»Robbi?« sagte Georg. »Wie soll es ihm gehen? Es geht ihm gut. Der ist wieder so lustig wie früher.«

Wie sie staunten und sich freuten und sofort mehr erfahren wollten!

Dana brachte ihm Tee und Wurstbrote, Rike stülpte ihm einen daumendicken Riesenpullover von Leo über, Herta fand eine Tüte mit Hustenbonbons in ihrer Umhängetasche. »Für alle Fälle!«

»Also, fang an«, sagte Dana. »Werner muß bald zum Bahnhof.«

Georg hatte sich unterwegs überlegt, wie und was er der Reihe nach erzählen wollte. Er fing an mit der Fahrt in den Morgen, erzählte vom Frühstück im Gasthaus, auch von der Sache mit dem Geld, erzählte dann, wie er so vorsichtig angeklopft hatte und so freundlich von Schwester Bernharda empfangen wurde, und endlich von Robbi, wie er ihn beinahe sofort erkannt und so fröhlich begrüßt hatte, dann vom Spielplatz und vom hölzernen Pferd, vom Mittagessen: daß es Blumenkohl und Braten und hinterher Pudding mit Makrönchen und Schokoladensoße gab, und wie gut Robbi allein essen konnte. Er wiederholte jeden Satz, den Robbi gesagt hatte, und alles, was die Schwestern und die Helferin Annemarie gesagt hatten.

Dann berichtete er über die Heimfahrt und wie und wo er sich ein bißchen verfahren hatte, wann es angefangen hatte zu regnen, und daß er an einer Andenkenbude an Robbi im Heim und an den Großvater und Leo in Österreich Postkarten geschrieben hatte. Das hatte sein letztes Geld gekostet, darum konnte er nichts mitbringen als den Kuchen von Schwester Bernharda, den hatte er für die Familie aufbewahrt, und den sollten sie jetzt alle versuchen.

Es war ein sehr guter Kuchen, das sagte jeder.

So glücklich hatte Georg sich das Nachhausekommen schon gestern vorgestellt.

Dana sagte: »Fahr aber bitte nie wieder allein so weit fort«, und Rike nickte zu jedem Wort.

Georg lachte sie beide an und sagte: »Das kann ich nicht versprechen. Aber ich sag's euch vorher, wenn es geht.«

Nora und Werner gingen unter Leos großem Schirm zum Bahnhof.

Als sie fort waren, sagte Herta: »Werner war heute morgen so vergnügt. Aber als er von der HJ-Besprechung kam, war er düster und ernst, stumm und unruhig – ich weiß nicht wie, jedenfalls bestimmt nicht fröhlich. Nora hatte schon auf ihn gewartet, sie haben in Duisburg im Zoo zu Mittag gegessen, dann sind sie auf dem Kaiserberg spazierengegangen und am Schnabelhuck wieder in die Straßenbahn gestiegen. Ich hatte einen extra guten Käsekuchen zum Kaffee gebacken, das hätte für Werner ebensogut ein altes Brötchen sein können. Stur und stumm hat er am Tisch gesessen, man konnte richtig Angst kriegen. Ich hab Nora gefragt: Sie hatten keinen Streit, aber nichts hätte den Werner heute zum Reden oder Lachen gebracht, nicht einmal die Affen im Zoo, sagt sie.«

»Er ist doch sonst nicht so verschlossen«, sagte Dana.

»Hoffentlich wollten die ihn nicht bereden, daß er wieder hauptamtlicher HJ-Führer wird«, sagte Herta. »Ich wäre froh, wenn er wirklich studieren würde, egal, was das kostet. Meine Brüder haben versprochen, daß sie uns mit Geld helfen wollen.«

Mit dem Kopf auf dem Tisch war Georg eingeschlafen. Leo trug ihn durch die beiden Werkstätten hinüber ins große Haus und legte ihn auf sein Bett. Dana zog ihm nur die Schuhe und den großen Pullover aus und deckte ihn zu.

Inzwischen war Nora vom Bahnhof zurückgekommen. Sie saß mit verweinten Augen bei Herta und Rike und sagte: »Ich versteh das nicht. Er hat kein Wort davon gesagt.«

»Wovon?« fragte Herta.

»Der Kuddi ist uns begegnet, der war früher beim ihm in der Klasse, und er ist Fähnleinführer wie Werner. Warum der Werner denn wieder zum Arbeitsdienst fahren wollte? Läge ihm nichts an einer halben Woche Sonderurlaub? Oder käme er am Donnerstag für die Aktion zurück? Werner hätte also länger bleiben können, und vom Donnerstag hat er mir kein Wort gesagt. Davon sollte ich wohl nichts wissen.«

»Sei froh«, sagte Herta. »Und weiter?«

Nora weinte und konnte kaum sprechen. Werner hatte den Kuddi angeschrien: Noch ein Wort, und es gäbe eine Schlägerei, hier auf offener Straße, aber dann bekäme er seinen Zug nicht. »Hau ab, du Quatschsack!« hatte Werner geschrien – und darauf hatte der Kuddi: »Heil Hitler!« gebrüllt, daß man's drei Straßen weit hören konnte, und war weggerannt, und Nora hatte Werner gefragt, was für eine Aktion das sei und warum er keinen Urlaub wollte, ob ihm so wenig daran läge, mit ihr zusammenzusein? – Sie sollte doch nicht immer alles falsch verstehen, hatte er gesagt, aber als sie dann fragte, ob er also doch am Donnerstag wieder herkäme wegen der Aktion und ein bißchen auch ihretwegen, war er stehengeblieben und hatte sie angeschrien: »Merkst du denn nicht, daß ich nicht darüber sprechen will?«

»Aha. Und dann hast du immer noch nichts kapiert?« fragte Herta.

»Dann haben wir Krach gekriegt. Vielleicht ist alles gelogen? Warum sagt er nicht, weshalb er unbedingt zurückwill, und er könnte eine halbe Woche Sonderurlaub haben oder am Donnerstag wieder hier sein, vielleicht für ein ganzes langes Wochenende?«

»Zum Kuckuck!« rief Herta. »Da geht es doch um Politisches! Er darf nicht reden!« Und weil Nora jetzt wieder weinte, sagte sie: »Er hat dich wirklich sehr lieb, das weiß ich.«

»Hat er das gesagt?«

»Ja. Er hat's gesagt. Er meint das sogar sehr ernst. Du tust ihm unrecht.«

»Sag's noch mal, bitte.«

»Er hat dich sehr lieb. Aber dreimal sag ich's nicht. Das nächstemal muß er es dir selbst sagen. Und bitte, frag ihn nicht aus, wenn es um politische Sachen geht. Ich wollte, ich wäre so zuverlässig und verschwiegen wie er.«

Nora umarmte erst Herta, dann Dana, dann Rike. Sie müßte sofort einen Brief an Werner schreiben, sie hätte ihm unrecht getan, und Herta möchte den Brief doch bitte nachher mitnehmen und einwerfen.

Herta stocherte im Herdfeuer und schob Holz nach.

»Ja, wenn man fünfzehn ist«, sagte sie. »Gut, daß sie noch keinen ernsteren Grund zu weinen hat.«

»Hast du Sorgen?« fragte Rike.

»Ja«, sagte Herta.

Mischas Eltern hatten böse Nachrichten von ihren Töchtern. Beide wohnten noch im polnischen Grenzgebiet, nur Mischa und die Eltern waren kurz vor dem Weltkrieg ins Ruhrgebiet gezogen. Mischas ältere Schwester hatte einen polnischen Kunstschmied geheiratet, und die andere, die jüngere, hatte auf der Hochzeit seinen Freund kennengelernt und bald geheiratet. Der Freund war Schauspieler, Pole wie der Schmied, und beide Männer waren Juden, polnische Juden, aber sie lebten seit vielen Jahren in Deutschland. Nun waren sie vor acht oder neun Tagen mit ihren Familien von einer Viertelstunde zur anderen ausgewiesen worden, und man hatte sie wie die Hasen mit Drohungen und Warnschüssen zur polnischen Grenze gejagt, fast tausend Menschen waren sie. Die Grenzer wollten sie nicht ins Land lassen, die ganze Nacht lagen sie auf freiem Feld, Alte und Junge, und viele kleine Kinder waren dabei. Am Morgen durften sie nach Polen, und da wohnten sie nun in einer Kleinstadt nahe der Grenze in zwei Stuben, vier Erwachsene und acht Kinder.

»Wovon leben sie dort?« fragte Rike.

»Das fragen wir uns auch. Man braucht dort weder einen Kunstschmied noch einen Schauspieler, und sie durften nur zehn Mark pro Kopf mitnehmen, und keine Kleider, kein Bettzeug, keine Wertsachen, nichts. Die Schwiegereltern haben ein Telegramm geschickt, sie sollten hierher kommen.«

»Alle zwölf sollen in eurem kleinen Haus wohnen? Und ihr seid bald schon acht! Dann wärt ihr zwanzig!«

»Das läßt sich einrichten. Aber was haben sie hier zu erwarten? Die jüdischen Männer dürfen hier nicht arbeiten. Wie soll ich alle satt bekommen?«

»Wir haben mehr Platz als du«, sagte Rike. »Wir könnten die größere Familie aufnehmen. Und ernähren können wir sie auch.«

»Das wäre Paul bestimmt nicht recht. Sie sollen in ein anderes Land gehen«, sagte Dana.

»Paul?« fragte Rike. »Meinst du, wir müßten Paul fragen?« Dana schwieg.

Herta sagte: »Ihre Reisepässe sind eingezogen. Sie haben nur Kennkarten mit einem großen J, und alle Männer heißen jetzt Israel mit dem zweiten Vornamen, und die Frauen müssen sich Sara nennen. Man hat ja auch hier schon alle Juden in Listen geschrieben, straßenweise, häuserweise, keinen haben sie vergessen, keinen würden sie einfach ausreisen lassen. Und die aus Polen? Wohin sollen sie gehen, ohne Ausreise- und Einreiseerlaubnis?« fragte Herta.

»Ich bin ja auch von Österreich nach Deutschland gekommen«, sagte Dana.

Herta sah sie lange an, nachdenklich, als hätte sie eine Patientin zu beobachten. Dann sagte sie: »Ich werde noch fromm und bete zu Gott, daß er solches Unrecht rächen soll an denen, die es geplant, und an denen, die es getan haben.«

»Sehr christlich sind solche Wünsche aber nicht«, sagte Rike. »Wenn es nur keinen Krieg gibt. Im Frühjahr hat er sich Österreich geholt, im Herbst das Sudetenland, und jetzt fängt er Streit mit Polen an.«

»Er?« fragte Dana.

»Du weißt, wen ich meine. Und er hat deutlich genug gesagt und geschrieben, daß er Land im Osten braucht. Frag Paul.«

»Und wenn?« fragte Dana. »Außerdem ist das ganze Kriegsgerede doch nichts als Feindpropaganda.«

»Warum werden dann wir Lehrer zu Luftschutzkursen einberufen, warum machen wir in den Schulen Luftalarmübungen mit den Kindern? Warum werden Luftschutzkeller eingerichtet?« fragte Rike. »Warum sind Lebensmittel knapp, warum werden die Kleiderstoffe immer schlechter, und Leder, Papier, Wolle, Tabak werden immer teurer und sind immer schwieriger zu bekommen?«

»Ich hab genug andere Sorgen«, sagte Dana. »Ich fahre nach Berlin, und dann mache ich meine Meisterprüfung.«

»Tu das«, sagte Herta. »Und nimm Grüße für Paul mit. Er gehört doch immer noch zu uns alten Wandervögeln. Ich muß jetzt fort. Und bitte, sprich in Hamborn nicht über das, was ich euch erzählt habe. In den Zeitungen wird wohl nichts darüber stehen.«

»Dann rede du doch nicht darüber«, sagte Dana.

Rike fragte schnell: »Schon wieder Nachtdienst, Herta?«

»Ja«, sagte Herta. »Vertretung.« Und wie sie dabei zu Dana hinübersah, kam es Rike vor, als meinte sie »nein«.

Herta war schon an der Tür, da fiel ihr Noras Brief ein.

Dana lief ins große Haus.

»Es tut mir leid«, sagte Herta und schob die Tür hinter Dana zu. »Immer gerate ich mit ihr aneinander. Was war denn heute mit ihr? Sie schwenkt immer mehr in Pauls Richtung.«

»Sie telefoniert viel mit ihm; fast jeden Abend geht sie deshalb zur Hauptpost. Sie hat Angst, ihn zu verlieren, weil er seit Monaten nicht mehr hier war. Aber sie möchte doch auch zu uns allen gehören. Leo sagt, sie hätte auch früher manchmal solche Igel-Zeiten gehabt. Dann müßte man sie in Ruhe stachelig sein lassen.«

Dana brachte den Brief. Sie sagte: »Dreimal hat Nora ihn geschrieben, und jetzt ist er doppelt zugeklebt. Freust du dich schon auf deine Schwiegertochter, Herta?«

»Sehr!« rief Herta und zog die Mantelkapuze über die Schwesternhaube.

Als Herta fort war, setzte Dana sich in den Schaukelstuhl und fragte: »Was war denn heute mit Herta? Immer redet sie vom Krieg und erzählt so schreckliche Sachen.«

»Alle haben Angst vorm Krieg. Ich auch. Redet ihr im Geschäft nicht darüber?« fragte Rike.

»Gerede«, sagte Dana. »Hitler will keinen Krieg, Paul weiß das.« Sobald Leo zurückkäme, wollte sie nach Berlin fahren und Paul den Ahnenpaß auf den Tisch legen, aufgeschlagen bei den Lebensdaten der schönen Deborah. Dann sollte er sagen, weshalb er sie trotzdem geheiratet hatte und wie er sich die Zukunft vorstellte. Dann fragte sie: »Vielleicht will er eine andere Frau? Vielleicht hat er schon eine?«

Rike sagte: »Paul? Das paßt nicht zu ihm. Er will nicht, daß man über ihn redet, alles muß so sein, wie es sich schickt, wie eine tadellose, frisch gebügelte Uniform. Offene Stirn und klarer Blick, deutsche Ordnung, deutsche Sauberkeit und deutsche Treue: das ist der Mann, der er sein möchte. Auf dem Grammophonteller Mozarts ›Kleine Nachtmusik‹, neben dem Kerzenleuchter aus Zinn, aufgeschlagen, Rilkes ›Cornett‹, an der Wand die Sonnenblumen von van Gogh, weil Sonnenblumen etwas Starkes und Gesundes sind – nicht das Selbstbildnis mit dem abgeschnittenen Ohr.«

»Scheußlich«, sagte Dana. »Gibt es das? Ich hab's noch nie gesehen.«

»Schade«, sagte Rike. »Es ist ein wahrhaftiges Bild. Darum ist es vielleicht verboten wie tausend andere.«

Nach einer Weile fragte Dana: »Wenn dein Leo jetzt in Österreich oder Ungarn bei einer anderen Frau bliebe. Was tätest du?«

»Warum soll ich mir das vorstellen? Das geschieht bestimmt nicht.«

»Du bist beinahe drei Jahre älter als Leo«, sagte Dana und schaukelte plötzlich so wild drauflos, daß der Stuhl ächzte. »Und besonders jung siehst du nicht mehr aus.«

»Der Altersunterschied ist nicht wichtig für uns. Wenn Leo aber wirklich eine andere Frau fände – eine jüngere, meinst du? -, was ich dann täte? Ich würde nicht mehr hier leben wollen. Meinen Beruf würde ich aufgeben, meinen alten Rucksack packen und mich aufs Rad setzen und irgendwohin fahren, weit weg, weit, weit weg.

»Und ihn überall suchen«, sagte Dana.

»Ja«, sagte Rike – und: »Nein!« rief sie dann schnell. »Natürlich bliebe ich hier und würde eine faltige graue Lehrerin und pflegte die Blumen, die Leo ums Haus gepflanzt hat, und ich bliebe bei euch allen.«

»Weil du solch eine gute Seele bist«, sagte Dana. »Die edle Rike, die uns ihr Geld gibt, die unsere Unordnung aufräumt, unsere dreckige Wäsche wäscht und jeden Tag ein gesundes Essen für uns kocht. Sogar deinen Kummer würdest du uns opfern, nur heimlich weinen, immer ein fröhliches Gesicht machen und nie Zeit haben für deine gescheiten Bücher und nie Geld haben fürs Theater oder für eine Reise. Nicht einmal ein Tütchen Dünger könntest du für deine Leo-Erinnerungsblümchen kaufen. Es muß doch ein schönes Gefühl sein, wenn man ein edler Mensch ist.«

Rike sah sie erschrocken an, wie Dana jetzt, weit vorgebeugt und mit funkelnden Augen, auf ihre Antwort wartete.

Sie mußte wegsehen und sah sich selbst vom Fenster gespiegelt vor der regenschwarzen Dunkelheit draußen: wirres Haar über der zurückweichenden Stirn, eine große, lange Nase, ein spitzes Kinn – »dein griechisches Profil«, sagte Leo – aber es gab da irgendeinen italienischen Vorfahren, von dem mußte es kommen, nicht von den kantigen Westfalen, und der Hals war zu lang, zu mager. Bald würde er faltig sein. Eines Tages, und bald wäre sie eine alte Frau. Aber Dana, das mußte doch jedem auffallen? – Dana wurde dick. Rike hatte Lust, ihr das zu sagen. Nein, jetzt nicht, aber irgendwann sollte Dana das hören.

Rike spürte ihre Hände zu Fäusten werden (wie Leos Hände, wenn er einen Zorn unterdrückte), und sie streckte die langen, spitzen Finger – immer hatte sie gern Ringe getragen, jetzt waren das Hausfrauenhände: rot, rissig, rauh. Kein Ring paßte ihr mehr.

Sie konnte Dana wieder ansehen. Sie sagte: »Gut. Du hast deine Ausbildung. Du könntest auch ohne Meisterprüfung für dich und die Kinder sorgen. Wenn Paul weiterhin bezahlt, was er dir und den Kindern schuldig ist, kannst du dir eine bezahlte Putz-, Wasch- und Küchenhilfe suchen. Ich werde mich dann endlich wieder gründlich für die Schule vorbereiten und noch ein paar andere Dinge tun, die mir wichtig sind. Solange du jetzt in Berlin bist, sorge ich natürlich für die Kinder. Aber bitte, fahr bald und komm bald wieder zurück. Gute Nacht.«

Und schon mit einem Fuß auf der Treppe, sagte sie: »Und sieh zu, daß du nicht zu dick wirst. Eure Mutter war eine recht stattliche Frau, hat Leo erzählt.« (Was für ein widerliches Biest war sie doch! Aber es tat gut, es tat so gut!) Sie ging nach oben.

»Halt! Halt!« rief Dana und sprang auf, so heftig, daß der Schaukelstuhl hinter ihr weiterschaukelte und gegen die Wand fuhr. (Putz bröckelte, Leo würde sich wieder ärgern.)

»Meinst du das alles ernst?« fragte Dana.

»Vollkommen ernst. So ernst wie du, und du hast sogar recht.«

»Ja«, sagte Dana. »Du auch, vielleicht.«

Sie mußten beide zweimal tief durchatmen und sich ein bißchen räuspern, dann konnten sie sich gute Nacht sagen und die Lichter ausmachen.

Früh um fünf Uhr wurde Rike von Herta geweckt. Der Regen troff ihr von der Nasenspitze und vom Schwesternhäubchen. Die Mantelkapuze war nach hinten gerutscht.

»Hast du etwas Trockenes anzuziehen für mich? Ich muß vor sieben Uhr im Krankenhaus sein, frische Schwesternkleider hab ich dort im Spind. Am liebsten wäre mir Leos dicker Pullover.«

Als sie den noch über Rikes wärmstes Winterkleid gezogen hatte, hörte sie auf, vor Kälte zu zittern. Rike brachte ihr heißen Tee und ein Handtuch für die nassen Haare.

Herta sagte: »Nein, das war kein Nachtdienst. Gleich erzähle ich dir davon. Aber wenn ich so naß nach Hause gekommen wäre, hätten meine lieben Alten gedacht, ich würde mich nachts herumtreiben. Und sie hätten ja beinahe recht. Über Buschhausen bin ich nach Oberhausen, Borbeck, Altenessen, Katernberg, und über Bocholt, Frintrop, Mülheim und Meiderich zurück. Telefoniert hab ich immer nur von Postämtern, Krankenhäusern und Pfarrämtern aus. Die Schwesterntracht war nützlich. Bis zum Abend können alle wissen, wann das Kind voraussichtlich operiert wird.«

»Welches Kind?«

»Israel heißt es.«

»Ist es in großer Gefahr?«

Herta nickte.

»Hat das etwas zu tun mit der Aktion?« fragte Rike. »Hast du jemanden gewarnt?«

Wieder nickte Herta. Sie erzählte, was sie wußte: daß alle Juden ihre Waffen abliefern mußten, auch wenn sie Waffenscheine besaßen. Daß man ihr selbst vor zwei oder drei Wochen eine kurze Liste mit Namen gegeben hatte, damit sie bestimmte Leute warnte, und die würden die Warnung weitergeben. Aber die meisten nahmen das nicht ernst. Nur wenige waren bis jetzt geflohen. Wohin auch? Zu Freunden, falls sie zuverlässige Freunde hatten. Zu Verwandten, falls die nicht selbst in Gefahr waren. Vielleicht wußte Werner jetzt mehr über das, was geschehen sollte? Das Datum stand schon lange fest.

Atemlos flüsterte Herta: »Jetzt kann ich nur hoffen, daß Werner wirklich nicht – stell dir vor, Werner und ich, wir würden gegeneinander –? Diesmal geht es doch nicht nur um Meinungen. Und ich muß immer an Mischa denken. Der würde nichts anderes tun als ich.« Sie weinte.

Warum wollte sie sich nicht für eine Stunde in Rikes Bett legen und schlafen?

»Dann wird es bald hell, und man könnte mich aus diesem Haus kommen sehen«, sagte Herta. Sie setzte sich aufrecht hin und schüttelte die Schultern, als müßte sie eine Last abwerfen. »Wird Dana bei Paul nicht zuviel erzählen? Ohne das zu wollen? Ich trau ihr nicht mehr.«

»Vergiß das. Zwischen uns darf es kein Mißtrauen geben. Wir hatten noch einen richtigen, ehrlichen Weiberstreit, Dana und ich. Sie war boshaft, ich war böse. Nein, sie ist nicht falsch.«

Aber jetzt war Herta eingeschlafen, aufrecht und gerade saß sie im Schaukelstuhl und schlief.

Vier Tage später, am Donnerstagabend, stand Leo vor der Tür. Die Urkunden über Mutter Annas Vorfahren hatte er im Dorf bekommen, und die für Laszlos Familie hatte Istvan schon besorgt.

Leo war nur einen Nachmittag in Wien geblieben und mit dem Onkel durch die Stadt geschlendert. Es war aber nicht mehr das heitere Wien. Wohin hatte sich das Leben der geliebten Stadt zurückgezogen? »Überall auf den schönen Plätzen wehen Hakenkreuzfahnen«, sagte Leo.

Istvan war alt geworden, und das Geigen fiel ihm jeden Tag schwerer. Tante Janka vertrat ihn immer öfter im Kaffeehaus. Ihre Töchter waren verheiratet, sie wohnten aber beide in der Nähe, und im rosafarbenen Häuschen wimmelte es von Kindern. Wenn es Istvan und Janka zu unruhig wurde, scheuchte Janka die Kleinen mit dem Besen, und sie rannten kreischend davon, schlichen durch den kleinen Hof zurück und ließen sich noch einmal und noch einmal vertreiben, bis sie merkten, daß Janka bald ehrlich böse sein würde.

Rike fragte: »Warum bist du nicht länger bei Vater Laszlo geblieben?«

»Ich wollte nicht mit ihm streiten«, sagte Leo.

Denn Laszlo glaubte alles, was in den Zeitungen

stand, und jetzt stand ja in allen dasselbe, wie sollte er die Nachrichten kritisch lesen? Er wollte nicht glauben, daß jetzt jede Zeile kontrolliert und zensiert wurde. Jeder Zweifel an der Würde und Wahrheit des gedruckten Wortes machte ihn wütend. Wenn alle das gleiche schrieben, mußte das die Wahrheit sein.

»Er redet jetzt wie die Essener Nationalzeitung«, sagte Leo, »oder wie der Völkische Beobachter. Ihr hättet hören sollen, was er zum Attentat in Paris gesagt hat: Das internationale Judentum hat den deutschen Botschaftssekretär erschossen. Und was ist wirklich geschehen? Ein siebzehnjähriger Pole, ein halbes Kind, wollte die Welt aufmerksam machen auf das Unrecht an seinen Eltern. Das sind polnische Juden, die man über die Grenze gehetzt hatte. Aber davon wißt ihr wohl gar nichts?«

»Verwandte von Herta waren dabei«, sagte Rike. »Vielleicht kommen sie her.«

»Das ist doch nicht möglich, man muß sie warnen!« rief Leo. Er wollte am Abend mit Herta sprechen und überlegen, was man tun könnte. Vielleicht wüßten auch ihre Brüder einen Rat.

Dana schrieb schon die Namen und die Geburts-, Heirats- und Sterbedaten aus den Urkunden in das graue Ahnenpaß-Heft. Der Mädchenname der schönen Deborah konnte in einer alten ungarischen Schreibweise ebensogut Hörnel oder Hendel lauten, meinte Leo.

Aber Dana schrieb in schönen, klaren Buchstaben: »Deborah, geb. Herzel, Tochter von Abraham und Susanna Herzel.«

Leo sah ihr über die Schulter.

»Üb immer Treu und Redlichkeit!«, sagte Dana und blickte zu ihm hinauf. Er dachte: So haben ihre Augen wohl auch geglitzert, als sie den Stein auf meine kleine Wassermühle geworfen hat. Jetzt ist Paul an der Reihe. Sie muß jede Liebe auf die Probe stellen.

Rike und Nora standen am Herd und schälten heiße Pellkartoffeln. »Kannst du dir meinen Großvater Laszlo richtig wütend vorstellen?« fragte Nora.

»Warum nicht?« fragte Rike. »Ich bin's auch manchmal in der letzten Zeit. Ihr werdet euch noch wundern. Probier's mal, Nora. Es tut gut.«

»Wo bleibt Georg?« fragte Leo. »Ich muß ihm erzählen, wie wir uns über seine Postkarte gefreut haben, der Vater und ich. Sie kam, als ich gerade fortmußte.«

»Heimabend«, sagte Nora. »Heute abend lernt er wahrscheinlich alles über die Novemberrevolution von 1918. Zur Erinnerung daran gibt es bei uns nur Pellkartoffeln mit Quark und den letzten harten Schnittlauch aus dem Garten. Unsere Butterzuteilung haben wir schon für den ganzen Monat im voraus aufgegessen, die war ja sowieso mit Walfisch gestreckt. Fleisch und Wurst waren ausverkauft, deutsche Hühner lieben den November nicht, holländische oder dänische Hühner brauchen Devisen, ehe sie ein Ei für uns legen, und unsere letzten hat die Ma für die herrlichen Pfannkuchen vom vorletzten Sonntag verbraucht. Seitdem gab es keine mehr für deutschbewußte Hamborner. Aber die Duisburger haben zwei Stück pro Kopf gekriegt, schon drei Wochen lang, damit keiner sagen kann, es gäbe überhaupt keine Eier mehr in Deutschland. Nächste Woche sind wir wieder dran – vielleicht.«

»Das ist zu spät«, sagte Dana. »Wir wollten doch Adventsplätzchen für Robbi backen.«

Rike sagte: »Ich freu mich auf Sonntag.«

»Wir müssen ihm etwas besonders Schönes mitbringen«, sagte Leo.

»Vielleicht einen Schulranzen?« fragte Dana. »Oder wäre das zu teuer?«

»Das ist eine gute Idee!« rief Rike. »Nur: Schulranzen aus Leder sind teuer, aber die bekommt man ja kaum noch. Und die aus Pappe mit Leinen sind leichter und billiger.«

Georg kam früher als sonst vom Heimabend. Sie hätten gar nicht von der Novemberrevolution gesprochen, sagte er – was die Nora überhaupt immer schwatzte? –, sondern nur Lieder gesungen, Kampflieder und Marschlieder. Dann hätten sie früher Schluß gemacht, weil Achim, der Jungenschaftsführer, zu Hause auf seine kleine Schwester achtgeben mußte. Die Eltern waren zu einem Geburtstag eingeladen, und sein großer Bruder, der Fähnleinführer, hatte noch irgendwelchen Dienst am späten Abend. Sie fanden es alle prima, daß der Jungenschaftsführer so von seiner Familie erzählte, als wäre er einer von ihnen, ein Junge wie sie alle, und dabei war der Achim doch schon fünfzehn.

»Essen kommen!« rief Nora. »Die Kartoffeln werden kalt, und ich muß noch Vokabeln lernen. Morgen schreiben wir eine Französischarbeit. Ich soll eine Eins schreiben, hat Werner gesagt.«

Wenn Nora mit dem Fahrrad zur Schule fuhr, war ihr der Weg über die Emscher und durch Obermarxloh am liebsten.

Das war wie Ferien: bei sonnigem Wetter frühmorgens durch die Wiesen zu fahren, wenn die Kühe vom Tellmannshof noch ein bißchen steifbeinig über die Wiese trotteten, als wüßten sie nicht, wo sie heute anfangen sollten zu fressen, und die letzten Vogelschwärme zogen eine Bogenlinie von der Ruhrchemie über die Hecken und Gärten von Obermarxloh und die Zeche Neumühl zum Gasometer und weiter nach Süd-

südost, und es war schön, sich vorzustellen, daß sie sich eines Tages in einem warmen Land auf fremdartigen Bäumen niederlassen würden. Oder waren dies gar keine Zugvögel, sondern Spatzen und Amseln, die vor dem mühsamen Überwintern noch einmal ohne Hunger, nur aus Freude am Fliegen über die Stadt zogen?

Heute hatte der Himmel eine dichte, farblose Decke aus Dunst. Nora sah die Vögel nicht, sie hörte nur ihre kurzen, abgerissenen Schreie.

Die Emscher zog träge unter den Brücken her, blauschwarz das Wasser, von Ölplacken überzogen, die schlierten auch ohne Sonne in verwischten Regenbogenfarben.

Die hohen Ulmen am Straßenrand beim Stillen Winkel waren längst kahl. Einmal war hier im Sommer ein Mann vom Blitz erschlagen worden. Auf dem Weg zur Mittagsschicht wollte er sich nur kurz mit dem Fahrrad hier unterstellen, weil es regnete. Sooft Nora die Ulmen sah, mußte sie an den Mann denken.

Dann sah man rechts die Bäume vom Jubiläumshain, manche noch herbstbunt, viele schon kahl, links war der Metzgerladen, in dem sie früher eingekauft hatten, als sie noch in der Bayernstraße wohnten, dort der Schuster, gegenüber der Friseur, dann rechts die Bäckerei. Vor dem Bahndamm stand das alte Haus mit dem schmiedeeisernen Tor und den sieben Eichen im Garten. Wie oft hatte Nora sich in diesen Garten gewünscht, als sie noch ein kleines Mädchen war – und nun weiter: mit eingezogenem Kopf durch die Eisenbahnunterführung.

Wenn jetzt ein Zug käme, hätte sie wie immer die plötzliche Angst, vom Gewölbe erschlagen zu werden, und sie haßte den Modergeruch, der zwischen den Mauern stand, auch die Straßenbahn nahm ihn im Fahrtwind nicht mit.

Sie war wieder im Hellen: rechts die Schule an der Hermannstraße und gegenüber im Grünen unter Bäumen der Schulte-Marxloh-Hof, geradeaus schon die Stadtmitte, erst die Kreuzeskirche und gegenüber die Synagoge, die Drogerie und das schöne Blumengeschäft.

Die Synagoge brannte.

Die Synagoge brannte!

Warum gingen die Leute da drüben einfach weiter?

Die Synagoge brannte!

Nein, man sah keine Flammen. Nur grauweißer Rauch stieg aus dem Innern, wand sich aus den Fensterlöchern und kroch auf den schwarzen Flammenspuren die Mauern hinauf und löste sich im trüben Himmel.

Die Leute gingen alle auf der anderen Straßenseite, mit Körben und Aktentaschen gingen sie zum Markt, in die Büros und Schulen, und fast alle drehten die Köpfe zur Kreuzeskirche, als wollten sie die rauchende Synagoge nicht sehen, auch nicht die bunten Glasscherben auf dem Gehsteig, schon sorglich an den Rand gekehrt.

Sie gingen unendlich langsam, die Leute, so langsam, wie der Rauch die Mauer hinaufkroch, und so zog dieses Bild von den Leuten, vom Rauch, von den bunten Scherben für alle Zeit in Noras Erinnerung ein, und sie war doch gar nicht vom Rad gestiegen, war weitergefahren, wie langsam mußte sie gefahren sein?, denn das Bild war immer noch da, als sie schon durch andere Glasscherben fuhr, zehn oder zwanzig Meter weiter. Da war eine Frau mit einem Besen, sie kehrte die Scherben vom Fahrdamm und bückte sich und klaubte ein Stück Glas aus der Straßenbahnschiene, unendlich langsam tat sie das und tat es in Noras Erinnerung noch immer und für alle Zeit.

Aber da fuhr Nora schon an den zerschellten Möbeln

vorbei, die hatte man an den Rand vom Gehweg geschoben, gerade so, wie sie aus den Fenstern gestürzt waren: Tische und Stühle, zusammengeschlagen, zertrümmert, über Scherben von Tassen und Tellern. Bettladen, ein halber Schrank, Matratzen, Bücher, auch ein Spirituskocher mit einem Tank aus blankem Messing lagen da, und neben der Haustür eine Nähmaschine, »Deutschland« hieß sie. Das stand in Goldbuchstaben und von Schnörkeln umrankt auf schwarz gelacktem Grund. Zwei kleine Jungen spielten mit dem Schwungrad, das ließ sich noch drehen.

Auch ein Bündel Briefe lag im Rinnstein, man müßte sie aufheben und wegtun oder verbrennen, jeder könnte sie lesen, warum hielt sie nicht an, sie wollte doch absteigen und die Briefe aufheben und den Leuten zurückgeben? – wem?

Und Nora fuhr weiter und sah das Schuhhaus Grünewald, und mitten im Schaufenster stand das Schild: »Deutsche, kauft nicht bei Juden!« auf einem Teppich aus kleinen Glasscherben, die glitzerten wie Schnee, denn jetzt kam doch noch die Sonne heraus, nur für einen Augenblick, und lag auf dem Berg aus leeren weißen Schuhkartons und der Geröllhalde von zerhackten, aufgeschlitzten Fußbänkchen, auf denen es nichts mehr anzuprobieren gab. Nur ein einzelner blau-roter Pantoffel lag neben dem Schild im Schaufenster. Hübsch sah das aus auf dem gläsernen Schnee.

Jemand sagte: »– soll sieben Paar mitgenommen –«, und eine Frau: »– bei Brand mal richtig zugelangt!« – und Nora wendete an der Ecke, als wollte sie nach Hause fahren, merkte, daß der Hinterreifen vom Fahrrad platt war, von Glas zerschnitten, und jetzt endlich tauchte sie auf aus der zäh fließenden Zeit, aus der es keine Flucht vor den schrecklichen Bildern gab.

Am Marktplatz, auf der Uhr mit der Persilfrau, war es drei Minuten vor acht. Nora kehrte zurück in die vorwärts ziehende Zeit aus Sekunden, Minuten, Stunden und Tagen. Wenn sie sich beeilte, käme sie nur wenig zu spät zur ersten Stunde. Sie schob das Rad die letzten zweihundert Meter zur Schule. Erst im Fahrradkeller, als sie die Mappe vom Gepäckträger nahm, fing sie an zu weinen. Noch nie hatte eine so große Angst sie angefallen, und sie hatte ihr bis jetzt standgehalten.

Die Schule lag so still hinter dem Hof, als wäre sie menschenleer.

Als Nora an der Klassentür stand und sich entschuldigen wollte, sagte die Lehrerin: »Mein Unterricht fällt heute aus. Bitte geh zu deinem Platz. Ich habe erfahren, daß ihr in der dritten Stunde eine Französischarbeit schreibt. Wer will, kann die Zeit nutzen und sich darauf vorbereiten. Ich möchte aber bitte nichts gefragt werden.« Sie stellte sich ans Fenster und blieb so bis zum Pausenzeichen mit dem Rücken zur Klasse.

In der Pause war es fast so still auf dem Hof wie während der Unterrichtsstunden. Alle hatten dasselbe gesehen, keine konnte darüber sprechen, jede hätte gern nach Berta Meisel gefragt, der Klassenkameradin, die nach den Osterferien nicht mehr in die Schule kommen durfte. Wie war es ihr und ihrer Familie heute nacht ergangen? Wie überhaupt war dies alles geschehen, heute nacht, als sie schliefen, als auch die Eltern und Geschwister und die Nachbarn schliefen, als es still in den Straßen war, weil die Arbeiter von der Spätschicht durch die Tore zu den Hochöfen und in die Fabrikhallen gegangen waren und die Räder in den Fördertürmen stillstanden, weil die Kumpel zu Hause beim Essen saßen oder schon schliefen – in einer ganz gewöhnlichen Novembernacht vom Donnerstag zum Freitag?

Niemand fragte, niemand sagte etwas, als wäre es schamlos, darüber zu sprechen, oder als könnte man es mit Verschweigen löschen. Kann sein, daß auch Vorsicht und Furcht dabei waren. Man könnte vielleicht an jemanden geraten, der auf der Seite der Täter war, zum Aushorchen und Anschwärzen bestellt?

Sie schrieben die Arbeit in der dritten Stunde, und man gab ihnen noch eine Stunde dazu, und in der fünften durften sie nach Hause gehen, weshalb, sagte man ihnen nicht.

Nora ging wie immer ein Stückweit mit Gunhild, und endlich konnten sie beide sprechen.

Da müßte etwas schiefgegangen sein, meinte die Freundin. Gewalt und Plünderung, das war bestimmt nicht im Sinne Adolf Hitlers. Der hatte doch einmal Maler werden wollen, er war also ein musischer Mensch. Was da in Hamborn geschehen war, das wäre ihm bestimmt nicht recht. Wer mochte das angezettelt haben?

Nora fragte: »Hast du auch solche Angst?«

Gunhild fragte: »Treffen wir uns heute nachmittag?«

Dann würden sie Hölderlin lesen und die schöne Stelle aus dem ›Hyperion‹ auswendig lernen: »Was wär' das Leben ohne Hoffnung? Ein Funke, der aus der Kohle springt und verlischt, und wie man bei trüber Jahreszeit einen Windstoß hört, der einen Augenblick saust und dann verhallt, so wär' es mit uns?«

»Danke«, sagte Nora. »Ich komme sofort nach dem Mittagessen.«

Zu Hause saß Leo am Radio, Rike kam etwas später, zuletzt auch Georg, und Dana war seit langer Zeit zum erstenmal wieder in der Mittagspause aus Ruhrort gekommen.

Stumm saßen sie alle neben dem Apparat. Nicht nur

die Hamborner Synagoge hatte gebrannt. Aus anderen Städten kamen die gleichen Nachrichten. Überall waren Gewalt, Zerstörung, Plünderung geschehen, an manchen Orten schon eine Nacht früher.

»Der Volkszorn über das Pariser Attentat ist ausgebrochen!« hieß es im Radio.

»Fast überall zugleich?« fragte Rike. »Gut organisiert.«

Sie sah Dana an. Es erschreckte sie, daß sie bei solchen Gelegenheiten immer Dana ansah, als wollte sie ihr einen Vorwurf machen oder ihr eine Schuld zuschieben – nur weil sie immer noch zu Paul hielt? Der konnte für dies alles vielleicht noch eine schön tönende Rechtfertigung erfinden. Aber deshalb durfte doch niemand Dana angreifen.

»Klar«, sagte Georg. »Gut organisiert, bestimmt. Mir ist der Achim begegnet, der hat gesagt, sein Bruder wäre auch dabeigewesen, und viel SA und SS, aber alle in Zivil, und der Fähnleinführer hätte schon seit Sonntag von der Aktion gewußt, aber das sollte geheim bleiben. Das Attentat in Paris, das war ja erst am Montag. Und er selbst, der Achim, hätte gern mitgemacht, aber das durften nur die Älteren.«

»Und du?« fragte Dana, und es war eine Drohung in ihrer Stimme, das hörte Rike, und Georg tat ihr leid, weil er Ironie und versteckte Drohung nicht verstand.

»Ich weiß nicht«, sagte Georg. »Mit Erlaubnis Scheiben einschmeißen, das macht natürlich Spaß, klar. Aber was die sonst noch gemacht haben? Mit den Leuten? Da waren doch auch Kinder bei denen, bei den – diesen Leuten? Nee. Und von der Polizei ist so was eigentlich doch verboten? Aber bei uns in Hamborn haben sie hundertfünfzig geschnappt, in der Nacht, als die schon geschlafen haben, und die haben sie nach Duisburg gebracht. Da waren es noch viel, viel mehr, in Duisburg, der Achim wußte gar nicht, wie viele. Dreihundertfünfzig polnische haben sie in einen Viehwagen gesetzt – und ab zur polnischen Grenze.«

»Dreihundertfünfzig polnische – was?« fragte Rike.

Georg schabte mit dem Daumennagel einen Wachsflecken vom Radiotisch.

»Männer«, sagte er und flüsterte dann: »Juden«, und fragte laut, hastig: »Aber in Viehwagen kann man doch überhaupt nicht sitzen? Und da ist es doch dreckig?«

»Ja«, sagte Dana. »Und ein Güterzug fährt mindestens vierzig Stunden bis zur polnischen Grenze.«

Nora rief: »Ich muß sofort an Werner schreiben, ach, bin ich froh, daß er nicht dabei war!«

»Warum hat niemand diese Familien gewarnt?« fragte Leo.

Rike sagte: »Ich kenne jemanden, der hat es getan, der ist nächtelang mit dem Fahrrad kreuz und quer durchs Ruhrgebiet gefahren und hat verschlüsselte Botschaften ausgerichtet, und die sind an alle weitergegeben worden. Aber wer konnte sich denn vorstellen, was heute nacht geschehen ist? Die meisten Juden haben ihrem Recht vertraut, einfach ihrem Recht, hier zu leben wie alle anderen. Sie haben sich geirrt.«

Dana sah Rike an, sie sah Leo an, und plötzlich weinte sie. Georg lief zu ihr und streichelte ihren Arm und ihren Rücken und sagte: »Ma-ma-ma«, wie Robbi, und Leo sagte: »Schwesterlieb, du hast keine Schuld.«

»Wahrhaftig nicht«, sagte Rike. »Sprich in Gedanken mit Deborah, die wird dich trösten und stärken.«

»Und vielleicht schenkt sie dir dann ein Pferd!« rief Georg.

Sie fuhren am Sonntag darauf mit Bahn und Bus nach Escheren, weil es kühl geworden war. Leo hatte

Schwester Bernharda angerufen. Er meinte, es wäre nicht gut, wenn der Besuch für Robbi überraschend käme.

Darum wartete die Helferin Annemarie mit Robbi vor der Torstube auf den Besuch, und weil sie sich beide langweilten, fingen sie auf den Steinfliesen ein Hüpfspiel an.

Robbi sah die Familie kommen. Er rief: »Tach! Sofort!« und hüpfte weiter. Dana lief zu ihm und umarmte und küßte ihn. Er strahlte sie an, sagte: »Ma-ma-ma! Mach mit!« und hüpfte dabei weiter und rief: »Alle mach mit!«

Nur Georg hatte Lust dazu. Die anderen setzten sich auf eine Bank und ließen sich die Novembersonne warm auf den Rücken scheinen.

Dana fotografierte Robbi, Georg und Annemarie, dann Nora, Rike und Leo, das Haus, ein Stück vom Garten, die leeren Bänke im Halbrund – waren denn heute keine anderen Besucher gekommen? – und schließlich Schwester Bernharda, wie sie das Fenster öffnete und hinausrief, Dana möchte bitte hereinkommen und ihren Mann in Berlin anrufen. Alle anderen könnten schon nach oben ins große Spielzimmer gehen. Bei kühlem Wetter würden sich die Familien dort mit ihren Kindern treffen. Annemarie konnte ihnen den Weg zeigen.

»Komm, Robbi. Wir gehen nach oben«, sagte Annemarie.

»Ja«, sagte Robbi. »Wir gehen nach oben.«

Georg wollte dabeisein, wenn Dana mit dem Vater sprach, aber ehe die anderen an der Treppe waren, kam er zurück, zögernd, und zupfte Leo an der Jacke: »Er will mit Robbi sprechen.«

Leo flüsterte mit Rike, und Rike flüsterte mit Nora.

Leo nahm Robbis Hand: »Wollen wir telefonieren?«

Denn manchmal nahm Leo Robbi mit zur Post, und sie riefen den Großvater in Stephans Werkstatt an. Das war für Robbi immer ein großer Spaß. Sie hatten ein Telefonspiel, Laszlo und Robbi, das mußte immer in der gleichen Ordnung ablaufen:

Robbi fragte: »Schönes Wetter, Opa?« Und Laszlo sagte: »Will das Huhn fragen«, und fragte: »Schönes Wetter, Huhn?« und gackerte kunstvoll, und Robbi schrie vor Vergnügen, und dann sollte der Großvater die Kuh, das Schwein, das kleinste Ferkelchen, den Hund und die Katze fragen und welches Tier ihnen gerade einfiel.

Also freute sich Robbi auch jetzt aufs Telefonieren, und alle liefen mit und standen an der Tür und hörten zu.

Freundlich fragte Robbi: »Schönes Wetter, Pa?«

Dana fotografierte ihn, wie er da mit dem Hörer am Ohr auf dem Stuhl kniete und auf die Sprechmuschel hinunterlächelte, und der Wind hatte seine Haare zu wilden Locken hochgeweht, der Hemdkragen war schief geknöpft, die Jackenärmel hatte er hochgeschoben, und er sah eben ganz so aus wie irgendein Junge, der vergnügt und erhitzt vom Spielen ins Haus kommt.

Was Paul sagte, verstanden die anderen nicht. Robbi schüttelte nur den Kopf.

»Sch-schönes Wetter?« fragte er noch einmal.

Paul redete lauter, und Robbi schüttelte wieder nur den Kopf.

»F-r-ag mal das Huhn«, sagte er leise und sah sich nach Leo um. Der stand bei den Topfblumen am Fenster und sah hinaus auf den Kiesplatz.

Nora fing Robbis Blick auf, und weil sie nicht

wußte, was sie sonst für ihn tun könnte, warf sie ihm eine Kußhand zu.

»Wen?« rief Paul. »Wen soll ich fragen?« Das hörten auch die anderen.

»Da-das Huhn«, flüsterte Robbi.

Paul redete lange und sehr laut. Dana beugte sich so nahe es ging zum Telefonhörer und verstand immer wieder den gleichen Satz: »Bitte erzähl mir etwas von der Schule. Robbi! Bitte! Erzähl mir etwas von der Schule. Oder vom Heim. Erzähl mir etwas, mein Junge. Erzähl mir etwas!«

Robbi ließ die Unterlippe hängen. »Er kann nicht«, sagte er zu den anderen und legte den Hörer hin.

Dana nahm ihn schnell auf. »Entschuldige«, sagte sie. »Das mit dem Huhn, das ist ein Spiel, das konntest du nicht wissen. Hast du mit ihm geschimpft? Nein? Aber möchtest du nicht auch Nora und Georg sprechen? Und dann noch einmal Robbi ohne das Telefonspiel mit dem Huhn?«

»Nein«, sagte Paul. »Ich – ich hab jetzt keine Zeit mehr. Auf Wiederhören«, und seine Stimme klang gepreßt, müde, traurig. Schon hatte er aufgelegt.

»Bis bald«, sagte Dana, aber das hörte er ja nicht mehr. Sie schob das Telefon zurück an seinen Platz auf Schwester Bernhardas Schreibtisch und sagte laut: »Du hast sie alle drei nicht verdient.«

»Rabenvater!« sagte Schwester Bernharda, aber so leise, daß nur Leo sie verstand.

»Ich wollte doch so gern mit dem Pa sprechen!« rief Georg.

»Er hatte keine Zeit«, sagte Dana.

Annemarie führte sie über lange Flure und Treppen ins große Spielzimmer.

Da saßen die Familien mit ihren Kindern an großen

und kleinen Tischen, und das stille Mädchen ging von einem zum anderen mit Milchkannen und Kaffeekannen und einem großen Tablett voll Kuchen. Schwester Brigitta saß abseits an einem kleinen Tisch, und wer mit ihr sprechen wollte, konnte zu ihr kommen.

Der Tisch für die Hamborner war schon gedeckt. Robbi hatte wohl dabei geholfen, er lief den anderen voraus und zeigte jedem seinen Platz.

»Das hast du sehr gut gemacht«, sagte Schwester Brigitta. »Und nun setz dich hin und zeig deiner Mama, wie gut du allein essen kannst.«

Aber gerade hatte Leo das große Paket mit dem Schulranzen vor Robbi auf den Tisch gelegt. »Das haben wir dir mitgebracht«, sagte er.

Robbi sah zu Schwester Brigitta hinüber.

Sie sagte: »Ja, das darfst du sofort auspacken.«

Nora knotete die Schnur auf, Robbi schlug das Papier auseinander.

»Mein?« fragte er.

»Dein«, sagte Dana. »Weil du jetzt ein Schuljunge bist.«

»Mein R-Ran – zen«, flüsterte Robbi.

»Willst du nicht hineinschauen?« fragte Leo.

Eine Tafel lag im Ranzen, eine neue Tafel ohne einen einzigen Kratzer. Ein bunt gestreifter Lappen hing daran und ein neuer gelber Schwamm. Dann gab es einen Griffelkasten, der hatte einen Schiebedeckel über sechs neuen, langen Griffeln, eine Schachtel mit bunten Kreiden und eine große Tüte voll Gebäck. Nora hatte von ihrem Taschengeld auf dem schwarzen Markt Butter gekauft und viele goldgelbe Butterherzen gebacken. Ein Drittel für die Familie, ein Drittel für Robbi, ein Drittel für Werner.

»Sch-sch-ön!« rief Robbi und streichelte seine Tafel

und seinen Griffelkasten und packte alles wieder ein und wieder aus und wieder ein. Rike half ihm, den Ranzen auf den Rücken zu setzen. Er lief mit der Gebäcktüte zu Schwester Brigitta. »Schön?« fragte er und drehte sich, damit sie den Ranzen gut sehen konnte.

»Wunderschön«, sagte sie, und sie nahm auch eins von Robbis Plätzchen.

Von Tisch zu Tisch lief Robbi mit dem Ranzen und ließ die Tafel und den Griffelkasten klappern, und Schwämmchen und Läppchen flatterten an seiner Schulter.

»Schön, schön«, sagten alle fremden Mütter und Väter und Großeltern und Tanten, und Robbi ging nicht eher weiter, bis jedes Kind ein Plätzchen genommen hatte.

»Er weiß nicht, daß die Tüte einmal leer wird«, sagte Leo zu Nora. »Er ist glücklich, weil er etwas zu verschenken hat.«

Robbi kam zurück zum Tisch, da waren noch sieben Butterherzchen in der Tüte, für jeden eins und für Dana zwei. Robbi steckte sie ihr in den Mund.

»Noch mal!« rief Robbi und wollte mit dem schönen Ranzen noch einmal um das Zimmer laufen.

»Robbi?« rief Schwester Brigitta. »Jetzt haben alle deinen schönen Ranzen gesehen. Jetzt essen wir den guten Kuchen.«

»Ja«, sagte Robbi. »Jetzt essen wir den guten Kuchen«, und setzte sich mit dem Ranzen auf dem Rücken auf die Stuhlkante.

»Soll ich dir den Ranzen abnehmen?« fragte Leo.

»Nein!« rief Robbi. Er konnte nichts essen, nur einen Becher Milch trank er, und die anderen beeilten sich mit dem Kuchenessen, damit der Tisch bald wieder frei wäre für Robbis Tafel, Robbis Griffel, Robbis bunte Kreide.

Dana malte ihm einen Hund, und Leo schrieb in großen Buchstaben darunter:

»DAS IST ROBBIS HUND. ER HEISST WUFF.«

Robbi las mit, was Leo schrieb.

»Er hat nichts vergessen«, flüsterte Rike.

Schwester Brigitta kam von ihrem Tisch herüber. »Er kann wirklich schon sehr gut lesen«, sagte sie. »Unser Lehrer hat sich gewundert.«

Sie sah auf ihre Uhr und rief. »Die Besucherstunde ist zu Ende! Alle Kinder stellen sich auf. Zwei und zwei! Wir gehen noch eine Stunde in den Gartenhof.«

Zu Robbi sagte sie: »Du kannst den Ranzen nicht mitnehmen. Annemarie stellt ihn neben dein Bett, dann siehst du ihn, wenn du schlafen gehst.«

»Nein!« sagte Robbi und sah sie entsetzt und wütend an.

»Doch«, sagte sie. »Im Gartenhof sind auch die Großen und die Rollstuhlkinder und die ganz Kleinen. Vielleicht wollen dann alle deinen Ranzen sehen, und sie werfen deine neuen Griffel hin, und die zerbrechen. Stell dich zu den anderen. Nimm den Moritz an die Hand, hilf ihm auf der Treppe.«

»Ja«, sagte Robbi.

Rike sah Leo an, Dana sah Georg und Nora an.

Schwester Brigitta sah alle diese Blicke und lächelte und sagte: »Es geht nicht anders. Annemarie und ich, wir haben Tag und Nacht die Verantwortung für zwanzig Kinder. Sie müssen gehorchen.«

»Ja«, sagte Robbi noch einmal. Er ließ sich von Dana und den anderen umarmen und küssen und sah dabei über die Schulter zu, wie Nora und Georg Tafel, Griffel und Kreide und die leere Gebäcktüte wieder in den Ranzen packten und wie Annemarie ihn forttrug.

»Mein«, flüsterte er, und sein Mund zuckte.

»Ich geh mit Robbi«, sagte ein sehr kleiner Junge. »Ich geh immer mit Robbi«, und schob seine Hand in Robbis Hand.

Dana stand an der Tür. Als Robbi mit dem Kleinen vorbeikam, flüsterte sie: »Ich hol dich, Robbi, ich hol dich bald.«

Nun stiegen ihm die Tränen so schnell in die Augen, daß er sie nicht mehr aufhalten konnte.

Dana lief neben ihm her, nur ein paar Schritte weit über den breiten Korridor, und gab ihm ihr Taschentuch. Sie wollte auch Moritz etwas geben, und weil sie nichts anderes hatte, nahm sie ein anderes zerknülltes Taschentuch aus der Manteltasche und gab es Moritz. Der lachte und sagte: »Danke, danke!« und putzte sich gleich die Nase. Dana fotografierte sie beide, Robbi mit seinen Tränen und Moritz mit seinem Lachen, und von beiden sah man nur die Augen über den Taschentüchern.

Dann mußte sie warten, bis Rike und Nora hinter den letzten Kindern aus dem Spielzimmer kamen, ehe sie ihre eigenen Tränen mit Rikes Taschentuch abwischen konnte.

Sie sagte: »Ich schwör's, ich schwör's, ich schwör's!«

»Was schwörst du?« fragte Nora.

»Ihr werdet es sehen«, sagte Dana, und plötzlich freute sie sich auf die Reise nach Berlin. Es gab etwas zu kämpfen. Wie lange war es her, seit sie sich so stark gefühlt hatte wie heute? Sie fragte Rike: »Kannst du mir dein blaues Winterkostüm leihen? Ich kauf mir dazu eine feuerrote Handtasche. Am nächsten Wochenende fahre ich zu Paul.«

»Großartig«, sagte Rike, und sie meinte die Handtasche, die Reise und Dana.

Später trafen sie im Zug drei Frauen und einen

Mann, die im Spielzimmer an Nachbartischen gesessen hatten: eine Mutter aus Neudorf, ein Großelternpaar aus Beeck und eine Frau aus Köln. Die sagte: »Ich bin bloß eine Tante von dem Mädchen mit dem dicken Kopf, von der Marieluise. Die Mutter kümmert sich nicht mehr um das arme Wurm. Aber wenn man lieb mit ihr ist, dann freut sie sich, dann schielt sie vor lauter Freude und macht: ›Ui, ui, ui!‹ Ich hab selbst drei Kinder, sind alle gesund groß geworden, und das Marieluischen ist mir wie ein eigenes, als ob ich vier hätte. Wenn sie auch nichts sagen kann und noch nicht einmal richtig lachen. Aber darum ist ja ein Mensch noch kein Tier, oder?«

Die Mutter aus Neudorf sagte: »Meine Lissy soll bald nach Hause kommen. Die Schwester sagt, sie könnte jetzt allein in die Schule gehen. Ich kann sie doch nicht bringen, ich geh doch arbeiten. Und die Lissy ist beinahe taub, darum kann sie noch nicht gut sprechen. Das kommt von der Taubheit, sagt der Lehrer.«

Und der Großvater aus Beeck: »Wir würden unsern Dieter so gern zu uns nehmen. Aber die Eltern wollen das nicht. Dabei sind wir doch noch rüstig, und kinderlieb sind wir auch, und wir haben einen schönen Schrebergarten, da könnte er immer spielen, ganz nah beim Haus, und wir würden ihn vom Balkon aus sehen.«

Und die Großmutter: »Der Dieter, das ist ein ganz lieber, der ist wie Ihrer, wie der Robbi.«

Ehe sie aussteigen mußten, sagte die Kölnerin: »Man möchte sich doch auch mal aussprechen über alles, Sie auch? Seit das in Hessen passiert ist, hab ich keine Ruhe mehr. Ich hab hier meine Adresse aufgeschrieben und die Telefonnummer von den Nachbarn.« Und weil ihr keiner schnell genug antwortete: »Ich will nix gesagt haben.«

»Doch, doch!« sagte Leo. »Bitte geben Sie mir den Zettel!«, und er schrieb ihr die Anschrift vom Neumühler Haus auf einen Zeitungsrand.

»Wir sollten das alle tun«, sagte der Beecker Großvater, »und vielleicht sieht man sich mal. Wär' doch nett«, und schrieb seine Adresse auf einen anderen Zeitungsrand, und das tat auch die Frau aus Neudorf.

»Jetzt sind wir schon fast ein Verein«, sagte sie. »Einigkeit macht stark, stimmt doch? Oder nicht?«

Später, als sie in der Straßenbahn saßen, und die Neudorferin und die Kölnerin hatten sich schon am Bahnhof verabschiedet, und auch die Beecker Großeltern waren ausgestiegen, sagte Dana: »Man fährt mit so vielen Leuten in der Straßenbahn, und keiner weiß, welche Sorgen der andere hat. Man müßte viel mehr miteinander sprechen.«

Noch in der Nacht entwickelte Dana den Film mit den Bildern aus Escheren: Robbi und Georg beim Hüpfspiel, und zwischen ihnen beiden die lachende Annemarie mit den dicken Brillengläsern, und wie Georg so aufmerksam zu Robbi schaute; und Nora, die träumerisch eine Locke um den Finger drehte und auf den Kies vor ihren Füßen sah, dann Rike und Leo, wie sie miteinander sprachen und sich ansahen. (Wie ein glückliches Ehepaar sahen sie sich an. Dana legte das Bild schnell beiseite.) Dann Schwester Bernharda am Fenster und gerade unter ihr vor der Wand Robbi, wie er zu ihr hinaufschaute, und dann Robbi am Telefon, als er noch lächelte.

Dieses Bild vergrößerte sie, vertiefte die Schatten, gab dem Hintergrund mehr Licht, hellte die Schatten hier und dort wieder auf, holte Robbis Gesicht und sein Lächeln immer näher heran – aber Paul sollte auch das schief geknöpfte Hemd sehen und die kleinen Schweißperlen auf Robbis Oberlippe, weil ihn das Telefonieren anstrengte, oder weil das Spiel ihn erhitzt hatte?

Es gab noch zwei Bilder von ihm, eins, wie er mit dem Ranzen auf dem Rücken vor dem Mädchen Marieluise stand und ihr ein Butterherz hinhielt, und sie schielte an ihm vorbei, und das letzte Bild auf dem Film: wie Robbi mit Moritz in der langen Kinderreihe über den Flur ging, und sie putzten sich beide die Nase und schauten über die Taschentücher hinweg Dana an.

Als sie das Bild vergrößerte, sah sie, daß Moritz älter sein mußte als Robbi, viel älter, vielleicht elf oder zwölf Jahre? Und er war klein wie ein Fünfjähriger, aber wie schön waren seine Augen.

Spät in der Nacht, schon gegen Morgen, kamen Rike und Leo herunter. Sie hatten den Widerschein vom Licht in der Dunkelkammer auf der Hecke gesehen. Da waren alle diese Bilder schon zum Trocknen an eine Leine geklammert, und Dana schlief mit dem Kopf auf dem Tisch neben dem Vergrößerungsapparat.

Leo weckte sie, und Rike ging mit ihr hinüber ins große Haus und sah nach dem Feuer im Herd, und Leo schloß alle Türen ab.

Drei Tage später fuhr Dana nach Berlin. Sie wollte nicht bis zum Wochenende warten. Leo brachte sie nach Oberhausen an den Zug. Auch die neue rote Handtasche aus richtigem Leder half ihr nicht gegen das Gefühl, ein Stück kleiner zu sein als sonst, auch nicht der neue kurze Haarschnitt, auf den sie gestern noch so stolz gewesen war, weil Hertas Annchen gerufen hatte: »Du siehst aus wie Lilian Harvey!« Jetzt fand sie sich albern und fremd.

Leo spürte ihre Unruhe. »Denk, wie das war, als wir beide in Linz auf dem Bahnsteig standen«, sagte er. »Alles war ungewiß, und so vieles ist gut geworden.«

»Aber nicht alles«, sagte Dana. »Und damals bist du im letzten Augenblick auf den Zug gesprungen. Ich war nicht allein.«

»Trotzdem warst du mutiger als ich. Hast du heute Angst vor der großen Stadt?«

Dana schüttelte den Kopf. »Nur vor Paul hab ich Angst«, sagte sie.

»Laß ihn das nicht merken!« rief Leo, weil der Zug schon an ihnen vorbeirollte, und Dana schüttelte wieder den Kopf und stieg ein und winkte mit einem Spitzentaschentuch, das ließ einen Hauch von Rosenduft zurück, oder kam es nur Leo so vor?

»Schwesterlieb, Schwesterlieb«, flüsterte er. »Du bist eine Dame geworden. Warum leben wir nicht mehr zu Kaisers Zeiten in Wien? Die schwarzen Gesellen in Berlin werden sich wundern über dieses Mädchen vom Hochtal.«

Paul stand in Berlin am Zug, groß und schlank in der schwarzsilbernen Uniform, mit weißen Lederhandschuhen, und hinter ihm stand ein anderer Schwarzsilberner mit einem Arm voll roter Rosen.

Als Dana ausgestiegen war, und Paul hatte ihr einen Kuß auf die rechte Hand und einen auf die linke Wange gehaucht, stellte er ihr den anderen Schwarzsilbernen vor: Detlef Kuron hieß er, der weißblonde junge Mann. Er war Pauls Adjutant. Wie lautlos dieser Junge seine Hacken zusammennahm und sich verbeugte! Er gab Paul die Rosen, und der überreichte sie Dana, und sie kam sich vor wie auf einer Bühne, weil so viele Leute sich umdrehten und dieser Begrüßung zusahen.

Draußen vor dem Bahnhof riß der junge Mann die Wagentür für sie auf, und Dana dankte ihm mit einem Lächeln und einem Kopfnicken, wie sie es im Kino oft genug gesehen hatte.

Sie fuhren durch Straßen, die flimmerten von Leuchtreklamen, von Lichterketten und Glitzersteinen in allen Schaufenstern. Im Hin und Her und Drängen und Schieben der vielen Menschen waren jetzt gewiß auch Mütter und Väter, die Weihnachtsgeschenke für ihre Kinder kaufen wollten. Dana beneidete diese Mütter.

Pauls Wohnung, das war ein Reihenhaus in einer Siedlung, die man in einen lichten Wald gebaut hatte, einstöckige Häuser, weiß unter tiefen roten Dächern. Alle hatten die gleichen Fenster, die gleichen grünen Schlagläden, die gleichen schweren Holztüren. Hübsche Häuser, schlicht wie alte Bauernhäuser, nur in der Größe verschieden, sonst sah eins wie das andere aus. Viele alte Bäume hatte man stehengelassen, die freien Rasenflächen waren sorgfältig gemäht, die Blumenbeete schon für den Winter mit Tannenreisig zugedeckt: Hier wohnte man in einem gepflegten Park.

»Unser Dorf«, sagte Paul. »Nur für SS-Männer und ihre Familien gebaut.«

»Ein Spielzeugdorf«, sagte Dana. Sie dachte: Bauernhäuser stünden nicht so gezirkelt an der Straße, da hätte jedes eine andere und eigene Zufahrt, da gäbe es Milchkannen auf den Bänken vor der Tür und Blumen, die aus alten Kochtöpfen blühten, und Hühner hätten sich vor den Haustüren Kuhlen in den Sand gescharrt, bei den meisten Häusern gäbe es auch ein bißchen Unordnung im Hof und neben der Haustür, aber jedes hätte sein eigenes Gesicht. Dies war wohl eher eine Kaserne. Aber all das sagte sie nicht.

Der Wagen hielt vor einer Reihe von acht oder zehn aneinandergebauten Häusern.

»Die Alleinstehenden wie ich bekommen natürlich nur ein Reihenhäuschen«, sagte Paul. »Wer mit Frau und Kindern hier lebt, hat eins von den großen Häusern mit Garten und Spielplatz.«

Der schöne Detlef trug das Gepäck ins Haus und verabschiedete sich von Dana mit einer anmutigen Verbeugung und von Paul mit »Heil Hitler, Obersturmführer!«, und diesmal knallten die Hacken, als hätte er Sporen an den Stiefeln. (Er wäre ein schöner Reiter, dachte Dana. Und Paul? Zu dem würden Pferde nicht passen.)

»Der Reichsführer erwartet viel von ihm«, sagte Paul. »Der wird es weit bringen, weiter als ich.«

Pauls Wohnung war eine neue Überraschung. In diesem kleinen Haus gab es einen sehr großen Wohnraum, der war fast leer. Eine lange Fensterwand öffnete ihn zum Park, ein Bücherregal aus hellem Holz füllte die entfernte Stirnwand, davor ein riesiger Schreibtisch, auch der aus hellem Holz. An der anderen Schmalseite des Raumes gab es einen Flügel. Dana strich im Vorbeigehen über den Deckel.

»Du wolltest einmal ein Haus mit hellen Zimmern, und in jedem sollte ein Klavier stehen«, sagte Paul.

»Wirklich?« fragte Dana. »Davon weiß ich nichts mehr.« Aber sie log, sie wußte das noch sehr gut. Warum wollte sie das nicht zugeben? Später könnte sie darüber nachdenken.

Durch einen Türvorhang kam man in einen kleinen Eßraum und von dort aus in die Küche. Oben gab es drei sehr kleine Schlafzimmer. Alle Möbel waren schlicht, aus hellen Hölzern und ohne Zierat.

Alles gefiel Dana, aber sie fror und sehnte sich schon zurück nach Hamborn in das alte Haus mit all dem

Herein und Hinaus von Kindern und Freunden, nach den beiden Küchen mit Stühlen, die nicht zusammenpaßten, nach dem knisternden Herdfeuer in der Dielenküche, nach dem scharfen, sauren Geruch der Chemikalien in ihrer Dunkelkammer und dem Leimgeruch in Leos Werkstatt. Sie sehnte sich nach ihrem Schlafzimmer, das mit Fotos tapeziert war, und nach Leos und Rikes Giebelstube, wo die Bücher in Doppelreihen standen, und in beiden Wohnungen lag immer irgendwo etwas herum und erzählte, was die anderen gerade getan oder gelesen hatten.

Sie tastete in der neuen roten Handtasche nach dem Umschlag mit den Bildern, die sie Paul zeigen wollte: Hambornbilder und Escherenbilder, und es tröstete sie, das Bilderpäckchen mit den Fingerspitzen zu berühren.

Paul hatte ein Abendessen vorbereitet, das sollte sie an die Abende im Hochtal erinnern: Eine Gemüsesuppe hatte er gekocht, er selbst, und Fleisch und Salat waren vorbereitet, und zum Nachtisch sollte es kleine kalte Eierkuchen geben, mit Heidelbeeren gefüllt. Wie freundlich und fürsorglich war das, und auch den Tisch hatte er schon gedeckt.

Wollte Dana sich vor dem Essen umziehen? Nein, lieber erst später.

So saß sie nun mit ihrem Mann am Tisch, und beide wußten nicht, worüber sie sprechen sollten.

Mit den gemeinsamen Erinnerungen ans Hochtal wurden sie noch während der Suppe fertig, der Bericht über Laszlos Gesundheit und über Stephans Familie und seinen Landmaschinenhandel reichte gerade für die Unterhaltung bei Fleisch und Salat, und bei den Eierkuchen hatte Dana schnell erzählt, was sie von Istvan und Janka wußte. Und wie ging es Pauls Eltern?

Nun ja, alte Leute. Sie fanden sich in der neuen Zeit

nicht besonders gut zurecht, und in der vergangenen Woche hatten sie sich sehr unklug verhalten. Der Vater, fast achtzig, hatte – nun ja, gewisse Freunde, Dana kannte sie doch?, – für mehrere Tage in sein Haus aufgenommen, und das im Einverständnis mit der Mutter. Drei Familien, mit Kind und Kindeskind siebzehn Leute, hatten sie in ihrem schönen Homberger Haus kampieren lassen. Aber sie hatten ja noch das Ferienhaus in der Schweiz. Offenbar hatten sie es erweitern lassen und wollten wohl dorthin übersiedeln. Das sei vielleicht ratsam, nicht nur des besseren Klimas wegen. Und woher wußte er das alles?

»In Berlin erfährt man alles, was man erfahren will«, sagte er und stellte die Teller zusammen, damit er Dana nicht ansehen mußte. Nein, sie dürfte nicht abwaschen, morgen käme eine Zugehfrau, heute abend würde Besuch erwartet. Detlef mit seiner Braut und einer von Pauls Vorgesetzten, ein Hauptsturmführer.

»Er möchte dich kennenlernen, verstehst du? Man legt Wert auf ein geordnetes Familienleben bei der SS. Er wird wahrscheinlich dem Reichsführer berichten müssen. Davon hängt meine nächste Beförderung ab, und auch, wie man mein Buch beurteilt.«

»Du hast ein Buch geschrieben?«

»Ja. Mach dich schön, Dana. Dann werden sie es bestimmt gut finden.«

Sie lachte. Das Buch? Glaubte er das wirklich?

Ja, irgendwie, vielleicht. Und sie möge sich beeilen. Er war nervös.

Lange überlegte Dana, was sie anziehen sollte. Sie hatte nur zwei Kleider im Koffer. Am liebsten war ihr das rote Wollkleid, das hatte sie mit Hertas Hilfe aus einem alten Vorhang genäht, und sie wußte, daß Paul es mochte. Er hatte ihr letztes Jahr zu Weihnachten eine

Goldkette dazu geschenkt. Damals war er für vier Tage in Hamborn, danach kam er nur noch für Stunden auf der Durchreise, und seit Jan den Jungen weggeholt hatte, war er gar nicht mehr gekommen.

Das andere Kleid war ihr altes Feiertagsgewand aus dem Hochtal. Rike hatte gesagt: »Nimm es mit, das gefällt ihm bestimmt noch besser als das rote, glaub mir, weil es doch so ein richtig deutsches Kleid ist«, und sie hatten beide darüber gelacht.

Jetzt zog sie es an, auch der Mutter Anna zuliebe, von der war die Bluse aus feinem weißem Leinen, und die weißen Rosen darauf hatte die Mutter Anna selbst gestickt. Ach, die Mutter Anna sollte ihr bitte helfen, daß alles gut würde. – Aber was sollte gut werden, und wie? Wünschte sie sich wirklich noch einmal Pauls Liebe? – War dieses Kleid hier in Berlin nicht wie ein Theaterkostüm, und sie zog es an, nur um Paul zu gefallen, obwohl sie selbst sich im roten Wollkleid viel wohler gefühlt hätte? Mutter Anna sollte ihr helfen, ihre unruhigen Gefühle zu ordnen, diese wirren Gefühle und unerfüllbaren Wünsche.

Sie stand vor dem Spiegel und band die Schürze über den Rock. Sie gefiel sich nicht.

Paul wartete unten an der Treppe auf sie. »Meine Schöne aus dem Hochtal!« rief er.

Hinter dem Flügel gab es einen kleinen Tisch mit den üblichen Sesseln und dem üblichen Sofa. Ein hoher Stapel von beschriebenem Papier lag auf dem Tisch.

»Mein Buch!« sagte Paul und legte die rechte Hand mit weit gespreizten Fingern auf das erste Blatt.

Dann legte er ein Blatt nach dem anderen sorgfältig von rechts nach links und achtete darauf, daß die Ränder Kante auf Kante lagen.

Und wie hieß es, das Buch?

»›Heimkehr in die Sprache der Väter‹«, sagte Paul, »oder: ›Gesetz des Lebens und Sprache des Blutes‹.«

Was meinte Dana dazu?

Erst müßte sie doch wissen, worum es ging in diesem Buch.

Man würde später darüber sprechen.

Durfte Dana ihm jetzt die Bilder zeigen, die sie mitgebracht hatte? Bilder von den Kindern?

Paul schob seinen Papierstapel zur Seite, und Dana nahm den Umschlag mit den Bildern aus der roten Tasche.

Da gerade kamen die Gäste, und Paul zog Dana mit sich zur Haustür.

War da eine Spur von Spott in Detlefs Augen, als er Dana sah? Das rote Kleid hätte ihm bestimmt besser gefallen. Seine Braut war Gymnastiklehrerin bei »Glaube und Schönheit«. Sie gefiel Dana in der weißen Bluse, dem engen Rock und der Jacke aus weichem Leder.

Aber der Hauptsturmführer rief: »Paul, welch herrliche deutsche Hausfrau haben Sie!«

»Ganz meine Meinung, Hauptsturmführer«, sagte Paul.

»Es ist aber keine deutsche Tracht«, sagte Dana. »Es ist meine Heimattracht aus dem Mühlviertel.« (Weshalb sagte sie das? Sie wußte es nicht.) Sie legte den Papierstapel vom Tischchen auf den Flügel, und dabei fiel der Bilderumschlag unter das Sofa, und viele Bilder rutschten heraus.

Der flinke, freundliche Detlef hob alles auf und schob die Bilder in den Umschlag zurück. »Oh!« sagte er, als er Marieluise sah, und flüsterte eine Entschuldigung.

Dana sagte: »Das Mädchen heißt Marieluise. Es schielt vor Freude. Und der Junge mit dem Ranzen ist unser jüngster Sohn.«

Sie tat die Bilder wieder in die rote Tasche.

Paul kam mit Wein und Gläsern aus der Küche, und sie redeten über das Wetter, Danas Reise, ihren Beruf, das Ruhrgebiet und ein Fußballspiel.

Endlich fragte der Hauptsturmführer nach Pauls Buch. Er wollte doch heute ausführlich darüber berichten?

Paul lehnte sich im Sessel zurück, legte die Fingerspitzen zusammen und sah aus dem Fenster.

»Die Lebensgesetze –«, fing er an. »Die seit Urzeiten wirkenden Lebensgesetze sind die Grundpfeiler eines gesunden Staates. Darum bemühen wir uns, die Lebensgesetze der Natur und unseres Volkes zu erkennen. Darum bejahen wir diese Natur- und Rassengesetze, und sie sind uns heilig wie religiöse Bindungen. Auch die Gesetzesmaßnahmen des nationalsozialistischen Staates entspringen den allgemeinen Lebensgesetzen. Wie sagte unser verewigter Hans Schemm? Nationalsozialismus ist angewandte Biologie.«

»Richtig, richtig«, sagte der Hauptsturmführer. »Müssen Sie mir aber nicht alles von vorn erzählen. Dachte, Ihr Buch hätte mit Sprache zu tun? Ziemlich intellektuelle Sache, wie?« Er gähnte.

Paul hatte wohl auswendig gelernt, was er sagen wollte, und davon mochte er nichts auslassen. Aber er sprach jetzt doppelt so schnell wie zu Anfang:

»Wir sind überzeugt, daß die nordrassigen Indogermanen zur Führung aller anderen Rassen und Völker berufen sind, weil sie allein von Urzeiten an die Erkenntnis der Lebensgesetze besaßen und ihr Wissen in den Mythen, Märchen und Liedern des Volkes treulich bewahrten. Jedoch: was einmal langen Reihen von Ahnen kostbarstes Erbteil war, das ging verloren, und die deutsche Seele flüchtete in fremdgeistige Welten. Unsere Forschungs- und Lehrgemeinschaft ›Das Ahnenerbe‹ hat es sich zur Aufgabe gemacht, das Wurzelwerk der verschütteten Väterweisheit wieder freizulegen.«

»Sehr schön gesagt«, murmelte der Hauptsturmführer. »Zur Sache, Heukens!«

Paul wischte sich die Stirn. »Wir müssen zurückkehren in jene Zeit, in der das deutsche Volk noch in Blut und Geist eine herrliche Einheit war. Auch Geist und Sprache sind eine Ganzheit. Die Sprache ist der Leib des Geistes! Und darum sage ich: wir müssen auch mit unserer Sprache in jene Väterzeit zurückkehren, die aus dem Wissen und Glauben um die Lebensgesetze lebte. Wir müssen wieder sprechen wie Hermann der Cherusker, wie Karl der Große und Friedrich Barbarossa, wie Walther von der Vogelweide und Uta von Naumburg und der Bamberger Reiter, damit wir durch ihre Sprache wieder eines Geistes mit ihnen werden!

Dies ist das Anliegen dieses Buches. Es soll die gesamte Erzieherschaft aufrufen, vom Kindergarten bis zur Universität, das Volk anzuhalten, zur althochdeutschen oder mindestens zur mittelhochdeutschen Sprache zurückzukehren.«

»Alle sollen die alten deutschen Sprachen wieder lernen?« fragte Detlefs Braut.

»Nach wenigen Jahrzehnten wird jeder sie beherrschen«, sagte Paul. »Sie ist ja unserer Seele seit Jahrhunderten vertraut, sie ist ein Bluterbe, allen eingeboren, die unserer Rasse sind.«

»Großartig!« rief der Hauptsturmführer und lachte zu laut. »Aber sollte man den Gebrauch der altehrwürdigen Sprache nicht zunächst nur auf die Führungsschicht beschränken? Althochdeutsch als SS-Geheimsprache!« rief er. »Fabelhafte Sache!«

»Gewissermaßen eine Elitesprache«, sagte Detlef.

»Nein, nein!« rief Paul. »Der Geist des ganzen Volkes soll an der Vätersprache gesunden. Alle sollen sie sprechen als ihre Alltagssprache. Hören Sie doch, wie herrlich das klingt:

Insprinc haptbandun! Inuar uigandun!

Entspringe den Fesseln! Entfliehe den Feinden! Das ist eine Zeile aus den mehr als tausend Jahre alten Merseburger Zaubersprüchen. Althochdeutsch! Das ist althochdeutsch!«

»Donnerwetter, ja. Ist aber für unsere Männer vielleicht ein bißchen schwierig? Bin dann doch mehr für das Mittelhochdeutsche. Haben wir in der Schule gehabt, ist leicht zu verstehen. Egal, werde die Sache dem Reichsführer vortragen. Im Januar oder Februar – oder wie sagt man? Hartung oder Hornung? – Also, ziemlich bald nach Weihnachten haben wir eine Sitzung wegen der Heil- und Pflegeanstalten und dem ganzen Irrenkram. Werde die Gelegenheit benutzen, Ihr Buch zu empfehlen, Kamerad Heuken. Einverstanden?«

»Danke, Hauptsturmführer«, sagte Paul. »Sehr einverstanden«.

Etwas später, als Paul sich mit Detlefs Braut über das Wettkampfwesen im Mittelalter unterhielt, fragte Dana den Hauptsturmführer: »Was ist mit den Heil- und Pflegeanstalten?«

»Liebe, schöne Frau Dana, wissen Sie, wir deutschen Männer haben ja alle unsere Träume und Steckenpferde. Meins ist die Züchtung des wirklich schönen und gesunden Menschen. Bin nämlich Biologe wie Ihr Gatte, hab auch ein halbes Medizinstudium. Also, was in den Heil- und Irrenanstalten geschieht, das ist doch das Gegenteil von dem, was wir erstreben. Absolutes Gegenteil! Da wird minderwertiges Menschenmaterial künstlich am Leben erhalten. Tausendfach! Absolut widersinnig! Diese Häuser machen wir leer – so oder so. Da muß Platz geschaffen werden, verstehen Sie, meine Schöne? Wir leben in einer großen Zeit, da muß viel gehobelt werden, da fliegen die Späne. Ist aber alles noch nicht spruchreif. Werde jedoch nicht vergessen, das Buch und die Gedankengänge Ihres Gatten beim Reichsführer lobend zu erwähnen. Und wann, liebe Frau Dana, werden Sie mit Ihren Kindern hierherziehen? Möchte Ihnen das schönste Haus in unserer Siedlung zuweisen lassen!«

»Das ist sehr freundlich von Ihnen«, sagte Dana. »Aber was bedeutet das: Platz schaffen? Hobeln?«

Detlef stieß seinen Fuß an ihren Fuß und schüttelte sachte den Kopf.

»Nichts für schöne Frauen. Reine Männersache, Teuerste.« Der Hauptsturmführer wollte jetzt über einen neuen Gründgens-Film sprechen. Er sagte: »Gar nicht so ungefährlich, allerhand Zündstoff, heißt nicht umsonst: Der Tanz auf dem Vulkan. Muß man im Auge behalten!«

Dana ging hinaus in die Küche und holte einen zweiten Teller mit Salzgebäck. Dabei goß sie sich mit Absicht ein Glas Rotwein über die Schürze. Jetzt mußte sie hinaufgehen und das rote Kleid anziehen.

Diesmal stand Detlef an der Treppe, als sie hinunterkam. Leise sagte er: »Solche Fragen, Sie wissen schon, was ich meine, stellen Sie bitte nicht mehr an den Hauptsturmführer und auch nicht an Ihren Mann. Rufen Sie mich an, wenn Sie wollen.«

Er gab ihr ein Kärtchen. »Im Augenblick ist aber keine Gefahr.«

»Ich versteh das alles nicht«, sagte Dana. Aber da hielt Detlef ihr schon die Zimmertür auf.

Sie sprachen dann noch lange über KDF-Reisen und welche Filme augenblicklich in Babelsberg gedreht wurden. Offenbar war das Kino den Berlinern besonders wichtig.

Nach Mitternacht brachten Paul und Dana die Gäste an die Straße. Als sie ins Haus zurückkamen, wollte Dana die Bilder zeigen, aber Paul hatte zuviel Wein getrunken und wollte bis morgen damit warten. Mit seinem Papierstapel unterm Arm ging er nach oben.

Dana spülte die Gläser, lüftete das Zimmer, räumte die Küche auf und wartete darauf, daß Paul sie vielleicht rufen würde. Sie ging leise die halbe Treppe hinauf und hörte, wie er sich selbst aus seinem Buch vorlas.

Dana ging wieder hinunter und legte alle Bilder von Nora und Georg und den Ahnenpaß auf Pauls Schreibtisch. Die beiden schönsten Robbibilder ließ sie im großen Umschlag und adressierte ihn an Detlef. Sie legte einen Zettel dazu: »Dies ist mein jüngster Sohn. Vielen Dank für alles.« Sie ließ den Zettel ohne Anrede und ohne Unterschrift. Vielleicht war es nicht gut für Detlef, wenn er einen Brief von Dana bekam?

Als sie zum zweitenmal die Treppe hinaufgehen wollte, hörte sie Paul schnarchen. Sie nahm den Ahnenpaß wieder fort.

Morgens am Frühstückstisch und nach der dritten Tasse Kaffee sagte sie Paul, daß sie spätestens heute abend nach Hause fahren müßte. Am Samstag wären für die Firma fünf Hochzeiten in drei verschiedenen Stadtteilen zu fotografieren, der Chef könne das allein nicht schaffen.

Paul sagte nichts dazu. Er schob die Brotkrümel auf

dem Tischtuch zu vier Häufchen zusammen und ordnete sie um seinen Tellerrand.

Sie fuhren in die Stadt und kauften Weihnachtsgeschenke für die Kinder, auch für Rike und Leo, ganz so, wie Dana es sich gestern gewünscht hatte. Aber heute fehlten nicht nur der Lichterglanz und das Menschengedränge. Dana war in Gedanken schon auf dem Weg nach Hause.

Daß Dana für Georg zwei teure Lederfußbälle kaufen wollte, wunderte Paul, aber er bezahlte sie. Dana brauchte am Ende noch eine neue große Reisetasche, damit sie alles einpacken konnte.

Sie gingen danach ein paar Schritte durch den Tierpark und sprachen nur über das, was sie sahen, und mit keinem Wort über das, was sie dachten oder fühlten.

Als sie wieder ins Haus kamen, waren sie müde, schliefen eine Stunde, tranken Tee und redeten zum erstenmal in Ruhe über die Kinder. Paul freute sich über die Bilder, besonders über Georg in Uniform, auch über die schöne Nora. Vorsichtig bat er Dana, sie doch noch in den BDM zu schicken.

Woher wußte er, daß Nora sich immer noch dagegen sträubte? Dana fragte ihn nicht.

»Und Robbi?« fragte er schließlich.

Dem ginge es gut, und er hielte sich tapfer wie ein kleiner Soldat und wäre viel zu gehorsam und fast immer fröhlich.

»Merkwürdig«, sagte Paul, »daß diese Menschen oft so freundlich sind. Was haben sie denn vom Leben?«

»Das Leben!« sagte Dana. »Das Leben haben sie!«

»Wirklich sehr merkwürdig«, sagte Paul noch einmal. »Haben wir eigentlich etwas für ihn gekauft?«

»Den zweiten Fußball«, sagte Dana. »Den wollte

ich Robbi geben und ihm dazu sagen, daß dies dein Weihnachtsgeschenk für ihn ist.«

»Danke«, sagte Paul und sah Dana so an wie früher, als sie noch glücklich miteinander waren, aber nur für eine Zehntelsekunde, dann stand er auf, stellte sich ans Fenster und sagte: »Nein, sag ihm das bitte nicht. Ich will nicht, daß er mich liebhat.«

Erschrocken sah Dana ihn an. »Robbis Liebe braucht niemand zu bezahlen«, sagte sie. »Du bist ihm nichts schuldig, wenn er dich liebhat. Falls du das meinst.«

»Ich meine überhaupt nichts«, sagte Paul. »Haben wir jetzt genug über Robbi gesprochen?«

»Nein. Ich muß dir noch sagen, daß ich Robbi zu Weihnachten nach Hause holen werde, und es kann sein, daß wir ihn dann ganz in Hamborn behalten. Ich möchte nicht, daß er ein kleiner tapferer Soldat ist. Er soll ein fröhlicher Junge sein. Wenn du dich dagegen wehrst, werde ich um ihn kämpfen.«

Paul schwieg lange. Dann sagte er: »Du kannst mich besiegen, aber nicht die Idee, für die ich lebe und arbeite. Die ist stärker als du. Sie ist für mich das, was für den Soldaten die Fahne ist. Ich bin bereit, für diese Idee zu sterben. Sie ist in den Visionen des Führers Gestalt geworden. Mit unserem Glauben an den Nationalsozialismus erbauen wir das neue Deutschland, das Dritte Reich, eine neue Welt. Mehr kann man nicht darüber sagen. Es ist ein Mysterium.«

»Aber was hat das alles mit Robbi zu tun?« fragte Dana.

»Wir sind ein Orden«, sagte Paul. »Vom einfachen SS-Mann bis zum Reichsführer haben wir absoluten Gehorsam geschworen. Es gibt keine persönlichen Gefühle, wenn es um Befehle geht. Denn es geht immer um das Reich.«

»Und Robbi?«

»Ich habe es dir gesagt. Ich bin nicht frei in den Entscheidungen, die meine Ehe oder die Erziehung meiner Kinder betreffen.«

»Weiter, Paul.«

»Nichts weiter. Hör auf mit diesen Fragen.«

Dana schwieg. Da war sie wieder, diese Grenze, diese Wand aus Geheimnistuerei und schwulstigem Gerede. Und dahinter? Nichts – oder Gefahr?

Dann fragte er: »Hast du es auch, das Leben? Dein Leben? Oder mußt du es ganz und gar diesem kranken Kind geben?« Das war kein Schwulst. Vielleicht war es wirklich Liebe, aber antworten konnte sie nicht. Es war zu spät.

Sie suchte nach einem anderen Gesprächsstoff, ließ sich von Paul die vier Wörter Althochdeutsch auf einen Zettel schreiben, erzählte von ihrer Arbeit im Fotogeschäft und daß sie jetzt Farbaufnahmen machte, aber immer noch fesselte sie das einfache Schwarz-weiß-Bild, die Vielfalt der Grautöne, besonders bei Portraitaufnahmen. Überhaupt: Menschen zu fotografieren, das wurde ihr immer wichtiger, nachdem sie so lange das Ruhrgebiet, diese seltsame Landschaft, in Bildern erfassen wollte.

Sie merkte, daß sie plapperte.

Am Abend bestellte Paul ein Taxi zum Bahnhof, und Dana war froh, daß er ihr damit den Abschied leichter machte. Sie sprachen bis zuletzt freundlich miteinander.

Am Bahnhof warf Dana den Brief an Detlef Kuron ein und stieg erleichtert in den Zug, weil sie jetzt ganz sicher wußte, was sie tun wollte. Sie sparte das Geld für den Schlafwagen, das Paul ihr gegeben hatte, und schlief in einer Fensterecke hinter ihrem Mantel bis zum Morgen.

In Oberhausen stieg sie nicht nach Hamborn um, sondern blieb bis Duisburg in diesem Zug. Von dort aus fuhr sie wie am Sonntag mit Bahn und Bus nach Escheren.

Schwester Bernharda staunte und freute sich für Robbi, weil er nach Hause geholt werden sollte. Schwester Brigitta war vorsichtig: Der Vater hatte auch bestimmt nichts dagegen? Während Dana Robbis Koffer packte, lief sie zur Schwester Oberin und bat sie, in Berlin anzurufen. Der Vater hatte wirklich nichts dagegen, daß Robbi von seiner Mutter abgeholt wurde. Schwester Brigitta und Schwester Bernharda fanden ihn heute gar nicht mehr so schlimm, weil sie so gern von allen Menschen das Beste dachten.

Und dann wollte Robbi nicht von Moritz weg. Nur mit Moritz zusammen wollte er nach Hamborn.

»Er hat sich viel zu sehr an mich gewöhnt«, sagte Moritz. »Nehmen Sie ihn einfach mit. Dann vergißt er mich.«

Dana fragte ihn: »Wie alt bist du?«

»Ich? Fünf Jahre alt bin ich.«

»Das glaube ich nicht. Du bist älter.«

»Vielleicht bin ich schon sechs. Hab meinen Geburtstag vergessen.«

»Bitte, sag es mir. Ich hab mir ein Bild von dir genau angesehen. Du bist zehn oder zwölf Jahre alt. Stimmt das?«

»Nein. Erst dreizehn«, sagte Moritz. »Aber wenn Sie das dem Robbi sagen, bin ich Ihnen für immer böse. Robbi denkt, ich wär' fünf. Er sorgt für mich, er gibt auf mich acht, er beschützt mich. Er ist der Große, und ich bin der Kleine.«

»Was tust du zu Weihnachten? Bist du dann bei deiner Familie?«

»Vielleicht. Wir haben eine Mandelrösterei für Märkte und Messen. Und Gewürze verkaufen wir.« Er lachte sie an, Spott in den Augen. Er log, sie sah es.

»Kommst du zu uns? Wir holen dich ab.«

»Dann muß ich nachher wieder hierher zurück, und das ist erst recht schlimm.«

»Bist du nicht gern hier?« fragte Dana.

»Doch«, sagte Moritz. »Weil es sein muß, bin ich überall gern. Ich war schon oft zu Weihnachten im Heim. Drei Heime kenn ich schon, weil ich die Eltern – weil ich sie früher immer gesucht habe.«

Robbi kam dazu, er hatte seine Waschsachen geholt. Er sagte: »Mo-Mo-ritz kommt mit.«

»Ich komm nach«, sagte Moritz. »Hab alles schon mit der Mama besprochen. Ich komm zu Weihnachten nach.«

Damit war Robbi zufrieden.

Schwester Brigitta zupfte Robbis Pullover zurecht und kämmte ihn schon zum viertenmal, seit Dana gekommen war.

»Also, mach's gut«, sagte sie. »Und komm schön gesund wieder, ja? Und jeden Morgen übst du zehnmal die Wörter mit R: Robert rennt im Regen rum!«

Zu Dana sagte sie: »Ich will doch nie eins von meinen Kindern weglassen! Dabei war er doch noch gar nicht lange hier. Aber alte Nonnen sind auch nicht gescheiter als andere alte Weiber. Immer hab ich Angst, meinen Mäuschen könnte was passieren, nur weil sie nicht mehr bei mir sind.«

»Wir werden alle sehr gut auf Robbi achtgeben«, sagte Dana.

»Sie dürfen aber auch nicht zu weich mit ihm sein. Er muß selbständig werden, und achten Sie darauf, daß er vernünftig spricht. Er braucht nicht zu stottern. Und dann noch etwas: ich hab ihm Einlagen für die Schuhe besorgt, damit läuft er jetzt viel besser. Und Sauerkraut mag er überhaupt nicht, dazu zwingen wir nie ein Kind, oder man muß das Kraut sehr klein schneiden. Ja, das wär's.« Sie schob noch eine Haarsträhne über Robbis linkes Ohr und schrieb ihm mit dem Daumen ein Kreuz auf die Stirn, gab Dana die Hand, und schon war sie weg, mit wehendem Rock den langen Flur entlang.

Für das gesparte Schlafwagengeld hatte Dana ein Taxi bestellt. Wie wäre sie sonst mit vier Koffern und Robbi nach Hamborn gekommen?

Moritz zerrte zwei Koffer durch die langen Flure, nur auf den Treppen durfte Annemarie ihm helfen. Als sie alles ins Auto geladen hatten und auch Dana und Robbi auf ihren Plätzen saßen, sagte Moritz zu Schwester Bernharda: »Wenn ich das gewußt hätte! Ich bin noch nie im Leben im Taxi gefahren.«

»Aber doch schon mit anderen Autos«, sagte Schwester Bernharda.

»Aber nie im Taxi.«

Der Wagen fuhr ab, sie winkten alle.

Schwester Bernharda wartete, bis Annemarie ins Haus gegangen war. Dann sagte sie zu Moritz: »Weißt du was? Am Mittwoch abend darf ich wieder mit dem Hanomag vom Gärtner fahren. Ich nehm dich mit, wenn du magst.«

»Das ist überhaupt noch viel besser als mit dem Taxi!« sagte Moritz. »Jetzt bin ich froh, daß ich hiergeblieben bin.«

»Lügen darf man nie«, sagte Schwester Bernharda. »Nie!«

Es dämmerte schon, als Dana und Robbi nach Hamborn kamen, und in beiden Wohnungen war schon Licht.

Alles Gepäck stand vor der Haustür, das Taxi war

bezahlt, Robbi hatte dem Wagen nachgewinkt, und Dana stand immer noch im Heckentor, sah die roten Schlußlichter in einer Biegung verschwinden, sah zu den hellen Fenstern auf und sagte laut:

»Berlin war kein Zwischenspiel. Berlin war ein Schlußpunkt.«

»Ja?« fragte Robbi, als hätte er verstanden, was sie meinte.

Sie war todmüde.

Robbi zupfte sie am Ärmel, erst vorsichtig, dann immer ungeduldiger. »Klingeln?« fragte er.

Dana straffte sich und sagte: »Ruf sie doch, Robbi, ruf sie alle ganz laut.«

»Ganz laut?« fragte Robbi und holte tief Luft und schrie: »R-Rike, No-ra, Leo! Ge-ock! Alle kommen! Alle kommen!«

Klirrend schlug das Küchenfenster am großen Haus gegen die Wand. »Wer ist da?« rief Nora.

Das Dachfenster im Anbau wurde hochgeschoben: »Hallo! Hallo!« rief Leo.

»Nora, was ist?« rief Rike; und Georg riß die Haustür auf und rief: »Robbi, Robbi, Robbi!« und umarmte Dana, weil Robbi schon an ihm vorüber in die Küche gelaufen war.

Nora faßte ihn unter den Armen und schwenkte ihn herum, aber er wand sich frei und fragte: »Machst du da?«

»Kuchen backen, für Sonntag«, sagte Nora.

»Au ja!« rief Robbi. »Helf ich dir? Bitte!« und zog schon die Jacke aus, legte sie ordentlich auf einen Schemel, die Mütze obenauf, und ließ sich von Nora die Hände waschen und eine Schürze umbinden.

Als die anderen hereinkamen, Rike, Leo, Georg und Dana, hatte er die Hände schon tief im Hefeteig.

So müde sie war: Dana mußte den anderen beim Abendessen erzählen, was sie in Berlin und Escheren erlebt hatte.

Paul hatte ein Buch geschrieben? Mehr als hundert Seiten?

Mehr als zweihundert.

Georg wurde rot vor Stolz. Das würde er in der Schule erzählen, vielleicht auch in der Jungenschaft, morgen, beim Sportnachmittag. Aber vielleicht war das Angeberei? Lieber wollte er warten, bis das Buch gedruckt war. Dann konnte jeder es sehen, das war noch besser.

Inzwischen hatte Dana die vier althochdeutschen Wörter für die anderen abgeschrieben. Alle sahen ihr dabei über die Schulter.

»Schreib mal richtig«, sagte Robbi.

»Das ist richtig geschrieben«, sagte Georg. »Du bist bald neun, du mußt jetzt alles lesen lernen, nicht nur die Kleinkinder-Blockschrift.«

»Ich lese es dir vor«, sagte Leo. »Insprinc haptbandun, inuar uigandun! – Entspringe den Fesseln, entfliehe den Feinden! – Das ist ein großartiger Spruch, das ist gut, das ist schön. Wenn doch Paul selbst den Fesseln entspringen könnte!«

»Und wenn er wollte«, sagte Dana, »sie würden ihn nicht mehr fortlassen. Ich fürchte, er weiß zuviel.«

»Wie meinst du das?« fragte Georg.

»Er ist zu klug«, sagte Rike schnell. »Solch einen Mann lassen die Behörden nicht gern gehen.«

Dana sagte: »Er will auch gar nicht fort. Er hat mir deutlich genug gesagt, daß die nationalsozialistische Idee ihm mehr bedeutet als alles andere.« Sie stand auf und ging zur Tür.

»Auch mehr als du und wir drei?« fragte Nora.

»Natürlich! Was denkst du denn?« rief Georg, ehe Dana etwas sagen konnte. »Du verstehst doch überhaupt nichts vom Nationalsozialismus.«

»Vielleicht verstehe ich von morgen an mehr«, sagte Nora. »Wißt ihr, weshalb ich diesmal am Freitag den Sonntagskuchen gebacken habe? Weil ich morgen BDM-Dienst habe. Kurzschulung für Spätlinge. – Du liebe Zeit! Mein Kuchen!«

Sie riß den Backofen auf. Eine Wolke von frischem Kuchenduft füllte die Küche. Nora stürzte den Kuchen auf ein Drahtgitter und sagte dabei: »Werner meint, das wäre besser, weil ich sonst vielleicht kein Abitur machen darf. Bis heute ist die Zugehörigkeit zur HJ noch keine Bedingung, aber kann man wissen, wie das in drei Jahren ist? Die haben einen doch in der Hand. Also mach ich mit. Und zwar freiwillig.«

»Du, das ist toll, das ist ganz prima!« rief Georg.

»Tu's nicht deshalb«, sagte Leo. »Tu's nur, wenn du überzeugt bist, nicht weil du vielleicht Vorteile davon hast.«

»Ich tue das wegen der Nachteile, die ich vielleicht habe, wenn ich es nicht tue«, sagte Nora. »Wenn eine Regierung zuläßt, daß etwas geschieht wie am neunten, zehnten und elften November, wenn sie damit sogar einverstanden ist, dann kann diese Regierung von mir keine Ehrlichkeit und keinen Anstand verlangen. Ich gehe in den BDM, weil man mir sonst vielleicht Schwierigkeiten macht.«

»Du denkst an das Reichsjugendgesetz«, sagte Rike leise und sah dabei zu Georg hinüber. Der lachte nicht mehr. Er blickte von einem zum anderen, unsicher, fragend, beinahe verzweifelt.

»Ich will studieren, das wißt ihr«, sagte Nora und deckte ein Geschirrtuch über den Kuchen und zupfte es lange zurecht, damit sie die andern nicht ansehen mußte. »Ich will Rechtsanwältin werden, ich muß wissen, was das ist: Gerechtigkeit, Recht und Gesetz, ob das für alle Menschen auf der Welt gleich ist oder ob die Oberen das bestimmen und ändern können, wie sie wollen. Darüber hab ich schon lange nachgedacht. Und wenn ich mir das Geld fürs Studium mit Steineklopfen verdienen muß. Dafür brauche ich aber Latein und das Abitur.«

»Ich versteh das alles nicht«, sagte Georg. »Was Gesetz ist, das ist eben Gesetz, da wird gehorcht. Ist doch klar?«

Nora setzte sich ihm gegenüber an den Tisch. »Ich will ja nur wissen, ob die Gesetze auch für die Oberen gelten. Zum Beispiel, daß man keine Schaufenster einschmeißen darf, daß man anderen Leuten die Möbel nicht auf die Straße werfen darf, daß man keinen verhaften und ins Gefängnis bringen darf, wenn er nicht von einem Richter verurteilt ist. Das ist nämlich Gesetz für dich und mich und alle.«

»Ach, Quatsch!« sagte Georg. »Aber nicht für den Führer! Was richtig ist für Deutschland, das weiß er besser als du! Blödes Weibergeschwätz. Gute Nacht, alle.«

»Ja«, sagte Robbi. »Ich geh mit Ge-ock. Nacht alle. Insprinc haptbandun.«

»Robbi!« riefen sie alle und lachten.

»Hat Leo gesagt.« Robbi gähnte. »Ge-ock, bist du?« rief er.

Georg war schon hinaufgegangen.

Sie sagten sich alle gute Nacht.

Drüben in der Dielenküche brannte das Herdfeuer noch, und Herta saß im Schaukelstuhl und schlief. Sie wachte auf, als Rike und Leo kamen, und fragte, ob sie denn richtig gehört hätte: Dana und Robbi waren gekommen?

Leo berichtete, was er wußte – aber was wußten sie wirklich? Nichts davon, was Dana jetzt bewegte. Sie war den ganzen Abend schweigsamer als sonst. Sie erzählte doch immer gern von ihren Erlebnissen.

Und von Paul wußten sie nur, daß er ein Buch geschrieben hatte, das noch nicht gedruckt war.

Herta erzählte, daß die beiden polnischen Familien jetzt in Warschau seien und dort eine etwas größere Wohnung hätten, und es gab auch manchmal Gelegenheitsarbeit für die Männer.

Sie zog ihren Mantel an. »Ich habe ein steinernes Herz«, sagte sie. »Euch kann ich's ja sagen: Im Grunde bin ich froh, daß sie keine Zuzugsgenehmigung für Hamborn bekommen haben. Solch ein Ekel bin ich.« Sie zog ihren Mantel an und erzählte dabei, Georg hätte sich am letzten Samstag bei ihr über seine Familie beschwert. Zu Hause verstünde man nichts vom Nationalsozialismus, Werner sollte mal darüber mit Leo, Rike und Dana sprechen. »Seid froh«, sagte Herta, »daß er mit mir gesprochen hat und nicht mit seinem Jungenschaftsführer.«

»O weh«, sagte Leo und sah Rike an, und sie dachten beide an das Gespräch mit Nora und an Georgs entsetztes Gesicht.

»Bist du deshalb hergekommen?« fragte Leo. »Um uns das zu sagen?«

»Es war wichtig genug«, sagte Herta, und jetzt müßte sie nach Hause.

Als Herta fort war, sagte Rike: »Ich möchte von all dem nichts mehr hören. Alles macht Sorgen, alles ist gefährlich. Ich glaube, unser Leben wird nie und nie mehr so, wie es einmal war.« Sie setzte sich auf die Treppe.

Leo setzte sich zu ihr. »Es kommt auch einmal wieder eine Zeit der Sorglosigkeit, glaub mir.«

»Danke«, sagte Rike. »Ich weiß, daß du selbst nicht daran glaubst.«

»Danke«, sagte Leo. »Es tut mir gut, daß du das weißt. Aber es könnte trotzdem so sein, irgendwann?«

Als am Samstagmorgen alle aus dem Haus waren, ging Leo mit Robbi in den Schrebergarten. Er wollte endlich mit der Herbstarbeit fertig werden.

Leo hackte, Robbi sammelte das Unkraut auf, Leo brachte es zum Komposthaufen.

»Müde!« sagte Robbi.

»Wenn wir fertig sind, dann sind wir müde«, sagte Leo.

Leo hackte, Robbi sammelte das Unkraut auf und brachte es mit seiner Kinderschubkarre zum Komposthaufen.

»Das geht zu langsam«, sagte Leo. »Da ist ein Eimer, wenn er halb voll ist, kannst du ihn tragen.«

»Zu schwer«, sagte Robbi.

Leo hackte weiter, als hätte er nichts gehört, und Robbi trug den Eimer, und er war gar nicht zu schwer.

»Ich bin stark!« sagte Robbi.

»Das wußte ich doch«, sagte Leo. »Mach weiter.«

»Müde«, sagte Robbi.

Und wieder tat Leo so, als hätte er nichts gehört.

Er riß die dürren Ranken von Kürbis und Gurken aus, und Robbi zog sie wie eine raschelnde Schleppe hinter sich her zum Komposthaufen.

Sie ernteten noch einen halben Eimer Möhren, zwei dicke Sellerieknollen und vier Köpfe Salat. Sie pflückten die letzten Astern und Ringelblumen und machten zwei Sträuße daraus, einen für Dana, einen für Rike. Dann standen sie am Zaun und sahen sich den schön aufgeräumten Garten an.

»Du könntest schnell noch den Weg kehren«, sagte Leo. »Und ich renne an die Bude und hole eine Belohnung für uns. Ich beeile mich. Nachher brauchen wir dann nur noch die Hütte aufzuräumen und die Kaninchen zu füttern.«

Schon war er weg.

Robbi wollte ihm nachlaufen, aber wer konnte Leo einholen, wenn der sich beeilte?

Robbi war noch nie allein im Garten gewesen, und plötzlich kam er ihm so groß und so leer vor, und der Dezemberwind bog die Birke, als könnte er sie umwerfen, und Schwärme von welken Blättern wirbelten auf und taumelten herunter und fielen auf den Weg und die Beete.

»Da ist ja der Robert!« sagte eine Frau. Das war Frau Märti aus dem linken Nachbargarten, Robbi kannte sie gut. »Dich hab ich aber lange nicht gesehen!« rief sie. »Warst du verreist?«

Robbi wußte nicht, was er ihr antworten sollte. Er rannte zum Gartenhäuschen, der Schlüssel steckte an der Tür, aber Robbis Hände zitterten, er wußte nicht, ob er den Schlüssel nach rechts oder nach links drehen mußte, wie sollte er hineinkommen, und wo sonst könnte er sich verstecken? Zum Schuppen laufen, nur ein paar Schritte weit? Aber vielleicht stand die Frau am Zaun und sah ihn und wollte mit ihm reden? Und er wußte nicht, was er sagen sollte . . .

Da hörte er Leo rufen: »Warme Würstchen, extra feine warme Würstchen!«

Robbi rannte ihm entgegen, bohrte den Kopf in Leos Jacke und flüsterte: »Die Frau, die Frau!«

Frau Märti hatte Leo rufen hören, sie kniete in einem

Rosenbeet, und jetzt richtete sie sich auf und winkte ihm zu und sagte etwas vom Wetter und vom Garten, und auch Leo sagte etwas vom Garten und vom Wetter, und aus der Metzgertüte in Leos Hand stieg der herrliche Würstchenduft, und Kümmelstangen hatte er dazu gekauft!

»Bitte, Robbi, schließ auf«, sagte er. »Ich hab keine Hand frei.«

Und jetzt war es leicht, den Schlüssel zu drehen, und endlich saßen sie im Gartenhäuschen und aßen die warmen Würstchen und schleckten noch den letzten Tupfen Senf und das letzte Kümmelkörnchen aus dem Papier.

Sie räumten die Hütte auf und fütterten die Kaninchen. Dann luden sie das Gemüse, die Blumen und die Kissen aus der Hütte auf den Handwagen und zogen ihn auf den Weg hinaus.

Leo ging zu Frau Märti an den Zaun und sagte ihr auf Wiedersehen und wünschte ihr fröhliche Weihnachten und ein glückliches neues Jahr.

»Ach, wie wird's werden?« sagte sie. »Glück? Da glaub ich nicht mehr dran. Schlimm, daß man jetzt so alt geworden ist, und man weiß immer noch nicht, was kommt. Verstehn Sie? Der Mann ist Bergmann, und im Pütt gibt es ja nichts mehr als malochen und malochen, und der Schichtlohn wird immer schlechter. Was die da jetzt alles abziehen! Da sagen unsere Jungens: Bloß nie in'nen Pütt! Der eine hat Maurer gelernt, der andere Schlosser. Und jetzt? Dienstverpflichtet, alle beide, Bunker bauen, irgendwo im Westen. Wenn die im Pütt wären, dann brauchten sie nicht so weit weg, und wenn's losgeht, könnten sie dann vielleicht für die Zeche reklamiert werden. Ich kann schon nicht mehr schlafen vor lauter Angst um die Jungens.«

»Aber es muß doch keinen Krieg geben«, sagte Leo.

»Mann! Einmal knallt es bestimmt. Der kriegt doch den Hals nicht voll. Warten wir's ab. Also, dann bis zum Frühling, wenn wir noch leben.«

»Bis dann!« sagte Leo.

Robbi streckte eine Hand durch den Zaun und sagte: »Bis dann!«

»Du bist ein lieber Junge«, sagte Frau Märti. »Und dich holen sie bestimmt nicht in den Krieg. Hat eben alles sein Gutes!«

»Frau Märti ist lieb«, sagte Robbi, als sie weitergingen.

Ein Stück weit zogen sie den Wagen zu zweit, dann bettelte Robbi ums Fahren.

»Aber jetzt bist du doch ein Großer«, sagte Leo. »Du hast mir soviel geholfen.«

Robbi stülpte die Unterlippe vor. Er war gekränkt. »Fahren!« sagte er.

Leo zögerte. Eigentlich hätte er heute oft genug nein gesagt, dachte er und hob Robbi in den Wagen. Hoch auf den Kissen thronte er nun und strahlte und lachte laut und mit weit offenem Mund, gerade als ihnen Frau Stuckmann entgegenkam. Leo sagte ihr guten Tag, und sie antwortete ihm auch, es klang nur ein bißchen kühl. Als Leo vorsichtig zurückblickte, stand sie noch auf demselben Fleck und sah ihnen nach und schüttelte den Kopf.

Dann kam Weihnachten. Leo hatte einen riesigen Baum in der Dielenküche aufgestellt; höher als die Treppe war er. Jeder aus dem Haus und jeder Gast durfte in die Zweige hängen, was er wollte, was er hatte: Papiersterne, Zuckerkringel, ein paar Fädchen Lametta, einen roten Apfel, ein Vögelchen aus weißen Hühnerfedern oder eine rote Christbaumkugel.

Jedes Jahr kamen am vierundzwanzigsten nachmittags Kinder aus Rikes Klasse und bastelten hier ihre Weihnachtsgeschenke fertig, und Rike half ihnen dabei. Jedes bekam Kakao und Rosinenbrot.

Ein Junge häkelte noch einen roten Rand um den Topflappen, den er der Oma schenken wollte, ein Mädchen lag quer über drei Treppenstufen und malte ein Bild für die Eltern mit Noras Wasserfarben, und Dana half ihr dabei.

Auch einer von Georgs Kameraden aus der Jungenschaft war gekommen. Er wollte seinem Vater einen Brieföffner schenken, und das spitze Ding war so schwer zu verpacken, immer bohrte es sich durch das Seidenpapier. Nora legte ein Stück Pappe um die Spitze, verklebte das Seidenpapier und band noch eine große Schleife darüber. Sie hatte schon Erfahrung darin: Auch für Georg hatte sie zwei Brieföffner verpackt: einen sollte Paul bekommen, den hatte Dana schon fortgeschickt, und der andere war für Leo bestimmt. Alle zehn Jungen der Jungenschaft hatten bei den letzten Heimabenden Brieföffner geschnitzt.

Ein Mädchen sagte: »Wir feiern überhaupt nicht. Mein Vater kann Weihnachten nicht leiden. Das wäre bloß auch so ein Fest für Pfaffen, hat er gesagt. Aber morgen gibt es trotzdem Gänsebraten bei uns.«

Zwei Brüder aus Rikes Klasse sagten: »Bei uns fällt Weihnachten in diesem Jahr aus. Unser Vater muß schon seit August krankfeiern, da haben wir kein Geld für so was.« Keine Geschenke, auch nichts zum Anziehen sollte es geben. Für die Kleinen hatten sie den alten Kaufladen vom Dachboden geholt. Alle Schublädchen waren leer, aber die Mutter würde Mehl, Zucker, Salz und Reis hineintun. Dafür wollten die Brüder aus altem Packpapier Tüten kleben, wenigstens hundert, und Leo sollte ihnen bitte den Leim dazu geben. Das Packpapier hatten sie bei der Altmaterialsammlung mitgenommen, und sie sangen, bis sie fertig waren, mit Georg das endlose Sammlerlied:

»Lumpen, Eisen, Knochen und Papier – ausgefall'ne Zähne sammeln wir! Lumpen, Eisen . . .«

Leo sagte zu Rike: »Klingt ja ganz lustig. Aber eigentlich nicht nach Weihnachten.«

»Doch!« sagte Rike. »Weihnachten muß lustig sein.«

Leo stand den ganzen Nachmittag an der Tür, half beim Mäntelausziehen und beim Mäntelanziehen, und Robbi trug die Mäntel und Jacken in die Werkstatt, legte sie ordentlich über den Tisch, und wenn jemand fortgehen wollte, rannte Robbi und holte Mantel und Jacke, auch die richtige Mütze oder das Kopftuch und den Schal dazu. Er irrte sich nie dabei.

»Wie machst du das?« fragte Leo.

»Weiß nicht«, sagte Robbi.

Rike sagte: »Er hat ein Gedächtnis wie keiner von uns.«

»Das hab ich auch schon mal gehört«, sagte das Mädchen, das nicht Weihnachten feiern durfte, »daß die Idioten oft ein besonders gutes Gedächtnis haben.«

»So?« fragte Georg. »Ich glaub, du wolltest gerade nach Hause gehen, du – du vollidiotische Weihnachtsgans!« und packte sie am Arm und zerrte sie zur Tür.

Leo hielt ihn mit einer Hand fest und warf mit der anderen dem Mädchen ihre Jacke zu.

»Laß mich los oder ich beiß dich«, schrie Georg.

Da war das Mädchen schon am Heckentor und rief: »Solche wie der gehören vom Hitler eingesperrt!«

Georg war weiß vor Zorn, er zitterte, und es war schrecklich, daß ihm nichts einfiel, was er dem Mädchen nachschreien konnte, nichts, was böse genug war.

»Entschuldige«, sagte Leo. »Ich hab dich nur festgehalten, weil heute Weihnachten ist.«

»Die wird aber trotzdem noch verhauen!« rief Georg.

»Vielleicht fällt uns noch was Besseres ein«, sagte Leo und ging zu den Frauen, ließ sich ein dickes Stück Rosinenbrot geben, und in den Kakao möchten sie ihm bitte einen Extralöffel Zucker tun, für die Nerven.

Noch ehe es ganz dunkel war, wurde es still im Haus. Rike und Dana wuschen die Kakaobecher ab und kehrten Krümel auf, und Leo und Robbi steckten die Kerzen auf den Baum.

»Wo sind Nora und Georg?« fragte Dana.

Leo wußte es: Er hatte für Georg ein Schulheft in feines blaues Buchbinderleinen gebunden, und Nora schrieb jetzt noch mit Tusche und in geschnörkelten gotischen Buchstaben auf das erste Blatt:

DIE FREIHEIT IM GEFÄNGNIS
Theaterstück von Georg Heukens
für seine liebe Mutter Dana

Das war ein sehr spannendes Stück:

Ein Mann findet mitten auf der Straße eine Aktentasche, die kommt ihm bekannt vor. Hat nicht sein Freund solch eine Tasche? Hat er sie vielleicht vom Fahrradgepäckträger verloren?

Da kommen zwei Polizisten, reißen dem Mann die Tasche aus der Hand und verhaften ihn. Gerade hatte nämlich jemand in einer Bank zehntausend Mark geraubt und war mit der Tasche geflohen. Richtig, die Tasche ist voller Geldscheine. Die Bankbeamten kommen, sie erkennen die Tasche, sie erkennen auch den Mann: Er hatte vor fünf Minuten bei ihnen Geld eingezahlt.

Jetzt könnte der Mann sagen, daß diese Tasche seinem Freund gehört. Aber das tut er nicht. Er geht lieber unschuldig ins Gefängnis.

Seine Frau besucht ihn und ist sehr verzweifelt, weil sie glaubt, ihr Mann wäre ein Räuber.

Er hat auch einen Sohn, der will ihm helfen, aus dem Gefängnis zu fliehen.

Das will der Mann aber nicht. Dann müßte er ja einen Wärter niederschlagen, und dann hätte er das Gefängnis verdient. Er sagt: »Ich bin freiwillig hier, darum bin ich nicht gefangen, sondern frei.«

Endlich kommt auch der Freund ans Sprechgitter. Er glaubt dem Mann, daß er nur eine gefundene Tasche aufgehoben hat. »Und ich habe meine Tasche in der Straßenbahn gestohlen bekommen!« sagt der Freund. »Ist das nicht merkwürdig?« Nun klärt sich alles auf: Der Freund kann beweisen, daß er verreist war und daß seine Tasche gestohlen worden ist. Der Mann wird entlassen. Er sagt zum Schluß: »Mir ist es einerlei, ich war gefangen und war doch frei!«

Nora sagte zu Georg: »Ich bin richtig stolz auf dich. Das ist ein großartiges Theaterstück.«

»Vielleicht schreibe ich nächstens noch eins«, sagte Georg. »Das wird noch viel besser.«

Dann brannten die Kerzen, und alle trafen sich wieder in der Dielenküche.

Dana freute sich so sehr über Georgs Theaterstück, daß sie abwechselnd lachen und weinen mußte.

Robbi umarmte und küßte seinen Fußball und nahm ihn später mit ins Bett.

Georg sagte jedem alle fünf Minuten, wie spät es war oder wie lange er jetzt an seinem Apfel gekaut hatte, denn Paul hatte noch drei Armbanduhren aus Berlin geschickt: für Georg eine, die man auch als Stoppuhr benutzen konnte, für Nora eine kleine mit einem roten

Lederarmband und eine Kinderuhr mit großen Ziffern für Robbi. Paul schrieb dazu in einem Brief an Dana, Detlef hätte diese Uhren für ihn besorgt. Dana meinte, das brauchten die Kinder nicht zu wissen.

Nach dem Essen kam Werner und brachte ein Kästchen mit zwei silbernen Freundschaftsringen mit, und das war für Nora das schönste Geschenk.

Silvester kam schnell. Nora und Georg feierten das alte und das neue Jahr bei Werner mit vielen Nachbarn aus der Siedlung. Rike, Dana und Leo wollten diesmal am liebsten in das neue Jahr hineinschlafen.

Aber Knallfrösche und heulende Raketen weckten sie lange vor Mitternacht, und einer nach dem anderen kam in die Dielenküche und wollte sich etwas zu essen holen. Sie lachten, als sie sich dort trafen, erst Dana und Rike, dann Leo mit wirren Haaren und in seinen Riesenpantoffeln, schließlich auch noch Robbi.

Er rollte sich im Schaukelstuhl zusammen und schlief dort weiter.

Irgendwo mußte es noch eine halbe Flasche Rotwein geben, unten im Kellerregal?

»Heute keinen Rotwein, bitte«, sagte Rike. Was hätten die andern von ihr gedacht, wenn sie dazu gesagt hätte: Weil Rotwein so rot ist wie Blut?

Also holte Leo weißen Wein aus dem Keller. Die beiden Frauen saßen auf der Treppe und warteten auf ihn.

Die Kerzen wollten sie nicht anzünden. Weihnachten war vorbei, und was bedeutete es schon, daß auf dem Kalender eine neue Jahreszahl stand? 1939, eine ganz gewöhnliche Zahl. Man sollte heutzutage keine überflüssigen Gefühle pflegen. Das sagten sie beide, und sagten es nur.

Jetzt kamen die ersten Glockenschläge von Sankt Johann, Leo brachte Wein und Gläser, zischend fuhren Raketen übers Dach, Knallfrösche knatterten auf der Straße, und aus allen Himmelsrichtungen kam jetzt Glockengeläut.

»Wun-Wunderkerzen!« sagte Robbi und rutschte unter der Lehne heraus aus dem Schaukelstuhl.

Die Wunderkerzen lagen unter dem Weihnachtsbaum, aufgespart für diesen Augenblick, und Robbi hatte sich den ganzen Tag darauf gefreut.

Dann standen sie vor der Haustür, jeder mit einer Wunderkerze und Robbi mit zweien. Nach einem grauen Nebeltag nieselte es jetzt, aber sie vergaßen zu frieren. Robbi hielt die knisternden, sprühenden Lichter hoch über seinen Kopf und tanzte auf dem Rasen. Mit stampfenden Füßen, mit fliegenden Füßen, mit wirbelnden Füßen tanzte er und drehte sich, beugte sich, reckte sich, schwenkte die Lichter und sang dabei:

»Robbi rennt im Regen rum,
mit den schönen Lichtern,
Robbi rennt im Regen rum,
macht so schöne Sterne!«

Als alle Wunderkerzen ausgebrannt waren, sehr bald, eine nach der anderen, gingen sie ins Haus und tranken endlich den Wein.

Robbi kroch wieder auf den Schaukelstuhl und schlief dort, bis Dana ihn hinübertrug. An der Werkstattür wandte sie sich zu Rike und Leo um.

»Wenn Paul das gesehen hätte!« sagte sie.

Leo war immer als erster wach, immer noch so früh, als müßte er zum Füttern, Melken und Misten in den Stall, aber vielleicht auch nur, weil er die frühen Stunden für jede Arbeit liebte.

Als er am Neujahrstag vor die Tür ging, um verirrte Raketenhülsen und die Pappreste von Knallfröschen aufzulesen, sah er am Heckentor einen Zettel, der war mit vier Reißbrettstiften sorgfältig festgemacht, und die Schrift war vom Nieselregen nur wenig verwaschen. Er konnte also noch nicht lange hier am Tor hängen.

Leo las:

Für einen einzigen Erbkranken gibt der Staat
am Tag 5,50 Reichsmark aus.
Vier Personen (Eltern und zwei Kinder)
können von 5,50 Reichsmark einen Tag leben.

Weg mit den Idioten!

Leo riß den Zettel ab, zerknüllte ihn in der Faust, ging damit ins Haus, strich das Papier wieder glatt, las es und las es wieder, machte mit zitternden Händen Feuer auf dem offenen Herd, und als es kräftig brannte, warf er den Zettel hinein, sah zu, wie das Feuer ihn fraß, und zerrieb die Asche mit dem Feuerhaken zu schwarzem Pulver. Dann ging er hinaus, löste die vier Stifte sorgfältig mit der Zange aus dem Holz und rieb mit dem Daumennagel die kleinen Löcher zu, damit keine Spur von solcher Bosheit bliebe. Die vier Stifte warf er in den Müll. Keiner im Haus sollte von dieser Sache erfahren, aber er selbst durfte sie nicht vergessen.

Sie hatten sich für ein großes Familienfrühstück verabredet, so spät, daß alle ausgeschlafen sein konnten. Auch Herta und Werner wollten kommen.

Leo deckte den großen Tisch in der Dielenküche, stellte alle Zutaten für einen riesigen Kaiserschmarrn bereit und kochte zwei Kannen Kaffee.

Bis alle gekommen waren und um den Tisch saßen,

war er wieder ruhig und heiter wie immer. Aber er nahm Robbi auf den Schoß, das wunderte die anderen, und hielt ihn im Arm wie früher, als er noch gefüttert werden mußte, und ließ ihn dort während der ganzen Mahlzeit sitzen. Robbi war vergnügt. Er saß auf Leos Knien so hoch, daß er den Tisch von oben überblicken konnte.

Sie sprachen von ihren Plänen und Wünschen für das neue Jahr.

Dana wollte sich selbständig machen und drüben im Haus ein Fotoatelier einrichten. War es auch Rike und Leo recht, wenn sie ein Schild am Tor anbrachte: »Foto-Atelier für Kinder-, Familien- und Paßbilder«? Sobald sie dann genügend Aufträge hätte, würde sie die Stellung in Ruhrort aufgeben und könnte immer zu Hause sein.

»Ich denk nicht an Arbeit«, sagte Rike. »Ich wünsch mir eine große Reise: nach Norwegen, nach Schottland, nach Irland, dann nach Griechenland und in die Türkei.«

»Ist das alles?« riefen die anderen. »Nimm uns mit! Alle!«

Werner wollte lernen und lernen, damit er im nächsten Frühjahr das Abitur nachholen könnte, und Nora müßte achtgeben, daß er fleißig genug sei. Für alle anderen Wünsche und Pläne läge ja noch das ganze Leben vor ihnen. Dafür sollte aber Herta endlich einmal eine Reise machen.

Herta hob erschrocken den Kopf. Was sollte sie? Sie lachte und sagte: »Ich glaub, ich hab geschlafen«, und rieb sich die Augen mit dem Taschentuch. Verreisen sollte sie? Dann möchte sie nach Prag zu guten Freunden. Aber sie mußte doch die drei lieben Alten zu Hause versorgen.

Und Leo wollte gern mit Rike nach Norwegen, falls ihr das recht wäre?

»Mich fragt ihr überhaupt nicht«, sagte Georg. »Ich wünsche mir, daß ich in diesem Jahr Jungenschaftsführer werde, wenn ich auch noch nicht vierzehn bin. Aber das findet ihr ja bestimmt nicht besonders gut.«

»Doch!« sagte Dana. »Das finde ich sehr gut, und die anderen bestimmt auch. Und stell dir vor, wie dann dein Vater sich freut!«

»Na ja«, sagte Georg. »Der kümmert sich doch nicht mehr viel um uns. Nur wegen Robbi. Oder warum sonst?«

Darauf schwiegen sie alle, weil keinem schnell genug eine Antwort einfiel.

»Na ja«, sagte Georg noch einmal. »Darf ich jetzt zu Achim geben?«

Robbi freute sich so sehr auf die Schule, daß ihm die Ferien zu lang wurden. Jeden Tag nahm er den Ranzen auf den Rücken und spazierte so vor dem Haus auf und ab. Wenn er Kinder sah, lief er ihnen entgegen, aber immer nur bis zum Ende der Hecke, das hatte er Dana und Rike versprochen.

Viele Kinder kamen vorbei, die meisten kannten ihn ja vom Spielen auf dem Brachfeld. Sie sagten: »Tach, Robbi. Machste denn?« und gingen dabei schon weiter und warteten nicht, ob er etwas sagen wollte.

Manche klopften ihm auch auf den Ranzen und sagten: »Kuck mal, der Opa! Unser Öpiken geht in'ne Schule! Dann lern mal schön, Opa, hörste?« und bogen sich vor Lachen und waren schon wieder fort und winkten nur noch ein- oder zweimal von der anderen Straßenseite.

Robbi winkte, bis er sie nicht mehr sah, und wartete weiter auf die besonderen Kinder, die stehenbleiben würden, vor denen er seinen Ranzen auspacken könnte, die mit ihm sprechen und spielen wollten. Schule spielen!

Rike stand im Dachzimmer am Fenster und sah ihm zu. Es war schlimm, daß er hier keine Spielkameraden hatte. Aber das würde bestimmt anders, wenn die Ferien endlich vorbei wären.

Jetzt kamen zwei Mädchen. Rike kannte sie nicht.

Robbi lief ihnen ein paar Schritte entgegen. Sie machten einen Bogen um ihn und gingen schnell weiter, kamen dann aber bald wieder zurück und gingen wieder im Bogen um Robbi herum. Er drehte sich auf dem Fleck und sah ihnen nach, denn sie blieben wieder stehen und sahen zu ihm hin.

Von der anderen Seite kamen drei Jungen, große Kerle, sechstes oder siebtes Schuljahr, meinte Rike, nicht aus der Nachbarschaft.

Robbi stand jetzt in der Mitte zwischen den Mädchen und den Jungen.

Ein Mädchen kam auf ihn zu.

»Tach«, sagte Robbi und lächelte.

»Tach«, sagte auch das Mädchen.

»Heißt du denn?« fragte Robbi. »Ich heiß Robbi.«

»Bäääh!« machte das Mädchen. »Ist das aber ein fieser Name!«, und packte den bunten Tafellappen, riß ihn ab, so selbstverständlich, wie jemand im Vorbeigehen seine Mütze vom Haken nimmt, und ging zu dem anderen Mädchen.

»Mein!« rief Robbi. »Bitte gib zurück, bitte.«

»Nä, mein!« sagte das Mädchen.

Das andere Mädchen kam jetzt, riß das Schwämmchen von der Schnur und warf es Robbi ins Gesicht.

»Da!« sagte es. »Du Doofer!«

»Macht ihr denn?« fragte Robbi und rief dann laut: »Ist mein, mein!«

Rike hatte nicht gesehen, wie die Mädchen den Lappen und das Schwämmchen abrissen, sie achtete jetzt nur auf die Jungen, die drei großen Kerle, denn die gingen jetzt auf Robbi zu, sehr langsam, und einer gab den Mädchen ein Zeichen, und sie winkten zurück. Die fünf gehörten wohl zusammen? Und es sah nicht so aus, als wollten sie mit Robbi spielen.

Rike lief zur Treppe. »Leo, Leo!« rief sie. »Bitte hol Robbi herein!« und lief wieder ans Fenster.

Was war jetzt geschehen? Warum beugte Robbi sich so weit vor? »O Gott!« rief Rike. »Leo, Leo, schnell!«

Sie war schon auf der Treppe.

Sie waren von hinten gekommen, einer links, einer rechts, einer hinter ihm, und als Robbi sich bückte und das Schwämmchen aufheben wollte, griff das Mädchen mit beiden Händen in Robbis Haare und zerrte seinen Kopf erst nach vorn, dann nach unten, und Robbi schrie vor Schreck und Schmerz. Der Ranzen rutschte über seinen Kopf nach vorn.

»Tiefer, tiefer!« rief der Junge, der hinter ihm stand. Er warf sich mit seinem ganzen Gewicht auf Robbis Rücken und riß ihm den Ranzen weg.

»So macht man das«, sagte er. »Das nennt man Ränzchen pflücken. Soll ich euch noch was zeigen?«, und dann schrie er: »Du Hund, du Schwein, der beißt, der Idiot, der beißt!«

Denn Robbi klammerte sich mit beiden Armen an seine Beine und kniff in seine Waden, grub in all seiner großen Angst und Wut mit beiden Händen seine Nägel in das böse Fleisch.

Dann war Leo da, packte die Kerle, einen links, einen rechts, und stieß sie weg. Am dritten hing Robbi, hatte sich festgekrallt, wollte ihn herunterzerren und konnte nicht loslassen.

»Robbi«, sagte Rike leise in sein Ohr, »Robbilein«, und Leo sagte: »Robbi, mein Guter«, und strich ihm nur zweimal ganz leicht mit der großen, warmen Hand übers Gesicht, da endlich fiel der Wutkrampf von Robbi ab, und er konnte vom Pflaster aufstehen und mit Rike und Leo ins Haus gehen.

»Ich hab deinen Ranzen«, sagte Leo. Robbi sah ihn an, als verstünde er nicht, warum Leo das sagte.

Längst waren die Kinder weggelaufen.

Rike setzte sich mit Robbi auf dem Schoß in den Schaukelstuhl und wiegte ihn und redete leise mit ihm, und Leo brachte ihm Honigmilch, und sie warteten beide, daß Robbi endlich anfangen würde zu weinen. Aber er weinte nicht. Er war wie zugeschüttet von diesem Schrecken, von diesem Bösen, das ihn überfallen hatte.

Wenn man mit ihm sprach, sagte er nur »ja« oder »nein«, er lächelte auch, als Dana kam, und saß später mit allen am Tisch, aß zwei, drei Löffel Dickmilch und einen Bissen Brot, schluckte auch brav die Medizin, die Herta ihm gab, und war da und doch nicht da.

Und so blieb er. Dana brachte ihn zu Bett, und er schlief auch sofort ein, wachte morgens auf wie immer, zog sich an und war stumm und brav. Er sah den Ranzen nicht an, er ging keinen Schritt auf die Straße, er blieb nur immer in der Nähe der anderen.

Der erste Schnee fiel in dieser Woche. Robbi wollte nicht hinaus, nicht einmal in den Vorgarten wollte er, keinen Schneemann mit Georg bauen, keine Schneebälle mit Nora in die Hecke werfen.

Verstört waren auch die anderen. Georg fand am zweiten Tag einen Zettel, der war auf einen Ast in der Hecke gespießt. »Der Idiot muß weg!«

Am vierten Tag lag ein Zettel auf der Haustürstufe, mit einem Stein beschwert. »Ist der Idiot immer noch da? Nicht mehr lange!«

Nora brachte den Wisch ins Haus.

»Und jetzt?« fragte sie und zitterte und weinte.

»Ich habe mit den Schwestern telefoniert«, sagte Dana. »Wir können ihn jederzeit wieder zurückbringen. Morgen fahre ich mit ihm nach Escheren.«

Rike fuhr mit ihnen. Robbi war noch nie mit der Eisenbahn gefahren, und sie dachten, er könnte Angst haben. Aber er war nicht einmal erstaunt über den Lärm in der Halle und auf dem Bahnsteig. Er sah sich nur immer um, als wollte er wissen, wer hinter ihm ging oder stand.

In Escheren warteten Annemarie und Moritz an der Bushaltestelle. Als Robbi sie sah, lachte er zum erstenmal wieder, und zum zweitenmal, als Schwester Bernharda am offenen Tor stand und die Arme für ihn ausbreitete.

Schwester Brigitta holte ihn an der Pforte ab. Sie sagte: »Machen Sie sich keine Sorgen. Hier erinnert ihn nichts an die bösen Kinder. Er wird ein bißchen Zeit brauchen, und man muß auch über das schlimme Erlebnis mit ihm sprechen, denn ganz vergessen wird er es nie. Aber eines Tages ist er wieder fröhlich.«

»Ja«, sagte Robbi. Und als Dana und Rike nach einer Stunde wieder zurückfahren mußten, saß er mit Moritz im großen Spielzimmer auf dem Fußboden, und sie spielten »Schule«.

Beim Abschied fragte Dana Schwester Bernharda, ob Moritz eigentlich Weihnachten bei seiner Familie sein konnte?

Moritz? Nein, der war seit einem Jahr hier, aber schon oft war er ausgerissen und wollte seiner Familie nachreisen. Sie mußten auswandern. Bernharda flüsterte: »Die armen Menschen! Sie mußten entscheiden, ob sie ihn oder seine ältere Schwester mitnehmen sollten, sie hatten zu wenig Geld, und sie haben das Los geworfen über ihre Kinder, und es traf Moritz, daß er hierbleiben mußte.« Sie sagte das in dieser biblischen Sprache, vielleicht, als wäre dann das Entsetzen leichter zu ertragen?

Nun war alles wieder so wie vor Weihnachten: Alle vierzehn Tage besuchten sie Robbi in Escheren, und die Erstarrung fiel Tag um Tag von ihm ab, wie Schwester Brigitta gesagt hatte. Er ging zur Schule, und am Ende des Sommers sah er wirklich wie ein Zehnjähriger aus.

Leo hatte jetzt endlich für seine Werkstatt ein Telefon bekommen, und sie konnten mit den Schwestern telefonieren, und an den Sonntagen ohne Besuchsstunden konnten sie mit Robbi sprechen. Telefonieren war für ihn so schön wie Autofahren: immer von neuem ein Wunder.

In den großen Sommerferien blieb nur Nora zu Hause. Auch Herta blieb, und nicht nur der Mutter und den Schwiegereltern zuliebe. Sie konnte und wollte nicht mehr nach Prag, das lag jetzt im »Protektorat Böhmen und Mähren«, und die Freunde, die sie so gern besucht hätte, waren vor den Deutschen nach Paris geflohen. Das sagte sie keinem, weil das die Freunde gefährdet hätte, und niemand wußte, niemand in ihrem Haus und auch Leo oder Rike oder Dana nicht, wieviel Hoffnung sie in diese Pragreise gesetzt hatte. Aber sie lernte jetzt mit Nora und Werner Französisch und hoffte wieder auf eine ungewisse Reise. Rike und Leo fuhren tatsächlich nach Norwegen. Leo hatte sich ein Motorrad geliehen.

Georg würde vier Wochen in einem großen HJ-Sommerlager in Ostpreußen sein.

Dana hatte im Juli die Meisterprüfung bestanden und fuhr mit Robbi ins Hochtal.

In Linz stand Stephan mit einem kleinen Lieferauto am Bahnhof, und Laszlo war da, kleiner geworden und mit weißen Haaren, und das dunkelbraune Gesicht war wie mit knittrigem Papier überzogen. Und wie er lachte und rief: »Robbi! Das Huhn hat mich jeden Tag gefragt, wann du endlich kommst!«, da umarmte Robbi ihn so begeistert, daß Laszlo stolperte.

Aber er kannte ihn doch kaum? Nur zweimal war Laszlo in Hamborn, ungern, weil er Paul nicht mochte, meist hatte er sich mit seinem Alter entschuldigt. Und jetzt wollte Robbi auf Laszlos Schoß sitzen, weil es vorn im Lieferauto doch nur drei Plätze gab. Von jedem Dorf, durch das sie fuhren, wollte er den Namen wissen, wiederholte ihn und sagte jedesmal: »Ja, ja: Treffling, ja, ja: Weitersdorf, ja, ja: Freistadt!«, als wären das längst vertraute Wörter für ihn.

Mathilde hatte den Wagen gehört, sie stand auf dem Brückchen, als sie ins Hochtal kamen. Schön war sie anzusehen, sonnenbraun wie Laszlo, eine feste, stattliche Frau, und immer noch auf den rechten Abstand zwischen Mensch und Mensch bedacht. Sie hatte Robbi noch nie gesehen. Er lachte, weil vor ihm das weite Hochtal lag, grün-rosig im Abendlicht, und der Bach glitzerte, und hinter der schönen fremden Frau lag der Hof, so behäbig unter dem sicheren Dach, und vor ihnen am Weg das kleine Haus, ganz umblüht von Blumen, und Kühe weideten am Bach.

»Mein Hochtal«, sagte Dana, und Robbi stieg mit ihr aus und lief Mathilde entgegen und gab ihr die Hand.

Dana dachte daran, daß sie ungefähr so alt wie Robbi

war, als sie die ersten Dienste auf dem Hof tat. Mathilde war immer streng und gerecht, aber auch liebevoll in ihrer ernsten Art. Sie würde für Robbi so gut sein wie Schwester Brigitta.

Robbi faßte nach Laszlos Hand: »Zeig mir das Huhn, bitte.«

Sollten die anderen die Koffer ins Haus bringen, Laszlo ging mit Robbi zu den Ställen, zu Hühnern, Gänsen und Enten, zu Kühen und Kälbern, zur Muttersau mit den Ferkeln, zu Schafen und Ziegen, zu Katze und Hund und zu Pronto, dem letzten alten Pferd auf dem Hof. Später saßen sie alle in der Stube, und Dana hantierte wie früher in der schwarzen Küche. Laszlo ging immer wieder hinaus, setzte sich einen Augenblick auf die Bank und sah sie an, Dana in der alten blauen Schürze, mit einem Rußstreifen über der Stirn, so sehr sich selbst ähnlich, als sie ein junges Mädchen war, und schon glich sie der Mutter Anna.

Als Robbi schlief, kamen Stephan und Mathilde herüber, und sie tranken roten Gumpoldskirchner. Was taten jetzt alle anderen in Hamborn? Dana sollte erzählen.

»Daß Georg in Ostpreußen ist, das paßt mir gar nicht«, sagte Laszlo.

»Meint ihr –?« fragte Dana.

»Ja – und bald«, sagte Stephan.

»Aber die Polen«, sagte Laszlo. »Die brauchen keine Engländer und Franzosen. Die können sich allein verteidigen.«

»Steht das in deinen Zeitungen?« fragte Dana.

»Da steht nur anderes und Gelogenes«, sagte Laszlo. »Der Leo hat mir das gleich gesagt, aber ich hab's nicht zugeben wollen. Wie kann denn einer schreiben und drucken lassen, was nicht wahr ist? Und dann hat er mir gesagt, der Leo: Wenn sie alle das gleiche schreiben, dann hat keiner eine eigene Meinung. Aber man darf ja auch nicht alles sagen, was man meint und weiß, und die Zeitungsschreiber sind auch Menschen und müssen an ihre Familien denken. Erst wollt' ich schon überhaupt keine Zeitung mehr lesen, aber jetzt schau ich doch noch hinein, damit ich seh, wie manchmal einer doch noch den Katzbuckl grad macht und ganz leis eine Meinung hat. So leis, daß kaum einer es merkt – aber ich, ich merk's!«

»Und dann streiten wir uns«, sagte Mathilde. »Das macht einen munter bei der Arbeit, und der Schwiegervater wird dabei immer jünger.«

Dana war ihr dankbar, weil sie so lustig tat. Aber sie war es nicht, so wenig wie Laszlo und Stephan. Sie hatten drei Söhne, die studierten, und sie waren alle im Soldatenalter.

Dana wollte schlafen gehen. Auch ins Hochtal war die große Angst gekommen.

Am Tag darauf mußte Laszlo wieder die tägliche Landarbeit tun. Um sechs Uhr früh traf er sich mit Mathilde im Stall, die hatte dann schon mit dem Sannerl die Kühe von der Weide geholt, und nach dem Melken brachten Laszlo und Robbi sie zurück.

Dann das große Frühstück auf dem Hof mit Stephan und seinem Gesellen und dem Lehrling und dem Sannerl, das nicht geheiratet hatte und bald eine alte Hoftochter sein würde und die Tante für alle Kinder ihrer Brüder. Es war scheu, weil es sich schämte: beinahe dreißig Jahre alt, und hatte noch keinen Mann. Sie wollte Robbi füttern, und er ließ das gern geschehen. Es tat dem Sannerl wohl gut, ein Kind zu füttern.

Danach war Robbi den ganzen Tag mit dem Großvater unterwegs. Am dritten Tag kannte er alle Tiere mit Namen und redete jedes freundlich an: »Lina-Kuh, hör mal«, sagte er. »Nicht immer mit dem Schwanz schlagen!« Oder er sagte: »Hermine-Schaf, stoß doch nicht immer!« Oder: »Hühner, kommen, alle kommen!«, wenn er ihnen Futter brachte.

Bald kannten auch die Tiere ihn und ließen sich von ihm führen und streicheln und nahmen Futter aus seinen Händen, und wenn er mit ihnen sprach, wendeten sie die Köpfe und sahen ihn an.

»Er hat die Gabe«, sagte Laszlo zu Dana. »Ich hab mir's gleich gedacht. Gib acht: wenn ich ihn jetzt dem Pronto auf den Rücken setze, kann er reiten.«

Das war am zehnten Tag im Hochtal, und ehe Robbi reiten lernte, kam ein Brief von Nora.

Der alte Konrad, Laszlos Freund, der früher Bürgermeister war, brachte ihn herauf. Der Brief war seit fünf Tagen unterwegs, und Nora schrieb, Georg käme jetzt mit dem Schiff von Zoppot nach Swinemünde, die Jungen könnten nicht mehr mit den Rädern durch Polen fahren. Auch Rike und Leo seien auf dem Heimweg, und es hieße, alle Züge seien schon überfüllt. Übrigens gab es jetzt Lebensmittelkarten. Sie sprach es nicht aus, aber sie meinte wohl, Dana und Robbi sollten bald nach Hause kommen.

Am Abend saßen sie wieder bei rotem Wein in Laszlos Stube. Stephan weinte, solche Angst hatte er um die drei Söhne.

»Wär' ich doch gefallen im ersten Krieg!« rief er. »Dann dürfte vielleicht wenigstens einer von den dreien auf dem Hof bleiben, weil es ein Erbhof geworden ist.«

»Siehst du«, sagte Mathilde. »Der Hitler ist gar nicht so schlimm. Er hat den Erbhof erfunden.«

»Aber nicht den Frieden«, sagte Laszlo.

Dana und Robbi fuhren am nächsten Tag nach

Hause. Zwei Tage waren sie unterwegs, weil Militärtransporte vor allen Reisezügen Vorrang hatten. Dana brachte Robbi nach Escheren und blieb dort noch einen Tag bei ihm. Sie hätte ihn so gern nach Hamborn mitgenommen, aber auch die Schwestern meinten, daß er in Escheren sicherer sei als in der Großstadt, was immer jetzt käme. Früh am Morgen, als die Schwestern noch in der Kirche waren, fuhr Dana nach Hause und wollte unterwegs mit keinem Menschen reden, so schwer wurde ihr diesmal der Abschied von Robbi.

Als sie dann ihren Koffer durchs Heckentor trug, kam Leo ihr entgegen.

Er sagte: »Die Kinder und Rike sind in der Schule.«

Also waren alle gut nach Hause gekommen!

»Aber in Polen wird seit heute früh um fünf Uhr fünfundvierzig geschossen und gestorben«, sagte Leo.

Dana setzte sich auf den Koffer.

Sie sollte ins Haus kommen, eine Tasse Kaffee trinken, erzählen.

Erzählen? Wovon?

Vom Hochtal, vom Vater, von Stephan und seiner Familie.

War das wichtig, heute?

Heute so wichtig wie gestern und übermorgen, sagte Leo, und er würde jetzt den Kaffee kochen.

Dana kam ihm bald nach, und während Leo ihr den Tisch deckte, kniete sie vor dem Koffer und nahm Kleider und Schuhe heraus.

»Wozu?« fragte Leo.

Sie würde sofort wieder nach Escheren fahren und Robbi holen. Den Koffer machte sie leer für seine Sachen.

»Und hier?« fragte Leo. Hatte sie die boshaften Kinder vergessen, den weiten Weg zur Hilfsschule?

»Aber es ist Krieg! Krieg!« rief Dana. »Ich will ihn bei mir haben.«

Das verstand Leo. Aber wäre es für den Jungen nicht besser, wenn er in Escheren bliebe? Einmal wegen der Schule und weil man ihn auch nicht immer wieder aus dieser stillen und geordneten Welt herausreißen sollte. Vielleicht wäre er dort auch sicherer aufgehoben, falls der Krieg näher käme.

»Meinst du Bombenflugzeuge? Oder Kämpfe hier bei uns? Ich hole ihn, ich hole ihn!« rief Dana.

Aber jetzt war doch nur in Polen Krieg, tausend Kilometer entfernt von Hamborn. »Hör auf!« rief Dana. »Er ist mein Kind, und er muß jetzt bei mir sein!«

Ihr Eigensinn machte ihn zornig, und weil er selbst noch vom ersten Kriegsschrecken betäubt war, sagte Leo, was er nicht sagen wollte: »Vor einem Jahr hast du ihn weggegeben, weil das für deine Ausbildung besser war, weil Paul es wollte, weil Jan dich überredet hat.«

Dana sah ihn mit ihren schwärzesten Augen an. »Darum«, sagte sie. »Weil ich das getan habe, darum muß ich ihn jetzt holen.«

»Verzeih«, sagte Leo, »und laß einmal alle Gefühle aus dem Spiel. Unsicher und gefährlich ist es jetzt überall. Aber hier im Ruhrgebiet vielleicht ein bißchen mehr. Nichts kann man berechnen in dieser Zeit, nichts voraussehen.«

Er wollte in die Werkstatt gehen, aber Dana hielt die Tür fest. »Nicht einmal du?« fragte sie. »Du weißt doch sonst immer alles am besten? Wir müssen doch sonst immer alle nach deiner Pfeife tanzen! Heb dir deine verdammten weisen Sprüche für die Kinder auf. Die glauben dir vielleicht noch, daß du immer recht hast. Vielleicht!«

Er lief in die Werkstatt, als verfolgten ihn ihre zornigen Worte. Sie schlug mit aller Kraft die Tür hinter ihm zu.

Später hörte Leo sie weinen. Sie war außen um die Werkstätten herum ins Haupthaus gegangen.

Schon zweimal hatte er jetzt das Vorsatzpapier für ein schönes altes Pflanzenbuch falsch zugeschnitten. Hatte sie recht? Gab er den anderen zu viele gute Ratschläge, ungebeten, ungefragt? Jetzt hatte er Krieg mit seiner Schwester.

Endlich kam Rike aus der Schule.

»Hast du die Hitlerrede gehört? Nein? Wir mußten in die Turnhalle, mit allen Kindern. Die haben Fingerspiele mit Wollfäden gemacht.«

Ja, das kannte er noch aus der Schulzeit. Das sagte Leo so tonlos, als wollte er nur irgend etwas sagen.

Rike fragte: »Was ist mit dir?«

»Nichts.«

Sie sagte: »Was sollten auch die Kinder von all dieser Politik verstehen? Keiner hatte ihnen die Fadenspielerei verboten, aber dann gab es ein Gekicher und Gedeute, weil eine Kollegin zu weinen anfing. Ihr waren im vierzehner Krieg der Verlobte und der Vater gefallen. Ja, und da habe ich zwei Mädchen und einen Jungen geohrfeigt, weil sie die Kollegin nachäfften. Nachher wurde ich dafür vom NSLB-Obmann gelobt, aber die traurige Kollegin bekam einen Rüffel: eine deutsche Pädagogin hätte in den Schicksalsstunden des Reiches hochgemut und tapfer zu sein. Und so weiter. – Warum bist du so still?«

Natürlich hätte sie die Kinder nicht ohrfeigen dürfen. Ach, es war einfach alles so furchtbar. »Sag etwas, Leo, bitte!«

Er stocherte im Herd und berichtete: Dana war zurückgekommen und wollte Robbi hierher holen. War das vernünftig? Dann erzählte er vom Geschwisterstreit. »Ich glaub, sie hat recht«, sagte er, »was mich betrifft. Was Robbi betrifft, darüber müßt ihr in Ruhe nachdenken. Ich hab gerade bei Stephan angerufen. Im Hochtal ist ein Schulungslager, SS. Ob Paul damit zu tun hat? Stephan weiß nicht, wie lang sie bleiben. Sag ihr das, und erzähl ihr von den Schiffen.«

Rike fand Dana in der Küche beim Kartoffelschälen.

Sie sagte: »Leo schickt mich, ich soll dir etwas erzählen.«

»Wenn Leo das will, dann mußt du wohl sofort damit anfangen«, sagte Dana.

Rike setzte sich neben Dana und sah ihr zu, wie sie viel zu viele Kartoffeln viel zu dick schälte und jede mit zornigem Schwung ins aufspritzende Wasser warf

»Ich ahne, was ihr euch vorzuwerfen habt. Aber Leo fühlt sich im Unrecht.«

»Wirklich? Leo der Weise? Also gut, erzähl, was du mir erzählen sollst.«

Rike erzählte von dem Dampfer St. Louis, der hatte in diesem Sommer beinahe tausend Flüchtlinge an Bord, von Hitler Verfolgte: Juden, Sozialdemokraten und Zentrumspolitiker, Zeugen Jehovas und Kommunisten, Gewerkschaftler, Zeitungsleute, Schauspieler und Schriftsteller – tausend Leute, denen das neue Deutschland unerträglich war, und die meisten mußten hier für ihr Leben und für das Leben ihrer Familie fürchten. Sie wollten nach Kuba auswandern. Als das Schiff dort ankam, hieß es, die Einreisepapiere wären nicht in Ordnung. Die Flüchtlinge durften nicht an Land gehen. Wochenlang fuhr das Schiff von Insel zu Insel, von Hafen zu Hafen, und nirgendwo, in keinem Land wollte man sie aufnehmen. Sie fuhren zurück über den Ozean und hatten bald keine Lebensmittel und kein Trinkwasser mehr, auf dem Schiff brachen Krankheiten aus, und viele Menschen wollten vor Verzweiflung und Angst lieber ins Wasser springen und sterben, als nach Deutschland zurückzukehren. Da endlich wurden sie von England, Belgien und Frankreich aufgenommen.

»Das ist gut«, sagte Dana. »Und warum sollst du mir das erzählen?«

Andere Schiffe waren noch unterwegs: Eins hieß Osiris, das hatte sechshundert Flüchtlinge an Bord, ein anderes hieß Thessalia und hatte fünfhundertfünfzig Flüchtlinge an Bord, und wieder ein anderes hieß Dora, das fuhr mit fünfhundert Flüchtlingen, und viele Frauen und Kinder waren dabei. Diese drei Schiffe waren im Juni von irgendeinem Mittelmeerhafen abgefahren. Kein Land wollte die Flüchtlinge aufnehmen, und die Schiffe fuhren weiter von Hafen zu Hafen. Im Juli waren sie noch unterwegs, mehr wußte man nicht von ihnen, und jetzt war September.

Dana fragte: »Und woher wißt ihr das?«

Ein Kollege kannte eine Familie auf der Thessalia, der Mann war ein Schulfreund, Journalist mit Frau und zwei Kindern. Sie wollten nur irgendwohin, wo man ihnen zu leben erlaubte. Der Mann schrieb oft, immer unter anderem Namen und immer aus einer anderen Hafenstadt. Er hatte die Briefe numeriert, und nur jeder vierte oder fünfte kam an. Alle diese Menschen hatten geglaubt, die Schiffe könnten sie retten, andere Länder würden sie aufnehmen. Sie hatten ihre Flucht gut vorbereitet und viel Geld für die Schiffskarten bezahlt. Und doch blieb es nun ungewiß, wann und wo sie jemals an Land gehen dürften.

»Schlimm«, sagte Dana.

Rike nahm ihr das Schälmesser ab. »Hör zu, Dana.

Im Hochtal ist ein SS-Schulungslager, auf unbestimmte Zeit. Robbi kann nicht dorthin.«

Dana legte den Kopf auf den Tisch. »Hilf mir«, sagte sie. »Hilf mir, Rike. Für uns gibt es noch nicht einmal solch ein Schiff.«

»Doch!« sagte Rike. »Dieses Haus ist unser Schiff. Hier sind wir so sicher und so unsicher wie auf der Dora oder der Osiris oder der Thessalia. Ich denke, deshalb sollte ich dir das erzählen.«

»Schöne Worte wißt ihr immer«, sagte Dana.

Das war am 1. September 1939.

KRIEGSJAHRE
1939 – 1945

Am 3. September, am Sonntag, erfuhren sie aus den Radionachrichten, daß England und Frankreich den Deutschen den Krieg erklärt hatten.

Drei Stunden danach kam Rike aus der Abteikirche und beschloß, Leo vom Schrebergarten abzuholen.

Leo saß neben einem Korb mit Kartoffeln und Bohnen vor der Gartenhütte und wollte sich am Septemberblühen freuen und konnte es nicht.

Nora war mit Gunhild auf dem Heimweg von einer BDM-Morgenfeier.

Georg überlegte mit Achim, ob man jetzt nur Bilder von Panzerkolonnen und Flugzeugstaffeln im Jungenschaftsheim an die Wand hängen sollte – oder auch ein oder zwei Fotos vom Sommerlager? Oder waren die zu lustig?

Dana setzte ihre größte Kasserolle mit einem winzigen Braten und viel Zwiebeln auf den Gasherd und hoffte, daß Leo bald das Gemüse brächte. Oder mußte heute jede deutsche Hausfrau Fleisch, Kartoffeln und Gemüse in einem Topf kochen? War heute Eintopfsonntag? Einerlei – nicht bei Dana, sie würde lieber alle Tage im Monat Eintopfessen kochen, nur nicht nach dieser lächerlichen Vorschrift, und sie hoffte von Herzen, es käme einmal einer, ihren Herd zu kontrollieren. Sie stellte sich vor, was sie dem sagen würde, ah, das würde ihr ein Vergnügen sein, dem ihren Riesenbraten für fünf Personen zu zeigen und ihm dann das Eintopfgeld fürs Winterhilfswerk doppelt und dreifach in die Sammelbüchse zu stecken! Sie lachte vor sich hin, und Krieg und Kriegserklärungen waren ihr in einem schönen, unwichtigen Zorn und dem kräftigen Zwiebelgeruch und der Septembersonne vor dem offenen Fenster verweht.

Da heulten die Sirenen. Luftalarm!

Dana drehte den Haupthahn vom Gas ab, lief die Treppe zu ihrem Schlafzimmer hinauf und konnte die rote Handtasche nicht finden: nicht im Schrank, nicht neben dem Bett, auch nicht unten in der Dunkelkammer. Die Kinder? Nora würde in einen Schutzraum gehen, sie tat selten etwas Unüberlegtes. Georgs HJ-Heim lag neben einem großen öffentlichen Schutzraum. Robbi war bei den Schwestern wie bei vielen Müttern. Mit ihnen hatte er schon viele Luftalarmübungen gemacht. Dana ging durchs Haus, durch beide Wohnungen, fand die rote Tasche dann doch in der Dunkelkammer, öffnete das Fenster und hörte und sah die Flugzeuge über die Stadt fliegen. In schöner Ordnung flogen sie, keilförmig wie ein Vogelzug. Dana sah ihnen nach, plötzlich ganz ohne Angst. Der Krieg war also da.

Georg und Achim rannten die Treppen hinunter, halfen dem Luftschutzwart, die weiße Armbinde über den viel zu dicken wollenen Jackenärmel zu zerren, und führten eine Frau mit einem Kinderwagen und eine andere mit einem Vogelkäfig zum Schutzraum hinunter. Jemand rief: »Keine Tiere!«

»Kanarienvögel sind erlaubt!« rief Georg, obwohl er nichts darüber wußte, aber das glaubten ihm die Leute sofort, ihm und seiner Uniform.

Nora und Gunhild liefen quer über die Duisburger Straße zum Amtsgericht und folgten den Pfeilen zum

Schutzraum. Gunhild sagte: »Dies ist also keine Übung. Ob wir beide einmal alte Frauen sind und unseren Enkeln erzählen, wie das war, als wir zum ersten Mal in den Luftschutzkeller mußten? Hast du Angst?«

»Ja«, sagte Nora. »Weil ich nicht weiß, wo Werner ist. Er würde nie in den Keller gehen. Er will nicht verschüttet werden, hat er gesagt.«

Leo nahm den Korb, ließ das Gartentor hinter sich offen und lief in Sturmschritten den Hauptweg entlang. Er traf Rike kurz vor dem Eingang zum Schrebergartengelände.

»Nach Hause?« fragte sie.

»Dana ist allein«, sagte Leo.

Rike faßte den Korb mit an, und sie liefen sechs, sieben Schritte, dann war da zuerst nur ein fernes Summen, bald ein metallisches Surren, höher, lauter, und schon breitete sich ein gewaltiger Orgelton über den Horizont, kam näher, kam näher und noch näher und entrollte eine Wolkendecke aus Gedröhn über allen Dächern, Gärten, Straßen. Duck dich, duck dich, halt es aus, halt es noch und noch aus! – sie fliegen weiter, schon hebt sich der Lärmteppich, schon ist alles vorbei, mach die Augen auf, sie sind fort. Bist du da? Sie sind fort. Sie sind fort.

Englische Kriegsflugzeuge hatten das Ruhrgebiet überflogen, aber keine Bombe war gefallen.

Als sie ins Haus kamen, standen alle Fenster offen, und aus Danas Küche duftete es wieder nach Zwiebeln und Sonntagsbraten. Sie umarmten sich und sagten jetzt nicht viel. Erst später, als die Kinder kamen, und als sie viel zu spät am Mittagstisch saßen, wurde erklärt, beredet, gefragt, geantwortet. Mitten hinein sagte Leo: »Wenn du möchtest, Dana, fahren wir beide jetzt mit dem Motorrad nach Escheren. In drei Stunden können wir wieder zurück sein. Heute ist Besuchstag für die Großen und die Krabbelkinder, aber sie werden uns schon hineinlassen.«

Es hatte auch in Escheren Alarm gegeben, aber kein Flugzeug war zu sehen oder zu hören gewesen, und die Kinder waren wie zu einer Luftschutzübung in den Keller gegangen, ohne Angst oder Aufregung.

Schwester Brigitta sagte, andere Heime, die näher an der Grenze lägen, müßten vielleicht evakuiert werden. Für Escheren gelte das nicht.

Robbi und Moritz saßen im großen Spielzimmer unter einem Tisch. Dana kroch zu ihnen, und Schwester Brigitta erlaubte, daß Annemarie ihnen die Kuchenteller auf den Boden stellte.

»Weil Krieg ist, ihr Kleinen, bleibt in eurer Höhle«, sagte Schwester Brigitta. »Aber wenn alles vorbei ist, dann wird wieder ordentlich am Tisch gegessen, hört ihr?«

Moritz sagte: »Gestern war das unsere Höhle. Heute sind wir in einem Schiff, unter Deck, erster Klasse. Die Schwester weiß das nicht immer so genau.«

»Hast du schon einmal eine Schiffsreise gemacht?« fragte Dana.

»Nein«, sagte Moritz. »Nur meine Eltern und meine Schwester. Nach Amerika.«

»Mit einem großen Sch-Schiff!« sagte Robbi.

»Nein«, sagte Moritz. »Es war ein ziemlich kleines Schiff. Die Schiffskarten für die großen waren zu teuer. Aber wenn sie angekommen sind – und dann – für diesmal war nicht genug Geld – sie haben uns verlost, und die Lisawetha –« Als erstickte er am Rest dieser Sätze, griff er sich an den Hals, machte den Mund auf und wieder zu und kroch auf allen vieren aus diesem falschen Schiffsbauch und rannte hinaus. Schwester

Brigitta lief ihm nach. Sie kam bald wieder zurück, ohne Moritz.

Sie sagte: »Er ist unser tapferstes Kind und unser klügstes. Es fehlt ihm nichts, nur ein paar Spannen Länge, und er weiß, daß er kaum noch wachsen wird.«

»Moritz ist lieb«, sagte Robbi.

Jetzt kam er schon zurück, kroch pfeifend unter den Tisch und erzählte, er sei in der Küche gewesen, und es gäbe heute abend Nudeln mit Backobst, und dies sei jetzt wieder eine Höhle für Urmenschen.

Leo war inzwischen bei der Schwester Oberin. Waren aus Escheren schon Kinder in andere Heime verlegt worden? Das war seine große Sorge.

Nein, das gab es bis jetzt nur in Hessen und neuerdings auch in Württemberg. In der letzten Zeit hatte man auch nicht mehr viel davon gehört. Dafür sollten nächstens Meldebogen verteilt werden, für jeden erwachsenen Patienten und für jedes Kind einer, als hätte man nicht genug zu tun, und nun auch noch solch dummen Papierkram! Und sie würden hier niemals eins ihrer Kinder hergeben. Wer könnte sie dazu zwingen? Die Schwester Oberin verstand ihre Schwestern in Hessen und Württemberg nicht. Die hatten tatsächlich diese Meldebogen ausgefüllt. Man müßte doch nicht alle Dummheiten mitmachen, die diesen Verwaltungskerlen einfielen. Wahrscheinlich ging es ja bei den Verlegungen nur ums Geld. Die wollten möglichst viele Pfleglinge in den staatlichen Heimen haben, weil ja für alle gezahlt wurde, von den Ämtern oder von den Familien. Bei den Kindern, meinte Leo, ginge es ihnen wohl mehr um Erziehung zum Nationalsozialismus.

Das schob die Schwester Oberin lächelnd beiseite. Was sollte an dieser verrückten Weltanschauung für Kinder interessant sein? Die Kleinen brauchten Zärtlichkeit, Spiele, frische Luft und Bilderbücher, die Größeren brauchten Religion, Hoffnungen, Helden und den Glauben an das Gute.

»Aber sie sind neugierig«, sagte Leo, »auch auf das Böse und was dahintersteckt.«

»Bei uns lernen sie, Gut und Böse zu unterscheiden«, sagte die Schwester Oberin.

»Wenn das nur immer so einfach wäre«, sagte Leo.

»Es ist einfach«, sagte die Oberin und sah ihn sehr streng an. »Jeder hat es in sich, man muß nur den Mut haben, das Gute, das man weiß, auch zu tun. Ich habe mich für unsere Kinder der Sterilisation widersetzt. Ich habe gesagt: nicht in meinem Hause! Diese Kinder sind mir anvertraut, und sie bleiben so, wie Gott sie geschaffen hat. Macht mit den Pfleglingen in euren eigenen Heimen, was ihr wollt. Meine Kinder hier rührt ihr nicht an! Und was ist mit mir geschehen? Nichts.«

»Sollte auch Robbi operiert werden?«

»Natürlich. Sie fragen nicht danach, wie und warum der einzelne behindert ist. Die sagen: Alles ist erblich, alles. Und wer krank ist, darf keine Kinder haben.«

»In unserer Familie hat es noch kein Kind wie Robbi gegeben«, sagte Leo.

»Falsch!« rief die Oberin. »Jetzt reden Sie genauso wie diese Erbgesundheitskasper. Familie, Vorfahren, Ahnen! Es ist wirklich ärgerlich, daß ausgerechnet ein geistlicher Herr schuld daran ist. Sehr, sehr ärgerlich. Ohne die Mendelschen Gesetze und den Darwin wäre doch keiner auf all diesen Erb- und Rassenwahn gekommen.«

»Aber die Mendelschen Gesetze treffen zu.«

»Für Erbsen und Kaninchen«, sagte die Oberin. »Nicht für Menschen. Nicht für mich. Gott segne Sie.«

Sie gab Leo die Hand. Also mußte er gehen.

Leo und Dana fuhren beruhigt nach Hause. Robbi sollte in Escheren bleiben, und vom Geschwisterkrieg wurde nicht mehr gesprochen.

Am Abend beschlossen sie, das geliehene Motorrad zu kaufen. Auch Dana und Rike sollten lernen, damit zu fahren. So könnte doch immer einer von ihnen schnell in Escheren sein, oder sie könnten auch einmal zu zweit verreisen, wenn das Benzin reichte.

»Wir beide!« rief Rike. »Stell dir das vor, Dana, zwei Frauen auf dem Motorrad!« In den Dörfern würden ihnen die Hunde nachlaufen, und in den Städten würden die Polizisten sie anhalten.

»Wann?« fragte Dana. »Wann fahren wir? Wohin? Zum Meer! Noch nie hab ich das Meer gesehen.« Da hatte sie Tränen in den Augen.

Sie saßen diesen ganzen Abend über Landkarten und sagten »Südfrankreich«, sagten »Griechenland«, sagten »Irland« und »Spanien«, sagten »Sizilien« und »Schweden«, »Schottland« und »Portugal«. Sie sagten: »Die Schlösser an der Loire!« – »Die Höhlen in der Dordogne!« – »Die großen Steine in der Bretagne!«, und dann sagte einer: »Aber wir haben Krieg mit Frankreich und England.«

Später sagte Leo zu Rike: »Danas Reisesehnsucht! Wie konnten wir die vergessen? Warum hat Paul mit ihr keine Reisen gemacht? Warum hat keiner von uns ihr das Meer gezeigt? Und sie ist schon fünfunddreißig Jahre alt. Ich möchte weinen, wenn ich daran denke, wie ihr Mut und ihre Hoffnungen betrogen worden sind.«

»Der Krieg kann nicht lange dauern«, sagte Rike. »Und Dana ist jung, noch viel Zeit liegt vor ihr.«

»Wieviel, das weiß keiner«, sagte Leo, »wenn Krieg ist.«

Sie kannten in Hamborn nur eine einzige Frau, die Motorrad fuhr. Sie war Hebamme, und sie wohnte nicht weit vom Neumühler Haus. Einmal traf Dana sie beim Einkaufen. Sofort kamen sie in ein Motorradgespräch: über geeignete Kleidung und über die Benzin-Bezugscheine. Leo bekam für seine Werkstatt nicht soviel Benzin zugeteilt, wie sie allein für die Fahrten nach Escheren brauchten.

Dana könnte vielleicht wegen Robbi eine Sonderzuteilung bekommen, meinte die Hebamme, und sie wollte auch wissen, wie es Robbi ginge, sie kannte ihn. Dana erzählte ihr, wie man Robbi vertrieben hatte und daß sie nun nicht wagte, ihn zurückzuholen.

Die Frau erzählte, neuerdings müßten alle Neugeborenen mit Behinderungen und die behinderten Kleinkinder bis zu drei Jahren von den Hebammen an die Gesundheitsämter gemeldet werden; für jede Meldung bekäme sie dann zwei Mark. Wozu mußte immer alles organisiert und registriert werden? Wer wußte, was das bedeutete? Da war noch manches undurchsichtig, was jetzt in den Anstalten geschah. Ihre Freundin sagte immer – und dann brach sie plötzlich ab und fing an, den Kickstarter am Motorrad zu treten, und erst beim elften Mal sprang der Motor an. Sie rief durch das Getöse: »Hab vier Hochschwangere: eine in Beeck, eine in Meiderich, eine in Obermarxloh und eine hier in Schmidthorst. Hoffentlich kommen die nicht alle gleichzeitig in die Wochen. Tschüß, und viel Spaß auf dem Motorrad!«

Was fand die Frau »undurchsichtig«? Die Hebamme wußte wahrscheinlich mehr über diese Sache, als sie sagen wollte. Seit Krieg war, nahm jeder sich vor jedem noch mehr in acht als früher.

In Polen wurde schon lange nicht mehr gekämpft, und im Westen blieb es still, so still, als wäre auch mit

England und Frankreich kein Krieg. Alle Tage waren wie Tage vor dem Gewitter, und beinahe wünschte man sich, es möchte endlich losbrechen, was kommen mußte.

Bevor es wieder Weihnachten wurde, hatten sie sich noch nicht an diesen seltsamen Krieg gewöhnt, den die Leute »Sitzkrieg« nannten, vielleicht, weil auf beiden Seiten der Westgrenzen riesige Heere warteten, hier die Deutschen, drüben Franzosen und Engländer, und es fiel kein Schuß.

Auf Schwester Brigittas Rat ließen sie Robbi über Weihnachten in Escheren. Es sollte nicht soviel Unruhe in seinem Leben sein. Er stammelte und stotterte immer seltener, er lernte gut und war wieder fröhlich und zutraulich.

Sie besuchten ihn alle am ersten Feiertag und brachten ihm einen kleinen Metallbaukasten mit, den hatte Paul geschickt, und für Moritz hatte Dana von ihrem Weihnachtsgeld einen größeren Metallbaukasten gekauft.

Moritz übte mit Robbi das Schreiben und wie man einen Apfel schält und ein Paket verschnürt. Er sagte: »Jetzt muß er noch lernen, wie man Feuer macht, wie man Grießbrei kocht, wie man mit Schrauben und Nägeln umgeht und wie man Knöpfe annäht. Ach so, ja: und wie man Fahrkarten kauft, das muß er noch lernen.«

»Aber wozu denn?« fragte Nora. »Ihr seid doch immer im Heim? Und ihr habt doch kein Geld?«

»Ich hab welches«, flüsterte Moritz. »Und meine Mutter hat mir gesagt, daß man das alles können muß, weil man nie wissen kann.«

»Was kann man nie wissen?« fragte Georg.

»Was kommt. Was morgen geschieht. Kann man das wissen?«

Nein, das wußten sie alle nicht. Sie taten ihre Arbeit, sie gingen in die Schule, sie lernten mit den Lebensmittelkarten und den Bezugschein-Punkten für Kleider, Schuhe und Wäsche klug einzukaufen, sie lernten nach sparsamen Rezepten zu kochen und für Sonderzuteilungen die Augen und Ohren offenzuhalten. Das Haushalten wurde schwieriger, besonders Fett, Fleisch und Eier waren knapp, aber sie hungerten nicht, es gab noch genug Brot und Kartoffeln. Aber bei allem, was sie taten, war dieses Warten, und sie wagten nicht, weiter als nur einen Tag vorauszudenken.

Der Winter kam ihnen länger vor als sonst, sie sehnten sich nach Sonne und grünem Laub, als könnte kein Krieg mehr sein, wenn erst Sommer wäre und die Gärten blühten.

Aber schon ehe es in den Gärten richtig Frühling wurde, kam er näher, der Krieg. An einem trüben Morgen im April sagte Leo: »Ich hab euch nicht wekken wollen, ihr erfahrt es früh genug: Sie sind jetzt in Dänemark einmarschiert und mit Kriegsschiffen in Nordnorwegen gelandet – wie in Polen ohne Kriegserklärung. Die wird nachgeliefert. Ich denke, da geht es um Erze für Kanonen und Panzer, bestimmt nicht für Kochtöpfe und Schreibfedern.«

»Es muß schön dort sein«, sagte Dana. »Paul war einmal mit seinen Eltern dort, als er noch ein Junge war. Ich konnte noch nie mit meinen Kindern so große Reisen machen.«

»Wegen Robbi«, sagte Georg.

»Nicht nur wegen Robbi. Warum sagst du so etwas?«

»Weil es stimmt«, sagte Georg und nahm seine Mappe und ging zur Schule ohne Abschiedsgruß.

»Im Sommer«, sagte Leo, »wenn wir die langen, warmen Nächte haben, fahren wir alle für ein paar Tage ans Meer.«

»Wenn dann der Krieg vorbei ist«, sagte Rike.

»Bis dahin ist er doch längst eingeschlafen«, sagte Nora.

Das war am 9. April 1940, und er schlief nicht.

Ehe es Sommer wurde, kam der Krieg ihnen so nah, daß keiner ihn mehr für eine Stunde vergessen konnte.

Leo wachte am 10. Mai mit einer ungewohnten Unruhe auf. So fühlte er sich sonst, wenn ein Gewitter kam oder ehe er krank wurde. Wie immer ging er hinunter, setzte Kaffeewasser auf und weckte sich mit viel heißem und kaltem Wasser unter der Dusche. Die Unruhe ließ ihn nicht los. Er ging durch die beiden Werkstätten zum großen Haus und wieder zurück zur Dielenküche, er nahm sich vor, heute wenigstens zwei Stunden im Garten zu arbeiten, das würde ihm guttun, und erst als er in seiner Werkstatt die Fenster öffnete, wurde ihm das ferne, fremde Geräusch bewußt, ein auf- und abschwellendes Brummen, das manchmal aussetzte, dann wieder anstieg, schwächer wurde, wie der Wind es hertrieb oder davontrug, und ein metallisches Rasseln und Scheppern lief neben dem Brummton her. Jetzt wußte er, woher seine Unruhe kam: Kettenfahrzeuge, das war's, sehr viele Kettenfahrzeuge. Er ging zur Straße und wartete, bis ein Frühschichtler auf dem Fahrrad vorüberfuhr.

»Was hört man da?« rief Leo.

»Panzer und Panzerwagen«, rief der Mann. »Nachschub für Holland. Noch keine Nachrichten gehört?« und fuhr weiter.

Leo lief ins Haus, saß vor dem Radio und vergaß das

Kaffeewasser und das Tischdecken und vergaß, die Familie zu wecken.

Er hörte, daß seit fünf Uhr fünfunddreißig deutsche Panzer nach Holland, Belgien und Luxemburg rollten, auch diesmal ohne Kriegserklärung. Warum fingen sie ihre Kriege immer so früh am Morgen an? Natürlich, so war es schon vor tausend Jahren, damit sie den ganzen Tag vor sich hätten zum Töten und Sterben, zum Landgewinnen und Landverlieren und Landzerstören.

Die anderen kamen einer nach dem andern, sie saßen um das Radio herum und hörten doch nur immer dasselbe und davor und danach die kriegerische Kennmusik für Sondermeldungen.

Rike und Georg gingen pünktlich zur Schule: Heute war der letzte Schultag vor den Pfingstferien, sie wären bald wieder zurück.

»Wir müssen uns ja doch nur eine Schrei-Rede anhören«, sagte Nora. Sie bliebe zu Hause. Die Freundinnen würden bei den Reden meist schlafen. Sie könnte nur an Werner denken. Sie hatte Angst um ihn.

Aber er sei noch keine zwei Monate bei der Wehrmacht, so bald brauchte er gewiß nicht an die Front, sagte Leo.

»Aber eines Tages muß er hinaus. Das ist sicher.«

Dana und Leo widersprachen ihr nicht.

»Wer fährt mit mir nach Bochum?« fragte Leo. Es gäbe viel zu schleppen. Ein privater Sammler wollte seine alten Bücher und Landkarten in Ordnung bringen lassen, und nachher sollte er, Leo, die wertvollsten Stücke wasserdicht verpacken und zu Verwandten des Mannes ins Sauerland bringen. Da gab es einen tiefen, gewölbten Keller, dort würden sie sicher sein.

»Fahrt ihr«, sagte Nora. »Ich koche für alle.«

»O weh, unsere Telefonrechnung!« rief Dana.

Denn um die Mittagszeit konnte man Werner in der Siegener Kaserne anrufen, dann war er in der Kantine.

Sie lachten und brachen fast gleichzeitig ab und sahen sich an, beschämt und bestürzt. So sehr hatten sie sich schon an den Krieg gewöhnt, daß keine Sondermeldung sie länger als für eine oder zwei Stunden bewegte.

Leo sagte – denn er wußte, was Dana und Nora dachten: »Wenn es uns nur nicht vergeht!«

Nora verging es zuerst, das Lachen. Sie hatte sich zum Kartoffelschälen in die Dielenküche gesetzt und die Tür zu Leos Werkstatt offengelassen. Alle drei Minuten sah sie auf die Uhr. Noch eine Viertelstunde, dann könnte sie in Siegen anrufen.

Da rief er selbst an, vor der Zeit: Es wäre heute fast unmöglich, eine Verbindung für Ferngespräche zu bekommen, darum könnte er nur zwei Minuten mit ihr sprechen, um ihr zu sagen, daß er sie liebe, aber zu Pfingsten gäbe es jetzt natürlich keinen Urlaub, das hätte sie sich wohl schon gedacht? Dann käme er vielleicht eine oder zwei Wochen später. Also viele Küsse für Nora, und mit seiner Mutter hätte er schon gesprochen.

Nora weinte und ließ ihn das hören – später schämte sie sich dafür –, aber es war so schön, von ihm getröstet zu werden. In zwei Wochen, spätestens, würden sie sich sehen, in zwei Wochen bestimmt, vielleicht ja schon in der nächsten. Hatte sie dann noch Ferien? Ja? Dann war das Gespräch zu Ende.

Drei Tage später, am Pfingstmontag, verging ihnen allen das Lachen noch einmal: es gab wieder Luftalarm, wieder am Tag, und diesmal fielen Bomben: Acht Sprengbomben trafen die Duisburger Kupferhütte. Sie richteten keinen großen Schaden an, aber in Gelsenkirchen sollte es schlimmer aussehen, und sie wußten: Dies war der Anfang. Was würde danach kommen?

Werner kam schon in der Woche nach Pfingsten, und schon am Freitag, und Nora schwänzte Samstag den BDM-Dienst und war den ganzen Tag mit ihm unterwegs. Er wollte sehen, was die englische Bombe in Gelsenkirchen angerichtet hatte.

Nora wollte lieber mit ihm in den Wald, oder vielleicht nach Essen an den Baldeney-See? Aber sie sah sich natürlich mit Werner die Trümmer an, und danach fuhren sie doch noch nach Essen und gingen in Werden in den Dom, und Nora stellte sich vor, sie wären ein Brautpaar vor dem Altar.

Später saßen sie am Baldeney-See im Gras und aßen die Brote, die Herta ihnen mitgegeben hatte.

Ehe Werner als Soldat fertig ausgebildet war, würde der Krieg doch vorüber sein? fragte Nora. Die deutschen Truppen kamen so schnell voran, Holland hatte schon kapituliert.

Werner legte sich zurück und schaute in den Himmel. Wahrscheinlich wären sie morgen schon in Brüssel, sagte er, und dann: »Ich wollte, ich wär' dabei.«

»Nein, nein!« rief Nora. »Willst du denn wirklich gern in den Krieg?«

Das verstünde sie nicht. Wenn die anderen da draußen von einem Sieg zum anderen rannten, und man saß in der Kaserne fest – oder mit seinem liebsten Mädchen am See, dann kam man sich einfach wie ein Außenseiter vor. Aber keine Angst: Er käme wohl in einen ruhigen Frontabschnitt oder zum Nachschub. Herta behauptete das, weil sein Vater doch im vierzehner Krieg gefallen war. Vielleicht würde er überhaupt bei der Heeresverwaltung in irgendeinem Büro eingemottet. Immerhin könnte er dann schon nebenher studieren. Arzt wollte er werden, jetzt wußte er es genau. Und nach der Grundausbildung würde er sich sofort zu den Sanitätern melden.

Aber wenn er wirklich Arzt werden wollte, wie konnte er sich dann an die Front wünschen? An der Front müßte er doch Menschen töten?

Das war etwas anderes. Und als Sanitäter war es wieder etwas anderes. Aber man wäre dann doch wenigstens dabei.

»Versteh ich nicht ganz«, sagte Nora. »Aber ein bißchen«, und er lächelte ihr zu.

Da waren sie schon auf dem Heimweg.

Sie kamen gerade ins Haus, da läutete das Telefon. Ein Anruf aus Brandenburg, sagte die Frau vom Fernamt. Frau Heuken würde gewünscht.

Dann eine Männerstimme: »Frau Dana, die Meldebogen für das Haus in Escheren sind verschickt worden. Bitte holen Sie das Kind nach Hause, ehe das Heim die Bogen ausfüllt. Das Kind gilt dann als entlassen und wird nicht für die Verlegung erfaßt. Sie können es zurückbringen, sobald für dieses Heim die Verlegungsaktion abgeschlossen ist. Man muß mit etwa drei Monaten rechnen.«

»Was bedeutet das? Wer sind Sie?« rief Nora. »Meine Mutter ist nicht zu Hause.«

Der Mann sagte: »Ich wiederhole: Das Kind so bald wie möglich aus dem Heim holen. Ohne Meldebogen keine Verlegung. Und beste Wünsche für Sie persönlich, Frau Dana.«

»Aber ich bin nicht –«, sagte Nora und rief: »Hallo, hallo!« Er hatte aufgelegt. Sie setzte sich neben Werner auf die Küchenbank und berichtete, was der Fremde gesagt hatte. Was sollten Sie tun? Mußten die anderen auch ausgerechnet an diesem Wochenende Rikes Großeltern im Münsterland besuchen!

Werner meinte, sie sollten am nächsten Tag früh morgens nach Escheren fahren. Er könnte Robbi aufs Rad nehmen. Der Mann hatte doch gesagt: so bald wie möglich? Und für sie beide wäre die Fahrt nach Escheren ein schöner Ausflug.

»Und dann?« fragte Nora. Werner wußte doch, weshalb Robbi hier nicht bleiben konnte.

Zunächst müßte man ihn verstecken.

Aber wo und wie?

Das würde sich finden. Dana müßte das entscheiden.

Georg war vom Jungvolk-Dienst nach Hause gekommen, er hatte die letzten Sätze gehört.

Er fragte – und stotterte und schrie fast: »Der Robbi? Der soll wieder hierherkommen? Wißt ihr, daß ich beinahe, jawohl!, daß ich beinahe nicht Jungenschaftsführer geworden wäre, nur wegen Robbi? Weil der mein Bruder ist? Weil ich vielleicht erbkrank bin, und eines Tages könnte ich dann vielleicht meine Kameraden beißen oder so?«

»Jockel«, sagte Nora. »Du übertreibst. Das hat bestimmt keiner gesagt.«

»Und eigentlich dürfte ich dann später mal keine Kinder kriegen. Das hat einer gesagt, ungelogen!«

Man wüßte doch gar nicht, ob Robbis Krankheit erblich sei, sagte Werner, er habe sich erkundigt. Man wüßte es wirklich nicht. Wahrscheinlich sei es nicht erblich.

»Du hast dich erkundigt? Wo?« fragte Nora.

Beim Innenministerium, Abteilung Gesundheitswesen und Volkspflege. Dort hatte er angerufen, weil er eine Auskunft über das Studium brauchte, und so nebenher nach Robbis Krankheit gefragt.

Nora wurde blaß. »Und?« fragte sie.

»Was heißt: und? Schließlich wollen wir doch heiraten und Kinder haben?«

»Natürlich«, sagte sie. »Immer noch?«

»Was meinst du damit?«

»Ob du mich, auch auf die Gefahr hin, daß es vielleicht doch erblich ist –«

Sie rannte hinaus. Oben im Haus schlug ihre Zimmertür krachend ins Schloß. Werner rannte in großen Sprüngen die Treppe hinauf und klopfte an Noras Tür. Sie drehte innen den Schlüssel, das hörte er.

»Nora, mein Mädchen!« rief er. »Bitte, mach auf.«

Er solle nach Hause gehen.

Er würde sich auf die Treppe setzen, bis sie zur Vernunft gekommen sei.

Er solle nach Hause gehen. Bitte. Sie müßte nachdenken. Vielleicht hatte er ja recht?

Werner holte seinen Brotbeutel aus der Küche.

Georg sagte: »Also, ich weiß nicht –«

»Ich auch nicht«, sagte Werner. »Gute Nacht.«

Auch die Haustür krachte ins Schloß.

Eine Viertelstunde später rief Werner an: Er wollte Nora nur gute Nacht sagen. Und morgen früh um sechs würde er sie abholen. Wäre ihr das recht?

»Nein«, sagte Nora. »Gute Nacht, Werner.«

Nora schob ihr Rad um fünf Uhr früh aus dem Heckentor. Drei Stunden später war sie in Escheren, und sie hatte auf diesem Weg fast nur geweint.

Sie sah eine Frau, die war wie sie mit dem Fahrrad unterwegs, und sie sang leise vor sich hin, als Nora sie überholte. Vielleicht kam sie von ihrem Liebsten, oder fuhr sie zu ihm? Wie glücklich man sein konnte, wenn man einen Mann so liebhatte, wie sie Werner liebte. Und sie weinte, weil nun alles vorbei sein sollte, weil

Werner keine Frau heiraten würde, die Robbis Schwester war.

Sie sah ein Liebespaar in einer Hofeinfahrt stehen, und ihr wuchs ein Knoten aus Neid und Schmerz in der Kehle.

Sie sah eine Frau mit einem Kinderwagen. Dürfte sie jemals Kinder haben? Und sie weinte und glaubte, all diese Traurigkeit könnte niemals vergehen, denn sie könnte niemals aufhören, Werner zu lieben. Doch das war nun endlich doch tröstlich: Er konnte sie verlassen, er konnte eine andere heiraten, sie würde ihn immer und immer lieben. Wenn schon sie selbst nicht mit ihm leben dürfte: ihre Liebe würde immer bei ihm sein.

»Ob er will oder nicht«, sagte sie laut und trat dabei fester in die Pedale. So kam sie verweint, aber nicht mehr in Tränen, in Escheren an.

Schwester Bernharda erschrak: »Kind, was ist?« und nahm sie vorsorglich in die Arme.

Nun mußte Nora doch wieder weinen. »Nichts Schlimmes«, sagte sie. »Nur Liebeskummer«, und versuchte zu lachen. »Streit mit meinem Werner.«

»Und das wäre nichts Schlimmes?« rief Schwester Bernharda.

Nora erzählte von dem seltsamen Anruf. »Was soll ich tun?« fragte sie.

»Setz dich hierher und hör mir zu. Was ich dir jetzt sage, darfst du nicht jedem erzählen. Nachher wirst du schon wissen, wem und wem nicht.«

Schwester Bernharda setzte sich an den Tisch, faltete die Hände, stand wieder auf, lief ans Fenster, setzte sich an ihren Schreibtisch, faltete wieder die Hände, und schließlich klingelte sie, und das stille Mädchen kam. Sie möchte bitte den Hamborner Robert und Schwester Brigitta holen, falls die Schwester Zeit hätte.

Das Mädchen nickte, und im Hinausgehen lächelte es Nora zu, so lieb wie immer. Jetzt lief Schwester Bernharda ihr nach.

Nein, sie sollte Schwester Brigitta bitte nicht holen. Also nur Robbi, und einen Mantel möchte sie für ihn mitbringen. Nein, keinen Mantel, das ging ja nicht. Man müßte wohl doch mit Brigitta sprechen?

Jetzt lief Bernharda ans Fenster, sagte laut: »O lieber Himmelsvater, was soll ich denn tun? Was denn?«, und das stille Mädchen stand noch an der Tür und strich sich die Schürze glatt.

»Bitte hol den Jungen«, sagte Schwester Bernharda und straffte den Rücken und setzte sich neben Nora an den Tisch. Sie sprach sehr leise und sehr schnell: Nora möchte bitte für einen Augenblick aufhören, an ihren Liebeskummer zu denken. Bernharda hätte ihr etwas zu sagen, und Nora müßte aufmerksam zuhören. Sie sagte: »Ich habe einen Bruder, er ist Pfarrer in Süddeutschland, und er hat mir bei allen Heiligen geschworen, daß es die Wahrheit ist, was man sich über die Kranken aus den Anstalten erzählt, wenn die grauen Busse durch sein Dorf kommen.«

Schwester Bernharda stand wieder auf, ging wieder ans Fenster und blieb dort stehen und sprach nach draußen: Mit grau gestrichenen, ehemaligen Postbussen würden die Kranken abgeholt, und dann kämen sie nie mehr zurück. Verstand Nora, was das bedeutete? Nein? Nie, das hieß: sie könnten nicht mehr zurückkommen, auch nicht, wenn ihre Angehörigen einen Antrag stellten, daß man sie zurückverlegen möchte in das erste Heim oder daß man sie nach Hause holen möchte. Von den grauen Bussen würden nur die Kleider dieser armen Patienten zurückgebracht. Weil man die Kleider ja noch brauchen konnte. Die Patienten nicht mehr. Verstand Nora das jetzt?

»Nein«, sagte Nora.

Schwester Bernharda setzte sich wieder neben sie. Sie flüsterte: »Sie sagen, die meisten Kranken in den Heimen, mindestens die Hälfte von ihnen, die haben kein lebenswertes Leben, die haben nur ein lebensunwertes Leben, und das darf man ihnen nehmen, das lebensunwerte Leben. Das ist eine Wohltat für die Kranken, sagen sie, und sie kosteten überhaupt zuviel Geld und könnten nicht mehr dafür arbeiten. Verstehst du mich jetzt?«

»Was Sie sagen, verstehe ich, aber was es bedeutet, das kann ich nicht verstehen.«

Schwester Bernharda sah Nora an und sagte: »Sie töten die Kranken.«

»Nein!« rief Nora. Die Schwester legte ihr die Hand auf den Mund. Bernhardas Hand roch nach Seife, nach Kernseife.

Dann stand sie auf, ging zu ihrem Schreibtisch und sagte, die Schwester Oberin weigerte sich, das zu glauben. Sie könnte sich nicht vorstellen, daß es so gottlose und herzlose Menschen gäbe, und außerdem hätte man ja auch noch eine tüchtige Polizei in Deutschland und Richter und Staatsanwälte. So etwas Schlimmes könnten die Menschen nicht tun. »Aber sie können es«, sagte Schwester Bernharda. »Sie haben es in Pommern und in Polen schon tausendfach getan.«

Und sie erzählte weiter: Die Meldebogen hätte die Schwester Oberin in die Heizung gesteckt, sie wollte den Schwestern zeigen, wie man sich dem Bösen widersetzt: eine kleine Schwester Oberin und vierzehn kleine Nonnen, alle nicht mehr die Jüngsten. Für jeden Patienten sollte ein Meldebogen ausgefüllt werden, für jeden wurde nach seiner Krankheit gefragt. Und danach wurde entschieden, was mit diesem Patienten weiter geschehen sollte. Entweder schickte man jetzt eine Kommission zum Auswählen der Patienten, oder man ließ gleich alle auf einmal abholen und in eine von den großen Anstalten bringen. Das Haus würde dann geschlossen. So war es mit zwei kleinen evangelischen Heimen geschehen. Und in den großen Anstalten kannte keiner die einzelnen so gut wie sie hier, da fiel es leichter, genug Patienten für die grauen Busse auszuwählen.

Endlich konnte Nora wieder sprechen. »Aber sie haben doch alle nichts Böses getan!« rief sie.

»Pst«, machte Schwester Bernharda. »Du wirst deinen Bruder mitnehmen. Wir werden die Schwester Oberin nicht fragen. Ich nehme das auf mich.«

»Und die anderen Kinder?« fragte Nora.

Man würde allen Familien Nachricht geben, sie möchten ihre Kinder heimholen. Damit wäre auch die Schwester Oberin einverstanden, denn der Herr Präses hatte es gestern vorgeschlagen. Die meisten wußten, was »Verlegung« bedeutete. Für die Kinder, die nicht geholt würden, wäre auch schon gesorgt.

»Und Moritz?« fragte Nora.

Der wäre jetzt schon in Sicherheit. Hatte Nora genug Geld für die Bahnfahrt? Dann sollte sie das Rad aufgeben. Robbi könnte nicht drei Stunden auf dem Gepäckträger sitzen. Und sobald sie zu Hause wären, müßte die Mutter schreiben, daß Nora den Jungen in ihrem Auftrag abgeholt hätte, damit alles seine Ordnung hätte.

»Sie denken an alles«, sagte Nora.

»Dafür bete ich zuwenig«, sagte Bernharda.

Das Mädchen brachte Robbi, der stürmte auf Nora zu und erzählte ihr, daß es im Spielzimmer eine ganze

Kiste voll Meerschweinchen gäbe. Er sagte wirklich das lange, schwere Wort »Meerschweinchen« mit nur einem einzigen Stottern.

Aber sie wüßte noch etwas viel Schöneres, sagte Schwester Bernharda. Er sollte radfahren lernen, und dabei schob sie schon beide aus der Tür.

»Ohne Abschied von Schwester Brigitta?« fragte Nora.

»Es ist einfacher so«, sagte Bernharda. »Dann hat Brigitta nichts gewußt.«

Sie half Robbi auf den Gepäckträger und befahl ihm streng, sich gut an Nora festzuhalten, und Robbis Kleider und sein Ranzen würden nachgeschickt. So. Und jetzt müßte sie wieder brav am Telefon und an der Pforte sitzen. »Gott schütze euch, Kinder!« sagte sie und lief zurück zur Torstube und sah sich nicht mehr um.

Als die Fahrkarten gekauft, das Rad zum Gepäckwagen gebracht und Robbi in den Zug gehoben war, wollte Nora darüber nachdenken, was sie jetzt getan hatte. Was hatte Werner wohl gedacht, als er sie heute morgen abholen wollte, und sie war nicht mehr im Haus? Was hatte er gefühlt? Und wie schön und wieviel leichter wäre dieser Tag mit ihm gewesen. Er hätte den Kleinen zwischen seinen Armen sitzen lassen, die kleine Wolldecke hätten sie als Polster um die Stange gewickelt, wie schon oft, wenn sie Robbi mitnahmen. Das wäre wie ein Familienausflug gewesen: Werner, Nora und das Kind.

»Moritz!« rief Robbi schon zum fünftenmal.

»Er wird uns besuchen«, sagte Nora. »Wir laden ihn ein.«

»Und die Meerschweinchen?« fragte Robbi. Nora hörte ihm schon nicht mehr zu.

Dann das Umsteigen in Duisburg, das Umsteigen in Oberhausen, immer mit dem Rad und Robbi, dann am Hamborner Bahnhof mit Robbi an der Hand zum Gepäckwagen rennen und das Rad holen.

Da griff jemand über ihre Schulter, nahm dem Eisenbahner das Rad ab, sagte: »Ja, danke«, und es waren Werners Hand und Werners Stimme. Er lehnte das Rad an eine eiserne Bahnsteigsäule und setzte Robbi auf eine Bahnsteigbank. Woher wußte er, daß sie mit diesem Zug kamen?

Er hatte bei Schwester Bernharda angerufen. Und war Nora ihm noch böse? Alles tat ihm so leid.

Nora legte jetzt ihre Hand auf seinen Mund, wie vor drei Stunden Schwester Bernharda ihre Hand auf Noras Mund gelegt hatte. Noras Hand roch nach Staub und Eisen und Schweiß. Sie sagte nichts, sie nahm die Hand weg und küßte Werner vor allen Hambornern, die hier aus- und eingestiegen waren, als käme sie von einer langen Reise endlich zurück.

Robbi rutschte von der Bank und bohrte seinen Kopf zwischen Nora und Werner.

»Durst«, sagte er. »B-Buttermilch, bitte.« Und holte tief Luft und sagte: »Ich möchte bitte Buttermilch.«

Es tat ihnen gut, daß sie jetzt lachen konnten und daß sie das Fahrrad und Robbi vom Bahnsteig schaffen mußten. Draußen setzten sie Robbi auf den Sattel, Werner schob das Rad, und Nora ging nebenher und hielt Robbi fest. Er hatte jetzt beide Hände am Lenker und vergaß seinen Durst und die Buttermilch, so stolz und glücklich war er.

Aber dann schwankte Robbi vor Müdigkeit, als Werner ihn vom Rad hob.

Werner fragte: »Legst du ihn jetzt hin? Kommst du dann noch für eine halbe Stunde zu mir? Oder für eine ganze?« und hielt ihre Hand fest. Um sechs müßte er zum Zug, und um Punkt zweiundzwanzig Uhr sollte er am Kasernentor sein.

Nur Georg war zu Hause. Er saß in Danas Küche, las ›Durch die Wüste‹ von Karl May und hatte Mühe, freundlich mit Robbi zu sein. »Tach, Kleiner!« sagte er und drehte den Kopf weg, als Robbi ihm einen Kuß geben wollte.

Er sagte zu Nora: »Möchte wissen, was das soll, daß du ihn so einfach herbringst. Muß er wieder versteckt werden?«

»Weiß ich nicht. Ist noch Buttermilch da?«

»Natürlich, alles ist da für Robbi. Ich hab aber auch Durst. Er soll mir was übriglassen.«

»Wir sind drei Stunden mit dem Zug unterwegs gewesen«, sagte Nora. »Es war sehr heiß.«

»Das muß wohl am Wetter liegen«, sagte Georg.

Robbi schlief schon, ehe Nora die Buttermilch aus dem Keller geholt hatte.

Sie trug Robbi in sein Zimmer, legte ihn aufs Bett und ging wieder hinunter. Georg las und sah nicht auf.

»Ich möchte für eine Stunde zu Werner. Kannst du bitte so lange hierbleiben?« Georg nickte und las weiter.

Als Nora eine Stunde später zurückkam, sah sie das Motorrad in der Einfahrt, und Rikes kleiner Koffer stand an der Haustür.

Sie blieb einen Augenblick an der Hecke stehen, mit dem Rücken zum Haus, um noch an Werner zu denken. Er saß jetzt im Bus nach Duisburg, und alles war gut und leicht geworden zwischen ihnen.

Nein, es war nicht alles gut und leicht. Sie mußte jetzt ins Haus gehen und den anderen sagen, was sie von Schwester Bernharda erfahren hatte.

Dana, Rike und Leo saßen in der Küche. Georg hatte

gesagt: »Robbi ist oben, Nora hat ihn einfach abgeholt.« Dann war er zu Achim gegangen.

Dana hatte Robbi schon gesehen. Er schlief immer noch fest. Nora sollte bitte erzählen.

Nora lehnte sich an die Tür und berichtete von dem Anruf aus Brandenburg.

»Detlef«, sagte Dana. »Und weiter?«

»Alle Kinder aus Escheren sollen von ihren Eltern abgeholt werden, wenn es geht.«

»Setz dich, bitte«, sagte Dana.

Nora schüttelte den Kopf. »Sie töten die Kranken«, sagte sie.

Sie schwiegen alle, schwiegen für Nora zu lange. Sie sagte, jetzt wüßte man also, wie das alles organisiert war: Erst wurden Meldebogen ausgefüllt und weggeschickt, dann wählten irgendwelche fremden Menschen die Patienten aus, die nicht mehr leben sollten, dann brachte man sie in grauen Bussen weg, und keiner sah sie wieder. Wenn es wirklich so war, glauben konnte man's nicht, aber dann war es gut, das zu wissen. Man müßte überlegen, wie man Robbi schützen könnte. Sie setzte sich neben Dana.

Dana hatte geahnt, daß den Kranken etwas Böses drohte, vielleicht Gefangenschaft, Zwangsarbeit. Aber was Nora erzählte, das konnte einfach nicht wahr sein.

Leo wußte mehr. Ein unglücklicher Vater, ein Kunde, hatte Robbi irgendwann gesehen und von seiner Tochter erzählt, die war neunzehn und konnte nicht so gut lesen, aber sie konnte sehr schön sticken. Und später hatte der Mann in Andeutungen erzählt, man hätte ihm mit KZ oder Erschießen gedroht, falls er noch einmal behauptete, seine Tochter sei – warum sprach Leo nicht weiter? »Ich kann's nicht sagen«, flüsterte er.

Rike sagte – und auch sie flüsterte, als könne man all dies nicht laut sagen: »Jetzt weiß ich, was Hilde gemeint hat.«

Hilde, wer war das?

Rike, immer noch flüsternd: eine alte Wandervogelkameradin, vom Kronacher Bund, jetzt Lehrerin in einem Dorf in Württemberg. In der Nähe gab es ein Schloß, eine Perle von einem Schloß, früher Krüppelheim, jetzt nicht mehr . . . Sie hatte Hilde in der Stadt getroffen. Die suchte eine andere Stelle, denn jetzt kamen fast alle Tage grau gestrichene Autobusse durchs Dorf, und Hildes Schulkinder sagten: »Da kommen die Mordkisten. Die bringen die Depperten in die Gasanstalt, und nachher sind sie lauter liebe Engelein.« Hilde konnte das den Kindern nicht verbieten. Die Busse fuhren dann immer leer zurück, das wußten die Leute, weil die Fahrer auf dem Rückweg in die Wirtschaft gingen. Aber da oben im Schloß gab es nur noch hundert Betten. Und täglich über fünfzig neue Patienten? »Da wird also mit Gas getötet. Meintest du das, Leo?«

Er nickte.

Rike hatte zum Schluß immer lauter gesprochen. Georg stand an der Tür. »Wer?« fragte er. »Wer wurde mit Gas getötet? Wer hat das getan?«

Rike sagte: »Kranke werden getötet. Ein Arzt tut das. Seit Januar fahren die Busse, und jetzt ist Mai. Jede Woche vielleicht zehn Busse? Man könnte sich ausrechnen, wie viele Kranke dort hinaufgefahren und nicht wieder heruntergekommen waren. Fünftausend vielleicht?«

»Hat man den Arzt geschnappt?« fragte Georg.

»Der ist noch immer da. Der macht weiter«, sagte Leo.

»Womit?«

»Mit dem Töten. Er nennt das ›Euthanasie‹, das bedeutet: schöner Tod. Er und seine Helfer nennen es auch ›desinfizieren‹ oder ›ausmerzen‹. Sie sagen: Es ist Krieg, die unnützen Esser müssen weg. So ist der Krieg, so ist das Leben, und sie hätten den Auftrag dazu. Ach Gott! Und ich weiß das schon so lange und wollte euch nicht ängstigen.«

Rike sagte: »Man meint, worüber man nicht spricht, das ist weniger wahr.«

»Von wem hat er den Auftrag, dieser Doktor?« fragte Georg.

»Der kommt von Berlin. Aber man darf nicht drüber reden, hörst du, Georg? Wer darüber redet, der wird behandelt wie – wie ein Jude. KZ oder Schlimmeres.«

»Dann wissen die ja wohl, warum sie das tun«, sagte Georg. »Dann ist es ein Befehl aus Berlin, und der wird ausgeführt. Und was ihr hier quatscht, das ist alles gelogen, alles Feindpropaganda! Hört auf!«

»Wir müssen darüber reden, wir brauchen deine Hilfe«, sagte Dana.

»Das kann ich doch nicht!« schrie Georg. »Wollt ihr mich denn verrückt machen?« und rannte hinaus.

Leo stand auf. Nora sagte: »Nein. Ich spreche mit ihm. Ihr seid alle zu erwachsen.«

Nora traf Georg vor Robbis Tür.

Er sagte: »Der schläft noch, der Kleine.«

»Darf ich zu dir ins Zimmer?« fragte Nora.

Sie standen nebeneinander am Fenster und sahen auf die Fördertürme von Schacht eins und zwei. Die Räder standen, es war noch zu früh für den Schichtwechsel.

»Glaubst du das alles?« fragte Georg.

»Ja«, sagte Nora. Sie schwiegen wieder.

Unten rief ein Kind im Singsang: »Stand anne Wand, wer hat den Ball?«, und andere antworteten: »Wer am besten fangen kann! Lucie!«

Nora sagte: »Weißt du, wer gestern angerufen hat? Ein SS-Offizier, die Ma kennt ihn von ihrem Besuch in Berlin. Der Mann hat Mut. Wenn du ebensoviel Mut hast, dann wirst du uns nicht verraten. Du brauchst nichts anderes zu tun, nur zu schweigen. Wenn du uns verrätst, können wir Robbi nicht mehr schützen.«

»Klar«, sagte Georg. »In Ordnung«, und versuchte zu lächeln, ein bißchen schief, aber er sah Nora jetzt an und sagte: »Dienst ist Dienst und Schnaps ist Schnaps. Stimmt's?«

»Stimmt«, sagte Nora. Sie gaben sich die Hand.

Als Nora die Treppe hinunterging, wurde ihr bewußt, daß Georg mit einer neuen, tieferen Stimme gesprochen hatte.

Die anderen saßen noch in der Küche. Da kam Nora schon wieder? Wollte Georg nicht mit ihr sprechen?

Natürlich hatten sie miteinander gesprochen. Man könnte sich auf Georg verlassen, sagte Nora.

Dann sollte Robbi in Hamborn bleiben, solange es ginge. Dana würde morgen ihre Stelle im Fotogeschäft kündigen und nur noch zu Hause arbeiten. Das brachte nicht viel Geld, aber sie wäre immer bei Robbi.

»Wie gut, daß wir alle wieder zu Hause sind«, sagte Rike. Das war Ende Mai 1940.

Jetzt kam der Sommer, auf den sie so gehofft und gewartet hatten, und der Krieg war schon vor dem Sommer gekommen. Aber schon nach weniger als sechs Wochen sah es aus, als wäre er wieder zu Ende: Frankreich war besiegt, die Engländer waren auf ihre Insel zurückgekehrt, und man konnte meinen, auch sie wären besiegt, weil sie auf tausend großen und kleinen Schiffen über den Kanal geflohen waren.

Aber nun kamen ihre Flugzeuge und griffen die Industrie und die Bahnanlagen im Ruhrgebiet an. Bald gab es in Hamborn fast jede Nacht Alarm, und meist nur, weil englische Bomberverbände über die Stadt weg nach Osten flogen, nach Essen die meisten. In Hamborn wurde nur einmal ein Bürogebäude an der Duisburger Straße zerstört. Dana und Nora fuhren mit den Rädern dorthin und standen mit vielen anderen Leuten an der Straße.

»Macht es euch Spaß, das zu sehen?« fragte Leo, als sie zurückkamen, und er dachte daran, wie Dana, als sie ein kleines Mädchen war, vom Krieg erzählt haben wollte und in den Zeitungen am liebsten von großen Unglükken las. Dana schwieg jetzt, sie zuckte nur die Schultern.

Nora schämte sich, weil sie neugierig gewesen war, den Trümmerberg zu sehen, denn sie hatte ja keinen Grund dazu wie Werner, die Zerstörung zu sehen, die zerfetzten Aktenschränke, Stühle, Schreibtische. Machte es Spaß? Nora wußte nicht, was sie antworten sollte. Ein Schrecken, der andere getroffen hatte, nicht sie selbst – was hatte sie gefühlt, als sie das sah? Etwas anderes als vor zwei Jahren, als sie die Zerstörung an den jüdischen Geschäften und Wohnungen sah? Etwas ganz anderes. Damals, das hatten Menschen den Menschen angetan. Jetzt war eine Bombe auf ein Haus gefallen. Eine Bombe, das war ein namenloses Ding – aber ein Mensch hatte sie doch abgeworfen? Und sie, Nora, hatte das zerstörte Haus gern sehen wollen?

»Es ist aufregend«, sagte sie. »Man stellt sich vor, es könnte unser Haus sein, weil es in der Nähe geschehen ist. Aber es ist nicht unser Haus. Dann ist man erleichtert. Vielleicht sieht man das deshalb gern?«

»Ja, so ähnlich muß es sein«, sagte Dana. Leo nickte.

Bei den Nacht-Alarmen nahm jeder sein Kopfkissen und schlief, so gut es ging, im Keller auf einem Liegestuhl oder einer Matratze weiter. Nora und Georg hatten den Raum mit alten Möbeln und Teppichen fast gemütlich eingerichtet. Es gab genug Polster und Decken, auch Bücher, Spiele und einen Vorrat an Saftflaschen und Selterswasser.

»Ohne Robbi wären die Alarme gar nicht so schlimm«, sagte Georg.

Denn Robbi weinte jede Nacht, wenn die Sirenen gingen, er schrie wie ein kleines Kind. In Escheren drang das Geheul der einzigen Sirene vom Rathaustürmchen nicht durch die dicken Mauern. Der Bürgermeister rief die Schwester Oberin an, wenn Alarm kam, und sie weckte die Schwestern, und die weckten die Kinder, und sie zogen geordnet und in großer Ruhe in den Kellerschlafsaal, wo jeder ein Bett oder eine Liege hatte. Das alles war oft bei den Probealarmen geübt.

In Hamborn wurde Robbi von der laut aufheulenden Sirene an der Zeche geweckt, und weithin in der Stadt und den Nachbarstädten schrien zehn, zwanzig andere Sirenen mit. Die Erwachsenen waren nervös, sorgenvoll und müde, und manchmal schimpften sie auch, weil sie schon wieder geweckt wurden und waren doch gerade erst eingeschlafen, und morgen mußten sie arbeiten und frisch sein. Schlechte Laune bei den anderen machte Robbi unglücklich.

In Escheren hatte er im Kellerbett dieselben Nachbarn wie oben im Schlafsaal, und dieselben Nachtlichter brannten auf den Mauervorsprüngen.

In Hamborn war er das einzige Kind, und kein Moritz kam unter den langen Bettreihen her zu ihm gekrochen, wenn er nicht einschlafen konnte.

Alle waren sehr lieb zu ihm, aber er fühlte sich allein und wußte doch nicht und konnte sich selbst nicht sagen, was seinem Leben hier fehlte. Er wurde blaß, nervös und zum erstenmal quengelig, immer mehr, je länger er diesmal in Hamborn war.

Rike wußte, daß ihm die anderen Kinder fehlten und auch die strenge Ordnung im Heim, vor allem aber Moritz, der Freund. Sollte man ihn zu Weihnachten einladen?

Dana telefonierte mit Schwester Brigitta.

Die sagte: »Seit vorgestern ist alles vorüber. Wir haben nur ein Viertel der erwachsenen Patienten und sechs Kinder hergeben müssen. Das ist wenig, die meisten anderen Heime müssen die Hälfte der Patienten verlegen lassen.«

»Wohin sind sie gekommen?« fragte Dana.

»Das hat man uns nicht sagen wollen, aber jetzt wären sie erst in einer Zwischenanstalt. Das Haus, in das sie dann endgültig kämen, würde den Eltern und uns Nachricht geben.«

»Ist Marieluise dabei?«

»Ja, sie ist dabei.«

Eine Weile sagten sie beide nichts. Dann fragte Dana nach Moritz. Dürfte er Weihnachten nach Hamborn kommen?

Moritz wäre jetzt sozusagen vom Gärtner Hilligen adoptiert. Natürlich nicht richtig, weil ja seine Eltern davon gar nichts wüßten. Und es wäre besser, wenn er Weihnachten in Escheren bliebe, weil es auch für Danas Familie nicht gut wäre, wenn er zu ihnen käme. Den Grund wollte Schwester Brigitta unter keinen Umständen sagen. Dana möchte sie nicht danach fragen. Aber wenn sie wollten, könnten sie Robbi jederzeit wieder nach Escheren bringen.

»Nein«, sagte Dana. »Wissen Sie denn, wie bald Ihnen wieder Kinder weggeholt werden?«

Also gab es ein stilles Weihnachtsfest mit einem bedrückten, traurigen Robbi und ohne Moritz, auf den sie sich alle gefreut hatten.

Die Angriffe nahmen zu, und jetzt fielen auch manchmal Bomben auf Hamborner Gebiet, sie trafen aber kein Haus, alle fielen irgendwo in die Wiesen, die meisten in Obermarxloh und Holten; die hatten wohl dem Werk der Ruhrchemie gegolten. Manche Flüge, hieß es, sollten nur die Industriebetriebe bei der Arbeit stören.

Überraschend wurde Nora gefragt, ob sie für ein halbes Jahr als Jungmädelführerin bei der Kinderlandverschickung Duisburger Kinder betreuen möchte? Wo? In der Tschechoslowakei, im Protektorat. Dieser Einsatz würde ihr als Kriegshilfsdienst angerechnet. Die Lehrerinnen und Lehrer der Schulklassen waren schon in die Quartiere vorausgefahren. Nora hatte nur drei Tage Zeit, sich zu entscheiden.

Dana hätte gern nein gesagt. Sie mochte Nora nicht so weit fortgeben, aber sie würde ja dort wie die jüngeren Kinder in Sicherheit sein, und Nora freute sich, weil auch Gunhild mitfahren würde und fünf andere Freundinnen aus ihrer Klasse. Auch Werner riet ihr zu, er war jetzt bei einem Sanitätslehrgang in Münster, und viele Urlaubstage gab es nicht.

An einem der letzten Januartage 1941 stand Dana dann mit vielen traurigen und besorgten Müttern auf dem Duisburger Bahnhof vor dem Sonderzug. Die Kinder waren schon eingestiegen, jetzt stiegen die HJ-Führer ein, jetzt Noras Freundinnen, dann zwei Rotkreuzschwestern.

Nora umarmte Dana. Noch fünf Minuten bis zur Abfahrt, aber sie müßte jetzt zu den Kindern, damit sie nicht beim Abschiednehmen aus dem Fenster fielen. Für sechs D-Zug-Abteile, sechsunddreißig Kinder, war sie von jetzt an verantwortlich wie eine Mutter. Nur eine Vierzehnjährige würde ihr helfen.

»Du bist noch so jung«, sagte Dana.

»Siebzehn«, sagte Nora. »Und du, als du vom Hochtal fortgingst?«

»Siebzehn«, flüsterte Dana in Noras Uniformkragen, denn Nora war einen halben Kopf größer als sie. Und jetzt stand sie hier, und ihre Tochter ging fort, und es war Krieg und Nacht und Nieselwetter.

»Ma«, sagte Nora. »Die anderen Mütter weinen alle. Du aber nicht, bitte.«

»Nein, ich nicht«, sagte Dana und wischte ihr nasses Gesicht mit dem feuchten Taschentuch ab. Wie gut, daß der Bahnhof verdunkelt war. »Schreib mal, wenn du angekommen bist, und was ich dir nachschicken soll, und hoffentlich bekommst du Ostern Urlaub, und ich rufe noch heute abend in Münster an, damit Werner weiß, daß du jetzt unterwegs bist. Er soll an dich denken.«

»Danke«, sagte Nora. »Für alles.«

Dann stand sie am Fenster hinter weinenden und lachenden Kindergesichtern, der Zug rollte an, und Dana stand auf dem dunklen Bahnsteig zwischen allen winkenden Müttern. Kaum eine ging zur Treppe, solange man noch eine Spur vom Zug und den schwachen roten Schlußlichtern sah.

Vierundzwanzig Stunden später ging Nora durch die Sperre im Prager Bahnhof, in der endlos langen Reihe von Kindern, die mit dem Sonderzug gekommen waren. Dunkel gekleidete Menschen standen links und rechts, schweigend, eine Gasse bis zum Hallenausgang. Hier kamen die fremden Kinder und suchten Sicherheit in einem Land, dem die Deutschen die Freiheit genommen hatten, und sie konnten sich nicht wehren. Zu Hause hatte Nora nie darüber nachgedacht, sie hatte sich nur auf die herrliche Stadt Prag gefreut. Jetzt fühlte sie nichts als Scham, und sie konnte sich doch nicht bei diesen Menschen entschuldigen und umkehren. Ihr waren sechsunddreißig Kinder anvertraut, und die hatten jetzt schon Heimweh wie sie selbst.

Draußen vor dem Bahnhof warteten Holzgasbusse auf die Kinder, und geschäftige junge Männer halfen jeder Gruppe in den richtigen Wagen. Eine Stunde später hielt er vor dem kleinen Hotel auf der Höhe nah beim Dorf, und an der Tür standen das Wirtsehepaar und die Lehrerin der Duisburger Kinder. Keins fehlte von den sechsunddreißig, und es gab für jedes ein Bett, ein richtiges weißes Bett mit dicken Federkissen.

Als Dana vom Bahnhof nach Hause kam, saß in der Dielenküche der Luftschutz-Blockwart und redete auf Rike und Leo ein: Sie hätten in ihrem Keller keinen Schutz. Nicht nur keinen ausreichenden, sondern gar keinen, überhaupt keinen! Das Haus hatte uralte Holzbalkendecken, da genügten zwei kleine Stabbrandbomben, und im Nu würde der ganze Bau in Flammen stehen. Einen Sprengbombentreffer durfte man sich gar nicht vorstellen – der würde bis in den Keller durchschlagen, mühelos! Und sie hätten doch Kinder? Mit denen müßten sie in den öffentlichen Schutzraum gehen, hier gerade um die Ecke. Alles andere wäre unverantwortlich.

Rike gab ihm recht. Sie war jetzt Luftschutzwart für ihre Schule und hatte genug Lehrgänge hinter sich. Leo schwieg und sah Dana an, wie sie so müde in Hertas

Schaukelstuhl saß und sich mühte, mit ihren Gedanken hierzusein und nicht mehr im Sonderzug bei Nora und den sechsunddreißig Kindern.

Sie versprachen dem Mann, entweder die Kellerdecke über dem Luftschutzraum verstärken zu lassen oder in den öffentlichen Schutzraum zu gehen. Aber die gesamte Kellerdecke müßte mit Stahlträgern und Beton verstärkt werden, nicht nur die über dem Schutzraum, sonst säßen sie ja in einer Mausefalle, wenn eine Sprengbombe nur in der Nachbarschaft fiele.

Also gut, die ganze Kellerdecke.

Wußten sie, was das kosten würde?

Ja, sie wußten es.

Vielleicht merkte er, daß sie ihn gern lossein wollten. Endlich ging er. »Also, ich habe meine Pflicht getan«, sagte er an der Haustür. »Heil Hitler!«

Dana fragte nach den Jungen. Georg war natürlich im HJ-Heim, und Robbi schlief.

»Wie immer«, sagte Rike. »Wir haben keine Zeit für ihn – und er zieht sich mehr und mehr in sich selbst zurück. Wir reden zu wenig mit ihm, und er verstummt. Er wird wieder zum Kleinkind. Ich kann das nicht mehr mit ansehen.«

»Ist er dein Kind oder meins?« fragte Dana.

»Ich fürchte«, sagte Rike, »er ist schon mehr das Kind der Schwestern in Escheren. Oder das Kind vom kleinen Moritz. Von denen hat er im letzten Jahr mehr für sein Leben gelernt als von uns.«

»Eigentlich ist es doch gar nicht deine Art zu übertreiben«, sagte Leo. Aber sie hatte recht, entweder müßte man sich mehr um Robbi kümmern oder ihn bald wieder nach Escheren bringen.

»Wer ist ›man‹?« fragte Dana – und Leo sagte, als hätte er den spitzen Unterton in ihrer Frage nicht gehört: »Du und ich. So bald wie möglich sollten wir ihn zurückbringen.«

»Und wenn mir das nicht recht ist? Nora ist fort, Georg lebt überhaupt nur noch mit seinen Pimpfen. Soll ich denn all meine Kinder hergeben? Und Rike hat wieder einmal recht?«

»Der Luftschutzwart hat recht«, sagte Leo und erklärte den beiden, warum sich bei einem so alten Haus nicht die gesamten Grundmauern erneuern ließen, damit sie eine Betondecke tragen könnten. Wollte Dana denn bei Nacht mit dem weinenden Robbi über die Straße laufen?

»Ja, das will ich«, sagte sie.

Zwei Tage blieb alles still, dann flogen die Engländer einen Angriff im östlichen Ruhrgebiet, und es mußten große Verbände sein, die da immer näher kamen, das Sirenengeheul lief von weit her auf die Stadt zu.

Robbi wollte sich keinen Mantel anziehen lassen, und er wehrte sich mit wildem Strampeln gegen die Schuhe. Aber es war doch Februar, kein Sommertag. Leo wickelte Robbi in eine Decke und trug ihn aus dem Haus. Robbi schrie und schrie, hilflos vor Angst. Rike und Dana kamen mit Koffern und Taschen hinterher, zuletzt Georg, beide Arme voll Decken und Kissen.

Als sie endlich alle auf der Straße waren, flog schon die erste Welle von Bombern über sie weg. So laut dröhnten die Motoren, daß sie alle die Köpfe einzogen und sich in die Hecke drängten. Flogen sie immer so tief? Schon war der Donner vorüber – aber nun bellten Geschütze, und die Flak-Scheinwerfer tasteten mit weißen Armen den Himmel ab, den schönen, klaren Winterhimmel. Weit weg heulte wieder eine Sirene auf und noch eine, nun viele, wo mochte das sein? Und schon, als wüchse hinter ihrem Rücken eine namenlose Gefahr von neuem auf, schon war die nächste Welle von Flugzeugen über der Stadt, über der Straße, über ihnen – da, da war der Eingang zum Schutzraum, kommt, kommt schneller!

Noch nie hatte Robbi die Scheinwerfer gesehen, noch nie so nah über sich die Flugzeuge gehört. Er schrie noch einmal auf, so laut und verzweifelt, als wollte er mit seinem Schrei den Motorenlärm übertönen und in den Himmel einbrechen. Dann drückte er sein Gesicht an Leos Brust und lag still wie ein Tier, das sich dem stärkeren Tier ergibt, und Georg, der mit soviel Gepäck beladen neben Leo herhastete, Georg beneidete Robbi, weil er schreien durfte, und er mußte ein Pimpf und ein tapferer Mann sein.

»Gott sei Dank!« rief der Luftschutzwart und warf die eiserne Tür hinter ihnen zu.

»Heil Hitler!« Er strahlte vor Freude, weil doch er diese Familie gewarnt hatte, und jetzt kamen sie unter seinen Schutz.

Sie standen noch oben an der Treppe, und als hätte er Georgs Gefühle selbst gefühlt, nahm Leo eine Hand von Robbis Rücken und legte sie auf Georgs Schulter, sie sahen sich an, und Leo schaute schnell wieder weg, weil er sah, wie Georg die Tränen zurückhielt, und er verfluchte den Vater in Berlin, für den es bestimmt einen sicheren Bunker gab, und er, Leo, trug sein krankes Kind durch diese höllische Nacht und sah zu, wie Georg gerade noch ein Kind war und sich schon nicht mehr erlaubte zu weinen, der vaterlose.

Alle Stunden da unten im stickigen Keller unter Nachbarn, die ihnen wohlwollten, aber doch kopfschüttelnd zugesehen hatten, wie diese merkwürdige Familie so spät in den Schutzraum stolperte, als Robbi längst auf Danas und Rikes Knien lag und schlief, seit vielen Jahren wieder mit dem Daumen – Dana hatte ihm den in den Mund geschoben –, und auch Georg schlief, einmal an Leo, einmal an Dana gelehnt, und es war immer noch etwas Angestrengtes in seinem Gesicht, eine Falte zwischen seinen Brauen – in allen diesen Stunden konnte Leo sich nicht von diesem Zorn befreien. Und wenn seine Flüche auf ihn selbst zurückfielen: Gott sollte diesen Vater strafen, der seine Kinder allein ließ, um den Menschenverächtern, den Menschenhassern, den Mördern der Schwachen und Kranken zu dienen.

Als sie ins Haus kamen, sagte Leo: »Nie wieder!« und meinte zweierlei: Nie wieder dürfte Robbi solcher Angst ausgesetzt werden, und nie wieder wollte er selbst so viele böse Gedanken denken wie in dieser Nacht.

Am Tag darauf, um die Mittagszeit, brachten sie Robbi wieder nach Escheren. Er saß auf dem Motorrad zwischen Leo und Dana und juchzte in jeder Kurve und erst recht, wenn die Maschine durch ein Schlagloch sprang. In Escheren machte ihn die Heimkehrfreude still. Er ging mit Moritz durch alle Räume, gab jeder Schwester, der er begegnete, die Hand und sah überall aus den Fenstern, als wollte er gewiß sein, daß sein Escheren noch so war wie vor sieben Monaten.

Schließlich zog Moritz ihn zum Gärtner Hilligen ins Gewächshaus. Robbi kannte ihn längst, und im Gewächshaus war er gern, weil es so gut nach Erde roch und immer schön warm war. Aber wie sollte er verstehen, was es für Moritz bedeutete, daß dieser Mann ihn vor allen Leuten »mein Sohn« nannte, ihn, den Winzigen? Daß er sagte: »Mein Sohn ist nämlich ein Findelkind. Ist der beste Junge, den ich kenne. Darum hab ich ihn mir ausgesucht. Heißt jetzt Moritz Mayer, genannt

Ludwig Hilligen, genauso wie ich. Das ist sein Künstlername als Artist und Liliputaner, denen tun sie nämlich nichts, weißt du, weil die Germanen früher doch an die – diese kleinen Geisterchen geglaubt haben.«

»Zwerge«, sagte Moritz. Und noch einmal: »An die lieben Zwerge haben sie geglaubt, wie Schneewittchen!«, und er lachte hinauf zu seinem Gärtnervater, dem er gerade bis zur Hüfte reichte.

Der sagte: »Und bei mir ist er zu Hause, polizeilich gemeldet. Kann keiner ihn abholen, meinen Findelsohn.«

Robbi sagte: »Ich auch. Ich will auch ein Findelsohn sein.«

»Mußt du doch nicht«, sagte Moritz. »Aber ich muß einer sein wegen dem Ausweis, weil ich doch schon fünfzehn bin. Dafür bist du ein Freudichkind, weil ich mich immer freu, wenn ich dich seh, und weil du dich immer freust, wenn du mich siehst.«

»Ja«, sagte der Gärtner. »Ich freu mich auch, wenn ich den Robbi seh, und im Sommer, wenn es Kirschen und Erdbeeren und junge Mohrrüben gibt, dann füttere ich euch beide, wie ein Pelikan-Papa.«

Robbi sah vor sich hin. Etwas stieg auf, ein Wort. »Pa-pa-pa ist bös«, sagte er.

Moritz wollte etwas sagen oder fragen.

»Laß mal«, sagte der Gärtner. »Ist besser, er denkt nicht mehr dran.«

Dann fuhren Dana und Leo wieder nach Hause, und Robbi brachte sie ans Tor, und sie sagten: »Bis bald, Robbi«, und auch er sagte: »Bis bald, Ma-ma-ma«, und: »Bis bald, Leo« und fühlte plötzlich, wie er heute nacht Leo gefühlt hatte, Leos Wärme und seine Hände, die ihn festhielten. Er streichelte Leos Hand im dicken Motorradhandschuh und sagte: »Lieb.«

»Ja, Kerlchen«, sagte Leo. »Ich weiß schon.«

Dann fuhren sie fort, und Robbi winkte – aber als sie um die erste Straßenecke bogen, rannte er plötzlich los, hinter dem Motorrad her. Noch nie hatte einer Robbi so schnell rennen sehen.

Moritz rief nicht und lief nicht hinterher. Er wußte, was seine kurzen Beine konnten. Er lief zurück zum Heim, und Schwester Bernharda rief durchs ganze Treppenhaus nach Annemarie, und Moritz rannte ins Gewächshaus und schrie: »Vater Hilligen! Der Robbi rennt weg!«

Bis sie beide aus dem Tor waren auf ihren Fahrrädern, war das stille Mädchen schon hinter Robbi hergerannt, und sie machte einen Schritt, wo er zwei brauchte. Noch vor der Höhe holte sie ihn ein.

Sie hielt ihn nicht fest. Sie wollte rufen: »Robbi, bleib stehen! Du kannst sie nicht einholen!«, aber alle Laute, die sie aussprechen konnte, klangen wie »Rnn, ngo, nga, ga!« Und Robbi blieb stehen, als verstünde er sie.

»Ja, ja«, sagte er, und sie sagte: »Rgn, ngo« und nahm ihn an die Hand, und sie gingen die Straße hinunter zum Tor, zu Schwester Bernharda und Schwester Brigitta, dem Gärtner, Annemarie und Moritz und dreißig anderen aus dem Haus, die zusammengelaufen waren, um zu sehen, wie Robbi eingefangen wurde. Und jetzt gab es gar nichts Aufregendes zu sehen. Das stille Mädchen führte Robbi an der Hand durchs Tor, und sie lächelten beide freundlich.

»So«, sagte Schwester Brigitta. »Jetzt wird gegessen, und dann ins Bett mit dir, Robbi.«

»Es war richtig, daß wir ihn zurückgebracht haben«, sagte Dana am Abend.

»Seid ihr auch sicher, daß die Schwestern in Escheren jetzt vor Meldebogen und Kommissionen Ruhe haben?« fragte Herta.

»Heute abend will ich mir keine Sorgen mehr machen, erst morgen wieder«, sagte Dana.

Seit langer Zeit war Herta wieder einmal am Abend bei ihnen. Sie mußte zu Hause sein, ehe es dunkel wurde, und die beiden alten Mütter und den Schwiegervater Marek in den Schutzraum bringen, wenn sie Nachtdienst im Krankenhaus hatte. Und Annchen saß mit den zwei Kleinen in Essen, und ihr Mann war Soldat, Unteroffizier bei einer Flakbatterie am Stadtrand. Immerhin war er nah bei seiner Familie, aber sooft Essen angegriffen wurde, zitterte er bis zur Entwarnung und bis er zu Hause anrufen konnte. Annchen wollte sich auch um keinen Preis von der NSV mit den Kindern aufs Land schicken lassen wie andere Mütter mit Kindern.

»Nächstes Jahr geh ich auch zur Flak«, sagte Georg.

»Dann ist hoffentlich der Krieg zu Ende«, sagte Rike.

»Hoffentlich nicht«, sagte Georg. »Sonst bin ich ja überhaupt nicht dabeigewesen.«

»Hört ihr's?« fragte Herta. »So reden sie vorher. Werner ist nicht anders.«

Leo nickte und dachte an Stephan und Mathilde. Jetzt waren schon zwei ihrer Söhne eingezogen. Auf dem Balkan braute sich etwas zusammen, und in Afrika auch.

»Wir sollten lieber von etwas anderem sprechen«, sagte er.

Aber es fiel ihnen nicht viel anderes ein. Sprachen sie über Freundesfamilien oder Nachbarn, dann gab es da immer einen bei den jungen Leuten, der Soldat war, oder sie hatten Lebensmittelkarten verloren, oder sie kannten eine gute Quelle für Verdunkelungsstoff oder

Seife. Richtige Seife? Oder nur Schwimmseife oder Sandseife? Richtige Seife mit Rosenduft!

Das alles war jetzt wichtig und doch langweilig.

Leo ging in die Werkstatt und nahm ein Buch, das leider nicht ihm gehörte, eins von den kostbaren alten Büchern aus Bochum, und zündete sich eine Pfeife an. Das hatte er sich angewöhnt, nur so zum Spaß und weil es Tabakmarken gab. Er blätterte, las und fühlte sich weit weg.

Herta wollte sich verabschieden: »Du rauchst! Alter Wandervogel, was hast du auf dem Hohen Meißner geschworen?«

»Ich?« fragte er. Er war ja gar nicht dabei. Er war damals noch ein Bauernjunge.

»Und jetzt bist du ein Bücherspezialist. Und ich? Ich bin eine ganz alte Frau. Alt, häßlich und todmüde.« Das klang wie: »todtraurig«.

Rike brachte sie zur Tür. »Was ist mit Paris?« fragte sie.

»Nichts«, sagte Herta. »Die Deutschen haben sie alle geschnappt und ins KZ gesteckt. Buchenwald. Gute Nacht, ihr Freunde, o wie lebt' ich gern!« Sie lief weg. Rike wußte: Bei den Freunden, die erst in Prag und dann in Paris waren und jetzt in Buchenwald, gab es einen, den Herta liebte.

Beinahe drei Wochen war Robbi wieder in Escheren, als der Anruf kam, an einem Mittwoch, und Georg war noch keine Viertelstunde vom Heimabend zurück. Leo kochte im Keller aus stinkenden Zutaten einen besonderen Leim für die kostbaren Bücher, Rike hatte Konferenz in der Schule, Dana war mit Herta zu Werners Geburtstag nach Münster gefahren, und sie würden erst morgen zurückkommen.

Schwester Brigitta war am Telefon, sie sprach so aufgeregt, daß ihre Stimme zitterte. War da Georg? Könnte sie schnell die Mutter oder die Tante oder den Onkel sprechen?

Nein, nur ihn. War etwas mit Robbi? – Nein, nein, es ginge ihm gut. Aber heute, heute erst war die Nachricht gekommen, daß sie bis zum Wochenende das Haus in Escheren räumen müßten. Es sollte Soldaten-Erholungsheim werden, alle Patienten müßten verlegt werden, schnellstens, wegen der Umbauten.

»Verlegt?« Georg mußte sich räuspern, ehe er das Wort aussprechen konnte.

»Nicht so, wie du jetzt denkst. Diesmal verlegen wir selbst die Kinder, damit kommen wir den anderen zuvor.« Sie würden nur in andere Heime gebracht, die Mädchen nach Auffing zu den Franziskanerinnen, und die Jungen? Das wußte man noch nicht. Vielleicht nach Steiwang, da waren Vinzentinerinnen. Jedenfalls käme kein Kind in ein staatliches Heim. Robbi bliebe bestimmt mit Moritz zusammen, und der Gärtner Hilliger käme dann auch dorthin, wo die beiden wären, sobald es für das Soldatenheim einen neuen Gärtner gäbe. Man konnte einen Garten ja nicht einfach allein lassen.

»Wann fahren Sie?« fragte Georg.

Am Donnerstag sollte sie mit ihren Kindern und Annemarie zuerst nach Auffing fahren, da gab es ein anderes Heim von Franziskanerinnen. Annemarie bliebe mit den Mädchen in Auffing, Brigitta und Ingberta brächten die Jungen in andere Heime. »Oder wollt ihr Robbi nach Hause holen?« fragte Schwester Brigitta.

Er müßte mit Leo sprechen. Jetzt wollte er wissen, um wieviel Uhr sie abfahren würden. »Ich fahre mit«, sagte er. »Ich will sehen, wohin mein Bruder kommt.«

»Aber ich weiß nicht, ob das geht«, sagte Schwester Brigitta. »Ich muß erst fragen.«

»Ich fahre auf alle Fälle mit«, sagte Georg. »Um wieviel Uhr?«

Um zehn Uhr siebzehn am Bahnhof. Sie hätten einen Sonderwagen zusammen mit Schwester Ingberta und den Großen.

Also bis morgen. Und viele Grüße an Robbi und Moritz und Schwester Bernharda.

Als Schwester Brigitta das Schwester Bernharda erzählte, sagte die: »Da hast du ja Glück. Der hilft dir doch unterwegs, der Hitlerjunge. Der hält dir die Buben in Ordnung.«

»Meinst du, das hätte ich nötig? Aber ob der wohl in Uniform kommt? Wäre das gut oder schlecht?«

Das war eine schwierige Frage. Aber es wäre wohl eher gut, meinte Bernharda.

Georg rannte in den Keller. Was sagte Leo zu all dem?

Leo rührte im Leimtopf. Er fand, daß Georg richtig entschieden hatte. Robbi sollte man nur im Notfall hierherholen, aber vorher müßte man das andere Haus sehen.

Leo wäre gern selbst mitgefahren, aber daran hatte Georg wohl gar nicht gedacht. Er hatte allein entschieden. Viel zu gut hatte er das schon gelernt. Und Leo müßte sich allmählich wohl zum alten Eisen zählen? Unsinn. Er wollte sich freuen, daß Georg so selbständig und so überlegt beschlossen hatte, was zu tun war. Und in der Schule würde er ihn entschuldigen.

Dann auch hier die Frage: Uniform oder nicht? Leo war für einen Mittelweg. Also schwarze Hose, Uniformhemd ohne Lederkram und Armbinde, kariertes Hemd in den Rucksack?

»Und ich wäre froh, wenn du den Wintermantel mitnähmst«, sagte Leo. »In Bayern ist es viel kälter als bei uns.« Seit der schrecklichen Nacht im Schutzraum durfte Leo so etwas sagen, und Georg richtete sich danach, wenn er es einsah.

Leo brachte ihn am Donnerstagmorgen mit dem Motorrad nach Escheren, so früh, daß sie noch mit den Kindern frühstücken konnten. Sie tranken zu zweit eine ganze Kanne voll Malzkaffee, so durchfroren kamen sie an.

»Nimm für die Rückfahrt meinen Schal, ich brauche ihn nicht, bitte«, sagte Georg. Leo nahm ihn gern.

Robbi saß mit strahlenden Augen zwischen ihnen und konnte es noch nicht fassen, daß Georg jetzt ein richtiges Heimkind war und mit auf die große Reise gehen wollte.

Später wunderte Georg sich, wie geordnet und ruhig alles ablief: zum Bahnhof gehen, schön zwei und zwei, Schwester Brigitta voran, Annemarie mit den Rollstuhlkindern hinterher, Georg in der Reihe mit Robbi und Moritz, einsteigen in den bestellten Eisenbahnwagen, kein Drängeln, Treten, Boxen – und alles ohne Trillerpfeife und Befehle.

»Sie haben die aber gut im Griff«, sagte Georg zu Schwester Brigitta. Die lächelte und wußte, daß sie gerade ein hohes Lob bekommen hatte.

So war es auch unterwegs: Sie sangen und futterten wie andere Ausflügler oder Pimpfe unterwegs, aber ehe einer ein Butterbrotpapier aus dem Fenster werfen konnte, hatte Schwester Brigitta das schon geahnt und mit einem Blick verboten. Und alle zehn Minuten wollte jemand aufs Klo, und fast immer mußten Annemarie oder Schwester Brigitta mitgehen, aber nie schimpften sie darüber.

Im vorderen Wagenteil bei Schwester Ingberta war es lauter. Als Ingberta alle Geschichten erzählt hatte, die ihr einfielen, fingen die Großen mit Witzen an, und sie lachten maßlos und erzählten jeden Witz von vorn und schrien immer noch vor Lachen.

Vom Auffinger Bahnhof mußten sie eine gute Viertelstunde im eisigen Wind bergauf gehen. Nur das Gepäck und die Rollstuhlkinder wurden mit einem Pferdewagen abgeholt. Georg durfte Moritz auf den Rücken nehmen, der war nicht verlegen, er freute sich.

Das Heim lag mitten im Dorf und war viel größer als das Haus in Escheren. Sie waren froh und hatten Lust auf Späße, wie Reisende sind, die in ein warmes Quartier kommen: Ein besonders gutes Abendessen war vorbereitet. Es gab Buttersemmeln und Rührei mit Schinken, und der Tisch für alle war schön mit immergrünen Zweigen gedeckt. Strohsäcke lagen schon in einem Nebenraum bereit.

Aber die Schwestern hier, ihre Gastgeber, kamen Georg merkwürdig still und ernst vor. Vielleicht hatten sie besonders viel Arbeit gehabt, weil so viele Gäste kamen? Deshalb könnten sie aber doch wenigstens manchmal ein bißchen lächeln? Oder waren sie zu fromm dazu?

Annemarie war wohl schon angesteckt vom Trübsinn hier im Haus. Die Arme mußte ja auch mit den Mädchen hierbleiben. Beim Essen putzte sie immerzu ihre dicken Brillengläser, und sofort beschlugen sie wieder: Tränen? Wer war schon gern irgendwo zu Besuch, wenn die Gastgeber so deutlich zeigten, wieviel Mühe die Gäste ihnen machten und wie wenig sie sich freuten? Auch die Escherner Kinder wurden immer stiller und lachten nur noch hinter vorgehaltenen Händen.

Nach dem Dankgebet, beim großen Stühlerücken, ging Georg zu Schwester Brigitta.

»Ist hier jemand gestorben?« fragte er.

»Du hast beinahe recht«, sagte Brigitta und nahm ihn beiseite. Siebenundfünfzig Frauen und Mädchen aus diesem Haus würden wahrscheinlich morgen sterben, höchstens zwei oder drei weniger, weil manchmal doch noch einige zurückgeschickt wurden. Heute war eine Liste gekommen. Sie schickten die Liste ja immer erst am Tag vorher, damit man keine Zeit für den Einspruch hatte. Siebenundfünfzig Namen standen darauf, und morgen würden siebenundfünfzig Patienten abgeholt.

»Mit einem grauen Bus?« fragte Georg und schüttelte sich, weil ihn eine Gänsehaut überlief.

Dann wüßte er ja alles. Zwei Busse würden kommen. Schwestern und Pfleger und ein Doktor waren dabei. Hoffentlich kamen die Busse so früh, daß die anderen im Heim recht wenig davon merkten. Aber sie wußten schon genug und zuviel. Konnte Georg morgen früh bitte darauf achten, daß die Escherner Kinder nicht ans Fenster gingen? Die anderen hätten ihre Schlafräume zum Garten hin.

»In Ordnung«, sagte Georg.

Aber morgens war Glatteis, und die Busse kamen so spät, daß die Escherner Kinder schon beim Frühstück saßen, und die Auffinger waren entweder in ihren Schulzimmern oder in den Arbeitsräumen und Werkstätten.

Georg hörte das Motorengeräusch. Er stand auf, und als Schwester Brigitta ärgerlich abwinkte, ging er zu ihr und sagte: »Ich muß sehen, ob das wahr ist.«

Die Busse waren noch in der letzten Steigung. Georg wunderte sich, wie viele Leute bei dem trüb-kalten Wetter auf der Straße waren. Sie standen in kleinen Gruppen auf dem Platz vor dem Heim, auch vor den ersten Häusern der beiden Nebenstraßen, und sie sahen so verfroren aus, als warteten sie schon lange.

Georg stellte sich neben eine Gruppe von Frauen vor einem Lebensmittelgeschäft. Er war froh, daß er das karierte Hemd angezogen hatte, so fiel er keinem auf.

»Ja, ja«, sagte eine Frau. »Die haben jetzt ihre letzten Spätzle gegessen. Die kleine dicke Minni hat immer gesagt: Im Himmel gibt es alle Tag Kässpätzle und hinterher eine Sahnetorte. Die war doch aus Schwaben, und jetzt ist sie schon seit einem ganzen Jahr bei ihren ewigen Kässpätzle!«

»Ist das schon ein Jahr, seit sie die schwäbischen Patienten geholt haben?« fragte eine andere Frau. »Und damals hat man noch gedacht: die werden halt nach Hause geholt, nach Schwaben.«

Die anderen antworteten ihr nicht, denn die Busse bogen jetzt in den kleinen Platz ein. Sie waren so grau, wie Rike sie beschrieben hatte. Auch die Fenster waren in stumpfem Grau zugestrichen.

»Und da kommen sie, die Lämmerchen, da kommen sie schon!« sagte ein Mann. »Warum haben sie's so eilig? Der Doktor und die Schwesternbagage sitzen doch noch im Gasthaus und frühstücken.«

»Sind mit einem Mercedes gekommen. Grad eine Nummer kleiner als der vom Herrn Führer«, sagte ein anderer.

»O lieber Heiland, schaut nur, da stehen sie, richtig wie Opferlämmer!« flüsterte eine Frau neben Georg. »Wie schön sie aussehen, so fein angezogen, und sogar im Gesicht sind sie ganz heilig.«

Auf der Treppe vor dem Haupteingang standen jetzt die siebenundfünfzig Frauen und Mädchen – ja, das mußten sie sein, und sie standen da wie zu einem Gruppenfoto, alle in Sonntagskleidern, und nur eine hatte ein Handtäschchen in der Hand, ein rosafarbenes

Handtäschchen. Das war ein Mädchen, vielleicht zwölf Jahre alt? Alle anderen waren älter.

Die Frau neben Georg sagte: »Da hinten seh ich das Hederl, ach, das liebe Hederl, mit die Schnappfüß!«

»Schau, da sind auch die beiden aus Köln, die Zwillinge.«

»Und die Martha aus der Küche, die wo immer die Knödeln macht, die aus Hof, die grünen macht sie am besten, sagt die Schwester Konrada. Also, wenn die Martha verrückt ist, bin ich's auch.«

»Man kann's nicht in den Kopf reinkriegen, was die da machen«, sagte eine, die gerade erst dazukam. »Aber jetzt paßt auf. Kommt näher ran. Die Männer gehen schon vor.«

Die Busfahrer waren ausgestiegen. Einer rief den Frauen auf der Treppe zu: »Wo ist euer Gepäck? Ich will das Gepäck einladen.«

»Wo du uns hinfährst, da brauchen wir kein Gepäck!« rief eine von den jüngeren, und eine andere, eine ältere, sagte sehr feierlich und laut: »Ich brauch keinen Koffer für diese Reise. Im Himmel werden wir angetan sein mit weißen Kleidern. Und Gott wird abwischen alle Tränen von unseren Augen!«

»Quatsch nicht«, sagte der Mann. »Los, eingestiegen!«, und war mit einem Sprung auf der Treppe, packte eine Frau am Arm und zerrte sie zwei Stufen hinunter.

»Laß das!« rief ein Mann auf der Straße. Und ein anderer: »Scher dich in deinen Leichenbus und faß die armen Weiberl nicht an!«

Der Fahrer sah sich um, sein Kollege war fortgegangen, er war allein mit all diesen Menschen auf dem Platz und den Frauen auf der Treppe.

Die Männer waren Schritt für Schritt näher an die

Busse herangekommen. Sie standen jetzt vor allen Bustüren.

Ein Bursche sagte: »Macht doch Platz für den Herrn Autobus-Kondukteur. Der möcht so gern mitfahren in den Himmel, immer geradeaus, der Weg ist mit Gasflaschen markiert. Bittschön, der Herr, steigen S' ein!« Der Mann stieg eilig ein und zog die Tür zu.

»Feigling!« rief eine Frau.

Sie standen jetzt alle im Halbkreis um die Treppe und die Busse.

Georg mußte immer nur die Frauen auf der Treppe ansehen, jedes einzelne Gesicht wollte er sich merken. Warum? Das wußte er nicht. Hätte er doch einen Fotoapparat! Dana sollte ihm einen schenken, bald. Alle sahen sich ähnlich, da oben, als wären sie Großmütter, Mütter und Töchter. Ein Familienfoto. Wie tapfer sie waren. Und immer wieder sah er dieses Kind an, das Kleid war weiß und hatte rote Punkte. Und wie sie das Handtäschchen festhielt, ihre Nägel sahen weiß aus, so fest hielt sie es.

Und jetzt sah er, daß sie vielleicht doch ein bißchen älter war. Man sah schon, daß eine Frau aus ihr werden sollte. So schön sah das aus. Vielleicht hieß sie Genoveva? Aber die hatte nicht in einen grauen Bus steigen müssen. Ein junger Jäger brachte sie in den Wald und ließ sie frei. So war es doch mit Genoveva? Genau wußte Georg das nicht mehr. Das war ja überhaupt eine dämliche Geschichte. Ein Theaterstück müßte man schreiben von einer Genoveva wie der da oben.

»Achtung!« rief jemand.

Im Sturmschritt kamen von der anderen Seite des kleinen Platzes ein Doktor im flatternden Kittel, drei braune Schwestern, vier bullige Pfleger in grauen Uniformen und der andere Fahrer.

Sechzig, siebzig, vielleicht hundert Auffinger Frauen, Mädchen, Männer und Jungen stellten sich ihnen in den Weg.

»Machen Sie bitte Platz«, sagte der Doktor.

Sie rührten sich nicht.

Er gab den Schwestern und Pflegern einen Wink. Die drei Schwestern hatten plötzlich alle in einer Hand eine Spritze, in der anderen ein ganzes Bündel von Spritzen. Die Frauen wichen davor zurück. Das hatten diese Teufel erwartet. Aber auch die Männer wichen zurück, nur etwas langsamer. Georg sah nur noch das Mädchen im gepunkteten Kleid an.

Die Frauen und Mädchen auf der Treppe waren beinahe unbemerkt aus eigenem Willen die Treppe hinuntergegangen, und die grauen Kerle brauchten sie nur noch zu packen und in die Busse zu schieben.

Dann rissen aber doch die Zwillinge, die großen Mädchen, sich los und rannten eine Straße hinunter, wollten über einen Zaun klettern, schrien um Hilfe, drei, vier Frauen halfen ihnen, aber die Schwestern waren schnell: Schon hatten beide eine Spritze, die eine im Oberarm, die andere im Rücken. Jemand sagte: »Die geben jetzt Ruh.«

Eine ältere Frau war in den Hof gelaufen, Georg sah, wie sie an allen Türen rüttelte, und alle waren abgeschlossen, alle Küchentüren, Stalltüren, Schuppentüren, und wie ein großer Mann sich vor die Frau stellte, als die Pfleger kamen. Die schleuderten ihn einfach aufs Pflaster, und die Frau ging mit zum Wagen und wehrte sich nicht.

Die Schwestern jagten noch zu dritt hinter einem jungen Mädchen her, das hinkte in einem seltsamen Watschelgang. Das war wohl das Hederl mit den beiden Schnappfüßen. Keine große Leistung, es zu fangen.

Und Georgs kleine Genoveva saß im zweiten Bus gleich neben der Tür und hielt das rosafarbene Handtäschchen fest, und jetzt wandte sie den Kopf und sah hinaus. Sah sie Georg an? Erschrocken drehte er sich um.

»Alle da?« fragte der Doktor. »Dann ruft mal alle: Ja!« Er lachte und wurde rot, weil keiner ihm auf den bösen Scherz antwortete. Mit kurzen, ärgerlichen Schritten ging er zu seinem Auto und fuhr den Berg hinunter.

Es gab gerade noch eine schmale Durchfahrt.

Denn die Auffinger, alle hundert Frauen und Kinder und Männer, knieten vor den Bussen oder versperrten die Nebenstraßen. Manche beteten laut das Vaterunser, andere sangen: »Wenn ich einmal soll scheiden«, aber die meisten weinten nur. Viele fluchten auch und verwünschten die Mörder und ihre Auftraggeber, oder sie spotteten über eine Regierung, die so schwach war, daß sie Angst vor den Schwächsten hatte und sie umbrachte.

Die Busse fuhren an. Die Leute rückten keinen Schritt zur Seite. Sie sangen, beteten, weinten, fluchten und spotteten. Die Busse mußten halten.

Die grauen Pfleger standen an den offenen Bustüren.

Ein grauhaariger Mann sprang auf und rief: »Ihr werdet das alles bezahlen!« Und sagte dann zu den Leuten auf der Straße: »Steht bitte auf. Bitte, steht auf. Damit es kein Unglück für uns alle gibt. Aber ich verspreche euch: Was ihr heute getan habt, das sollen die in Berlin erfahren.«

Vielleicht war er der Bürgermeister? Oder ein Lehrer?

Die Leute standen auf und stellten sich an den Straßenrand.

Die Busfahrer gaben sich ein Zeichen. Abfahren? Ja, abfahren. Georg sollte jetzt die Tür vom zweiten Bus aufreißen, Genoveva herausholen und sich selbst auf ihren Platz setzen, und er sollte sagen: »Nehmt mich mit. Laßt das Mädchen leben.« Das sollte er tun. Jetzt!

Die Busse fuhren an, zögernd, sehr langsam. Die erregten Menschen am Straßenrand machten die Fahrer unruhig, man sah es.

Georg ging durch den Hof ins Haus zurück, die Küchentür stand jetzt offen. Drinnen wurde schon Suppengrün gewaschen und geschnitten.

Nein, er war nicht Georg, der Held, der ein Mädchen rettete. Er hatte es nicht getan.

Der Frühstückstisch war abgeräumt. Nur noch die kleinen und großen Jungen saßen an den leeren Tischen und langweilten sich. Die Schwestern halfen den Mädchen beim Auspacken, und Annemarie sollte mit den Jungen singen.

Heute? Nein! Heute sollten sie doch in neue Heime kommen. Wann würden sie hier wieder abfahren? Sie freuten sich, sie würden etwas Neues erleben.

Georg hatte sich im großen Haus verlaufen, endlich zeigte ihm ein Lehrer die richtige Treppe, die richtige Tür.

Wo war Robbi? Er sah ihn nicht. »Robbi, Moritz, Robbi! Fräulein Annemarie, wo ist mein Bruder?«

»In der Bärenhöhle!« rief Moritz. Sie saßen unter einem Tisch.

Georg kroch hinunter zu ihnen und nahm Robbi so fest in die Arme, daß er sich wehrte: »Bruhu! Ich bin ein Bär, ein großer Bär!«

Moritz sagte: »Es ist doch Winter, die Bären schlafen in ihrer Höhle. Willst du mit dem Bären kämpfen?

Aber jetzt komm ich kleiner Bär, ich hau meine Tatze auf deinen Kopf – da! Und jetzt fällst du um!«

Georg stöhnte und fiel um.

»Was ist denn?« fragte Robbi. »Was denn? Ge-ock?« und streichelte Georgs Gesicht. »Ge-ock!«

»Der ist nur ein bißchen k.o.«, sagte Moritz. »Ohnmächtig, bewußtlos.«

»Ge-ock«, rief Robbi. »Augen auf, bitte! Augen auf!«

»Wir spielen doch nur«, sagte Moritz.

Georg blinzelte und setzte sich auf.

Robbi lachte wieder und streichelte Georg und war nur Robbi, kein Bär.

»Er kann sich so etwas nie vorstellen«, sagte Moritz. »Eine Minute lang hab ich gedacht, er spielt jetzt richtig, aber er kapiert das nicht.«

Schwester Brigitta kam. Georg lief zu ihr.

»Ich habe es gesehen!« flüsterte er. »Warum haben die Schwestern die Frauen allein gelassen? Und das Mädchen, es war ein ganz junges Mädchen dabei.«

»Ja«, sagte sie, »ich weiß. Später sprechen wir darüber.« Sie klatschte in die Hände: »Alle herhören!«

Sie staunten: Im Hof standen zwei große Pferdewagen, mit Planen überdeckt. Die Schwestern hatten Bierwagen für die Kinder gemietet. Unter den Planen gab es Bänke, und wenn sie versprachen, nicht soviel zu rangeln, dürfte jeder einmal vorn auf dem Bock neben dem Kutscher sitzen. Mächtige Gäule mit breiten, blanken Hinterteilen zogen die Wagen. Der eine sollte Schwester Ingberta, die Rollstuhlkinder und die Großen nach Nortau zu den Diakonissen bringen. Mit dem anderen fuhren Schwester Brigitta und ihre Jungen nach Steiwang.

»Ist es schön dort?« fragten sie die Schwester.

Sie war noch nie in Steiwang.

»Kennst du da gar keinen Menschen?«

Keinen.

Keine Schwester?

Auch keine Schwester. Sie wußte nur, daß es ein sehr großes Haus war, eine Landesanstalt mit einem Herrn Direktor und vielen Doktoren. – Gab es da einen Spielplatz? Bestimmt. Es gab auch ein Krankenhaus dort, ein Kinderhaus, ein Altersheim und ein Pflegeheim mit Pflegerinnen und Pflegern. – Keine Schwestern? Nein, Fräuleins und Pfleger.

»Ach«, sagten sie. Pfleger. Fräuleins. Erschrocken hörten sie auf zu fragen. Georg dachte, es wäre gut, auch für Robbi, wenn sie hier einmal von Männern betreut würden. Sie konnten sich doch nicht immer den lieben Schwestern an die Röcke hängen.

Aber etwas stimmte hier nicht. Er fragte: »Eine Landesanstalt, was ist das?«

Brigitta sagte: »Früher war Steiwang ein Vinzentinerinnenheim. Jetzt ist es verstaatlicht worden. Nur die Küche und das Krankenhaus werden von Schwestern versorgt, neun oder zehn Vinzentinerinnen sind noch dort. Das habe ich erst in Auffing erfahren.« Zu den Kindern sagte sie: »Eine große Landwirtschaft gehört dazu. Da könnt ihr alle Tiere sehen: Kühe, Schweine, Pferde, was ihr wollt.«

»Und Meerschweinchen?« fragte Robbi.

»Richtige Ferkelchen. Die sind lustig, die ganz kleinen.«

»Ich will lieber Meerschweinchen«, sagte Robbi.

Dann sahen sie das Heim: Ein schönes altes Haus, nur drei Stockwerke hoch, hellblau die Mauern, die Fenster weiß umrandet, auch hier überall Gitter, schön geschmiedete Gitter, gebaucht und geschwungen, aber Gitter waren es doch. Ein Park gehörte dazu, und sie fuhren an einem großen Gemüsegarten vorbei. Aus dem Haus sahen sie Kinder kommen, brav zu zweien mit einer Pflegerin, die kam zum Wagen. Die Kinder sollten auf der anderen Straßenseite warten.

Schwester Brigitta beugte sich aus dem Wagen. Sie sagte: »Ich bin Schwester Brigitta aus Escheren mit den zwölf Jungen« und streckte der Pflegerin die Hand hin. Die tat, als sähe sie das nicht. Der Herr Inspektor wartete schon, im Büro sei er, und sie selbst käme dann nach dem Spaziergang auch dorthin und würde sich die Papiere der Kinder ansehen. Morgen früh wollte der Herr Direktor, Dr. Neunzähler, die Kinder untersuchen. Schwester Brigitta würde wohl mit dem Wagen zurückfahren?

Ja, das hatte sie vor. Aber erst wollte sie noch mit den Kindern sprechen, hier im Wagen.

»Wir haben auch einen Aufenthaltsraum«, sagte die andere. Und sie heiße Wilhelmine. Und wenn es sein müßte, würde sie auch ein Gastzimmer für Schwester Brigitta richten. »Sind schwierige Kinder bei diesem Schub?« fragte sie.

Schwester Brigitta sagte: »Sie möchten alle immer lieb sein. Das genügt mir.«

»Ja, ihr Nonnen«, sagte Wilhelmine. »Euch fällt das leicht. Ihr tut alles für euren Herrn Jesus.«

»Der braucht uns nicht«, sagte Brigitta. »Wir tun alles zuerst für die Kinder.«

»Ja, ja«, sagte Wilhelmine. »Dann sind sie wohl schön verwöhnt. Parieren sie wenigstens einigermaßen?«

»Parieren?« fragte Schwester Brigitta. »Sie wissen, wann sie gehorchen müssen, und fast immer tun sie's dann – oder auch nicht. Wie alle Kinder.«

»Na, ja«, sagte Wilhelmine. »Wir werden sehen.«

Inzwischen waren die Steiwanger Kinder über den

Weg und um den Wagen herumgelaufen, hatten die Plane hochgehoben, und ein Mädchen fragte flüsternd die Escherner, woher sie kämen, ob es bei ihnen gutes Essen gäbe, und hatten sie vielleicht etwas mitgebracht? Vielleicht etwas Brot? Hier gab es immer nur Kartoffeln und Gemüse, und wenn man Brot haben wollte, mußte man –

Da schlug ihr einer auf den Kopf. Sie sollte das doch nicht verraten, das würden die Neuen schon von selbst merken. Zwölf waren sie?

»Jetzt kriegen wir noch weniger zu essen«, sagte ein Junge.

»Ihr seid eine komische Bande«, sagte Georg. »Ihr denkt wohl nur ans Essen?«

»Zurück und in die Reihe!« rief jetzt Wilhelmine, und schon standen alle Kinder wieder brav auf der anderen Seite vom Weg.

Die Escherner hatten nicht viel Zeit, mit Schwester Brigitta im Wagen zu sprechen. Der Kutscher wollte zurück nach Auffing, es hatte wieder angefangen zu schneien.

Brigitta gab Moritz einen Zettel mit Telefonnummern. »Ich fürchte, du wirst sie brauchen. Und warte nicht zu lange«, sagte sie. Dann flüsterte sie: »Ich hab bei deinen Papieren das Geburtsdatum gefälscht. Du bist erst zwölf Jahre alt, nicht vierzehn. Sonst kannst du nicht bei Robbi bleiben.«

Dann kämmte sie jedes Kind noch einmal und sprach mit jedem. Auch Georg hielt ihr den Kopf hin und ließ sich kämmen.

»Du kommst doch mit mir zurück?« sagte sie. »Hier kannst du nicht über Nacht bleiben.«

»Ich nehme Robbi und Moritz mit.«

Schwester Brigitta sagte: »Alle möchte ich wieder

mitnehmen.« Wollte Georg mit Robbi nach Hamborn, wo es jetzt jede Nacht Alarm gab?

Georg schüttelte den Kopf.

Wohin dann? Wohin mit allen Escherner Kindern? Und diese zwölf waren wahrscheinlich jetzt schon bei den Gesundheitsämtern für Steiwang gemeldet.

Eine Stunde später fuhr der Wagen ab. Georg wischte sich die Augen, die Schwester auch. Aber die Escherner Kinder winkten vergnügt, weil sie so schöne helle Zimmer bekamen. Es gab hier keine großen Schlafsäle, immer nur zwei oder drei Kinder schliefen in einem kleinen Raum. Moritz hatte einem Jungen zwei Mark dafür gegeben, daß er mit ihm tauschte, und nun hatten sie ein eigenes Zimmer.

»Nur wir beide!« sagte Moritz. »So gut hatten wir es noch nie. Hier bleiben wir.«

Als von Steiwang und dem großen Haus nichts mehr zu sehen war, fragte Georg: »Warum haben sich die Schwestern von Auffing im Haus versteckt, als die grauen Busse kamen?«

Sie hätten sich nicht versteckt. Sie hätten die zurückgebliebenen Patienten getröstet. Aber das war nicht der einzige Grund. Es war ihnen verboten, bei den Verlegungen zu helfen. Wenn sie dabeigewesen wären und sie hätten die Frauen und Mädchen zum Bus geführt, das wäre doch Hilfe für die Fahrer und die Schwestern und grauen Pfleger gewesen?

Sie hätten sich vor den Bussen auf die Straße setzen müssen, sagte Georg, wie die anderen Leute. Die Busse wären schon nicht über sie weggefahren.

Aber noch ehe er zu Ende gesprochen hatte, wurde er rot. Hatte denn er das getan?

Überfahren hätte man sie nicht, aber mit Gewalt abgeführt, und dann den Orden wegen Widerstand gegen die Staatsgewalt verklagt, das Heim beschlagnahmt, alle Patienten in staatliche Heime verlegt, und für diese siebenundfünfzig und für noch viel mehr Auffinger Patienten wären die grauen Busse nur ein paar Tage später wiedergekommen.

»Und warum waren es gerade diese Frauen und das Mädchen?«

Die Listen kämen von Berlin. Von den Meldebogen wußte Georg doch? Es gab Gutachter, die machten bestimmte Zeichen auf die Bogen. Ein Strich, das hieß: dieser Mensch kann vorläufig noch weiterleben. Ein Kreuz: dieser muß sterben.

»Aber darüber darf doch kein Mensch bestimmen!« rief Georg.

Nicht so laut. Der Kutscher brauchte nicht zu verstehen, was sie hier hinten sagten. Die Ärzte und Gutachter waren von der Berliner Behörde zu dieser Arbeit aufgefordert worden. Einige hatten sich geweigert. Ihnen war nichts geschehen. Nur schweigen mußten sie. Reden war gefährlich.

In Berlin wurden die Bogen dann nach Strichen und Kreuzen sortiert, und von denen mit dem Kreuz kamen immer etwa je dreißig auf eine Liste, die wurde dem Heim gebracht. Am nächsten Tag kamen dann die Busse.

»Der Führer weiß bestimmt nichts davon«, sagte Georg. »Und mein Vater auch nicht.«

Schwester Brigitta schwieg.

Dann sprachen sie über das Haus in Steiwang, und daß Georg in den großen Ferien zu Robbi und Moritz fahren wollte.

Das sollte er tun, das sollte er sich ganz fest vornehmen, sagte Schwester Brigitta.

Sie blieben noch einmal über Nacht in Auffing und

fuhren früh am nächsten Morgen nach Hause. Schwester Brigitta mußte in Düsseldorf aussteigen. Kurz vorher fragte Georg sie: »Wie hieß das Mädchen? War es sehr krank?«

Sie wußte sofort, wen er meinte. »Emilie«, sagte sie. »Aber alle haben sie Lili genannt. Und sie war blind geboren.«

»Lili klingt viel schöner«, sagte Georg, und es wurde ihm warm vor Dankbarkeit. Lili Genoveva hatte ihn nicht gesehen, sie wußte nicht, wie feige er war. »Ich nenne sie jetzt in Gedanken immer Lili.«

Der Gärtner Hilligen holte Schwester Brigitta mit dem Hanomag ab. Solange der Zug hielt, stand Hilligen auf dem Bahnsteig und erzählte, daß er noch ein ganzes Jahr in Escheren bleiben müsse, auch die Schwestern würden wahrscheinlich dazu verpflichtet.

»Vergiß nicht, in den Ferien nach Steiwang zu fahren«, rief Schwester Brigitta, als der Zug anfuhr. »Und ruf mich an, wenn du dort warst!«

»Bestimmt!« rief Georg.

Auch in Hamborn hatte es geschneit. Wie mit Zukker bestreut waren Hecke und Weg. Das Haus lag so still, als schliefen sie alle, wie oft am Sonntagnachmittag.

Georg legte den Rucksack in den Kellereingang und ging zum HJ-Heim. Alles, was ihm gehörte, nahm er aus seinem Spind: zwei Liederbücher, ein Bastelbuch, die Trillerpfeife, den Kompaß, und drei Häringe rollte er in ein schmutziges Turnhemd und verschnürte das Bündel mit einem Stück Zeltschnur. Er nahm alles mit nach Hause und zwängte es noch in den Rucksack.

Aus Danas Küchenfenster duftete es nach richtigem Bohnenkaffee, Tassen klapperten, Dana rief Leo und Rike. Ein Sonntagnachmittag zu Hause, wie immer. Georg klingelte so lang und ungeduldig, wie sie es von ihm gewöhnt waren. Alle kamen an die Tür, und wie sie sich freuten!

Er sollte von Robbi erzählen. Ging es ihm gut? Ja, er war in einem sehr schönen Heim und mit Moritz in einem Zweierzimmer. Konnte man den beiden ein Päckchen schicken? Spielsachen? Für Moritz ein Buch oder einen Pullover, der Robbi zu klein geworden war?

Der Pullover wäre gut, vielleicht könnte man auch Robbi einen schicken? Das Haus sei nicht sehr gut geheizt, hatte Schwester Brigitta gesagt. Vor allem aber etwas zu essen. Jetzt waren doch die Zuteilungen wieder gekürzt, in Bayern wohl noch mehr, so war es Georg vorgekommen. – Aber das gute Essen in Auffing? – Das hatten die Schwestern sich bestimmt eine Woche lang vom Mund abgespart. Nur Gutes berichtete er.

Leo und Rike sahen ihn oft von der Seite an, als glaubten sie ihm nicht.

Endlich konnte Georg mit Leo allein in der Werkstatt sprechen.

»Und wie war es wirklich?« fragte Leo.

Georg berichtete, wie alles wirklich war, von den tapferen Menschen in Auffing, auch von Lili. Von Steiwang hätte er kein gutes Gefühl, aber man konnte sich irren, und schließlich sollte Leo auch wissen, daß er seinen Spind im HJ-Heim leergeräumt hatte. Mußte er über die Gründe etwas sagen?

Nein, nein. Aber war das bestimmt nicht voreilig? Jedenfalls dürfte er weder seinem Freund Achim noch den anderen Führern seine wahren Gründe sagen.

»Das muß ich aber«, sagte Georg. »Ich kann die doch nicht anschwindeln. Und sie müssen einmal erfahren, was wirklich gespielt wird.«

»Nicht von dir. Auch das Verschweigen und Heucheln und Lügen gehört jetzt zu unserem Leben. Soweit hat dieser Mann uns schon gebracht. Hast du denn vorhin deiner Mutter gesagt, wie es wirklich war in Auffing und Steiwang?«

»Nein«, sagte Georg. Er würde nichts Voreiliges tun oder sagen. Aber könnte Leo nicht bald einmal mit Dana zu Robbi fahren?

Ja, das wollten sie tun.

Aber es kam nicht dazu. Erst wurde Dana krank, dann Leo. Rike fiel bei Glatteis hin und brach sich den linken Arm. Sie konnte bald wieder Schule halten, aber mit dem Gipsarm nicht waschen, putzen und kochen. Dana konnte nicht fort. Und schließlich wurde sie zum Arbeitsamt bestellt:

Fotografieren sei keine kriegswichtige Tätigkeit. Demnächst würden Frauen ohne Kleinkinder dienstverpflichtet, aber besser würde Dana sich vorher freiwillig einstellen lassen. Für den Anfang könnte sie bei Thyssen in Bruckhausen in der Hauptverwaltung Büroarbeit tun. Eine interessante und vielseitige Beschäftigung für eine intelligente Frau. Stundenlohn sechzig Pfennig. Nun?

Sie nahm das Angebot an, natürlich. Sie würde aber auch gern an der Maschine arbeiten. – Später könnte man darüber reden. Schließlich war sie ja eine Ungelernte.

Leo fehlte es nicht an Arbeit. Die Druckaufträge für Todesanzeigen häuften sich.

Georg hatte sich als HJ-Führer für ein Jahr beurlauben lassen, weil er für die Schule arbeiten müßte. Es gab tatsächlich viel nachzuholen für ihn. Im nächsten Jahr wollte er sich zur Flak melden, sobald er sechzehn wäre. Das Abitur konnte man immer noch machen.

Am 12. Juni flogen die Engländer einen großen Angriff auf Duisburg und Bochum. Das Neumühler Haus wurde von einer Brandbombe getroffen, und weil sie alle im Schutzraum waren, brannte der Dachstuhl über der Dielenküche fast ganz ab. Sie löschten zusammen mit der Feuerwehr, und sobald die Balken abgekühlt waren, rissen sie alles verkohlte Holz ab.

Leo suchte in der Asche nach Büchern, die nicht ganz verbrannt waren, die nur ringsum angesengte Seiten hatten oder auch nur vom Löschwasser durchweicht waren. Werner half dabei, er hatte zwei Wochen Sonderurlaub und wußte noch nicht, weshalb.

Nora kam für ein langes freies Wochenende: zwei Nächte im Zug, zwei Tage in Hamborn: Noch nie waren ihnen alle Stunden so kostbar, auch als sie einen halben Tag nur auf dem Dachboden beim Schutträumen halfen.

»Wir sind doch beisammen«, sagten sie und gingen am Abend über die Emscherbrücke nach Obermarxloh und weiter bis Fahrn, am nächsten Abend nach Holten. Kindheitswege waren das. Bist du hier auch immer mit dem Rad gefahren? Da vorn gab es eine Brombeerhecke, und jetzt zeig ich dir den Hof, wo wir immer um Buttermilch gebettelt haben. Sie wollten alles voneinander wissen. Wie war es für Nora mit den Kindern? Und einmal, irgendwann, würden sie miteinander in Prag sein und über die schöne Moldaubrücke gehen und den freundlich geneigten heiligen Nepomuk begrüßen. Und in der Kaserne, im Sanitätskurs? Interessant war es, und Werner freute sich immer mehr aufs Studium.

Der Abschied wurde ihnen nicht zu schwer. Der Krieg wäre ja bald vorbei, sagte Nora. Fast alle Nachbarländer waren besetzt.

»Noch nicht alle«, sagte Werner. »Rußland fehlt noch.«

Nein, das glaubte Nora nicht. Konnte Werner das glauben?

Glauben nicht, aber fürchten konnte er's.

Leo, Rike, Dana und Georg, der Luftschutzwart und zwei Männer aus der Nachbarschaft gaben der Dielenküche ein Notdach aus Wellblech, und von der Duisburger Druckerei kamen vier ehemalige Kollegen und halfen Leo, seine Setzmaschine und die Presse in den Keller zu schaffen.

Rike und Leo schliefen jetzt in der alten Werkstatt und wohnten in der Dielenküche. Auch Rike meinte, der Krieg könnte nicht mehr lange dauern. Dann bekäme alles wieder seine alte und sogar eine bessere Ordnung. Sie zeichnete schon Umbaupläne.

Aber am 22. Juni marschierten wieder deutsche Truppen ohne Kriegserklärung in ein fremdes Land. Wieder dröhnten Sondermeldungen aus dem Radio und feierten wochenlang, monatelang Erfolg nach Erfolg. Hitler schickte drei Millionen Soldaten aus, um das riesige Land im Osten mit den fruchtbaren Feldern, den reichen Bergwerken und Industriegebieten zu erobern. Man würde alles haben: Kohle und Erze, Öl und Weizen und Millionen Menschenknechte als billige Arbeitskräfte. Die Pläne für die Nachkriegszeit eines unerhört reichen und mächtigen Deutschland waren schon fertig.

Werner war einer der drei Millionen, die dafür kämpfen sollten.

Herta sagte: »Es kann ihm nichts geschehen, es darf ihm nichts geschehen. Zweimal trifft mich nicht dasselbe Unglück.«

Nora saß eine ganze Nacht am Fenster und hörte den böhmischen Wind in den Wäldern ringsum, die Kinder schliefen, und sie rauchte zu viele Zigaretten und fühlte sich mutlos. Sie sah auf der Landkarte im Tagesraum das riesige Rußland grün hingebreitet und stellte sich darin irgendwo ihren einen, einzigen Werner vor. Die Feldpost brauchte für sie unerträglich viel Zeit für den Rückweg von der fernen Front in die Heimat.

Seit Robbi und Moritz in Steiwang waren, rief Dana jede Woche einmal im Heim an. Wie ging es Robbi und dem kleinen Moritz? Ausgezeichnet, sagte man ihr jedesmal.

Jeden Monat kam auch ein kurzer Brief von Moritz. Im März hatte er geschrieben: »Es geht uns gut. In Steiwang gibt es sehr viel Schnee. Robbi schreibt jeden Tag acht Zeilen aus dem Lesebuch ab. Vielen Dank für das Päckchen mit den Pullovern. Viele Grüße von Moritz und Robbi.«

Im April: »Es geht uns gut. Der Schnee schmilzt. In Steiwang gibt es viele Anemonen, Robbi wird faul. Er schreibt jeden Tag nur noch vier Zeilen aus dem Lesebuch ab. Vielen Dank für das Paket mit den Büchern und Spielen und viele Grüße von Moritz und Robbi.«

Im Mai: »Es geht uns gut. Es ist schon sehr warm. Robbi schreibt nur noch zwei Zeilen aus dem Lesebuch ab. Vielen Dank für das schöne Briefpapier und die Buntstifte und viele Grüße von Moritz und Robbi.«

Alle diese Briefe waren von Robbi in Schönschrift unterschrieben. Aber in keinem bedankten sie sich für die vielen Süßigkeiten, den Kuchen, die Wurst in den Paketen.

Im Juni und Juli kam keine Post aus Steiwang. Aber es gehe beiden Kindern gut, sagte die Sekretärin zu Dana. Und warum sie nicht schrieben? Das wüßte sie nicht.

Erst Ende August schrieb Moritz wieder. Es kam ein

zerknitterter Zettel, krakelig beschrieben und ohne Robbis Unterschrift: »Es geht uns gut. Es ist nicht mehr so heiß. Aber hier gibt es viel zuwenig nesse. Robbi schläft immer. Ich auch. Viele Grüße von Moritz. Robbi kann heute nicht schreiben. Zu müde.«

Moritz brachte den Brief zum Inspektor. Der überflog den Zettel und gab ihn der Sekretärin. »Kleb zu«, sagte er. Sie sah den Fehler, aber es war nicht ihre Sache, die Kinderbriefe zu verbessern.

»Hast du die Schrift von diesem Moritz gesehen?« fragte der Inspektor. »Total verzittert. Der macht's nicht mehr lange. Wie sagt unser Doktor? Man gibt ihnen so gut wie nichts mehr zu essen, und sie gehen von selbst. Wirklich eine elegante Methode. Unser Doktor wird damit noch berühmt. Die anderen Anstalten werden uns das nachmachen. Auf die erprobte Weise geht's ja nicht mehr, seit die Pfaffen sich reingehängt haben. Und der Führer braucht natürlich Ruhe im Hinterland. Er sagt: ›Stopp‹, und wir wissen, was er meint: es geht weiter, nur ganz im stillen! Von der Luminal-Methode halt ich übrigens gar nichts. Zu teuer, zu auffällig. Aber bei uns: sie gehen von selbst! Einfach elegant!«

»Elegant? Ich weiß nicht«, sagte die Sekretärin. »Sie haben doch Hunger. Und das Zeug schmeckt scheußlich, das Wassergemüse.«

»Meinst du, Gas wäre angenehmer? Oder Luminal schmeckte besser?«

Sie sagte nichts mehr.

Eigentlich wollte Moritz noch in die Küche zu Schwester Ruperta gehen. Sie war die einzige Vinzentinerin, die sie zu sehen bekamen. Ruperta regierte in der Küche über drei riesige Herde, sechs Kochfrauen, zwei Einkäuferinnen und vier Spülmädchen. Immer hatte sie einen Happen für hungrige Kinder in der Schürzentasche. Manchmal trug sie deshalb drei Schürzen übereinander, denn der Inspektor durfte davon nichts wissen.

Heute war Moritz zu müde, viel zu müde, der Weg zum Küchenbau war ihm viel zu weit. Robbi schlief. Auch Moritz wollte jetzt schlafen.

Wer nicht wollte, brauchte nicht in die Schule zu gehen. Wer nicht wollte, brauchte sich morgens nicht zu waschen. Wer gar nichts mehr wollte, kam dann eines Tages auf den Friedhof. Moritz wollte noch viel. Er wollte seine Eltern und Lisawetha wiedersehen. Eines Tages würde er mit einem großen Schiff nach Amerika fahren. Er durfte nicht schlafen und schlafen, er verbot es sich. Nein, er wollte nicht schlafen.

Aber am Abend, als Schwester Ruperta auf leisen Pantoffeln in die Zimmer der Hungerkinder kam, schlief auch Moritz. Sie hatte für alle Kinder auf diesem Flur eine aufgeschnittene und innen mit Butter bestrichene Pellkartoffel in den Schürzentaschen. Sollte sie Moritz und Robbi wecken? Wie ein freundlicher Mondstrahl glitt sie wieder aus dem Zimmer. Sie mußte sich beeilen. Jeden Abend schlich Fräulein Ella durch die Flure, und drüben in der Küche wartete auf Schwester Ruperta schon eine der lieben Kochfrauen. Sie hatte angeblich ein Kopftuch oder eine Schürze vergessen, aber sie brachte heimlich, was die Frauen in den Dörfern gesammelt hatten: manchmal einen Topf Schmalz, manchmal ein Säckchen Mehl. Das alles mußte Schwester Ruperta gut verstecken, damit sie morgen in hundertundzwanzig Portionen Weißkraut für die Kinder, die Alten und die Pfleglinge wenigstens einen Schöpflöffel Schmalz und ein halbes Pfund Mehl schmuggeln könnte.

Erst die Sonne weckte Moritz frühmorgens, und da

lag diese herrliche Kartoffel neben seinem Kopfkissen. Sie mußte schnell gegessen werden, ehe jemand sie sah und sie ihm abnahm. Fräulein Ella hatte das schon getan, und nachher wurde er vom Pfleger Erwin geschlagen, weil es hieß, Moritz hätte die Kartoffel gestohlen, und sie sollten doch alle streng bei der Vitamindiät bleiben. Das wäre ein wissenschaftlicher Versuch, sie würden auch sehr gesund dabei, weil sie nur eine Scheibe Brot am Tag zu essen bekämen und mittags und abends in Wasser gekochtes Gemüse ohne ungesundes Fett und klebriges Mehl, nur gesundes Gemüse, in klarem Wasser gekocht: Kohl und Steckrüben und gelbe Rüben und Spinat, und sie würden ganz sauberes Blut davon bekommen.

Auch neben Robbis Kopfkissen lag eine Butterkartoffel. Aber Robbi schlief, und er wurde und wurde nicht wach.

Moritz schüttelte ihn und schrie ihn an: »Du bist doch nicht so tot wie Viktor!« Denn Viktor aus Escheren war vor einer Woche morgens gar nicht mehr wach geworden. Dann hatten sie ihn begraben, und Robbi war dabei, alle Kinder waren dabei und weinten.

Robbi schlief.

Robbi rührte sich nicht.

»Robbi, Robbi!« rief Moritz und kletterte auf das Bett und legte sein Ohr auf Robbis Herz. Es klopfte. Wie schnell mußte ein Herz klopfen? Robbis Herz ließ sich zwischen jedem Schlag viel Zeit. Nein, er war noch nicht so tot wie Viktor. Aber fast so tot war er wohl schon?

»Robbi, mach die Augen auf! Sofort machst du die Augen auf!« rief Moritz.

»Kannich«, murmelte Robbi.

Moritz schüttelte ihn, kniff ihn.

»L-aß«, flüsterte Robbi.

Moritz versteckte die Kartoffel unter Robbis Kleidern. Er setzte sich auf die Fensterbank und dachte nach.

Robbi war wie ein Licht, das bald auslöschen würde. Robbi wollte nicht mehr schreiben, er wollte keine schweren Wörter mehr sprechen lernen, er wollte gar nichts mehr. Das war es. Robbi müßte wieder etwas wollen. Aber was? Schwester Brigitta hatte gesagt, er solle sie anrufen und nicht zu lange warten. Aber wie denn, wenn man den ganzen Tag von Erwin und Ella und Wilhelmine bewacht wurde? Sogar vom Inspektor, und der war der schlimmste! Jeden Tag kam er wenigstens zweimal durch alle Zimmer und sah in die Schränke, ob auch keiner einen Krümel Brot versteckt hielte. Und Telefone gab es nur beim Inspektor im Büro und beim Doktor.

Vielleicht könnte Schwester Ruperta aus dem Schwesternhaus telefonieren?

Er würde ihr den Zettel geben. Sie sollte Brigitta sagen, daß Robbi bald sterben würde, daß alle ihre Escherner Kinder bald sterben würden.

Manchmal war es gut, so klein zu sein: Entweder hielten sie ihn für einen von den ganz Kleinen, oder sie sahen ihn überhaupt nicht. Für ihn gab es tausendmal mehr Verstecke als für andere Menschen. Zum Beispiel das hohe Gras auf der Wiese zwischen dem Kinderhaus und dem Küchenbau. Niemand sah Moritz in die große Küche schlüpfen.

Aber Schwester Ruperta war nicht da. Die Frauen schickten ihn fort: schnell, der Inspektor sitzt in Rupertas Büro und zählt die Kohlen und die Zuckerkörner! Eine steckte ihm eine trockene Semmel in die Hosentasche, eine andere schob ein Stück Käse dazu: Das sei gestern abend vom Krankenhaus zurückgekommen. Er sollte es draußen sofort aufessen. Ach, die armen Kerlchen. Wenn das die Mütter wüßten! Nun aber schnell hinaus, und nicht durch den Haupteingang, durch den Wirtschaftshof.

Dort standen die Stalltüren offen, die Schweine wurden getränkt, die Hühner gefüttert, die Kühe gemistet, in der Milchkammer klapperten Kannen. Moritz machte sich zum Wolkenschatten, zum huschenden Vogel und war schon am Tor: Da sah er die Kaninchenställe. Sie waren neu: zwölf Kaninchenställe übereinander und nebeneinander. Moritz hatte keine Zeit zu überlegen, sich vorzunehmen, was er jetzt tat. Er sah die Kaninchen, er dachte: Robbi! Er dachte: Meerschweinchen! Und sah irgendeiner, wußte er selbst überhaupt, wie das geschah? Er hatte ein kleines, weiches Tier unterm Hemd, als wäre es dorthin geflogen, und alle Riegel an allen Ställchen waren wieder geschlossen, und ein Windzug war unterwegs durch das hohe Gras zwischen dem Wirtschaftshof und dem Kinderhaus.

Robbi schlief noch.

Moritz konnte endlich das Tier betrachten. Er hatte ins Dunkle gegriffen. Es war grau, das Kaninchen, kein schneeweißes, kein kohlschwarzes, kein besonderes, einfach ein graues Kaninchen. Aber so schön war sein Tiergesicht mit den großen Augen und dem Zitterschnäuzchen, so seidenzart sein Fell, so rosig schimmerten die Ohren!

Moritz streichelte es noch einmal, legte es an sein Gesicht, nahm es zwischen beide Hände und setzte es auf Robbis Schulter. Es mümmelte, schwenkte das Köpfchen, schnüffelte und setzte sich zurecht auf Robbis magerem Schlüsselbein.

Was hatte Robbi gespürt? Er machte die Augen auf und legte eine Hand über das Tier.

»Ninchen!« sagte er und lachte so glücklich, wie Moritz ihn seit Monaten nicht mehr gesehen hatte.

»Dein Kaninchen«, sagte Moritz.

»Ninchen«, sagte Robbi.

»Du bist faul. Sag bitte Ka-ninchen«, sagte Moritz und lachte.

Robbi lächelte wie früher. »Heißt Ninchen«, sagte er, »mein Kaninchen.«

Aber nun mußte Moritz ihm erklären, daß sie das Tier verstecken müßten. Ganz bestimmt würden die Pfleger und Pflegerinnen es ihm sonst wegnehmen. Und morgen früh wollte Moritz noch einmal zu Ninchens Stall gehen und ein Markstück hineinlegen, damit Ninchen kein gestohlenes Ninchen sei. Das brauchte Robbi nicht zu wissen, aber für Moritz war es wichtig. Sein Vater hatte ihm gesagt, daß gestohlene Dinge kein Glück bringen könnten und daß sie im geheimen immer zu ihrem rechtmäßigen Besitzer zurückwollten. Moritz glaubte das eigentlich nur halb, aber weil sein Vater es gesagt hatte, glaubte er's ganz. Sie fütterten Ninchen mit Löwenzahn und Spitzwegerichblättern von der Wiese. Ninchen knabberte zufrieden und schlief dann in Robbis kleinem Koffer. Unter den Deckel klemmte Moritz einen Buntstift, damit Ninchen auch Luft genug hatte.

Morgens mußten sie alle im Tagesraum sein und ihr Brot abholen: eine Scheibe trockenes Brot für jeden.

»Kommst du heute mit?« fragte Moritz. Ja, Robbi ging mit, denn wer nicht zur rechten Zeit dort war, bekam kein Brot. Als die Pfleger mit dem Brotkorb weggegangen waren, fand Moritz im Tagesraum auch eine lange schmale Pappschachtel mit festem Deckel, die war gerade groß genug für Ninchen, und man konnte sie vor dem Fenster in das gebauchte Gitter legen, dann sah man sie nicht vom Zimmer aus, und draußen fing gleich hinterm Haus der Wald an.

Mit einer Glasscherbe bohrten sie Löcher in die Schachtel, und jetzt würde niemand das Ninchen entdecken, niemand konnte es Robbi wieder abnehmen. Robbi war glücklich. Er schlief immer nur eine halbe oder ganze Stunde und wurde wieder wach und ging ans Fenster und streichelte Ninchen und sprach mit ihm.

Moritz schlich sogar noch an diesem Abend zu den Ställen und legte das Geld zu den anderen grauen Kaninchenjungen. Nun würde Ninchen nie mehr von Robbi wegwollen, und Robbi würde nie mehr nur noch schlafen wollen. Und vielleicht verstanden sie auch in Hamborn, was Moritz heimlich geschrieben hatte? Vielleicht würden sie in Escheren anrufen, und dann käme Schwester Brigitta und würde sie hier herausholen?

Der Augustbrief war zwei Tage nach Hamborn unterwegs. Dana hatte ihn für Leo und Rike auf den Küchenschrank gelegt, und Leo las ihn gerade zum drittenmal, als Herta nach dem Nachtdienst vorbeikam. Sie wollte den Freunden einen Feldpostbrief von Werner zeigen. Schade, daß die anderen schon fort waren. Leo gab ihr den Zettelbrief aus Steiwang.

»Etwas stimmt nicht«, sagte er. »Warum schlafen sie so viel?«

Herta vergaß den Feldpostbrief, als sie den Zettel aus Steiwang gelesen hatte. »Leo!« rief sie. »Weißt du, was das bedeutet? Aus irgendeinem Grund läßt man sie verhungern. Vielleicht ist das ein Ersatz für das Gas? Es heißt, Hitler hätte die Euthanasieanstalten gestoppt, aber nicht die Kinderfachabteilungen mit dem Luminal. Du willst das ja immer nicht glauben. Aushungern? Billiger wär's bestimmt. Da ist ein merkwürdiger Fehler, lies das Wort ›nesse‹ einmal von hinten. Dann heißt der Satz: Hier gibt es viel zuwenig essen.«

Wieviel Geld hatte Leo im Haus? Könnte er sie mit dem Motorrad nach Duisburg zum Bahnhof bringen? Er sollte sie nicht so anstarren. Man mußte Robbis Leben retten, heute!

Eine Stunde später saß sie schon im Zug, lehnte in der Fensterecke und schlief. Leo hatte versprochen, sich um die Mütter und Marek, den Schwiegervater, zu kümmern. Er hatte inzwischen auch in Escheren angerufen, und Schwester Brigitta hatte gerufen: »Ich hab's geahnt!« Und wenn Herta die Kinder herausholte, alle Escherner, bitte, alle! – Dann die Oberin: Sie möchte die Kinder nach Nortau zu den Diakonissen bringen, nein, besser zuerst nach Auffing.

Herta kam nachmittags nach Steiwang. In der Schwesterntracht und jetzt sogar mit dem Häubchen ging sie durchs Tor, als gehöre sie hierher ins Krankenhaus. Ein Blick in den Park, und sie sah, daß es dort nicht nur Ordensschwestern, sondern auch Rotkreuzschwestern gab. Zwei sehr junge Schülerinnen führten einen alten Mann, eine ältere Schwester half einem Jungen mit dem Gipsbein zu laufen. Die kam Herta nicht zu jung vor, sie würde vielleicht so denken wie sie?

Sie ging zu ihr, stellte sich vor und fragte, ob sie einen Augenblick allein miteinander sprechen könnten?

Natürlich, der Junge wollte sowieso lieber Zeitung lesen. Sie heiße Schwester Katharina.

»Der Junge sieht sehr wohlgenährt aus«, sagte Herta.

»Das ist ein Bauernsohn, ein Hoferbe«, sagte Schwester Katharina.

Und Herta: Sie hätte erfahren, es gäbe hier schlechter ernährte Kinder.

O weh, ja. Aber gewiß nicht im Krankenhaus. Das hätte nichts damit zu tun. Das Kinderhaus hätte einen eigenen Direktor, einen anderen Inspektor.

Herta wollte offen sprechen: Wo war das Haus, in dem die Kinder langsam verhungerten? Und wie könnte man ungefähr zwölf von ihnen herausbekommen?

»Es ist schrecklich. Man schämt sich«, sagte Katharina. Und fragte: »Kennen Sie die Kinder? Weshalb wollen Sie es wagen, sie herauszuholen?«

Einer, ein leicht Schwachsinniger, sei der Sohn sehr lieber Freunde, ein anderer, ein Minderwüchsiger, sein selbstloser Helfer. Zehn andere kämen aus Escheren, und sie hätte versprochen, allen herauszuhelfen.

Herta möge sich die Kinder ansehen und in einer Viertelstunde wieder an der Pforte sein. Katharina war dann dienstfrei. Das Kinderhaus läge hinter dem Küchenbau.

Herta fand es schnell. Sie ging um das Haus herum und hielt sich dicht an der Hauswand. Zu hören war nichts, kein Kind zu sehen. Vor einem Fenster stand ein Pappkarton, etwas kraspelte darin. Sie blieb stehen, um zu horchen, da tauchte am Fenster Robbis Gesicht auf, erst voll Angst, dann erkannte er Herta, und sie hatte gerade noch Zeit, den Finger auf den Mund zu legen. Er war so blaß und mager, daß sie erschrak.

Moritz kam, auch er weißgesichtig und mit großen Hungeraugen. Er wußte sofort, weshalb Herta gekommen war. Er sollte von Zimmer zu Zimmer gehen und allen Escherner Kindern sagen, daß sie aufwachen und ihre Schuhe anziehen sollten. Sie könnten kein Gepäck mitnehmen. In einer halben Stunde käme Herta wieder.

Schwester Katharina wartete schon an der Pforte, ein weißhaariger Doktor stand bei ihr. Konnte Herta sich ausweisen? – Natürlich. Er möge im Hamborner Krankenhaus und auch in Escheren anrufen.

Das tat er wirklich.

»Er nimmt alles sehr genau«, sagte Schwester Katharina, als müßte sie sich für ihn entschuldigen.

Als er zurückkam, sagte er: »Mein Schwager hat ein Milchgeschäft, nachmittags braucht er das Lieferauto nicht.« Er würde um sechzehn Uhr dort stehen, wo der Waldweg in die Straße mündete. Schwester Katharina könnte Herta alles erklären. Sein Schwager würde Schwester Herta und die Kinder nach Auffing bringen, die Oberin von Escheren wünschte das.

Wie hätte sie ohne ihn den Kindern das Leben retten können?

»Mein Beruf«, sagte er. »Und Ihrer.« Und was hier und an vielen Orten durch Ärzte geschah, würde er nie verstehen. Sie dienten dem Tod, als wäre das ihr Auftrag. Manche kämen ihm kranker vor als ihre Opfer. Und jetzt müßte er schnell zurück auf seine Station.

Es war kein weiter Weg durch den Wald, aber Herta mußte fast alle Kinder die letzten hundert Meter tragen, eins nach dem anderen. Schwester Katharina war zurückgeblieben und hatte mit Ella ein Gespräch angefangen, das etwas länger als bis sechzehn Uhr dauern mußte.

Eine Stunde später waren sie in Auffing, und die Kinder wurden mit Haferbrei gefüttert. Den mochten sie nicht, aber er bekam ihnen gut.

Herta wollte sich gerade verabschieden, da rief der Steiwanger Inspektor an. »Wir sind ein Frauen- und Mädchenheim«, sagte die Oberschwester Roswitha. Und dann noch einmal: »Wir sind ein Frauen- und

Mädchenheim. Guten Abend.« Und legte auf. Mit keinem Wort hatte sie gelogen. Sie lachte darüber.

»Er und sein Hungerdoktor«, sagte sie, »die können uns nicht verklagen, denn dann erführe ja alle Welt, was bei denen geschieht. So schamlos sind sie bis jetzt noch nicht.«

»Aber alle Welt weiß doch längst genug!« rief Herta. Kannte sie denn die Predigt des Münsteraner Bischofs nicht, des Herrn von Galen?

Nein, die kannte sie nicht. Man redete davon, daß er sehr gegen die Euthanasie gewettert habe. Aber das taten ja manche geistliche Herren und auch manche evangelische Pastoren, hörte man. Von denen hatten sie schon welche ins KZ geschickt. Aber man durfte doch nicht drüber reden.

»Nein«, sagte Herta. »Sie haben recht. Wer Kranke mordet und Kinder verhungern läßt, wird gut dafür bezahlt. Wer aber darüber spricht, kommt ins KZ. Und wer etwas dagegen tut? Wer weiß, was dem blüht?«

»Meinen Sie?« fragte die Schwester. »Könnten Sie und ich und der Milchhändler bestraft werden?«

»Natürlich«, sagte Herta. »Aber ich glaube, vor den Auffingern haben sie jetzt Angst. Auf die Auffinger können Sie stolz sein.«

»Das sind wir!« rief die Schwester.

Am Abend fuhr Herta wieder nach Hause. Kurz hinter Köln stand auf einem Bauzaun mit schwarzer Farbe geschrieben: »Nieder mit Hitler!«, und zwischen Düsseldorf und Duisburg stand weiß und riesengroß auf einer Brückenmauer: »Gegen Hitler – für Freiheit und Frieden«. Zum erstenmal sah sie solche Zeichen für Widerstand.

Zum erstenmal sah sie auch im Duisburger Bahnhof einen Mann mit einem Judenstern auf dem Mantel. Er schlief in einer dunklen Ecke auf einem Heizungsgitter. Man hatte ihm wohl die Wohnung gekündigt, und eine andere als den Bahnhof hatte er nicht mehr? Ein Bahnpolizist ging an ihm vorbei, als wäre er blind. »Danke«, sagte Herta laut, wenn auch der Polizist das nicht hören konnte.

Leo holte sie mit dem Motorrad ab, und Dana wartete auf sie mit Hertas Lieblingssuppe. Sie würde morgen alles erzählen, sagte Herta. Heute war sie zu müde. Nur soviel: Die elf Jungen sollten in Aufling bleiben, bis ihre Hungerschäden ausgeheilt wären. Dann kämen sie wahrscheinlich zu den Diakonissen nach Nortau. Und Ninchen natürlich auch.

Ninchen?

Robbis Ninchen! Und das wollte Herta nun doch noch erzählen, weil es etwas Vergnügliches war.

Bald wußten alle Leute in Auffing von den Hungerkindern aus Steiwang. Sie brachten Obst aus ihren Gärten, Sonntagskuchen und später zum Abschied große Tüten mit Weihnachtsgebäck.

Denn im Dezember wurde der Westflügel vom Heim zum Lazarett für Soldaten mit schweren Erfrierungen. Alle kamen aus Rußland, man hatte sie nicht für den eisigen russischen Winter ausgerüstet. Jetzt wurde der Platz in Auffing knapp, und Schwester Roswitha brachte die elf Escherner Kinder nach Nortau.

Moritz schrieb nach Hamborn: »Dies ist eine Riesenanstalt, so groß wie ein Dorf. Sie haben auch eine große Landwirtschaft. Das hat Robbi sofort entdeckt. In den Weihnachtsferien darf er Stalljunge sein, und in den Sommerferien darf er Kühe hüten. Darauf freut er sich schon. Ich freue mich auf die Schule, ich darf in die Stadt ins Gymnasium gehen und alles lernen, fremde Sprachen und Mathematik und deutsche Literatur!

Und ich bin nicht der einzige Zwerg, das ist schön für mich. Die Soldaten in Auffing wollten mich immer auf den Arm nehmen, oder ich sollte für sie tanzen oder wie ein Baby schreien, und wenn ich nur auf einen Stuhl geklettert bin, mußten sie lachen, weil sie wußten, daß ich schon fünfzehn Jahre alt bin, oder sie haben gesagt: ›Moritz, mach mal den Clown!‹ Dann hat es mir weh getan, daß ich so klein sein muß. Aber ich hab's getan, ich hab ihnen den Clown gespielt, weil sie soviel Schmerzen hatten, und manchen war ein Fuß oder eine Hand abgefroren. Nachher hab ich mich vor mir selbst geschämt. Aber sie haben alles bestimmt nicht bös gemeint.

Wir sind beide gern hier, Robbi und ich. Hier gibt es keine Angst.«

Nora hatte Weihnachtsurlaub vom Arbeitsdienst. Als sie den Brief gelesen hatte, sagte sie: »Ob wohl einer von unseren herrlichen Führern, der Herr Himmler zum Beispiel oder diese Gesundheitsfanatiker, die Moritz und unseren Robbi umbringen möchten, ob die begreifen könnten, was für ein tapferer, aufrechter Mann dieser Moritz jetzt schon ist, mit seinen fünfzehn Jahren?«

»Ohne Moritz würde Robbi nicht mehr leben«, sagte Georg. »Ich möchte das unserem Vater schreiben. Aber der versteht das bestimmt nicht.« Dann sah er Dana an und sagte: »Entschuldige.«

Es war, als hätte der Krieg erst mit dem Rußlandfeldzug angefangen. Hitler hatte im Dezember Amerika den Krieg erklärt. Aber daran erinnerten sie sich später kaum. Amerika war damals für sie noch weit weg, und von Anfang an hatte es ja an Englands Seite gestanden.

Was war es überhaupt, woran sie sich aus diesen Kriegsjahren später erinnerten?

Für Nora war es zuerst der Arbeitsdienst. Das Lager: zwölf Baracken um einen riesigen Platz, in der Mitte der Fahnenmast. In jeder Baracke elf eiserne Bettgestelle mit Strohsäcken, blau-weiß karierte Deckenbezüge, elf feldgraue Spinde, in der Mitte ein großer Koksofen. Dann: achtundachtzig Mädchen, die jetzt Maiden hießen, wie sie morgens um sechs, von der Trillerpfeife geweckt, vor ihren Betten standen, und die Kameradschaftsälteste meldete mit erhobenem Arm, daß hier neun Maiden der xten Kameradschaft zum Frühsport angetreten seien, eine im Sonderurlaub, eine krank, wie sie dann um den Platz keuchten, zweimal, dreimal, endlich in die Waschbaracke, endlich alle in blauen Kleidern und erdbraunen Mänteln bis auf die Knöchel zum Fahnenmast rannten, und im Karree, untadelig ausgerichtet, den Morgenspruch der Lagerführerin anhörten, dann, zackig die Hand zum deutschen Gruß gereckt, die Fahne ansangen, jede für sich mit anderen Gedanken und Gefühlen, denn später war im Lauf des Tages für Gefühle nicht mehr viel Zeit, und es sang sich gut von Treue und Vaterland, Volk und wir alle und die Fahne im Morgenlicht, es ließ sich sogar, wenn man nicht zu sehr fror, in diesem Augenblick daran glauben und Heroisches empfinden, bis zum Frühstück, endlich. Dann im Außendienst auf endlosen Rübenfeldern Zuckerrüben ernten, Kinder baden, Kartoffeln verlesen, Gänse rupfen, immer beobachtet, taxiert: eine gute Maid? eine schwächliche? war die Letzte nicht besser? und zurück zum Lager und bei den Mahlzeiten und in der täglichen halben Stunde Freizeit wieder Mädchen sein, geschwätzig, neugierig, lustig, auch boshaft wie Schulmädchen – und nachts im Dunkeln weinen, bis sich alle an alles gewöhnt hatten. Und eines Tages, am 31. März 1942, saß Nora im Zug, entlassen aus dem befohlenen Leben und voller Angst vor der Freiheit, von nun an wieder alles selbst entscheiden und verantworten zu müssen.

Für Dana lag diese Zeit unter einem staubgrauen Schleier von Müdigkeit. Zehn Stunden arbeitete sie jetzt in der Registratur, fast immer im Keller oder unterwegs mit Aktenstapeln. Es war ihr keine Mühe, wochen- und monatelang dasselbe zu tun. Sie ließ sich zurückfallen in die jungen Jahre im Hochtal, als damals wie hier alle Tage wie alle Tage waren.

Für Georg war es eine Zeit des Kampfes mit Achim, dem Freund, der so begeistert Fähnchen auf die Rußlandkarte steckte und sich weigerte, sie von Moskau und Stalingrad zurückzustecken, als der Winter anfing und die wenigen Sondermeldungen schon verbrämte Rückzugsmeldungen waren.

Für Rike war es ein Jahr der Sorge um Leo. Er mußte so viele Todesanzeigen drucken, und oft schon sehr bald nach den Hochzeitsanzeigen oder nach den Geburtsanzeigen für Kinder, die jetzt ohne Vater groß werden mußten, und Leo fühlte sich am Krieg mitschuldig, weil er von Anfang an wußte, was kommen würde.

Ihn quälte ein Gedicht, das er für eine Mutter in die Todesanzeige für den Sohn drucken sollte, und er hatte sich geweigert, das zu tun, weil das die Frau ins KZ gebracht hätte, wegen »Zersetzung der Wehrkraft«, ihn selbst gewiß auch oder erst recht. Also, weshalb hatte er sich geweigert, das Gedicht von Matthias Claudius zu drucken? Um die Frau zu schützen? Oder aus Angst um die eigene Haut?

»'s ist Krieg, 's ist Krieg! O Gottes Engel, wehre
und rede du darein!
's ist leider Krieg, und ich begehre,
nicht schuld daran zu sein.«

Nicht schuld daran zu sein; hieß das: ich bin nicht schuld, oder hieß es: ich möchte nicht schuld sein, aber ich bin's und du auch und wir alle?

Wenn er das wüßte, wollte er das ganze Gedicht drucken, alle fünf Strophen, oder er würde es mit dicker Ölfarbe an alle Mauern schreiben.

Am 9. und 10. März 1942 fielen wieder Bomben auf Hamborn, zehn Menschen wurden getötet, viele Häuser zerstört. Schlimmer noch war es in Essen: Hertas Annchen konnte nur ihre beiden Kinder, sich selbst und die Handtasche mit den Lebensmittelkarten retten. Sie wohnte bei Herta in Werners Zimmer, und es gab jeden Tag Streit mit den beiden Großmüttern. Herta hatte viel Arbeit im Krankenhaus, Lazarettzüge brachten Kriegsverletzte aus dem Osten.

»Ich kann das einfach nicht mehr aushalten«, sagte sie. »Tag und Nacht bereit sein für den Operationssaal und doppelt so viele Betten wie sonst auf der Station und zu Hause keine Ruhe. Ich muß eine Großeltern-Landverschickung organisieren. Aber wann und wie und wohin?«

Nora gab Annchen ihr großes Zimmer im Neumühler Haus und stellte sich ein Notbett in die Dielenküche. In vierzehn Tagen würde sie nach Heidelberg zum Studium fahren. Aber erst mußte sie Nachricht von Werner haben. Seit drei Wochen war kein Feldpostbrief mehr gekommen.

»Willst du nicht in Werners Zimmer ziehen?« fragte Herta.

»Später«, sagte Nora. »Wir heiraten, sobald er wieder Urlaub hat. Ich glaube, dann habe ich weniger Angst um ihn.«

»Habt ihr das fest vor?«

»Ja«, sagte Nora. »Aber Werner weiß noch nichts davon.«

So gut hatte sie das Entscheiden schon wieder gelernt.

Nora fuhr nicht nach Heidelberg, sie wartete – und Werner lag in einem Feldlazarett vor Stalingrad, mit Erfrierungen und zerschossenem rechten Arm und so hohem Fieber, daß er gar nicht wußte, wie lange er nicht an Nora und die Mutter geschrieben hatte. Endlich nahm einer der letzten Lazarettzüge ihn mit nach Neckargemünd bei Heidelberg.

Gab es das, soviel Glück in dieser Zeit?

Nora wohnte in Heidelberg, Werner im Lazarett. Es gab fast keine Luftalarme, sie trafen Freunde, gingen ins Theater, lagen mittags auf den Neckarwiesen und gingen bei Sonnenuntergang den Philosophenweg hinauf und hinunter, trafen sich dann abends irgendwo, teilten sich die Sonderzuteilung Speck, ein bei der Bäckerin erbetteltes Brot und den Kuchen, den einem von ihnen die Mutter geschickt hatte, tranken Pfefferminztee aus Senfgläsern dazu und stellten sich schwierige Fragen über das Leben, die Religion, die Politik, die Kunst und die Liebe – als wäre kein Krieg, als würde nicht hunderttausendfach gestorben. Als Nora einmal davon sprach, sagte Werner: »Im nächsten Jahr bin ich wieder dran. Jetzt laß mich leben, jetzt!«

Und heiraten wollte er nicht, ehe der Krieg zu Ende sei.

In den Semesterferien mußte Nora in einer Stuttgarter Fabrik arbeiten. Sie saß acht Wochen an einer dröhnenden Presse und stanzte Ersatzteile für deutsche Panzer in Afrika und schrieb Zettelbriefe an Werner auf der öligen Werkbank.

Er wurde in dieser Zeit aus dem Lazarett entlassen, und als Nora zurückkam, gab es eine neue junge Frau im Freundeskreis, Gabriele hieß sie, und sie war sehr klug, sehr selbstsicher, auch humorvoll und ebenso groß wie Werner. Er kannte sie von der ersten Soldatenzeit her, als er noch in Münster in der Ausbildung war. Eine »Drahtamsel« sei sie damals gewesen, sagte er, dienstverpflichtet bei Funk und Telefon. Jetzt studierte sie in Heidelberg Mathematik. Nora versuchte, sie zu bewundern, sie wäre gern so sicher und strahlend wie Gabriele neben Werner hergegangen, als sie auf die »Molkenkur« oder einmal eine ganze Nacht lang den Neckar hinaufwanderten, und sie konnte jetzt nicht mehr so selbstverständlich wie früher die Hand unter seinen Arm schieben. Aber sie hatte sich zu oft geschworen, ihn niemals zu verletzen, wenn er nur gesund aus dem Krieg käme, und darum zeigte sie ihm nicht, wie weh ihr die Eifersucht tat. Sie spielten beide: »Es hat sich nichts geändert.«

Und wie gut war es doch für ihn, daß er auch im Wintersemester in Heidelberg bleiben konnte. Stalingrad war verloren, über hunderttausend Soldaten kamen in russische Gefangenschaft, über siebzigtausend waren gefallen, und wie viele in der Gefangenschaft noch sterben würden, wußte man das?

Als 1943 anfing, wurde Georg sechzehn Jahre alt, und im Februar wurde er zur Flak eingezogen. Man gab ihm eine feldgraue Uniform, ein Feldbett in der Baracke neben den Geschützen, einen Platz in der Schulbaracke und ganz normale Lehrer für einen ganz normalen Schulunterricht an den Vormittagen, und an den Nachmittagen Unterricht im Berechnen der Geschoßbahn und Einübung ins Bedienen der riesigen Scheinwerfer – und fast jede Nacht Alarm.

»Lernt ihr auch, daß in jedem Flugzeug, das mit eurer Hilfe abgeschossen wird, mindestens zwei lebendige Menschen sitzen?« fragte Leo, als Georg zum erstenmal als Luftwaffenhelfer Sonntagsurlaub hatte.

»Wir schießen Flugzeuge ab«, sagte Georg, »nicht Menschen. Und du solltest inzwischen ganz gut wissen, wie viele Menschenleben eine einzige Sprengbombe auslöscht, erst recht eine Luftmine, und die niedlichen kleinen Brandbömbchen können Riesenfeuer anzünden, in denen eine Menge Säuglinge, Mütter und andere unschuldige Menschen umkommen.«

»Ja«, sagte Leo. »Entschuldige. Aber du meinst doch wohl ebenso wie ich, daß auch die Bomberpiloten ein Lebensrecht haben?«

»Es fliegen ja auch deutsche Bomber nach England«, sagte Georg. »Das sind auch Menschen, und die werden von den Engländern beschossen, weil sie englische Städte bombardieren. Ist doch klar.«

»Aber das ist doch das Schreckliche!« rief Leo. »Bomben um Bomben werden aufgerechnet wie vor zehntausend Jahren Zahn um Zahn, und es soll immer eine gerade Zahl herauskommen, aber es ist immer eine ungerade, damit der nächste das gute Recht hat weiterzumachen!«

Sobald im Frühling der Boden frostfrei war, verbrachte Leo den ganzen Tag im Schrebergarten. Zum erstenmal, seit sie verheiratet waren, wußte Rike nicht, was er wirklich wünschte: Sollte sie bei ihm sein oder ihn allein lassen? Er verstummte mehr und mehr. Nachts, wenn er in der Kellerwerkstatt Todesanzeigen druckte, saß Rike bei ihm und versuchte, ihn mit Gesprächen abzulenken, und spürte bald: Er wartete darauf, daß sie endlich schlafen ginge. Er fühlte sich bei seiner Arbeit als Todesbote, das hatte er einmal gesagt, und er wollte mit Ernst und ohne Ablenkung an all das abgebrochene, ungelebte Leben denken, von dem die Trauerkarten Nachricht gaben.

Seine Schwermut machte auch Rike mutlos, wenn sie bei ihren Schulkindern war, den hungrigen, unausgeschlafenen, nervösen und verängstigten Kindern. Aber sie hatte es leichter, sich aus der inneren Schwärze zu befreien: Immer noch wollten die Kinder zum Lachen gebracht werden, und immer noch hüpften sie mit dem Seil, wenn die Sonne schien, spielten mit Murmeln, Kreiseln, Bällen und malten mit Ziegelbrocken von zerbombten Häusern Himmel und Hölle rot auf die Straßen – alles zu seiner Jahreszeit. War das nicht Grund genug für Zuversicht, daß auch in soviel Krieg das Leben nicht unterginge? Leo nickte freundlich, wenn sie das sagte, aber es schien, als glaubte er an nichts Gutes mehr.

Alle waren erleichtert, als Annchen endlich bereit war, mit den Kindern zu Rikes Großeltern ins Münsterland zu ziehen. Im April war die Siedlung so schwer getroffen worden, daß Hertas Haus nicht mehr bewohnbar war. Herta wohnte seitdem mit ihrer Mutter und dem Schwiegervater Marek, dem alten Bergmann, bei Dana. Die Schwiegermutter lag noch mit Splitterverletzungen im Krankenhaus. Rike und Leo brachten Annchen und die Kinder an einem Sonntag ins Münsterland. Die alten Mütter sollten später nachkommen, nur Marek weigerte sich, aus Hamborn wegzuziehen. Die Stadt sei seine zweite Heimat, in einer dritten, sagte er, könne er nicht leben.

Dana wollte ihre Kinder anrufen wie an jedem Sonntag, nur vorher noch etwas Schlaf nachholen. Da läutete das Telefon – ein Anruf aus Berlin: Detlef. Sie möchte nicht erschrecken, er wolle nur wissen, wie es ihr ginge, ihr selbst, Dana. Sie war verwirrt, sie wollte soviel sagen und wußte nicht, was. Dann sagte sie – und stotterte fast: Sie müsse ihm noch danken für seine Botschaft an Nora. Hätte man ihn anrufen dürfen?

»Immer«, sagte er, aber er könne nicht immer frei sprechen. Und: »Ich freue mich, daß der Kleine jetzt halbwegs in Sicherheit ist.«

Erschrocken fragte Dana: »Nur halbwegs?«

Völlig sei doch kein Mensch mehr in Sicherheit, heutzutage, und manche bösen Entwicklungen hätten sich selbständig gemacht und seien nicht mehr zu steuern. »Aber wie geht es Ihnen? Ist es sehr schlimm mit den Angriffen im Ruhrgebiet? Ist die Arbeit in der Registratur erträglich?« fragte er.

Wie konnte er davon wissen?

Danach möchte sie bitte nicht fragen.

Sie sagte: »Diese Arbeit bedeutet mir viel. Ich lerne jeden Tag neue Menschen kennen. Im Aktenkeller ist Stille und Sicherheit, man kommt schnell ins Gespräch. Alle hat der Krieg geschlagen, aber die meisten sind dabei stärker geworden: tapferer, selbstloser, hilfsbereiter, ohne große Worte und sogar mit Humor.«

»Ich beneide Sie«, sagte Detlef. »Ich habe mich an die Front gemeldet, aber man läßt mich nicht hinaus. Ich muß gehorchen. Ich bin nicht mehr Adjutant Ihres Mannes, er hat sich für ein halbes Jahr beurlauben lassen und ist jetzt in der Schweiz bei seinen Eltern. Übrigens schreibt er ein neues Buch über die rassische Verwandtschaft der deutschen Dialekte.«

»So«, sagte Dana. »Und Sie, was tun Sie?«

»Ich gehöre zu einer Bunkerdienststelle, im Keller arbeite ich also wie Sie. Aber mit Menschen habe ich wenig zu tun. Ich übersetze aus verschiedenen Sprachen. Mehr kann ich Ihnen nicht sagen. Mir ist das Herz schwer, Frau Dana.«

»Weshalb?«

»Das sage ich Ihnen ein andermal. Darf ich Sie wieder anrufen?«

»Immer«, sagte Dana. Warum fiel ihr nichts ein, was sie noch sagen oder fragen könnte?

»Danke – und alle guten Wünsche.« Er legte auf. Er hatte nicht »Heil Hitler!« gesagt.

Gleich danach rief Dana in Nortau an. Ging es Robbi gut?

Schwester Margot war am Apparat, eine rundliche, grauhaarige Stationsschwester. Dana kannte sie, zweimal hatte sie Robbi in Nortau besucht und auch mit dem Arzt und dem Lehrer gesprochen.

Sehr gut ginge es Robbi, sagte die Schwester. Er sei jetzt mit Moritz im Gewächshaus beim Gärtner Hilligen. Robbi sei gesund, fröhlich und mache gute Fortschritte im Lesen, Schreiben und Sprechen. Im Rechnen weniger, aber das sei nicht so wichtig.

»Ich brauche also nichts zu fürchten?« fragte Dana.

Einen Augenblick stutzte Schwester Margot, zögerte, räusperte sich und sagte dann: »Sie können ohne Sorge sein, weil Moritz bei ihm ist. Wir Schwestern können unmöglich immer jedes einzelne Kind im Auge behalten. Eine neue Frau Doktor ist seit einem Monat unsere Vorgesetzte. Wir sind über die Behandlung der Kinder nicht immer gleicher Meinung.«

»Nein?« fragte Dana.

»Nein«, sagte die Schwester. Und dann, sehr langsam: »Luminal ist ein gutes Medikament gegen Schlaflosigkeit bei Erwachsenen. In winzigen Mengen kann man es sogar Kindern geben, aber nur in Ausnahmefällen. Schwester Lotte und ich sind mehr für Wadenwickel. Die beruhigen ebenso gut.«

»Und die Frau Doktor?« fragte Dana, und als Schwester Margot schwieg: »Die Frau Doktor ist wohl nicht für Wadenwickel?«

Dann wüßte Dana ja beinahe alles, was sie wissen müßte.

»Ich will darüber nachdenken«, sagte Dana.

»Das kann nie schaden«, sagte die Schwester. »Auf Wiederhören.«

Dana nahm sich vor, heute abend mit Herta zu sprechen. Sie rief Georg in der Flakstellung an. Er hatte es eilig, gerade wollte er mit zwei Kameraden ins Kino gehen. Wie hieß der Film?

»Jugend« hieße er, und Kristina Söderbaum spiele mit.

Dann wäre er ja wohl auch jugendfrei? Sie würden die HJ-Armbinde mit dem Hakenkreuz vom Ärmel ziehen, dann sähen sie wie drei Luftwaffensoldaten aus.

»Viel Vergnügen«, sagte Dana. Sie würde abends noch einmal anrufen.

Dann hätte er Dienst. Er war wirklich schon erwachsen.

Sie rief in Heidelberg an: Nora sei nicht in ihrem Zimmer, sagte die Wirtin. Und abends käme sie ja immer sehr spät nach Hause.

Das klang spitz. Dana bedankte sich und nahm sich vor, Nora erst morgen wieder anzurufen. Aber weshalb war Nora so still, so verschlossen, gar nicht mehr so fröhlich und heftig wie sonst? Dana erschrak: es gab doch in München und an anderen Universitäten Studentengruppen, die offen gegen Hitlers Kriegspolitik kämpften, Flugblätter verteilten, zum Widerstand auf riefen? Man hatte drei Studenten der Gruppe »Weiße

Rose« hingerichtet, Sophie und Hans Scholl und ihren Freund Christoph Probst. Diese jungen Menschen wußten schon im März, daß dieser Krieg verloren war. Wenn jetzt Nora zu solch einer Gruppe gehörte und darum so ernst geworden war? Aber Werner? Nein, der nicht. Er sollte zur Besatzungstruppe nach Norwegen und war zufrieden, weil er dann nicht mehr abseits stehen mußte, abseits vom Krieg. Nora mußte in den Sommerferien wieder in die Fabrik. Natürlich, der Abschied war doch Grund genug, traurig zu sein?

Aber als Herta nach Haus kam, lief Dana ihr entgegen. Könnte es sein, daß Werner und Nora zu einer Widerstandsgruppe gehörten?

»Werner?« sagte Herta. »Nein. Er ist Soldat. Er hat Hitler einen Treueeid geschworen. Und er ist gern Soldat. Weißt du etwas Neues vom Aufstand im Warschauer Ghetto? Wenigstens einer von unseren Verwandten muß dort sein.«

»Zu Ende, zerschlagen. Sechzigtausend Tote. Die letzten haben sich durch die Kanalisation gerettet. Wie viele durchgekommen sind, ist ungewiß.«

»Weißt du das aus der Zeitung?« fragte Herta. »Oder –?«

Dana schrieb auf einen Zettel: »London.«

Wer ausländische Sender hörte, wurde jetzt mit dem Tod bestraft. Als Herta den Zettel gelesen hatte, legte Dana ihn auf den Herd und zündete ihn an.

Sie sah der kleinen Flamme zu und fragte: »Was ist mit Luminal?«

Herta wußte, warum Dana das fragte: »Sie geben es drei Tage lang, damit jemand ohne Pause schläft. Dann kommt eine Lungenentzündung. Fertig.«

»Verstehe«, sagte Dana. »Und worüber sprechen wir, wenn Rike und Leo heute abend zurückkommen?«

»Lassen wir sie erzählen, wie schön es im Münsterland ist«, sagte Herta. Hatte Dana ernste Sorgen wegen Luminal? – Nein, noch nicht.

Zu Weihnachten 1943 schrieb Dana wie immer für Paul einen Bericht über die Kinder. »Robbi macht gute Fortschritte. Das Heim will ihn bald in eine landwirtschaftliche Lehre geben. Georg ist seit Oktober im Arbeitsdienst. Sie bauen Panzersperren an der luxemburgischen Grenze. Deine Tochter schreibt eine Arbeit über die Geschichte der Menschenrechte. Werner ist noch in Norwegen. Zu Weihnachten soll keiner hierherkommen, das habe ich mir gewünscht.«

Sie schrieb auch an Detlef, aber nur die üblichen kurzen Festtagswünsche, bis auf die letzten Sätze: »Die Kinder sind gesund. Das ist jetzt das Wichtigste. Von unserem Haus sind nur noch der Keller und die große Dielenküche bewohnbar. Ich habe keinen Fotoapparat mehr.«

An Paul hatte sie kein Wort davon geschrieben, daß jetzt auch ihr Wohnhaus mit allen Zimmern und ihrem Atelier zerstört war. Sie wollte kein Mitleid von Paul.

Dann kamen unerwartete Weihnachtsgäste: zuerst Georg – wohin sollte er sonst in den zwei Urlaubstagen? Und Nora fuhr vierundzwanzig Stunden mit Bummelzügen quer durch den Odenwald, den Taunus, den Westerwald und das Bergische Land nach Hamborn.

Sie saßen zu neunt um einen großen Teller mit Tannenzweigen aus dem Nachbargarten und zwölf kleinen Christbaumkerzen, Georgs Geschenk für Dana. Er hatte sie gegen eine Tagesration Brot, Margarine und Wurst eingetauscht. Nora schenkte der Mutter den ersten Teil ihrer Arbeit über die Menschenrechte.

Als Dana zwei Seiten gelesen hatte, fragte sie: »Hat dein Professor das gelesen?«

»Nur er«, sagte Nora. »Sonst säße ich wohl nicht hier. Es soll meine Examensarbeit werden. Aber die gebe ich erst nach dem Krieg ab. Dann wird man wieder über Menschenrechte reden.«

»Nach dem Krieg«, sagte Hertas Schwiegermutter. »Das klingt so schön wie die Kirchenorgel in der Heimat.«

»Wann wird das sein?« fragte Dana.

»Wenn die Panzersperren, die wir jetzt bauen, niedergewalzt sind«, sagte Georg.

»Wenn alle unsere polnischen und deutschen Enkelkinder mit uns Weihnachten feiern«, sagte Hertas Mutter.

»Wenn ich für jedes meiner Schulkinder eine Tafel Schokolade kaufen kann«, sagte Rike.

»Wenn es keine Konzentrationslager mehr gibt«, sagte Herta, »und wenn Werner wieder studiert.«

»Wenn Robbi wieder bei uns ist«, sagte Dana.

»Wenn alle Schiffe in allen Häfen ankern dürfen«, sagte Leo.

»Wenn wir unsere Häuser wieder aufbauen«, sagte Marek und stand auf. »Das Waschküchenfenster muß besser gesichert werden. Kommt ihr mit, Leo? Georg?«

Leo sagte: »Ich hole das Werkzeug.«

Die Frauen bliesen elf Kerzen aus. Eine genügte. Die anderen würde man noch brauchen.

Georg mußte schon am ersten Feiertag abends wieder im Lager sein, und einen Tag später fuhr auch Nora zurück nach Heidelberg. Sie wollte noch dieses Semester zu Ende studieren, im Sommer dann zusammen mit Gunhild in einem der Heidelberger Lazarette arbeiten, als Putzfrau oder Kartoffelschälerin, einerlei, sie wollte nur nicht wieder in der Fabrik Gewehre montieren oder die Gewinde für Bombenzünder schneiden.

Im neuen Jahr wurde für sie alle ihr Leben mehr und mehr zur Insel. Auch alle, die in den Kellern des Neumühler Hauses wohnten, lebten eher nebeneinander als miteinander.

Rikes Schule war geschlossen und zum Sammelquartier für ausgebombte Familien geworden. Rike kümmerte sich dort um die Kinder und plante für den Bunker am Johannismarkt eine Bunkerschule für freiwillige Schüler. Viele Familien hatten gar keine andere Wohnung mehr als die Bunker. Dort wurden Ehen geschlossen und Kinder geboren. Nur zum Schlafen kam Rike noch nach Hause.

Hertas Schwiegervater räumte die Trümmer vom Siedlungshaus auf. Der alte Bergmann zog die noch brauchbaren Balken aus dem Schutt und stapelte sie im Hof, damit man sie zum Wiederaufbau gleich zur Hand hätte. Manchmal half Leo ihm. Die beiden verstanden sich gut im Schweigen und Arbeiten. Es gab nicht mehr viele Druckaufträge für Leo. Wer verschickte denn jetzt noch Trauerkarten? Die Reihe der Todesanzeigen in den Zeitungen wurde immer länger. Drei Zeilen lang, eine Spalte breit, das genügte.

Auch nach draußen gab es kaum noch Verbindungen. Längst war die Telefonleitung zerstört, und für Briefpost oder gar Pakete brauchte die Post meist drei bis vier Wochen.

Aber dann kam ein Brief von Robbi aus Nortau, sein Weihnachtsbrief an Dana, der erste, den er ganz allein geschrieben hatte:

»Liebe Ma, Robert schreibt diesen Brief. Ich wünsche Dir fröhliche Weihnachten. Bald habe ich Geburtstag.

Dann bin ich 14 Jahre alt. Schickst Du mir bitte wieder ein Paket mit Lebkuchen? Die anderen haben wir schon alle aufgegessen. Ich habe Dich lieb. Dein Sohn Robert.«

Moritz schrieb dazu: »Ich habe ihm nur die Fehler verbessert. Er möchte jetzt nicht mehr Robbi genannt werden, sondern Robert. Auch von mir viele herzliche Grüße und gute Wünsche für 1944. Ich habe noch keine Nachricht von meinen Eltern. Ihr Moritz.«

Jetzt war es Februar, im April würde Robbi Geburtstag haben. Aber Lebkuchen blieben ja lange frisch. Dana, Rike und Herta sammelten alle Zutaten und buken kurz vor Ostern Lebkuchen für Robbi. Es fiel ihnen noch schwer, ihn Robert zu nennen.

Als das Lebkuchenpaket in Nortau ankam, war Mai. Moritz stellte es beim Gärtner Hilligen auf die Kommode, und als Robbi am Abend vom Gutshof kam, zündete er eine Kerze an und rief: »Es ist da!« Mehr brauchte er nicht zu sagen, so sehr hatten sie alle drei auf die Lebkuchen gewartet. Robbi, Moritz und auch der Vater Hilligen.

Sie aßen an diesem Abend die Hälfte der Lebkuchen auf. Die andere Hälfte sollte für ein besonderes Fest aufbewahrt werden. Moritz sagte das. Nur er wüßte, was für ein Fest das sein würde, und wann es gefeiert werden sollte, wüßte auch er nicht.

»Sag mal wann, bitte du!« sagte Robbi.

»Frag mich richtig«, sagte Moritz. »Nicht wie ein Kleinkind.«

»Bitte sag mal: Wann ist das Fest?« fragte Robbi.

»Das war sehr gut! Gib ihm einen Extra-Lebkuchen«, sagte der Gärtner.

»Fütterst du auch nicht die Hühner damit?« fragte Moritz.

»Nur Ninchen«, sagte Robbi, »weil sie schon wieder Kinder kriegt.«

»Und wann ist das Fest?« fragte Vater Hilligen.

»Ich werde es erfahren«, sagte Moritz, »und dann versteht ihr alles. Vielleicht in drei Wochen? Es hängt auch vom Wetter ab. Aber mehr sag ich nicht!« Er war beinahe achtzehn Jahre alt, aber jetzt war er so ungeduldig wie ein Kind. Er mußte wegrennen, sonst hätte er das Geheimnis verraten.

Moritz wohnte im Gärtnerhaus bei seinem Findelvater unterm Dach. Im Heim war er nur, wenn er Robbi besuchte – und nachts, wenn Schwester Margot oder Schwester Lotte Nachtdienst hatten, und Moritz hörte ungebeten, ungesehen und seit Monaten unentdeckt mit ihnen die Nachrichten aus London.

Er hatte eines Tages, als er gar nicht lauschen wollte, Schwester Lotte zu Margot sagen hören: »Wenn meine Mutter auch eine Deutsche ist, Charlotte Chester fühlt sich als Engländerin und hat ein gutes Recht, die Nachrichten in ihrer Muttersprache zu hören!«

»Vatersprache«, hatte Margot gesagt. Sie hörten meist morgens sehr früh den Sender London, erst englisch, dann deutsch. Kein Kind, kein Doktor und kein Inspektor störte sie um diese Zeit. Weil Vater Hilligen noch früher aufstand, konnte Moritz schon auf seinem Horchposten zwischen Tür und Papierkorb im Stationszimmer sitzen, wenn die Schwestern kamen. Denn: Amerikaner, Engländer und Kanadier wollten an irgendeiner Küste landen und nach Deutschland einmarschieren: von Norwegen oder Dänemark aus? Von Frankreich oder Italien oder sogar von Griechenland aus? Moritz mußte rechtzeitig wissen, wann sie kamen. Vielleicht war sein Vater bei dieser Truppe? Der Vater hatte ihn nach Escheren gebracht, ehe er mit der Mutter und Lisawetha nach Amerika fuhr. Sie hatten ihm aus dem Staat Kalifornien geschrieben, solange noch Post von Amerika nach Deutschland kam. Und nun müßte der Vater kommen und ihn abholen.

In der Nacht vom 5. zum 6. Juni war es soweit. Schwester Margot hatte Nachtwache, sie fegte mit dem weiten Rock wie ein Sturmwind durch den Flur, und ohne anzuklopfen stürmte sie in Schwester Lottes winzig kleines Wachzimmer.

»Charlotte Chester! Wach auf!«

Moritz wartete schon im Stationszimmer. Sie waren in Frankreich, in der Normandie, gelandet. Mit weit über sechstausend Schiffen und mehr als vierzehntausend Flugzeugen waren sie gekommen. Erst als die Schwestern zur Andacht ins Haupthaus gingen, schlich Moritz zurück in sein Zimmer. Er zog seinen Sonntagsanzug an und ging zum Gutshof hinüber.

Robbi war jetzt im Stall, das wußte er. Um diese Zeit war schon gemolken, jetzt wurden die langen Stallzeilen ausgemistet, dann die Kälber getränkt, dann die hungrig schreienden Schweine gefüttert.

»Robbi!« rief Moritz. »Heute essen wir alle Lebkuchen auf, alle!« Dann ging er zum Gärtner Hilligen, der saß noch bei Malzkaffee und Schwarzbrot mit weißem Käse, und Moritz erzählte ihm alles, was er wußte. Nur von den Schwestern sagte er kein Wort und tat so, als hätte er allein seit Monaten frühmorgens den verbotenen Sender gehört.

»Du Dübelskerl!« sagte Vater Hilligen. »Du bringst uns alle an den Galgen!« und war stolz auf ihn.

Es war schwierig, Robbi am Abend zu erklären, was geschehen war und weshalb sie heute das Lebkuchenfest feierten. Vater Hilligen legte einen Atlas auf den Tisch, und Moritz zeigte das Küstenstück, an dem die Schiffe gelandet waren.

»Sechstausend und sechshundert und siebenundneunzig Schiffe!« rief Moritz. »Ich habe es mir genau gemerkt. Hier sind sie gelandet.«

»Seh nix«, sagte Robbi, und dann brav: »Ich seh keine Schiffe. Kein einziges Schiff seh ich.«

»Es ist doch nur eine Landkarte«, sagte Vater Hilligen. »Auf Papier können auch keine Schiffe schwimmen.«

»Mach die Augen zu«, sagte Moritz. »Stell dir das Meer vor. Wasser, Wasser, grün und blau. Und davor ist der gelbe Strand. Und dann kommen die Schiffe übers Meer. Erst sieht man sie nur, ganz klein sieht man sie, dann kommen sie näher, und man sieht sie immer größer, und man hört sie, die Maschinen stampfen, die Schiffsschrauben peitschen das Wasser. Es rauscht.«

»Nein«, sagte Robbi. »Ich seh nichts, und alles ist ganz still.«

»Also, jetzt essen wir endlich den Lebkuchen!« rief der Gärtnervater.

»Warum kann er sich nichts vorstellen?« fragte Moritz.

»Er kann es eben nicht, Söhnchen«, sagte Vater Hilligen. »Kannst du denn dieses Haus in die Luft stemmen? Na also. Er kann es nicht.«

»Ist es schlimm?« fragte Robbi.

Sie trösteten ihn. Nein, das wäre gar nicht schlimm. Dafür konnte Robbi mit den Tieren reden, das konnte Moritz nicht, und der Vater Hilligen auch nicht. Der Verwalter hatte sogar gesagt, er möchte wissen, woher dieser Junge soviel vom Vieh verstünde. Nur für die Feldbestellung müßte er noch einiges lernen. Nun lachte Robbi und war stolz.

Dann kam der 20. Juli, und der Gärtner Hilligen wußte einmal mehr Neuigkeiten als Moritz, weil den nur die Nachrichten über die Amerikaner interessierten. Vater Hilligen stellte einen riesigen Blumenstrauß ins Schwesternzimmer und zwei in die Andachtskapelle, davon sollte einer für Hitlers besonders arme Seele sein, weil es zuerst in den Nachrichten hieß, er wäre tot. Aber der Vater Hilligen hatte das Radio zu früh abgedreht. Das Attentat auf Hitler und der Umsturz in Berlin waren mißglückt. Alles blieb so schlimm, wie es jetzt war.

Drei Monate später, in der Nacht vom 20. auf den 21. Oktober 1944, erfuhr Moritz in seinem Versteck, daß die Amerikaner in Aachen waren. Sie hatten die erste große deutsche Stadt erobert. Wie weit lag Aachen nördlich von Escheren?

Schwester Lotte sagte zu Schwester Margot: »Aber es ist nicht sicher, ob sie die Stadt halten können. Freu dich nicht zu früh, Margot.« Denn Schwester Margot war in Köln zu Hause. Und von Aachen nach Köln, das wäre doch ein Katzensprung.

Moritz glitt lautlos aus seinem Versteck und war schon draußen, als Margot sagte: »Ich glaub, da ist schon wieder eine Maus.«

Freude, solche Freude, die konnte gar nicht zu früh kommen. In Aachen! Er mußte sich beeilen. Der Vater durfte doch nicht vor ihm in Escheren sein. Er würde an der Pforte stehen, in einer amerikanischen Offiziersuniform, er würde ans Tor klopfen, und dann käme Schwester Bernharda. Vielleicht erkannte sie ihn dann gar nicht? Vor sieben Jahren hatte er Moritz nach Escheren gebracht. Wie oft war Moritz dort ausgerissen, und sie hatten ihn zurückgeholt, die lieben Schwestern, von Bahnhöfen, Flugplätzen, Häfen, weil er immer meinte, er könnte allein nach Amerika kommen? Diesmal brauchte er nur bis Escheren zu kommen, dort würde der Vater auf ihn warten. Oder er würde einen Brief mit Dollars zurücklassen und den Schwestern sagen, wo Moritz ihn finden könnte.

Aber er konnte Robbi nicht mitnehmen. Robbi konnte sich nicht unsichtbar machen, und anders kam man nicht weiter in Autos, die einem nicht gehörten, und in Zügen, für die man keine Fahrkarte hatte.

Moritz blieb wach, bis Vater Hilligen aufstand.

»Sie sind in Aachen«, sagte er.

»Und du willst das wirklich tun?« fragte der Gärtner. »Du läßt mich allein?«

»Ich komme wieder, wenn ich ihn gesehen hab.« Er hatte nicht gewußt, wie schwer dieser Abschied war. »Ich laß dir meine Bücher hier, alle, die mir gehören. In den anderen ist ein Stempel von meiner Schule. Gibst du sie bitte zurück?«

»Soll ich denen sagen: Dieser Moritz, dieser Narr, will unter hunderttausend amerikanischen Soldaten seinen Vater finden?« Er mußte sich mit gewaltigem Trompetenton die Nase putzen. Dann rief er: »Bin ich nicht genausogut dein Vater? Nimm mich mit nach Escheren, dann bin ich wenigstens wieder zu Hause, wenn du in Amerika bist oder durch halb Europa rennst und den anderen Vater suchst. Allein trau ich mich nicht mehr auf die Bahn.«

»Einer muß doch auf Robbi achtgeben.«

»Ja«, sagte Vater Hilligen, »das stimmt.« Auf den Robbi mußte wirklich einer achtgeben. So gut er konnte, wollte er das tun. Die Doktorin sollte schon zweimal – oder schon öfter? – Patienten und auch Kinder ausgesucht haben, und die wären dann abgeholt worden. Man wollte sie nur untersuchen, hieß es. Was mit den Gehirnen los sei, wollte irgendein Doktor wissen, wie die Gehirne von kranken Kindern und Erwachsenen aussähen. Aber den Robbi würde keiner aus Nortau wegbringen. »Nimm die warme Jacke mit, Junge. Wir haben Oktober.«

Moritz umarmte sein linkes Bein und flüsterte: »Dankeschön, Vater Hilligen, für alles.«

Jetzt mußte der Vater Hilligen sich wieder lange schneuzen. Als er das Taschentuch wegsteckte, war Moritz fort.

Robbi kämpfte noch mit dem Strohsack. Der sollte jeden Tag frisch aufgeschüttelt werden, aber einen Bauch durfte er nicht haben, und das Laken sollte gerade wie ein Brett darübergespannt werden.

Moritz setzte sich ans Fußende und hielt das Laken fest. »Zieh«, sagte er. »Wir haben nicht viel Zeit. Und dann die Decke, Robbi, bitte, schnell. Ich muß mit dir sprechen. Komm ans Fenster, ich erzähl dir was.«

Er setzte sich auf die Fensterbank, und Robbi kniete auf dem Bett, wie immer bei ihren Gesprächen.

Moritz sagte: »Du mußt mir jetzt gut zuhören. Du darfst nie eine bittere Suppe essen, du darfst auch nie etwas Bitteres trinken. Und wenn dir jemand eine Spritze geben will, rennst du weg und schreist nach Vater Hilligen.«

»Nein, dir sag ich's.«

»Du sollst es dem Vater Hilligen sagen, nicht mir.«

»Warum?«

»Ich muß fort, Robbi. Ich hab dir doch gesagt, einmal muß ich fort, nach Escheren. Da ist vielleicht mein Vater, er wartet auf mich.«

Robbi sah Moritz an, und er wollte sagen: Nimm mich mit, ich kann ohne dich nicht hier sein, ich hab Angst. Aber es war wieder so wie vor langer Zeit: die

Wörter waren in ihm, und sie konnten nicht heraus. Sie waren im Käfig.

»Schau mich nicht so an«, sagte Moritz. »Denk einfach, ich wär' ein Vogel. Ich fliege nur schnell nach Escheren, und dann komm ich zurück. Mit meinem Vater komm ich zurück.«

Robbi machte die Augen zu, weil er nicht weinen wollte. Ja, Moritz würde zurückkommen, wenn Moritz etwas versprochen hatte, dann geschah es auch.

Und jetzt geschah es in Robbi: Er sah zwei Vögel auf sich zufliegen, einen großen und einen kleinen, den Vatervogel und den Moritzvogel sah er von weit, weit her kommen.

»Ich seh es«, flüsterte Robbi. »In mir drin sehe ich es! In mir drin! Sie fliegen sehr hoch!«

»Bald kommen wir, bald!« flüsterte Moritz.

Robbi öffnete die Augen. Moritz war fort.

An diesem Tag mußte Leo in Hamborn zum erstenmal beim Volkssturm antreten, zusammen mit einem ganzen Schulhof voll Hitlerjungen und Männern zwischen fünfzig und sechzig Jahren. Die meisten sahen wie Frührentner vom Pütt aus, etwas grau im Gesicht und mit hochgezogenen Schultern und scharfen Falten zwischen Nase und Mund.

Ein SA-Mann sollte ihnen erklären, wie eine Panzerfaust funktioniert.

»Kameraden!« sagte er. »Wir sind hier, um die Heimat zu verteidigen. Jetzt werde ich euch die Panzerfaust erklären.«

Spät am Nachmittag hatte jeder einmal eine Panzerfaust in der Hand gehabt, und alle wußten, wie man sie entsichert und wo der Abzug ist. Weil sie so geduldig zugehört hatten, ließ der SA-Mann sie zum Abschluß zusehen, wie solch eine kleine Rakete gegen einen Mauerrest zischte. Ihr Kopf explodierte beim Aufschlag, und Steine zerbarsten, zerstäubten, und die Mauer sackte zusammen.

Leo fragte: »Wie viele Leute sitzen in einem Panzer?«

»Kommt darauf an«, sagte der Mann. »So ungefähr vier bis sechs Mann. In einem Schützenpanzer kannst du aber mindestens zehn auf einen Schlag erledigen.«

»Danke, Kamerad«, sagte Leo und nahm sich vor, weder auf einen normalen Panzer noch auf einen Schützenpanzer jemals eine Panzerfaust zu richten. Drei Wochen später wurden sie zusammen mit Duisburger Volkssturmleuten auf dem Duisburger Waldfriedhof vereidigt. Uniformen hatten nur die Hitlerjungen, die älteren Männer kamen in Hut und Mantel oder mit dicken Jacken und Wickelgamaschen, Schiffermützen und Ohrenschützern. Das war am 12. November. Sie könnten noch einmal nach Hause gehen, hieß es, sollten sich aber bereit halten für den Einsatz und die Stadt nicht mehr verlassen. Wer einen Spaten hatte, sollte ihn vorsorglich putzen und ölen, es gäbe bald Schanzarbeiten in Richtung Dinslaken.

In den letzten Tagen vor Weihnachten wurde Vater Hilligen unruhig. Warum hörte man gar nichts von Moritz? Mitten in der Nacht rief er in Escheren an, zu anderen Zeiten kam man mit dem Telefon nicht durch. Schwester Bernharda freute sich sogar, daß der liebe Hilligen sie weckte. Ach ja. Moritz! Er war vor sechs Wochen zum erstenmal hier aufgetaucht. Drei Tage hatte er unruhig auf den Vater gewartet, dann hatte er sich von Schwester Brigitta einen warmen Schal und dicke Kinder-Fausthandschuhe geben lassen und war auf Aachen zumarschiert. Um den 14. Dezember herum kam er zurück, müde und enttäuscht. Und dann, man wagte es kaum zu erzählen, dann ging es hier doch los in den Ardennen, im Hürtgenwald, und Moritz war mitten hineingelaufen in diese Kriegshölle. Soviel war sicher: Es würde ihm nichts geschehen. Aber mußte das sein? Daß er einem immer solche Sorgen machte? Sie würde anrufen, sobald Moritz zurückkäme.

Auch Dana war unruhig. Die Arbeit in den Thyssenwerken ging immer schleppender weiter. Die Rüstungswerkstätten, die nicht zerbombt waren, wurden durch Tagesanflüge gestört, und wie bald würde man alle Hochofenfeuer löschen, würden die Walzenstraßen und Gießereien veröden, die Zeichensäle und Büros zerschlagen sein? Es gab jetzt schon kaum noch Akten zu registrieren, und es gab auch keine Gespräche mehr hier unten in ihrem Keller. Wer herunterkam, war gehetzt, übermüdet, gereizt, wenn Dana nicht sofort fand, was man suchte. Wie lange wurde sie hier noch gebraucht? Alle wußten, daß im Westen alles verloren war, und Wien und Salzburg hatten schwere Luftangriffe zu bestehen, auch die Russen marschierten auf Berlin zu. Aber noch hatte sie ein Telefon, und zwei Tage vor Weihnachten rief sie Detlef an.

Sie hatte Glück: er war allein in seinem Bunkerbüro. Als Dana seine Stimme hörte, wußte sie nicht mehr, was sie sagen wollte, und fragte – als wäre nicht ein Jahr vergangen:

»Was hat Ihnen das Herz so schwer gemacht?«

Ihn wunderte die Frage gar nicht. Er sagte: »Daß es so leicht war, sich selbst zu belügen, und so angenehm, sich belügen zu lassen und mitzulügen, und dabei vor sich selbst noch so zu tun, als hätte man nur Großes und Gutes im Sinn, und man wußte doch schon, daß man an zuviel Unrecht, Leid und Tod mitschuldig wurde. Andere haben die Lügen, die gefährliche Dummheit, die Fehler und die bösen Gewalttaten früher erkannt, aber sie haben zu spät gehandelt. Ich wollte gar nicht erst sehen, was da wirklich hinter all den heuchlerischen Fassaden geschah. Das war so bequem, und man bekam dafür eine schöne Uniform und einen Dienstwagen und noch Geld und Orden obendrein. Das ist jetzt meine Hölle.«

»Sie haben dazu geholfen, daß Robbi noch lebt«, sagte Dana. »Das ist viel.«

»Nein, das genügt nicht«, sagte Detlef. »Aber es ist etwas, womit ich mich vor den Spiegel stellen und mir selbst ins Gesicht sehen kann. Wenn es nach dem Untergang ein Gericht für uns Schuldige gibt, dann will ich keine Giftkapsel haben und keine Schiffskarte nach Südamerika. Ich werde mich stellen, Dana. Denken Sie dann bitte an mich, und geben Sie gut auf sich acht. Danke, Dana.«

Wieder legte er so eilig auf. Vielleicht war jemand hereingekommen, und er konnte nicht weitersprechen? Sie hätte ihm so gern noch etwas gesagt, aber was, das wußte sie nicht.

Es mußte schlimm stehen, hoffnungslos, und alles große Gerede war nur Lüge, wenn sie in Berlin schon von Giftkapseln und Südamerika sprachen. Später fiel ihr ein, daß sie keinen Augenblick an Paul gedacht hatte.

Kurz nach Weihnachten rief Schwester Bernharda an: Moritz sei wieder da. Sie gäben ihm jetzt eine Arbeit im Haus, vielleicht würde er dann nicht wieder weglaufen. Er mußte das Ausgabenbuch führen. Dabei fluchte er lästerlich, aber mit Pflichten ließen die Menschen sich am besten irgendwo anbinden. Sogar in des Teufels Küche.

»Vielleicht kommt er jetzt wieder zu uns?« fragte Robbi. »Dann freuen wir uns!«

»Sollen wir uns freuen, weil er seinen Vater nicht gefunden hat?« fragte Vater Hilligen.

»Ein bißchen können wir uns doch freuen?«

»Nein, auch kein bißchen«, sagte Vater Hilligen. »Das ist schlecht.«

Aber Robbi wünschte sich trotzdem von Herzen, Moritz möge seinen Vater nicht finden und nach Nortau zurückkommen und nie nach Amerika fahren. Konnte man etwas tun gegen seine Wünsche? Nein. Die waren einfach da. War man deshalb schlecht? Ja, Vater Hilligen hatte es gesagt.

Darüber dachte Robbi am nächsten Tag nach, als er frühmorgens seine Arbeit im Stall tat, und dann beim Waschen und Anziehen und Frühstücken und Bettmachen und noch, als er schon auf seinem Platz im Schulzimmer saß.

In der zweiten Schulstunde kam die Doktorin mit einem Mann ins Schulzimmer. Sie sprachen leise mit dem Lehrer, dann sollten alle Schüler sich neben ihre Tische stellen, und der Mann hatte eine Liste in der Hand und sah jeden einzelnen Schüler aufmerksam an. Sie alle waren Lehrlinge.

Robbi blieb auf seinem Platz und starrte den Mann an.

»Was ist mit dem da?« fragte der Mann und zeigte auf Robbi. »Warum steht er nicht auf?«

»Das ist Robert«, sagte der Lehrer und fragte: »Weshalb stehst du nicht auf, Robbi?«

Er konnte nicht aufstehen.

»Ein guter Schüler«, sagte der Lehrer, »außer im Rechnen. Sehr gute Leistungen im Lesen, er schreibt auch gute Aufsätze. Nimm dein Lesebuch, Robbi. Lies uns etwas vor.«

Robbi wollte den Kopf schütteln, er konnte es nicht.

Der Lehrer kam zu ihm, er sah die Angst in Robbis Augen und legte ihm eine Hand auf die Schulter. »Du brauchst dich nicht zu fürchten. Du kannst doch gut lesen.«

Er konnte keine Hand rühren, keinen Finger, kein Buch aufschlagen.

Der Mann war Jan van Stinne. Und jetzt gab es auf der ganzen Welt nichts als dieses Gesicht, als diesen Mann, der ihn weggeholt hatte von allen, die er liebhatte, der ihn vernichtet hatte, als er noch ein kleines Kind war.

»Stupor«, sagte die Doktorin. »Sonst ist der Junge eher lebhaft bis hyperaktiv. Hat einen intelligenten Minderwüchsigen zum Freund, der geht ins Gymnasium. Wie heißt dein Freund?« fragte die Doktorin.

»Moritz!« schrie Robbi und rannte ans Fenster und rief zum Himmel hinauf: »Moritz, Moritz! Komm!«

Unten kehrte der Vater Hilligen den ersten Schnee von der Einfahrt. Er stützte sich auf seinen Besen und sagte: »Na, na! Schrei mal nicht so. Der Moritz ist weg, aber ich bin hier. Ich denk, du hast Schule? Wenn du nichts Besseres zu tun hast, kannst du runterkommen und mir helfen.«

Seine vertraute, ruhige Stimme löste Robbis Krampf.

»Nach der Schule komm ich zu dir«, sagte er. Alles war wieder an seinem richtigen Platz, alles, was gerade noch vom Riesengesicht des Doktor van Stinne verdeckt worden war: das Klassenzimmer, der freundliche Lehrer, die Gesichter der anderen Kinder und in der Einfahrt Vater Hilligen mit dem Besen.

Der Doktor van Stinne stand jetzt hinter Robbi. Er fragte: »Wie heißt du?«

Robbi drehte sich um und sagte: »Robert Heuken heiß ich« und sah ihm ins Gesicht.

Der Doktor drehte sich um und ging zum Lehrertisch, nahm wieder die Liste in die Hand, und sie redeten zu dritt, der Doktor, die Ärztin, der Lehrer, über Robbi.

Er merkte es, sie sahen oft zu ihm hin. Der Lehrer war sehr aufgeregt, er wollte nicht, was der Doktor wollte, aber er mußte wohl nachgeben, natürlich.

Jetzt kam er zu ihm. Er sagte: »Doktor van Stinne wird dich für einen Tag mitnehmen in seine Praxis. Morgen bringt er dich wieder zurück. Das hat er mir versprochen.« Dann ging der Lehrer wieder zurück zu seinem Tisch.

Sie hatten über ihn bestimmt. Immer mußte er tun, was andere wollten. Er wäre so gern hiergeblieben und hätte Vater Hilligen beim Kehren geholfen. Aber die drei da vorn wollten das nicht, und man konnte sich nicht wehren. Einmal hatte ein Junge sich gewehrt, weil er nicht weggebracht werden wollte, und die Doktorin hatte ihm eine Spritze gegeben. Danach war er ganz still.

Hier war niemand, der ihm helfen könnte. Moritz war weg, der liebe Vater Hilligen mußte tun, was ein Doktor wollte, auch die Schwestern mußten das tun. Zum erstenmal in seinem Leben entschied Robbi selbst über sich.

»Ich hab es gesehen«, sagte er und zeigte mit ausgestrecktem Arm auf die Doktorin. »Sie hat dem Helmut eine Spritze gegeben, weil er nicht wegfahren wollte.« Er nahm seinen Ranzen und ging zum Lehrer und sagte: »Ich fahre mit ihm weg. Ich brauch keine Spritze.«

Er tat, was sie wollten, aber er tat es aus seinem eigenen Willen.

Der Lehrer ging mit ihm hinunter und redete mit Vater Hilligen, und Robbi holte seine Zahnbürste, sein Handtuch und seinen Schlafanzug. Schwester Margot stand stumm dabei, und dann fiel ihr endlich ein, daß Robbi unten im Spind einen kleinen Rucksack hatte, einen Kinderrucksack, der war groß genug für dieses bißchen Gepäck.

Sie zog ihm seine warme Sonntagsjacke an und gab ihm ein sauberes Taschentuch.

»Und Ninchen?« fragte Robbi.

»Ich hol ihm sein Kaninchen«, sagte Schwester Lotte. »Dann haben wir ihm doch noch eine Freude gemacht«, und war in Minuten zurück mit Ninchen in einer viel zu großen Schachtel mit viel zuviel Heu.

Als Robbi mit dem Rucksack und der Ninchen-Schachtel kam, standen der Lehrer und Vater Hilligen in der Einfahrt. Der Gärtner rief: »Wenn er den Jungen nicht zurückbringt, dann schlag ich ihn tot! Und wenn ich zu Fuß um die ganze Welt rennen muß. Ich finde ihn und schlag ihn tot!«

»Hilligen!« sagte der Lehrer. »Langsam, langsam!«

»Aus welcher Abteilung?« fragte der Doktor und wies mit dem Daumen auf Vater Hilligen.

Schwester Margot sagte: »Herr Hilligen ist unser Gärtnermeister, und Roberts bester Freund ist sein Sohn.«

»Aha«, sagte der Doktor, so nebenbei, als hätte er gar nicht zugehört. Er sah Robbi zu, wie er die Ninchen-Schachtel vor den Rücksitzen auf den Wagenboden stellte, seinen Rucksack daneben legte und dann ins Auto stieg. Es war wieder ein rotes Auto, wie das andere, in dem er schon einmal mit diesem Mann gefahren war, das wußte er noch gut.

Jan fuhr und schwieg. Robbi sah ihn manchmal von der Seite an. Er war daran gewöhnt, daß Erwachsene ihn anredeten. Auch Jan sah manchmal schnell zu

Robbi hinüber, und schon viermal waren sich ihre Augen begegnet, Robbis stille, aufmerksame, fragende Augen und Jans prüfender Blick, an schnelles Urteilen gewöhnt. Und jetzt mußte er immer wieder diesen Jungen ansehen, der vierzehn Jahre alt war, aber wie ein Zwölfjähriger aussah, mit Augen wie ein Erwachsener, fragend, verwundert.

Jan schwieg und fuhr. Jetzt fing Robbi an zu sprechen. Damals habe Jan ihn nach Escheren gebracht, das wisse er noch. Erst sei er sehr traurig gewesen, aber dann habe es ihm dort besonders gut gefallen. Sie hätten aber von Escheren weggemußt, in eine Landesanstalt, die war in Steiwang, und sie hätten beinahe nichts zu essen bekommen. Nur Gemüse und Gemüse. Alle seien immer müde gewesen.

Jan fuhr langsamer. »War das schlimm?«

»Ja«, sagte Robbi, »und ein Junge ist gestorben. Er hieß Viktor. Nur Schwester Ruperta hat uns manchmal Kartoffeln mit Butter geschenkt. Aber das wollte der Doktor nicht, und auch der Inspektor wollte es nicht. Vielleicht hatten sie kein Geld?«

»Und dann?« fragte Jan.

Dann habe Moritz ihm das Ninchen geschenkt, und Herta sei aus Hamborn gekommen und habe alle Escherner Kinder nach Auffing gebracht, ganz heimlich, und in Auffing sei es sehr schön gewesen, aber sie hätten nicht genug Platz, darum seien sie nach Nortau gekommen.

»Gefällt es dir in Nortau?«

Auf dem Gutshof und bei Vater Hilligen sei es schön. Aber vor der Doktorin habe er Angst, weil sie manchen Kindern Spritzen gebe, und dann schliefen die Kinder immer, tagelang schliefen sie, und nachher seien sie nicht mehr da.

Jan fragte: »Warum erzählst du mir das alles?«

»Nur so«, sagte Robbi. »Damit du dich nicht langweilen mußt beim Fahren.«

Jan fuhr an den Straßenrand. Er steckte sich eine Zigarette an. »Warum wolltest du mit mir wegfahren?«

Robbi sagte: »Ich wollte das gar nicht gern. Aber du hättest mich ja doch mitgenommen.«

Weil Jan wieder lange Zeit gar nichts sagte, nur rauchte und aus dem Fenster sah, schlief Robbi ein.

Als er aufwachte, sah er ein Straßenschild: »Freistadt 1 km«.

Jan stieg aus und ging in einen Laden. Im Schaufenster standen Kochtöpfe, Werkzeugkästen und Gartengeräte. Jan kam mit einem Handwagen zurück, der sah fast genauso aus wie der kleine Wagen, in dem Robbi vor so vielen Jahren gefahren werden mußte.

Jan sagte: »Ich kann dich nicht ganz hinaufbringen ins Hochtal. Das Wägelchen schenk ich dir. Damals in Hamborn hast du doch solch eins gehabt? Du kannst deinen Rucksack und die Kaninchen-Schachtel draufstellen, und dann gehst du immer der Straße nach. Beeil dich, es wird früh dunkel. Alles Gute, Robbi.« Er gab ihm die Hand, aber er sah ihn nicht mehr an und saß schon wieder im Auto und fuhr so schnell weg, daß der Kies vom Straßenrand aufstob, und Robbi stand da mit dem Wagen und Ninchen und hatte sich noch nicht bei ihm bedankt.

Den Weg fand er leicht, die Baumgruppen und Häuser, ein Brückchen und ein Fels zeigten ihm, wie er gehen mußte. Immer ungeduldiger wurde er, immer schneller rannte er mit dem ratternden Wägelchen. Die Füße taten ihm weh. Er war gewachsen, die Schuhe paßten ihm nicht mehr, Schwester Margot hatte es gestern noch gesagt. Er schob den Wagen an den Straßenrand. Die Schuhe zog er aus und ließ sie liegen, die Strümpfe steckte er in den Rucksack und nahm das Ninchen ohne Schachtel unter den Arm. So konnte er doppelt so schnell laufen. Als er aus dem Hohlweg ins Hochtal kam, war gerade die Sonne untergegangen. Im Stall hinter dem Bach brüllten die Kühe, man müßte sie bald melken. Aus dem Schornstein über Laszlos kleinem Haus zog ein Rauchwölkchen zum Wald hinauf, und durch das Fenster sah Robbi, wie Laszlo an seinem Herd stand und Holz nachlegte.

Er klopfte sacht an die Scheibe.

»Wer ist da?« rief Laszlo.

»Frag das Huhn!« rief Robbi.

Zwei Monate später, Ende Februar 1945, hörte man, jetzt sollten auch die Frauen zum Volkssturm aufgerufen werden. Einen Tag ehe die Meldestellen in der Zeitung bekanntgegeben wurden, schob Dana ihr Fahrrad aus dem Keller, und Herta und Rike gingen mit ihr bis zur Duisburger Straße. Mitte Januar hatte der Gärtner Hilligen ihr geschrieben, Robbi sei von einem Doktor abgeholt worden. Sie hatte versucht, mit dem Heim zu telefonieren, aber die Verbindung war gestört, und weil Robbi in der Landwirtschaft gearbeitet hatte, bekam Dana jedesmal den Gutsverwalter an den Apparat, der von fern etwas rief, das klang beruhigend, aber er sprach einen Dialekt, den Dana nicht verstand.

Sie brauchte fast vierzehn Tage bis Nortau. Also van Stinne hieß der Doktor, der Robbi abgeholt hatte, und in der Nähe von Linz arbeitete er in einem anderen Heim. Jan war es! Dana rief bei ihm an. Der Junge sei bei seinem Großvater. Dana möchte Jan bitte nicht besuchen, er käme ins Hochtal, falls er Zeit hätte. Seine Anstalt würde jetzt aufgelöst, viel Arbeit, und dann plane er eine größere Auslandsreise.

Dana schlief eine Nacht im Gärtnerhaus, redete mit Vater Hilligen viele Stunden nur über Moritz und fuhr am nächsten Morgen weiter. Am 23. März war Dana bei Märtel in Freistadt, am 24. frühmorgens schob sie ihr Rad den Hohlweg hinauf. Beide Reifen waren zerfetzt. In der Gegend von Passau hatte ein Mann ihr ein Stück Gartenschlauch über die Felgen gebunden. Auf guten Straßen konnte man damit fahren. Der März war warm und sonnig, und als Dana ins Hochtal kam, führte Robbi gerade den alten Pronto mit der Egge zu den Feldern am unteren Hangweg. Er war ein starker, großer Junge geworden.

In diesen Tagen sollte Leo mit vier Kameraden vom Volkssturm ein Dorf im Westerwald verteidigen. Sie hatten fünf Gewehre ohne Munition und eine Panzerfaust. Leo war der Jüngste, sie nannten ihn zum Spaß Hauptmann und hofften mit ihm, daß an ihrem schönen tiefen Schützengraben kein Panzer und kein Amerikaner oder Engländer oder Kanadier vorbeikäme, denn dann müßten sie ihre Panzerfaust abfeuern und kämen bestimmt in Gefangenschaft. Aber dann brachte ein Melder mit dem Motorrad die Nachricht, in etwa sechs Stunden sei die Spitze eines amerikanischen Panzerverbandes zu erwarten, sie sollten sich bereit halten.

Leo verteilte die letzten Lebensmittel und Zigaretten aus der Blechkiste im Unterstand. Wären Jupp, Mathes, Kurt und Ernst damit einverstanden, daß er, Leo, die Panzerfaust abfeuerte?

Wollte Leo wirklich den schwierigen Auftrag übernehmen?

Gern, aber er brauchte keine vier Mann zur Hilfe. Sie sollten bitte die nutzlosen Gewehre in die Blechkiste packen und in der Schonung verstecken. Er selbst würde später dem Bürgermeister die Stelle beschreiben, damit er das Wehrmachtseigentum aus dem Wald holen und verwahren könne. Und jetzt würde es Zeit: Er gab jedem einen Entlassungsschein, den hatte ein richtiger Infanteriefeldwebel ausgefüllt und gestempelt. Leo brauchte nur noch das Datum einzutragen. Das tat er, und die fünf verabschiedeten sich voneinander und hofften auf ein Wiedersehen in Hamborn oder Herne, Dinslaken oder Buchholz. Leo legte sich mit der Panzerfaust im Arm in den Graben, die vier anderen waren jetzt vier ältere Männer auf dem Heimweg von der Arbeit. Anders sahen sie nicht aus.

Leo wartete, bis er die Panzer unterhalb der letzten Straßenkurve hörte, dann richtete er die Panzerfaust auf eine morsche Wanderer-Schutzhütte und duckte sich gerade noch rechtzeitig in den Graben, als der Hagel von Holz, Mörtel, Erde und zerfetztem Gesträuch auf ihn niederging.

Die Motoren verstummten, die Panzer standen. Leo sprang aus dem Graben und rannte in den Wald. Späher würden kommen, die zertrümmerte Schutzhütte sehen und den Graben und den leeren Unterstand finden. Leo saß auf einem Hochsitz und hörte die Männer fern an der Straße rufen, fragen und antworten. Das Dorf lag oben in seinem Frieden. Kein Mensch würde zu Schaden kommen. Die Panzer rollten wieder. Leo sah auf die Uhr: Er, Leo Hörgy, er allein hatte für viereinhalb Minuten den Krieg aufgehalten!

Er wäre gern zu Fuß nach Hamborn gegangen, aber er wußte: Im Ruhrgebiet wurde noch gekämpft.

In der Nähe von Altenkirchen fand er ein Nachtquartier bei einem Lehrer, den er als Büchersammler kannte, und vom Schulhaus konnte er nachts mit Rike im Bunker telefonieren. Sie schlief jetzt immer dort, das hatte sie ihm versprechen müssen.

War er gesund? fragte sie. – Ja, sehr gesund! Sie auch? – Ja, auch sie. Und in Hamborn sei Frieden. Der mutige Zahnarzt Dr. Tritschler war den anrollenden Panzern mit einer weißen Fahne entgegengegangen. Hamborn wurde nicht zum Kampfplatz wie andere Ruhrgebietsstädte. Dana sei unterwegs, Robbi zu suchen. Der Treffpunkt für alle sollte das Hochtal sein. Dann war das Gespräch zu Ende.

Leo tauschte bei dem Lehrer seinen Füllfederhalter mit der Goldfeder gegen ein brauchbares Damenfahrrad und fuhr in weniger als zwei Wochen ins Hochtal. Wie Laszlo sich freute! Für eine Woche waren sie wieder seine Kinder, Leo und Dana, und jeden Abend nahm er für sie die Baßgeige aus der Ecke, und sie saßen um den Tisch in der Wohnstube und sprachen viel von Vergangenem, weil die Zukunft zu ungewiß war. Robbi lag auf der Bank und hörte ihnen zu, und als von Hamborn die Rede war, sagte er: »Ich bleibe hier. Immer und immer bleibe ich bei Opa Laszlo und den Tieren.«

»Wenn er hierbleibt«, sagte Laszlo, »dann werde ich vor Glück hundert Jahre alt.«

»Tu das, tu das!« riefen Dana und Leo.

Sie brauchten fast drei Wochen für den Rückweg, obwohl Stephan in der Werkstatt aus ihren Rädern fast wieder neue Räder gemacht hatte.

Am 30. April nahm Hitler sich das Leben. Dana und Leo fuhren an diesem Tag viele Kilometer weit, einem Treck erschöpfter und verzweifelter Flüchtlinge entgegen. Dana dachte an Pauls Weihnachtsbrief. Er schrieb, er sei in der Schweiz interniert, und er wisse nicht, ob er je wieder in Deutschland leben könne, weil dieses Volk nach zwölf Jahren die Sendung Hitlers und seiner Idee noch nicht begriffen hätte.

Sie rasteten an einem Feldrain. Dana gab Leo den Brief. Er las ihn und sagte: »Ich weiß, warum ich dies jetzt lesen sollte. Aber auch wenn Paul das kriegskranke Deutschland heute mit uns erlebt hätte: er würde weiterträumen und nie den Schuldigen die Schuld geben und Angst vor der Wahrheit haben. Sie würde sein geschöntes Bild von der Welt zerstören, und er müßte sehen, daß er mitschuldig ist. Wie wir alle. Wenn wir uns jetzt auch fragen, was wir denn hätten tun können? Jetzt fragen wir uns das zu spät.«

»Ich kann nicht mehr mit ihm leben«, sagte Dana. »Das weiß ich schon lange. Ich wollte es nur nicht aussprechen.«

An diesem Abend saßen sie bei Vater Hilligen und halfen ihm, Sämereien zu ordnen und die Tüten zu beschriften. Leo sollte mitnehmen, was er für seinen Garten brauchte. Sie dachten alle an den Mann, der soviel Leiden und Tod, soviel Zerstörung und Ungerechtigkeit in die Welt gebracht hatte, und darum konnten sie über ihn nicht reden. Sie sprachen nur von den Menschen, die zu ihnen gehörten, und natürlich viel von Moritz und seinen Eltern.

Die letzte Fahrstrecke war die mühsamste. Sie fuhren von Hagen bis Oberhausen zwischen Trümmerbergen. An den Hydranten standen müde Menschen mit Eimern, Töpfen, Kanistern. Dann, zwischen den toten Straßen, den fensterlosen Fabrikhallen, den gestürzten Fördertürmen immer noch Felder und Wiesen mit Kühen und ein altes Gehöft unter seinen Bäumen. Und wieder Steinwüsten, Hütten aus Wellblech, an Mauerreste gelehnt, Kellertüren unter Trümmerhügeln, mit Balken abgestützt, darüber ein qualmendes Ofenrohr, eine

Mauer mit hundert Einschüssen, alle Fenster mit Blech und Pappe zugeschlagen, und überall kleine Feuerstellen aus Trümmersteinen, mit Trümmerholz genährt.

Immer mehr andere Menschen zogen mit ihnen, schleppten Rucksäcke, Bündel, Koffer, schoben und zerrten hochbeladene Kinderwagen durch den Schutt und suchten ein Erkennungsmal für ihr Stadtviertel, für die Straße, in der sie einmal gewohnt hatten.

»Warum sind wir nicht im Hochtal geblieben?« fragte Dana. »Alle hätten dorthin kommen können.« Leo schwieg. Dann sahen sie weit hinter der zerstörten Siedlung, hinter Bombentrichtern, eingestürzten Mauern und aufgerissenem Dachgestühl ein Stück der letzten Giebelwand vom Neumühler Haus. Sie schoben die Räder durch den tiefen rotweißen Schutt und standen endlich vor der dürren Hecke.

Auf dem Rest der Haustürstufe saßen Nora und Marek und schabten und klopften den alten Mörtel von den Trümmersteinen, und wenn einer fertig war, warfen sie ihn Herta zu, und Herta gab ihn Moritz. Der setzte die Steine zu einem ordentlichen Quader aufeinander. Moritz? Moritz war da?

Rauch stieg aus den Mauerresten. Wo früher einmal die Dielenküche war, brannte ein Feuer, und darüber brodelte etwas im großen Topf. Rike kochte die Abendsuppe.

Nora und Herta liefen ihnen entgegen. Marek sagte: »Na, da seid ihr ja«, und seine Hände zitterten so sehr, daß er den Backstein beiseite legen mußte, den er gerade erst aus dem Schutt geholt hatte. Er dachte wohl an seine Töchter in Warschau. Würden auch sie eines Tages plötzlich da sein?

Leo warf sein Rad in die Hecke, Rike warf den Löffel ins Gras, und sie fielen sich in die Arme.

Dana hielt sich an Nora fest, so müde war sie jetzt.

»Georg lebt«, flüsterte Nora. »Ein Dortmunder Freund hat uns Nachricht gegeben. Und Werner ist wahrscheinlich nach Schweden geflohen.«

»Bald seid ihr wieder zusammen in Heidelberg.«

»Vielleicht?« sagte Nora, und das klang wie eine Frage und eine Hoffnung.

Dana sah über Noras Schulter zu Moritz hinüber. Der saß immer noch auf dem Steinquader. Dana lief zu ihm und nahm ihn fest in beide Arme und hatte keinen Mut, ihn nach dem Vater zu fragen. »Ich hab ihn nicht gefunden«, sagte er. »Aber die Eltern haben mir einen Brief geschickt, ein amerikanischer Colonel hat ihn nach Escheren gebracht. Im Juni kommt ein Schiff und holt mich nach Amerika! Die Schwestern haben mich mit dem Colonel im Jeep hierher geschickt, weil es noch so lange dauert, bis endlich Juni ist. Ich hatte schon Angst, der Friede käme zu spät.«

Wie meinte er das?

Hatten sie denn heute keine Nachrichten gehört?

Wie denn, unterwegs in Trümmerstädten?

Moritz sprang auf den Quader. Er lachte und reckte die Arme und rief: »Heute ist der achte Mai 1945, und der Krieg ist zu Ende!«

Der Krieg war zu Ende?

Das Leben fing noch einmal an.

Sie saßen um das Feuer und aßen Rikes dicke Suppe aus Kartoffeln und jungen Brennesseln, und Leo briet auf einem verbogenen Kuchenrost für jeden eine Scheibe von der Speckseite, die Mathilde ihnen mitgegeben hatte.

Herta sagte zu Dana: »Einige haben Buchenwald überlebt. Ob er dabei ist, weiß ich nicht.«

Sie sprachen darüber, wie sie das Haus wieder aufbauen wollten. Alles sollte anders werden, nur die Dielenküche nicht.

»Die Grundmauern sind gut«, sagte Marek. »Darauf kann man ein neues Haus bauen.«

Leise sagte Leo zu Dana: »Darum sind wir zurückgekommen.«

Zu dieser Stunde kamen Laszlo und Robbi von der Feldarbeit. Sie hatten den ganzen Tag Rüben gehackt, und für einen Augenblick wollte Laszlo unter dem Birnbaum sitzen und ausruhen, dann würde er nach dem Herdfeuer sehen.

»Ich kann das«, sagte Robbi und ging ins Haus.

Durch das offene Küchenfenster sah Laszlo, wie Robbi die Asche beiseite schob, wie unter seinen Händen schon die ersten Flammen durch das Reisig stiegen, wie er kleine und große Scheite darüber schichtete, Wasser in den Suppentopf schöpfte und den Dreifuß näher ans Feuer rückte.

Robbi kam zum Fenster und sagte: »Heute koche ich die Suppe. Ich kann das.«

»Ja, du kannst das«, sagte Laszlo. »Du kannst das.«

ERKLÄRUNGEN UND ABKÜRZUNGEN

Arbeitsdienst: Reichsarbeitsdienst (Abk. RAD): seit 1935 halbjährige Dienstpflicht für Achtzehnjährige. Sie wurden als weibl. bzw. männlicher RAD in Lagern zusammengefaßt. Voraussetzung für Studienerlaubnis.

BDM: Bund deutscher Mädel, Mädchenorganisation der HJ (s.d.)

Darwin, Darwinismus: Charles Darwin (1809 – 1892), engl. Naturwissenschaftler. Sein Hauptwerk »Über den Ursprung der Arten durch natürliche Zuchtwahl« (1859) wurde, von nationalsozialistischen Biologen falsch verstanden, eine der Grundlagen ihrer Rassentheorie und Erbgesundheits-Ideologie.

Flakbatterie: Zusammenfassung mehrerer Flugzeug-Abwehr-Kanonen (Fl-a-k) zu Flakstellungen, mit großen Suchscheinwerfern ausgerüstet, von Luftwaffensoldaten und Luftwaffenhelfern (Flakhelfern) bei Luftangriffen bedient.

Frauenschaft: NS-Frauenschaft = nationalsozialistische Frauenorganisation, freiwillig.

Gestapo: Geheime Staatspolizei, höchst gefürchtete politische Polizei im NS-Staat, folterte, wies ins KZ ein und verurteilte ohne öffentliche Gerichtsverhandlung.

Glaube und Schönheit: s. HJ

Greißler (österr.): Lebensmittel- oder Gemischtwarenhändler.

HJ: Hitlerjugend = Staatsjugend, nach dem Gesetz vom 1. Dez. 1936 hat der »Jugendführer des deutschen Reiches« den Rang einer obersten Reichsbehörde.

Organisationen: Deutsches Jungvolk (10 – 14 Jahre), im Volksmund »Pimpfe« genannt; Hitlerjugend (14 – 18); Jungmädel (10 – 14); Bund deutscher Mädel (14 – 17); Glaube und Schönheit (17 – 21).

Alle anderen Jugendorganisationen wurden verboten. Letzte Wandervogel-, bündische, Pfadfinder- und kirchliche Jugendgruppen, die nach 1933 noch geduldet waren, wurden zwischen 1936 und 1939 zwangsweise aufgelöst.

Jause (österr.): Nachmittagsmahlzeit

KDF: Kraft durch Freude = nationalsozialistische Freizeitorganisation.

Kirtag (österr.): Kirchweih, Kirmes

Kokerei: Anlage zur Umwandlung von Steinkohle in Koks, der vor allem für die Hochöfen zur Verhüttung von Eisen gebraucht wird.

malochen: arbeiten, Ruhrgebietssprache (aus dem Jiddischen: Meloche = Arbeit)

Mendelsches Gesetz: Gregor Mendel, 1822 – 1884, Augustiner-Prior, Botaniker, fand bei Versuchen mit Erbsen die Mendelschen Vererbungsgesetze, die erst nach seinem Tod volle Anerkennung fanden. Die Gültigkeit seiner Forschungsergebnisse und der Gesetze, die er fand, wird nicht geschmälert durch den unwissenschaftlichen Mißbrauch, der in der NS-Biologie und Erblehre damit getrieben wurde.

Menschenrechte: Allgemein gültige Grundrechte, die dem Menschen angeboren sind, z.B. das Recht auf Leben, auf unverletzliche Würde der Person, auf Meinungs-, Glaubens- und Religionsfreiheit, Selbstbestimmung, öffentliche Rechtsprechung durch unabhängige Richter etc. Die Menschenrechte gehen auf uralte Naturrechtsideen zurück und sind heute Grundlage der meisten modernen Verfassungen (»Grundgesetz«), auch der UN und des Europarates. Der NS-Staat erkannte die Menschenrechte nicht an. Wie alle Diktaturen setzte er an ihre Stelle die Willkürentscheidungen des Führers (Diktators), die, von militärischer und polizeilicher Macht gestützt, mit Gewalt und oft unter Umgehung ordentlicher Gerichte vollzogen wurden (Volksgerichtshof, Standrecht, strafloser Mord bei der »Euthanasie«).

NSLB: Nationalsozialistischer Lehrerbund.

NSV: Nationalsozialistische Volkswohlfahrt.

Protektorat: Eigentlich: Protektorat Böhmen und Mähren = die Tschechoslowakei unter deutscher Besatzung.

Pütt: Schachtanlage (Bergwerk).

SA: Sturmabteilung, ursprünglich starke Schutztruppe von freiwilligen Saalschützern etc., in der Geltung und zahlenmäßigen Stärke nach 1934 (= Röhm-Putsch) abgelöst von der SS.

SS: Schutzstaffel, ausgewählte Mitglieder, nach dem Vorbild kirchlicher Orden zu absolutem Gehorsam gegenüber ihrem Reichsführer und bedingungslosem Glauben an die NS-Ideologie verpflichtet.

Völkerbund: Internationaler Staatenbund zur Sicherung des Friedens 1919/20. Er wurde 1946 von der UN (United Nations Organization = Vereinte Nationen) abgelöst.

Wandervogel: 1901 in Berlin gegründeter Verein von Schülern und Studenten, die bei Wanderfahrten, zunächst in der Umgebung der Städte, später weit ins Ausland, einen neuen, einfachen und naturgemäßen Lebensstil entwickeln und vorleben wollten (Verurteilung von Alkohol und Nikotin). Sie pflegten Volkslied und Volkstanz, Siedlungswesen, Körperertüchtigung, gruppierten sich dabei aber von Anfang an um unterschiedliche politische, soziale und religiöse Ziele. Dadurch bildeten sich zahlreiche Untergruppen, die aber verbunden blieben im Widerspruch gegen das Sicherheitsdenken und den Kastengeist der bürgerlichen Kultur am Ende des 19. Jahrhunderts (Gründerzeit), die sich in ungesunder Kleidung, überladenem Bau- und Wohnstil darstellte. Sie wehrten sich gegen autoritäre Erziehung, billigten dabei aber selbst ihren Führern und Ideologen eine hohe Autorität zu. Beim Treffen von rund zwanzig unterschiedlichen Gruppen auf dem Hohen Meißner 1913 faßten sie die Vielfalt ihrer Bestrebungen in der »Meißnerformel« zusammen und verbanden sich zur »Freideutschen Jugend«. Ihr letzter Zusammenschluß zur »Bündischen Jugend« nach dem 1. Weltkrieg wurde im NS-Staat verboten. – Zahlreiche Einzelzüge der Jugendbewegung gingen ein in die nationalsozialistische Ideologie und überdeckten für manchen aus der Wandervogelgeneration den menschenverachtenden, autoritären, militaristischen und nationalistischen Charakter des Nationalsozialismus.

WHW: Winterhilfswerk, Sozialwerk der Partei, nur aus Spenden und Straßensammlungen finanziert, neben NSV (s.d.), staatlichen und kirchlichen Hilfsorganisationen.

ZEITTAFEL

1913: Zusammenschluß von Wandervogelgruppen zur Freideutschen Jugend auf dem Hohen Meißner.
Erster Besuch der Freunde aus dem Ruhrgebiet im Hochtal.

1914: Ausbruch des 1. Weltkrieges.
Zweiter Besuch der Freunde. Ab 1916 muß Dana dienen. 1917: Jan verwundet, Mischa vermißt, Stephan kommt krank von der Isonzofront.

1918: Ende des 1. Weltkrieges. Im November Waffenstillstand zw. Österreich und Alliierten. Revolution in Deutschland, Republik Österreich und Deutschland ausgerufen, deutscher Kaiser Wilhelm II. flieht in die Niederlande, österreichischer Kaiser Karl I. dankt ab.

1919: Deutscher Friedensvertrag von Versailles, Österreichischer Friedensvertrag von Saint-Germain-en-Laye: Ungarn, Tschechoslowakei, Polen, Jugoslawien werden selbständige Staaten.
Dritter Besuch der Freunde im Hochtal.

1920: Hungersnot in Deutschland und Österreich.

1921: Inflation in Österreich, beginnende Inflation in Deutschland.
Dana und Leo kommen ins Ruhrgebiet.

1922 – 1923: Höhepunkt und Ende der Inflation in beiden Ländern.
Ende 1922 heiraten Dana und Paul. 1923 Nora geboren.

1924 – 1928: Jahre wirtschaftlichen Aufbaus und kultureller Blüte.
1926 Georg geboren.

1929: Bankenkrach (»Schwarzer Freitag«) in Amerika verursacht Weltwirtschaftskrise. Arbeitslosigkeit in Deutschland und Österreich.
Robert geboren.

1930: Steigende Arbeitslosigkeit. In Österreich: Heimwehren werden starker politischer Faktor. In Deutschland erlangen die Nationalsozialisten bei der Reichstagswahl 107 Sitze.

1931: Finanzkrise in Deutschland und Österreich. Großbanken müssen von ihren Regierungen gestützt werden, Notverordnungen sollen Preise und Löhne senken.

1932: In Österreich: Dollfuß wird Kanzler, nimmt Heimatpartei (Heimwehr) ins Kabinett. Goebbels und Röhm sprechen in Wien auf dem Heldenplatz. – In Deutschland: Hitler wird deutscher Staatsbürger, verlangt Kanzleramt, Wahlerfolg der NSDAP: 230 Sitze im Reichstag.

1933: In Deutschland: Hitler wird Reichskanzler; Ermächtigungsgesetz erlaubt ihm, ohne Mitwirkung des Parlaments autoritär zu regieren. Boykott jüdischer Geschäfte, jüdische Beamte entlassen. Bücherverbrennungen, andere Parteien und Gewerkschaften verboten. – In Österreich:

Parlament ohne Präsident, Dollfuß gibt parlamentarischem System Absage, Todesstrafe wieder eingeführt, NS-Partei Österreichs verübt Terroranschläge.
Leo feiert seinen 35. Geburtstag mit allen Freunden. Leo und Rike heiraten Weihnachten im Hochtal. Paul wird SS-Obersturmführer.

1934: In Deutschland: 30. 6. Röhmputsch. 40 SA-Angehörige, 3 SS-Führer, 5 Parteigenossen ohne Verhandlung erschossen. – In Österreich: Im Juli blutige Kämpfe zwischen Sozialdemokratischem Schutzbund und Heimwehr, Polizei und Militär. 9 Arbeiterführer standrechtlich erschossen. Insges. ca. 1000 Todesopfer. Nationalsozialistischer Putsch im Juli mit Ziel: Vereinigung Österreich – Deutschland. Dollfuß von Putschisten ermordet, Schuschnigg wird Kanzler.
(Zwangssterilisierungen in deutschen staatl. Pflegeanstalten.)
Die Freunde kaufen das Neumühler Haus, bauen um und ziehen Ende Juni ein.

1935: In Deutschland: Das Saargebiet wird durch Abstimmung deutsch. Nürnberger Gesetze: Juden können nicht mehr Staatsbürger sein, Ehen zwischen Juden und Deutschen verboten oder für nichtig erklärt. Allg. Wehrpflicht. Arbeitsdienst wird Pflicht.
Dana arbeitet als Fotografin.

1936: Hitler läßt die nach dem 1. Weltkrieg entmilitarisierte Zone im Rheinland besetzen. Deutsche Legion Condor kämpft in Spanien auf Francos

Seite. Olympiade in Berlin wird zur Propaganda für den NS-Staat.
(In Hessen Beginn von Verlegungen aus privaten = meist kirchlichen Pflegeheimen in staatliche Anstalten.)

1937: Im November erläutert Hitler vor hohen Wehrmachtsoffizieren seine Pläne für Gebietserweiterung im Osten. Mit Österreich und der Tschechoslowakei soll der Anfang gemacht werden. – KZ Buchenwald eröffnet.
Leo druckt und verteilt Gedichte.

1938: In Deutschland und Österreich: Hitler übernimmt den Oberbefehl über die Wehrmacht. Er stellt erpresserische Bedingungen für Anschluß Österreichs. Schuschnigg will am 13. März Volksbefragung entscheiden lassen. Hitler läßt am 12. März deutsche Truppen in Österreich einmarschieren, proklamiert am 13. März in Linz den Anschluß. Das erste österr. KZ wird in Mauthausen errichtet. Am 10. 10. Einmarsch ins Sudetenland. – Pariser Attentat auf den deutschen Botschafter wird zum Vorwand für lange vorbereitetes Pogrom an deutschen Juden.
Jan kommt nach Hamborn, Robbi nach Escheren, Georg wird Pimpf, Leo fährt nach Österreich, Dana im Dezember nach Berlin.

1939: Widerstandsgruppen in Österreich. Hitler erklärt die gesamte Tschechoslowakei zum Protektorat Böhmen und Mähren. Am 1. 9. marschieren deutsche Truppen ohne Kriegserklärung in Polen ein. Nach vier Wochen ist Polen erobert und besetzt.

(Behördliche Erfassung behinderter Kinder. Sogen. »Kinderfachabteilungen« werden eingerichtet. Beginn der Euthanasie: Tötung von mehr als 5000 Kranken in Polen und deutschen Grenzgebieten. Erste Meldebogen werden nach Württemberg geschickt. Hitler unterzeichnet »Euthanasie«-Erlaß: Damit sind ab 1. 9. alle Krankentötungen sanktioniert.)
Drohungen gegen Robbi. Dana und Robbi im August im Hochtal.

1940: Österreichische Gebirgsjäger erobern Narwik (N-Norwegen). Am 10. 5. deutscher Einmarsch in Belgien, Luxemburg, Niederlanden, ohne Kriegserklärung = Beginn des Frankreichfeldzuges. Luftkrieg mit England, vereinzelte Angriffe und Störflüge im Ruhrgebiet. Am 10. 6. Paris besetzt, 14. 6. Waffenstillstand mit Frankreich.
(In vier Tötungsanstalten systematischer Krankenmord mit Gas, in Kinderfachabt. fast nur mit Spritzen. Proteste von seiten der Kirchen bleiben erfolglos. Erste Gastötungsanstalt wegen Beunruhigung der Bevölkerung nach ca. 8000 Gasmorden geschlossen, neue Anstalt an anderem Ort eröffnet.)
Erste Warnung von Detlef, Nora erfährt, was mit den Kranken geschieht.

1941: Am 22. Juni deutscher Angriff auf Rußland, ohne Kriegserklärung. Schneller Vormarsch, vor Moskau gestoppt.
(Bischof von Münster, Clemens Graf von Galen, predigt öffentlich und unmißverständlich gegen die Krankenmorde und erstattet Strafanzeige wegen Mord. Hitler verfügt Euthanasie-

Stopp. Die Tötungsmaschinerie arbeitet weiter mit der »Luminalmethode«, Gift und systematischem Verhungernlassen durch Ernährung ohne Fett und Kohlehydrate.)

Nora im Januar zur Kinderlandverschickung, im Oktober zum Arbeitsdienst. Georg erlebt »Verlegung« in Auffing. Herta nach Steiwang, Dachstuhl vom Haus brennt ab.

1942: Die »Endlösung« der Judenfrage wird beschlossen. 6. Armee in Stalingrad eingeschlossen. Alliierte landen in Afrika. Lebensmittel werden knapper. Sieben österreichische Widerstandskämpfer hingerichtet.

Nora und Werner in Heidelberg, Dana in der Registratur.

1943: Stalingrad-Armee kapituliert. Mindestens 200 000 Tote. Verschärfte Luftangriffe auf deutsche und österreichische Städte. Goebbels fordert den »totalen Krieg«. Widerstand wächst. Im Februar Hinrichtung der Geschwister Scholl und ihres Freundes Probst, Aufstand im Warschauer Ghetto, Kapitulation in Afrika, Alliierte landen in Italien, vier Tage Luftangriff auf Hamburg.

(Euthanasie an Erwachsenen und Kindern unverändert fortgesetzt.)

Hertas Siedlungshaus und Neumühler Haus zerstört, Georg Flakhelfer.

1944: Alliierte landen in der Normandie. Attentat auf Hitler am 20. 7. mißlingt, 8 Todesurteile, 5000 Verhaftungen in Deutschland und Österreich. Volkssturm zieht alle 16- bis 60jährigen

zum Kriegsdienst ein. Winteroffensive in den Ardennen erfolglos, 100 000 Tote.
(In einer süddeutschen Hungeranstalt wird noch im Dezember ein Krematorium gebaut.)
Leo beim Volkssturm, Rike im Bunker, Robbi kommt ins Hochtal.

1945: Befreiung von Auschwitz am 27. 1. (In den Vernichtungslagern Auschwitz, Maidanek, Belzek, Chelmno, Sobibor, Treblinka und an vielen anderen Orten wurden ca. 6 Millionen jüdische Menschen getötet. Die Methoden wurden seit 1940 in den deutschen Krankentötungsanstalten entwickelt und erprobt.)
Von Flüchtlingen überfülltes Dresden zerstört. Amerikaner am 7. 3. bei Remagen über den Rhein. Schwere Luftangriffe auf österr. Städte, Schlacht um Wien 5. 4. – 13. 4. Deutsche Truppen im Ruhrkessel eingeschlossen, ergeben sich am 13./14. 4. Schwere Kämpfe um Berlin. Hitlers Selbstmord am 30. 4. Bedingungslose Kapitulation am 8. Mai.
Die Freunde treffen sich wieder in Hamborn.

LITERATUR

1. Zur Geschichte des NS-Staates

Borowsky, Peter, *Adolf Hitler,* Hamburg 1978/(TB) Ravensburg 1989

Backes, Uwe u.a. (Hrsg.), *Die Schatten der Vergangenheit,* Frankfurt 1990

Fraenkel, Ernst, *Der Doppelstaat,* New York 1941/(TB) Frankfurt 1984

Kogon, Eugen, *Der SS-Staat,* München 1974/(TB) München 1988

Reichel, Peter, *Der schöne Schein des Dritten Reiches,* München 1991

Wehler, Hans-Ulrich, *Entsorgung der deutschen Vergangenheit?* München 1988

Zeitschrift L 80, mit Schwerpunkt Geschichte, Heft 39, Sept. 1986

Deutschland-Berichte der Exil-SPD 1934 – 1940, 7 Bände, Frankfurt 1980

2. Zur Geschichte des Ruhrgebietes

Hochlarmarker Geschichts-Arbeitskreis (Hrsg.), *Kohle war nicht alles,* Oberhausen 1981

Mahrun, Siegfried (Hrsg.), *Chronik des Ruhrgebietes,* Dortmund 1987

Meyer, Hans Joachim, *Hamborn, eine Rückschau in Bildern,* Hamborn 1987

Niethammer, L. (Hrsg.) u.a., *Die Menschen machen ihre Geschichte,* Berlin 1984

G. Schwabbe/H. Wieczorek, *Hamborn, Geschichte und Geschichten,* Duisburg 1979

3. Zur Geschichte der Jugendbewegung

W. Mogge/J. Reulecke: *Hoher Meißner 1913,* Köln 1988
Fiedler, Gudrun: *Jugend im Krieg,* Köln 1989

4. Zur »Euthanasie«

G. Bader, J. Cramer, B. Winter, *Verlegt nach Hadamar,* Kassel 1991
Bäumer, Änne, *NS-Biologie,* Stuttgart 1990
J. Bleker/N. Jachertz (Hrsg.), *Medizin im dritten Reich,* Köln 1989
Dörner, Klaus, *Tödliches Mitleid,* Gütersloh 1988
Hohendorf, G., u.a., *Von der Heilkunde zur Massentötung,* Heidelberg 1990
Klee, Ernst, *»Euthanasie« im NS-Staat,* (TB) Frankfurt 1985
Klee, Ernst, *Dokumente zur »Euthanasie«,* (TB) Frankfurt 1985
Klee, Ernst, *Was sie taten, was sie wurden,* (TB) Frankfurt 1986
Mader, Ernst T., *Das erzwungene Sterben,* Blöcktach 1988

Abdruck des Gedichtes »Du mein stolzes Leibpferd« aus: Arma, Paul, *Europäische Volkslieder,* Otto Maier Verlag Ravensburg 1950, mit freundlicher Genehmigung des Verlages.